汪宛夫◎著

神

珠海出版社

序 XU

　　这是一个童年开始体验、青年开始思考、中年完成整理的家族故事。这本书耗费了我半生的心血，更是汪氏家族所有生命传奇的结晶。作为这个家族的文字记录员，当我再次翻开作品，就看见汪氏列祖列宗整齐地排着队，一个个鲜活地向我走来，朝我微笑，朝我哭喊，争先恐后地要和我倾诉交谈。

　　可以肯定，像这样一部重要的作品，作者不可能势单力薄，决不会是我本人。

　　这本书的作者，应该是我太爷爷，一个做梦都想拥有一块土地的安庆人。他跟随祖辈从安庆府潜山县流浪到衢州府江山县。家族械斗，又迫使他携家人逃往严州府建德县西乡，在杨村桥与长宁之间的村落定居下来。在他心目中，可供开垦种粮的一块土地，就是最繁盛的王国，而他的野心就是成为这个王国里整天挥汗如雨的统治者兼劳作者。当他儿子——我爷爷在王谢村买下十三亩水田时，他已病入膏育。在拼尽气力一声声感谢苍天后，留下的遗愿是死后葬在旁边，永远守卫着这片土地。我十六岁那年周末，背着书包从严州中学绕道步行回家，得知这片水田早已归王谢大队某某生产队所有。太爷爷坟包的正中央有一株笔直挺立的大树，甚是奇特，而风水先生有关"后代中必出大笔杆"的说法，也一次次传入我耳朵。两年前我找寻到这里，觉得这棵直刺云霄的大树确实很像一支巨大的笔杆。但手握这支笔杆的肯定不是我，而应当是他自己。我太爷爷在地下沉睡了八十余载，一直想拥有更多的话语权，才会伸出如此长大的笔杆，无非是想在天空上书写他自己的作品。

这本书的作者，也可能是我爷爷，一个用银子买下大片土地、从而加速埋葬了自己的江山人兼严州佬。他一生最大的兴趣就是购买土地，特别是山地。他喜欢把水田租给别人，把山地留给自己。他是一个伟大的作家，一生创作的作品不计其数，但体裁主要有三种：玉米、番薯、大豆。他晚年刚开始为自己的成就沾沾自喜，就见一顶地主的帽子横空飞来，祸及全家。到后山挖了菜虫药服下前，他想到一句老古话：金银罪莫重，田地害子孙。

这本书的作者，还可能是我爸我妈，他们在书中的大名分别是锄柄和梨花。锄柄除了拥有一个地主的头衔外，一生穷困潦倒。他是生产队里任人欺辱的可怜虫，是我们家里疯狂咆哮的暴君。梨花每天跟着他在外面受苦受难，然后回家带领孩子们与他英勇斗争。经过一次次家庭文化大革命，终于斗倒了这个坏地主，斗臭了这个可怜虫。梨花很怀念那些斗锄柄的紧张岁月，在口头创作"斗锄记"时，也把村坊里的往年人、往年事，以及各种风俗文化夹带进来。

　　锄柄的创作功劳也不小，不可埋没。他在去世前，正好听说我要记录家史，就整天搜肠刮肚地要参与创作。特别是在谈到那些贫下中农分田分地的往事时，他马上陷入痛苦的挣扎，还现出坏地主的本来面目，嘴里哩哩噜噜地骂个不歇："我鸡巴叩——叩——叩他们的头！"

周宏夫
二〇一〇年四月二三〇
杭州西湖畔

Contents
目 录

第一章 老地主的真金白银

我爸人不好有些时候了。冬里头的白栎树叶子要落，秋里头打过霜的茄子要瘪，弯腰躬背到杭州的新安江水褪了色。我家这个恶地主，恐怕是油灯忽闪快要灭。

照我们安庆人的做派，我该拿出一张儿子的脸孔到处告到处诉，让我们汪家人，个个亲眷，望一望我伤心伤肺的样子。做梦去！想到这根老柴火桩，我就一肚子无名火。斗私批修的书从小念到大，我特别听得进记得牢。今天我就拿出点觉悟来给你望望，代表村坊里头的那些贫下中农，朝这个坏地主屁股上狠心踩几脚。我还要掰出手指头来，数数老地主一生世的恶和罪，抹抹我一脸孔的眼泪水，吐吐我一肚子的黄连水。

我爸爸，我的地主爸爸，还有我的地主爷爷，地主太爷爷，他们都是些罪孽深重的坏人。在三十多年前的那个一九七几年，汪家坞小学里头上语文课，老师就上到过大地主刘文彩。老师讲这个刘文彩哪，哼！他住在豪华的地主庄园里，过着骄奢淫逸的腐朽生活；他残酷剥削贫下中农，搞得乡邻妻离子散家破人亡；他讨了五个老婆，年纪一大把还强迫年轻妇女给他喂人奶吃；他把交不起田租的佃农关到水牢里百般折磨千般凌辱……这节课上歇，我这条小命也差不多要歇。班里同学都把眼光火烧火辣盯牢我，恨不得一起冲上来，像猫捉老鼠样把我按在地上生吞活剥。好在我忠厚无能的面相是从小时起就生定的，那些小孩子家知道把我这种蚂蚁虫样的东西消灭掉没有多少乐趣，就一起编歌来骂我爸爸我爷爷我太爷爷。

也就是从那个时候起，我晓得了我爸爸我爷爷我太爷爷就是刘文彩，恶霸地主刘文彩就是我们汪家大人的绰号。后来我们又学了好些新的课文，那些同学都在议论，说在红薯地里狠心勒死少年英雄刘文学的老地主是我爷爷，在雷锋手背上"狠狠地砍了三刀"的地主婆就是我奶奶。村里头老老小小对我们家，都有血海深仇。

记得有一回，我跟洗衣裳的姆妈在小溪边耍，抬头一望，就望见贫下中农须敨三背把锄头从黄泥路上松歪歪过来。他摇头晃脑走路的样子很新鲜。我往那里望，须敨三大吼一声：你个地主儿子，看什么看，我一锄头就把你葬到地里去！姆妈和我都听呆了。等他的背脊影越移越远，我们再转过神来。我姆妈不停地流眼泪水，我呢，又深了一步恨我们汪家的地主。我知道，不是贫下中农对不起我们，是我们对不起贫下中农。要是一锄头把我这个没用的小孩葬掉，就消了贫下中农心里头的气，就消了地主阶级对贫下中农剥削的罪，那么就赶早动手，我还是早点让你们葬到泥底下去好。

老实说，我们汪家的地主究竟做了多少坏事，我也弄不灵清。我只晓得，他们肯定害死了数也数不灵清的穷苦人，他们有千种罪万种恶，对老百姓欠了满身血债。

我爸躺在床上有段时间了。日头底下的雪花子快烊，凉风底下的湿衣裳快燥，大水涨来时的苞萝苗黄泥根朝天翻。我家这个恶地主，恐怕是油灯忽闪快要灭。

我这个地主爸爸，不光光罪恶滔天，脾气坏透，还没有一丁点的本事。解放以后，他不能再作威作福，成了一条可怜的小爬虫，那是在外面、在生产队里，到了家里的吃相还是老样子。一进家门，他还是地主，还要作威作福，把他老婆——我的姆妈，还有我们兄弟姐妹四个，当作贫雇农一样剥削，要打就打，要骂就骂。从他的种种做派上，我看出了解放前贫下中农受的苦，地主阶级、剥削阶级的坏。

后来我一天天长大，就一天天看出我爸爸的窝囊。他除了一天到晚听队长派工做事，歇工以后帮衬军属砍柴烧炭以外，没有一点活络，不会讨好人家，也不晓得捡便宜，一丝一毫都看不出地主的精明。我们一家人跟着他受苦，跟着他挨骂，听人家指手画脚，好比一个个木头人，生活在浙江省建德县汪家坞生产队那块巴掌大的山坞里，那块好比牛栏羊栏猪栏一样让我们透不过气来的地方。

不光我恨爸爸，我们家另外四口，也是一式一样恨。我姆妈梨花，解放前是贫下中农。解放后刚刚有得享福，一嫁就嫁给地主人家，重新掉落苦水里。我的大姐尿妹样子生得齐整，那些贫下中农后生问都没有一个肯来问。我哥哥狗绪念书念到小学毕业就没得念了，说他成分不好，只好天天放牛。我二姐绪香，小时总挨人家欺负，脸上打破好几个位置，大家都喊她疤婆。我呢，肮脏（大名岸绽），从小人家就叫我肮脏鬼邋遢鬼，看到人腰身都不敢直起来，话也说不顺溜，大家都喊我哑巴子。

我的先人呃，都说祖宗大人会保佑后人，会让后人过上好日子。为什么我的先人，只晓得自己活着时快活风流，当地主，做老财，搞剥削，嬉腐败，归了天以后，把地主后代的名头留给子子孙孙，让我们替你背恶名，替你当奴才，替你当牛马，替你还老债。我的长困地下的先人哟，你们阳间阴间的日子，倒是都过得舒坦！

也不晓得为什么，这些天我的眼皮跳得急。我在家里拜了床神灶神，拜了门神窗神，又偷偷摸摸拜了武林路孩儿巷这边的土地爷。后来我又作了点统计，晓得左眼跳的次数要比右眼多。呃，恐怕我的先人也听到我的埋怨了，也晓得该出点力保佑保佑他的后人了。就在那天，我姆妈在电话里提到一本图纸，说：老不死的一定要等你回家，把东西交到你手上才肯断气。

我爸的日子呆板不会长久了。到今天，事情算是慢慢有了眉目。先人传下来的秘密图纸，把我爸的毛病点石成金，逼着我早点开步，我不能够再有停留。

是啊，也只有这样，我才肯出几十块钱去杨村桥看那个该死的老地主，要不，我又何必多花费那个冤枉钱呢。我在杭州开了一间小书店，夜里头还要帮衬一本杂志寻错字，这样做死做活，只勉强养活一家三口，哪有闲钱去浪费。平常日子，我从来不对老婆小孩提起汪家那倒霉的历史，这种事讲了不如不讲。到了今天这步田地，我也只好向老婆汇报汇报赶回家去的好处。

早些年，不晓得哪个嘴里漏出这样的话，说我们老祖宗有十几缸的真金白银，在解放以前藏在某山某地某角落头，只有拿到图纸才能寻到。我的眼睛和我老婆的眼睛一起让钞票点着了火，都像夜里头的星星样忽闪忽闪起亮。在这个"坐拥西湖胜景，傲居武林繁华"的大地方，我们多想一夜暴富，有时想法还真、真是有点反动，巴不得历史倒退，让我踩着先人的脚印子，大大方方做一回地主阶级，过过腐朽的剥削生活。老婆也傻乎乎笑了，讲的还是一口好听的杭州腔：伟气（回去）伟气，奥稍（赶快）伟气，较（只要）你有本事做地主，我也不反对你后面讨四个小的。话讲到这个份上，我的脚步子也不能再有任何犹豫。

挤出一副伤心的脸孔，带了老婆的吩咐，我轻轻巧巧来到病恹恹的爸爸床头。爸爸没等到我摸出钱来给他看病，我等到了爸爸摸出黄乎乎的本子给我。我拿到宝书，马上翻开看。这本东西里头有不少老字，还有好多图表，就是没有一句写到藏宝贝的位置。这是整本大书里头的最后一册，前几册都在文革时烧掉了。为了不让藏宝的秘密从我手上逃掉，我日夜研究，不放过藏头搭尾的念法、夹在缝里头的印记。我晓得，这是一本汪氏家谱，只是实在没法子寻到隐在里头的什么密码。

倒是开头一段话让我稀奇："江南安徽省安庆府潜山县始祖三公居朝天坊。一世祖华一公，二世祖汝文公，三世祖斌公。潜阳仲珍公题派列后：华德思金仲，景大胜延昌；伯世宗文彦，国朝显祖光；恭忠全正义，学道永贤良；万代遵先哲，开元本自芳；孝友传家远，诗书引泽长；贻谋诚可式，为善庆其详；令绪承明训，宏勋纪太常；声名相继美，仁厚益周详。"早先我们都说自己是安庆人，讲的是安庆腔。现在我才晓得实际我们也没待在安庆城里，是在安庆城边上的潜山县，就好比现在杭州城上的萧山富阳。我讲了几十年的安庆话、安庆腔，究竟对不对路、有没有另外的缘故就弄不灵清了。至于仲珍公这个题派里头的每个字，呆板是我们列祖列宗的辈分表。前面各代的细谱可能记在了之前的分册里头，这本小簿子只载到"国朝显祖光"和"恭"字辈。国字辈排在头一个，朝字辈的是我太爷爷的太爷爷……光字辈载了我太爷爷，恭字辈里有我爷爷。朝字辈的先人生于乾隆戊辰（1748年）九月，卒于道光癸巳（1833年）十一月初四，葬浙江衢州府江山县廿九都保安桥大坞口宅下首；显字辈先人生于乾隆甲辰(1784年)六月初五，卒于同治壬戌(1862年)四月十四，葬浙江衢州府江山县廿九都西洋外墩；祖字辈的先人生于道光甲申(1824年)正月二十，故缺。妻张氏葬江山县三十都被石垅，公另葬廿九都保安桥上社庙上首；光字辈太爷爷生于咸丰甲寅(1854年)十二月十五日卯时，娶杨氏，生了四个儿子，中央两个糟掉了。大儿子是我爷爷，小儿子就是我小爷爷。大爷爷生于光绪九年（1883年），小爷爷生于光绪二十七年（1901年）……这段文字告诉我，我的祖宗从安庆府潜山县迁到衢州府江山县的具体时间不晓得，不过至少是在1833年以前。我爸告诉我，爷爷来建德时十三岁，按十二周岁算，那么应该是1895年来的。也就是说，先人至少在江山待了五十年以上，弄不好有一两百年，生活的范围应该在廿九都保安桥大坞口、保安桥上社庙、西洋外墩、三十都被石垅这一块位置。

说实话，我这个人墨水喝得不多，书看过一点。从这一行行老字里头，我弄灵清一个理：要想晓得老祖宗藏宝贝的位置，一定要先弄懂祖宗的历史。那么，我们汪家人是怎么样从衢州府江山县来到严州府建德县，来到建德县的西乡，也就是现在的杨村桥和长宁这一带的？

我爸一下子新鲜过来，笑了笑，轻细细开口：倒是听老辈念过几回。

啊咿呃，我要多谢磨灭我爸脾气的毛病噢，他让我在这个最稍尾的日子里，头一回看见他在家里人面前的斯斯文文，头一回看见他对子女的客客气气，头一回看见他用迟了几十年的好，慢慢地告诉我们汪家的老辈事情，还有他亲身经历的那些往年事。

第二章 逃命路上的宝贝家伙

四十二岁的太爷爷挑了一头粮草一头家伙，三十岁的太奶奶前一箩棉被褥后一箩衣裳裤，后面那个十三岁的儿子——我爷爷的肩上，也是一边一只菜篮，前边是几只嫩南瓜，后边是两只老南瓜。

太奶奶望了望我爷爷光烫烫的脑壳，又望了望那几只光烫烫的南瓜，都是一样的肉痛，一样的舍不得。十八岁时有了这个儿子，后来又生了一胎儿子两胎丫头，带了没多久就糟掉了。门口那几根南瓜藤也是一样的命，年年种年年没有多少收，今年不晓得怎么的，五谷神站在门口保佑一样，吃了一只又一只，中午夜晚当菜，早上烧粥，篱笆上还挂了一大串，吃都来不及吃。这样好的日子真是天上掉下来的一样，刚刚想到要去菩萨庙里还愿，让我们今后年年过这样的好日子，汪家和佟家就闹出事情来了。汪家人朝佟家人肚子上一毛竹，当场就戳得他归天。佟家人听说汪家犯人命，就叫了好多佟家人赶到这边来帮忙，等日头升到山头顶，老远就望到一层一层的锄头竹铳（毛竹做的扁担，两头尖）朝这边逼过来，当家的一商量，挑了几担粮草家伙就往后山逃。好在家家都没什么家底，逃命也实在要紧，等佟家人赶到山脚底时，我们汪家人都摸到了半山腰上。有些远房的佟家人赶吃力了，就站在山脚底像一群乌鸦一样乱骂乱喊：

杀人抵命，杀人抵命！

灭掉你们汪家人！

骂是这样骂，心里头就不愿再爬山上来灭人。只有那个嫡亲佟家人，想到那条人命肉痛得要紧，一个个牙齿悻悻，像要吃人样冲上来，一把把竹铳在柴火林里头举得老高，把汪家的婆娘小孩们吓得要死，都没命似的往那高处爬。

我太奶奶那天刚刚不干净，肚子痛，挑了担轻巧的棉被衣裳，头脑壳上还直冒汗。看到有个佟家男人冲上来了，她就让我爷爷走前头，叫他赶紧逃。就在她一遍遍交代我爷爷的时候，身后头一条削尖的竹铳就朝她身上戳过来，吓得她浑身没有力，一屁股坐到地上。那根竹铳朝她耳朵边呼的一声过去，像一柄利剑似的一戳戳到泥地里，拔也拔不出来。太奶奶肚子痛，让那根竹铳逼得站不好站，逃又逃不脱。那人一只手抓牢竹铳，另一只手就到腰上摸柴刀。一把精光雪亮的柴刀举得老高老高，要朝我太奶奶头脑壳上劈来。实在没有力气的太奶奶，就把牙齿一咬，从胯裆底下摸出一块血淋淋的布来，往那个佟家人的脸上甩过去，甩得他一脸的血渍拉污。太奶奶突然站了起来，拼老命骂：

尝了我的骑马布，你倒运倒得死半路！

尝了我的骑马布，你子孙后代做龟奴！

尝了我的骑马布，我叫你一命就呜呼！

我太奶奶骂佟家人的样子，你想到有多恶毒就有多恶毒，想到有多心煞就有多心煞，母狼要吃人的样子，就是我太奶奶那天的样子。顶要紧的不光是骂人的话恶毒，还有两只手做戏做得好。她半句半句地唱，唱头半句时，两只手在裤裆底下拍出一巴掌；等她裤裆底那个巴掌从里往外劈出一只右手，往那个佟家人脸上又过去时，再骂出后头半句。那个佟家人肯定听说过骑马布倒运的事，今天是头一回尝到骑马布的肮脏，骑马布的厉害，骑马布的恶毒。加上我太奶奶那一句句巫婆灵媒样的狠话，又唱又骂又做戏，佟家人头世也没望见过这样厉害的场面。没有法子，当场就脸孔铁青，笔笔直直死了过去。

骂死佟家人，太奶奶身上真的附了巫婆灵媒的本事一样，不晓得哪里来的力气，挑了担子就走，三步两步就赶上了汪家一伙人。有几个婆娘脚步来得快，老早爬到高高的石岭上，把下头望得清清楚楚。刚刚我太奶奶唱的骑马布歌，一句句都让风吹到上面，婆娘们听得雪雪灵清，都呜啦呜啦齐齐叫，讲我们汪家这个女人能干。

不晓得走了多久的夜路，天公有点汪汪亮。寻到一孔水，大家都用毛竹做的茶壶桶装来吃。当家的商量了一下，望望后头没有什么响动，就叫大家捡柴火烧早饭。柴火头烧了几堆，南瓜粥烧熟，红薯煨熟，大家吃了五六分饱，又要动身逃命。太奶奶和几个女人家躲到一个角落头里，鬼头十七，不晓得做什么事情。她老早就用针线缝好了一只小布袋，这下子又用柴火烧出来的灰装到那只细细长长的布袋里。两个小孩子问七问八，边上大人眼睛乌珠一白，叫他们不要多管闲事。两个婆娘拖着我太奶奶到一片柴火林里头，帮她遮遮阴，让她穿好裤子，再慢慢走出来。

大家动身赶路。有个老婆婆还蹲在火堆边，仔细挑出一撮撮的柴火灰，用手帕捆好递给我太奶奶，边笑边对她身边的婆娘们讲：这把上好的炉灰，收血收得快，我要送给我们汪家顶能干的女人。

　　我太爷爷挑的粮草家伙，太奶奶挑的被褥衣裳，爷爷挑的南瓜，还有好多男人女人挑的担子，就好比一根长长的带子索，在衢州府江山县保安桥那边的山头上飘移。我们汪家人慌急慌忙的魂灵，也和那根带子索一样，在一山山的树林里晃荡着。

　　汪家犯人命，是佟家坟堆里那只狐狸精害的。

　　不晓得多少年以前，我们汪家人就租了那里的一大片山。开山之后种红薯种苞萝种豆子，还种桐子树卖桐子，种山茶树卖山茶子。旁边另外一大片山也开荒种地，租山的是姓须几份人家。姓须人家是江山本地人，我们姓汪人家是从安庆移来的。大家都在山脚底下搭棚子歇，都是做点吃吃的可怜人家。

　　本来，姓汪和姓须的也只晓得自己顾自己种地。没有想到时光一长远，小人家大了，讨老婆嫁老公的事就慢慢爬了出来。两家人一商量，就想到顶便当的办法。顺反都没有什么家底，有些孩子自己也看中意对方，索性挑就个日子一起讨进嫁出。汪家须家就这样做了亲家。那段日子，两家人真是合意，很弄得来。姓汪的学姓须的人讲江山腔，姓须的学姓汪的讲安庆腔，两家人见面都是堆了一脸的笑，开口就是一句江山腔加两句安庆腔。姓须的拿出一块煨红薯递把姓汪的，用我们安庆人的腔口讲你切切切（吃吃吃）、切切切，姓汪的抓了根煨苞萝塞到姓须的心头孔里，学他们的江山腔讲你跌跌跌（吃吃吃）、跌跌跌。

　　在切切切和跌跌跌的客客气气的声音里，姓汪和姓须的个个都会讲江山腔和安庆腔了。我们汪家和须家的老祖宗，做梦也不会想到，五十年一百年之后，两家人脾气会弄反，会牙齿悻悻只想灭掉自己的老亲家。这都是后面到了严州府的事情。在江山那下子，我们两家人好都好到肉里头去了，要骂人也是两家人站到一起骂人家，牙齿悻悻要灭的就是和汪家须家作对的佟家人。

　　佟家的婆娘，那个狐狸精，就是让我们汪家须家人嬉出事情来的。

　　佟家和我们汪家须家本来也不相干。他们的那块山和我们的山连在一起，并没有舍得开山挖火地。原因是他们山上的木头生得粗，卖木头更划算。平常日子我们看不到他们，歇的地方也隔得很远。后来牵到一起，要怪我们汪家的朋友，姓闾和姓谢的两个福建人。这两个福建人，一个娘舅一个外甥，两人讲一口的福建腔。那时光，这些福建人墨汁汁一大片，都待在廿八都那边烧石灰卖，时候长远，就慢慢地把江山腔学得像模像样了。这两个福建人一身的懒病骨头，嫌烧石灰辛苦，学了一手看风水的本事，总到村坊里和山头坞里转来转去，帮人家看风水，挣点清闲铜钿。我太爷爷从小吃苦水大，发财梦做了不晓得多少年，苦日子就是看不到头。那回他在一个村坊里碰到这两个福建人，听他们讲天书样在讲，某某人家开始怎么可怜后来怎么发财，某某人家开始怎么有钱后来风水一变又倒败下去。太爷爷高兴啊，今天碰到神仙啦，就一定要和两个人交朋友，七讨饶八讨饶才把他们拖到家里头来吃红薯面吃苞萝粑，还到姓须人家借了两斤红薯酒，招待得两个福建人屁颠屁颠的只想摇尾巴，最后讲要帮衬我太爷爷看看风水。

姓闫的和姓谢的两个人，用手里的罗盘比过来比过去，在我太爷爷家外面对比了半天，对我太爷爷讲，你歇的茅棚位置不对，要想家里好，前面那个水塘边的东岗上位置不错，要把棚移过去，财神菩萨马上会到你家里来。我太爷爷早就晓得那个东岗上的位置好，旁边有个塘，又好浇菜又好洗衣裳。那个位置是佟家一个财主人家的，老早有人去问过价钱，说卖是肯卖的，没有五十块白洋，提都不要想再提。

我太爷爷对福建人讲，我净家当五块白洋都拿不出，哪里去寻五十块？去偷去抢差不多。姓谢的外甥在旁边笑，姓闫的娘舅没有笑。他的心很煞，对我太爷爷讲：去偷去抢也不要紧，只要你有本事把棚搭到东岗上去，家里风水就来了，哪个还管你钞票是哪里来的，只要不让官府捉牢就好。

我太爷爷怕得要死，马上讲：莫莫莫，莫胆的哩。衢州府和江山县里头的官老爷，心比你还要煞，要落到他们的手上，这条命还有哇？还是想想看有没有别的办法，要么山上多种点桐子树山茶树，多卖些桐子茶子再讲。

大家坐在堂前算过来算过去，种再多的桐子树山茶树，就是再好的年辰，要想余五十块白洋，没有三五十年不能成功。唉，我太爷爷叹了口冷气，那还不要等到我孙子玄孙他们手上？这些后代有没有这样争气还不晓得哩。我汪家到了江山这么多年，就真没有这点福气？讲到这里，大家都冷掉了那份心。

两个福建人待了几天，想想没有主意，也没有另外挣头，就想回家。

我太爷爷把他们送到东岗水塘边的三岔路口，要转身分手。这时光，姓闫的福建人拉牢我太爷爷，轻轻巧巧讲：要讲办法，也不是一点没有。

我太爷爷眼睛一下子睁大，问他有么办法。福建人朝我太爷爷屋后山上白了一眼，努着嘴巴说：喏，那个位置有几棺老坟，看上去很有场面，肯定是往年有钱人家的，现在没有主了，你动动脑筋，先到这里发一笔。

我太爷爷往那里看了看，心里有了数。

那个福建人又说：要是发了财，莫要忘记我这个朋友。五十块之内，你也不要谢我，超过这个数，分我几块买酒吃。

银子没有到手，我太爷爷落得大气，拍拍胸口讲：超过五十，都拿来谢你。

就这样，汪家老祖宗眼睛盯上了山头上那几棺坟，一天到夜待那里转来转去，想办法下手。

也不晓得哪个嘴没有封牢，佟家人晓得了汪家人的主意，还派一个婆娘来，在一棵大樟树底下搭了个野猪棚候坟。哪晓得后来，不光光坟没有候牢，自己的裤腰带也没有候牢，还害我们汪家犯了人命。汪家人只好脚底下抹油，和姓须人家一起逃出了江山。

削尖的竹铳朝我太奶奶身上戳来，雪亮的柴刀朝我太奶奶头上劈来，要不是我太奶奶能干、强悍，摸出胯裆底下那个东西朝佟家人脸上甩过去，哪个生哪个死就要两样去说了。那个佟家男人也没有想到，汪家一个没力气的女人家，怎么杀都没杀死，自己反倒死在了她手里，死在了她那块血淋淋的骑马布下面。

佟家人仇没有报，又多贴一条人命，旧债添新仇，不报不能歇。在那个半山腰上，树林丛里，到处是举了竹铳柴刀的佟家人，气急呼啦要灭掉汪家人。

古怪的是，我太奶奶丢出那块骑马布之后，这些佟家人就再也不敢独个人往前面冲了，只怕再吃骑马布的亏。他们三个一团，五个一伙，躲在后面哇哇叫，有些人只想早点出气，就从地上捡石头往汪家人身上丢。汪家人也晓得石头块的厉害，也从地上捡来往后面丢。我太奶奶听人家夸她能干，更加肯出力，不光光丢石头，一身的本事用也用不完，等后面有人赶到时景，还是老一套，胯裆底一摸，一块血布丢得佟家人逃都来不及，往后退出好几丈远。

还有两个刚好也是肚子疼的汪家婆娘，把我太奶奶的手段看得雪灵清。她们都晓得这种手段厉害了，好在也没有什么难学，一看入眼个个都会。等后面三个五个的佟家人追到屁股后，手上又没有石头好丢，就从胯裆底下摸出宝贝来，朝佟家人的脸上赏过去。那些佟家人老早就有防备，一看汪家婆娘摸胯裆，就比抽他的筋剥他的皮还难过，都拼命往后头退，有的一不小心骨碌碌滚下了山。

我太奶奶一看这个场面，仗又打赢了，马上命令下去：唱起来！唱起来！

那几个婆娘就跟牢我太奶奶，又是劈巴掌做戏，又是恶恶毒毒唱起来：

尝了我的骑马布，你短命死到石垅窟！
尝了我的骑马布，你奋箕扑到西洋坞！

尝了我的骑马布，我叫你一命就呜呼！

出了江山到龙游，一爬爬到桃源岭，也是山坞窟窿里的一个村坊，零零星星有几份人家。汪家老小挤到两个老人家的门口，想寻点位置困困，弄点什么吃吃。两老心好，看这么多的人逃出来讨饭，也没舍得赶走，还拎出整畚箕的红薯给大家吃。

男人家都背锄头到菜园里帮衬做工夫，带便摘些黄菜叶子野菜叶子下来；婆娘们洗红薯的洗红薯，烧锅笼的烧锅笼，没有多久就烧出一锅的红薯粥来，分给大家吃。大家吃得饱，困得着，第二天爬起，个个都想留下来开始过日子。当家人商量过了，这里离江山太近，佟家人容易寻到，还是再逃得远点好。

丁丁当当挑着破担子，大家又开始动身，心里倒没有原先那样慌张。汪家那个老婆婆，站在篱笆边不肯走。龙游两老走过来，看到篱笆上有两根老丝瓜吊在那里，晓得她想讨去做种，就答应让她摘去。汪家老婆婆摘下来塞到心头孔里，多谢了两老，说：这个东西是宝贝，挖出子来可以做种发苗，洗干净晒燥的丝瓜包，雪白光烫，收血收得快哩，我要送给我们汪家顶强的女人。

我太爷爷挑的担子里没了粮草只余几样好用的家伙，太奶奶挑的棉被衣裳一样没少，爷爷挑的菜篮老早空了，里头是路上摘来的几把野菜叶子。汪家须家的男人家女人家，挑的担子也都差不多。一只只空菜篮晃里晃当，满路摇摆过去。

我们汪家人会有今天这种讨饭样的罪过日子，除了怪两个福建人，顶要怪的就是我们汪家一个短命的光棍佬。这个光棍佬太懒病，不肯做，没有一个女人家欢喜。他自己还不承认没用，讲身上一把狗头铳生得很厉害，身子弱的女人家吃都吃不消，只有狗娘嬉得他遂意。有几个小鬼头就忖出鬼主意，特意在搞戏的时景把他那把枪挖了出来，一看，嗬哟，比狗身上那个家伙还大得吓人，就都叫他狗卵泡。有些人嫌这个名字太肉麻，就变了音叫他狗能跑。

狗能跑一天到夜不想做事，汪家大人索性就派这个懒汉到坟头边上去候野猪。佟家派人来候坟，名头上讲候山，我们就讲候野猪，怕野猪吃红薯苞萝，省得他们私下动手发洋财。哪里想到这个狗能跑懒得出奇，野猪棚老早搭好了，就是不肯去歇。有两个姓须的小鬼，不晓得我们搭野猪棚是打坟头的主意，有心帮衬我们让狗能跑早点歇到野猪棚里去。他们就寻到狗能跑说笑，讲那个候坟的佟家女人多少多少齐整，两个奶子生得有多少多少的大，还编了歌，用我们的安庆腔拿来唱：

佟家女人奶子大，

两箩苞萝装不下。

你讲像畚斗，畚斗没有这样大；

你讲像布袋，布袋没有这样大！

狗能跑人懒脑筋不懒，听姓须的小鬼歌一唱，就晓得是戏弄他，调排他，他偏不相信，说什么都不肯上山候野猪。后来姓须的又听到消息，讲佟家女人是自己抢着要来候坟的，原因是家里男人不会弄，快断气了。她看不下去，索性躲出来透透气，脑筋里还想些野事体。姓须的小鬼讲得活灵活现，狗能跑还是不太相信，心里倒开始巴望这种稀奇事。

有个姓须的烂亲戚倒插门插到佟家村里，山上装弓装到一只黄麂，路上碰到狗能跑，一定要拉他到家里去吃杯酒。酒一吃话就多了，讲了小孩讲大人，讲了男人讲女人，狗能跑就问起佟家那个候坟的女人。姓须的讲，哦，就是那个黄牛脸的老婆。狗能跑问他哪个黄牛脸。他就说，黄牛脸今年二十三岁，本来脸就有点黄，去年讨了个老婆回家，脸就更加黄了。问他为什么，他说，这个女人那孔东西生得特别大，井口打得特别深，瘾头来得特别重，天天夜晚要男人往她身上爬，不爬个把时辰没得让你下身。男人家靠身体做工夫吃饭，哪里吃得消天天夜晚拿命来嬉？就这样，这个男人身体败掉了。前段时光还看到他到门口来摸点事做，这段时光困床上动也不太会动，恐怕时候不长远了。

狗能跑像在听张天师讲天书一样，眼睛乌珠转都转不动。他想晓得这个女人样子生得怎么光景，姓须的讲，这个女人奶子大，屁股大，肉皮生得很白，东西是好东西，害人也真害人。讲书的人讲过，女人是祸水，是肮脏水，生得越齐整的越害人，黄牛脸的女人就是这种货色。兄弟呃，你下一回看到她，把我躲得远点啊。狗能跑听了心里扑扑跳，问他村里是不是没有人欢喜这个女人，他讲，有是有一个，就是黄牛脸的兄弟水牛脸，水牛脸生得黑些，今年还是十九岁，看嫂嫂生得齐整，老早就动坏脑筋了。黄牛脸晓得自己活不长久，也肯把老婆早点让给兄弟，省得家里再另外花费铜钿讨门亲。没有想到这个嫂嫂的眼光比晒衣裳的毛竹竿还要高出三尺，根本没有把小叔子看入眼，还讲佟家男人都没什么用，要到另外村坊里寻男人，等黄牛脸去掉以后好早点嫁出去。这个女人前两天自己提出来要到山头上候坟，打的就是这个不要脸的小算盘。一家人拦也拦不牢，有什么法子？黄牛脸在床上叹冷气，水牛脸躲在灶头底下流眼泪水。

话听到这里，酒吃到这里，狗能跑再也坐不牢了。回家以后的头一件事，就是寻到做主的汪家人，拍拍心头孔要上山候野猪。我太爷爷怕他一个人在山上太罪过，答应一天三顿好饭好菜送上来给他吃，另外再贴三个铜板一天。狗能跑再也没有话说，挎了一根被褥就上山，一路上眼睛嘴巴都笑得改了相，像白吃了人家三天三夜的红薯酒一样。

汪家和佟家的野猪棚隔了十几丈远。狗能跑把被褥丢进棚里，就到外头转来转去，还在喉咙头特意咳出几声伤风，糠糠糠，糠糠糠，只怕没人听得见。

对面野猪棚里动静响了，芒杆窸窸窣窣，一张婆娘的脸孔从棚里伸出来，朝这边张了张，过一下，又缩了进去。

狗能跑不遂意，围牢婆娘野猪棚边半个廓轮圈走过来，又走过去。看里头没有声响，又大声咳，糠糠糠，糠糠糠。

芒杆动了，婆娘脸又出来了。一双眼睛乌珠骨碌碌转过来，骨碌碌转过去，看了一下又把头缩进去了。

狗能跑更不顺意了，索性走到婆娘棚门口，一股脑子地糠糠糠，糠糠糠。

婆娘熬不牢了，走了出来，说：啊哟喂，不要糠糠糠糠糠糠，我听上去像那个什么叫啦，汪汪汪汪汪汪。

狗能跑说：你听出我是汪家的狗狗啦，我就是山脚底下汪家棚里的。

婆娘问：你叫什么名字？

狗能跑说：我就是大名鼎鼎的，嘿嘿，狗能跑。

婆娘说：狗能跑？哈哈哈，你就是狗能跑？哈哈哈，你真是一个狗能跑！

狗能跑说：你晓得我啊，我，有点名气。

婆娘说：听讲你汪家棚里头一懒，懒病骨头就是你。

狗能跑说：我懒是懒点，身子骨生得硬实。

狗能跑一边说，一边脱了衣裳，把心头孔打得啪啪响，一身的皮肉起亮光，一身的骨头好当屋梁，婆娘看了嘴里啧啧啧啧啧啧，招招手，叫他到棚里坐坐。

婆娘朝狗能跑心头孔打了一巴掌，说：生得不坏，有没有讨亲？

狗能跑说：没有讨，你呢？

婆娘说：我去年嫁到佟家村，黄牛脸就是我男人。

狗能跑问：你男人怎么不来候山？

婆娘答：我男人勤力是勤力，就是身子骨不好，毛病重。

狗能跑说：你不早点来寻我，我身子骨好啊。

婆娘说：你身子骨好，人不勤力。

狗能跑说：你想买根甘蔗两头甜的，天底下难寻。

婆娘说：是啊，我现在想寻个男人，只要身子骨好就好，家里工夫我一个人包下来做都不怕，都情愿。

狗能跑说：你运气来了，我就是你要寻的男人。

婆娘说：看看身子骨是硬实，只怕也没有几回好用。

狗能跑说：你不上一回仙霞岭，怎么晓得仙霞岭的古怪？你不爬一回江郎山，怎么晓得江郎山的厉害？

婆娘说：只要你合我意，我一生世给你做牛马。

婆娘一边说一边靠了过来，把狗能跑光溜溜的身子摸得火烧火辣。两个人都把身子倒了下去，像被褥和草席一样卷到一起。野猪棚里开始起大风倒大雨，要死要活的声音，一阵追牢一阵。

我太爷爷背了一把锄头，锄头柄上挂了一只饭斗，雪里哐啷一路摇到野猪棚里来。进了棚，寻不到狗能跑的影子，刚刚要叫名字，就听到旁边传过来一阵拼了老命捣麻糍的嘿哈声，又像是野猪拱红薯的抢吃声，出了棚一看，对面那个棚顶芒杆动得不对，有数了，他赶紧回棚，装作什么都没有听见。

等他黄烟吃了一筒又一筒，旁边的声音歇下去了，再挤挤喉咙头，也挤出点伤风气来。

糠糠糠，糠糠糠！

那边棚里的婆娘吓坏了，说：不得了不得了，你们汪家棚又爬来一只狗！

狗能跑笑了，说：不要怕不要怕，有我这只狗候牢你，什么狗来你都莫怕。

等狗能跑穿好衣裳，踩了四方步扭到自己棚里，我太爷爷就用烟筒指了指他的鼻子，说：你个狗能跑，做不出什么好事！是不是把黄牛脸的婆娘困来了？

狗能跑说：松树窝里松树菇，不吃白不吃；野猪棚里光棍女，不困白不困。

我太爷爷刚刚想接下去骂，又想到什么事情来，就问：那个婆娘合意不合意？听讲瘾头很重，吃袋黄烟的工夫都没有法歇工？

狗能跑说：她瘾头重，我瘾头也不轻，对付个把婆娘，我吃得消。

我太爷爷摸了摸头脑壳，想到大事情了，说：好好好，好好好。你有这样本事就好。我跟你讲啊，这些天我们汪家想到佟家山上砍几根木头卖，怕就怕这个婆娘看到。你帮帮忙，夜晚头把这个婆娘嬉嬉好，服侍好，让她躲到棚里困觉不要出来，我们在山上好做工夫。只要你做得好，我再每天夜晚加你三个铜板。

狗能跑说：这种活好做呃，婆娘么困来，铜板么挣来，我巴不得一生世都有这样的快活生活做。

到了夜里头，我太爷爷带了自己家里几个人摸到野猪棚边上，点亮火把撬坟头。

几个夜晚下来，几棺坟都让我太爷爷撬了一遍。黄牛脸老婆在野猪棚里也听到过外头有响动，好几回想出来看看，都让狗能跑揿了床上，嬉得她下不来。还有些时景，外头声音有点大，棚里头的声音更加大，狗能跑就好比一只饿得半死的野兽样起癫，把个黄牛脸老婆嬉得叫天叫地，讲下一生世还要配狗能跑这个狗公来做狗娘。

我太爷爷一天开支六个铜板，把个狗能跑用得和狗样听话，这步棋走得真好。要讲两个看风水的福建人，眼光就差了点。我们汪家人在坟头窝里辛苦了好几个夜晚，就撬到一只金耳环、两只银戒指、几十个铜板铜钱。还有一些花里不隆咚的瓶瓶罐罐。死人用过的活人不好用，只好丢在里头不要，又用黄泥封好。

头一个晓得汪家人背后做事情的是水牛脸。水牛脸看黄牛脸一天不如一天，就想早点把嫂嫂讨来成家，那天带了一碗猪肉来看嫂嫂，一看吓个半死。野猪棚里鬼叫连天，一个男人和嫂嫂在棚里鬼牵筋。水牛脸冲进去就打那个男人，没有想到嫂嫂和那个男的合到一起，两双手一起出动，打得他直讨饶，只好赶紧往外头逃。

水牛脸逃到家里把这个事情一讲，大哥黄牛脸气得眼睛翻白，马上归了天。水牛脸带了一帮人赶到野猪棚里寻仇，就是寻不到狗能跑和那个狐狸精。大家到坟头堆里一看，不得了，这些坟头上都有新泥，都让人家挖过了。佟家村里人都晓得汪家人撬了他们佟家人的坟，哪个肯让过姓汪的？姓佟的财主寻到我太爷爷，开出两个条件：一是拿出五百块白洋来，三百块归佟家祠堂，两百块交给佟家人修坟；二是把狗能跑和狐狸精交出来，装进毛竹笼里，沉到江山港里去。

我太爷爷吓坏了，笼里笼统只挖了这样点东西，哪里去寻五百块白洋？还要把狗能跑交出去抵命。我们汪家人再没有用，也不好自己人害自己人。大家就商量，索性逃走算数，顺反这下子粮草都收得差不多了，各人都早点作好打算。

第二天，佟家人到山上打野猪一样，一圈一圈围过来搜人。黄牛脸的老子大牛头一个人冲到最前面，头一个看到狗能跑和那个婆娘，就把柴刀拿出来劈身。狗能跑捏了手里防身的，是一把用柴刀削尖的毛竹铳。看到大牛头的柴刀要劈到跟他嬉了好几天的婆娘头上，就狠心朝他心头孔一竹铳，一捅就捅了个出通，身上的血朝竹铳两头一前一后直飙。婆娘看了吓得半死，没头没脑乱逃。狗能跑心煞，杀了人也不慌，一个人朝山头顶上逃，手上柴刀捏得紧紧的，只怕再碰到佟家人。

婆娘一逃逃到树林丛里，让佟家人捉牢了，捉她的就是水牛脸。水牛脸捉牢婆娘就用绳索捆起来，把她拖回家。佟家人要上来打婆娘，水牛脸不肯；佟家人讲要把婆娘锁到毛竹笼里沉河港，水牛脸也不肯。佟家财主出来做主，问婆娘愿不愿意嫁水牛脸，要愿意就算数，婆娘讲死也不愿意。财主讲那没有办法，只好沉到河港里去。

最后，还是水牛脸厉害，他骂：你个臭婆娘想死也死不了，我要把你捆到房间里做老婆，一天三回抽你几个大巴掌，等你把我佟家生出儿子，再放你下来。

财主有点担心，问水牛脸：你身子骨吃得消不？家里只剩你一个男人了，要当心自己哩。

水牛脸回答：吃得消吃不消我讲了算数。我是男人，我讲要嬉就嬉，我讲要歇就歇，还由得女人家讲嬉多久就嬉多久啊，她要还想嬉，我就拿出大巴掌来把她吃，让她吃个遂意。

佟家人听了，都说水牛脸厉害，有办法管牢婆娘。就这样，黄牛脸的老婆又做了兄弟水牛脸的老婆。

那天夜晚，大家等到半夜还没有看到大牛头回家，第二天天早在山上寻到了尸首，晓得是让毛竹铳捅死的，肯定是汪家人做的恶事。佟家人黑压压一片漫到汪家棚来，要灭掉汪家人。狗能跑老早准备好东西，头一个挑了担子上山。后面这些汪家人都跟了狗能跑，一家家摸到山上，看到下面哇哇响的佟家人，心里头一个个都吓得起毛。

还是我太奶奶能干，用胯裆底下的宝贝家伙，一回回赶走了佟家追兵。另外几个女人家，也都学会了这身功夫，用底下的家伙救命。后来，大家胯裆底下也没有什么好丢了，就有人想出办法，捉了两只鸡来杀掉，把鸡血倒到几块布上头，婆娘们裤子袋里顺手边装一块反手边装一块，看到佟家人追来就摸出来丢过去，丢得佟家人个个看了红布就寻不到魂灵。

最后一回，佟家一伙人赶到一块几丈高的大石头底下，汪家女人摸出血布来，一块块往下扔，下面一些佟家女人都冲上去拖牢自己的男人和儿子，拼命叫：莫上去、莫上去，赶紧下来，要倒运的！

汪家人一听，更加高兴了。我太奶奶喉咙顶响，带了这帮女人家，指手画脚唱得真好听：

尝了我的骑马布，你倒运倒到廿八都！
尝了我的骑马布，你乌龟做到衢州府！
尝了我的骑马布，我叫你一命就呜呼！

不晓得多少年过去，在严州府建德县汪家坞的一块高山上，我们汪家那个长寿的老婆婆挖了好多葛藤根，背回家打碎，一道道洗出葛粉来，用嫩南瓜叶拌拌烧糊汤吃。

老婆婆烧的糊汤真好吃，晒的葛粉真香，就是那个葛包渣子摊到日头底下，也是那样雪雪白，绵绵软。

有个汪家媳妇过来给老婆婆戴几句高帽，讲你的葛包渣晒得真白，比棉花还要齐整好看。老婆婆一想又想到我太奶奶，心疼地说：这个葛包渣又软顺又养人，收血收得快，我要把它送给我们汪家功劳顶大的女人。

第三章 赶三百里水路讨债去

姓闫和姓谢的两个福建人坐船离开廿七都码头，想到要去严州府会姓汪的财主，大腿弄里檀木扇子扇起来，大嘴巴筒里牙齿咧起来。

这两个瘟鬼要去会的财主不是别人，就是我的太爷爷。从去年秋里头到今年六月里，我太爷爷逃到严州府还是半来年，三百里路外的廿八都就有人晓得他做了财主，不光有人投亲靠友，连讨债鬼也爬出来了。

我太爷爷做财主的事，最先是佟家水牛脸那伙人讲出来的。水牛脸把他嫂嫂捆在房间里的柱头上做老婆，天天夜晚把婆娘嬉个两三回，就顾自己去困觉，呼噜还打得老老响。婆娘想想水牛脸比他哥哥厉害很多，这样硬熬也不是个事情，几天后心就软下来，答应老老实实做老婆过日子。水牛脸更加认为自己强悍，是佟家的正栋柱，一心一意要帮他老子和哥哥报仇。后来听人说，汪家棚的人挖坟头，是听了廿八都两个福建人耍的火。姓汪的逃掉了，眼目下先拿这两个福建人出出气。

前段时间，两个福建人在廿七都帮衬人家看风水。某天夜里头，他们回廿八都家里，才晓得佟家村里的水牛脸带人来寻过好几回了。那伙人手里捏了柴刀，牙齿骨咬得咯咯响，讲要来割两只头脑壳带回家上坟。

两个福建人吓得要死，这个位置没法待下去了。叫了个徒弟到佟家村里走一趟，先探探佟家人的口风，看看他们是不是真这样心煞。徒弟回家讲，佟家人一定要报仇，杀人的心是不会假的。另外还带回消息，说汪家人听了福建人的话，从坟头里挖到白洋五百块，金条银条几十根。那些汪家人坏得没法说，把佟家人杀掉一个又一个，把金子银子整担整担挑上山，连夜逃到严州府去。还有汪家人带信给江山的亲眷，讲他们到严州府之后，买了整片整片的田地，天天把整碗整碗的肥猪肉当豆腐吃，吃饱了就坐四人抬的轿子到江山船茭白船上嬉婊子。

两个福建人的屁股哪里坐得牢？这一生世下来，整碗的肥猪肉没有吃过，四个人抬的轿子没有坐过，江山船菱白船没有上去过，船上的婊子连腥气都没有闻到过。姓汪的人晓得快活日子，我们福建人就这样笨，就不晓得过快活日子？想到这里，头一件要做的事情，就是赶到严州府去，把那笔债讨转身。这笔债，就是我太爷爷半年前那天讲过的，挖到五十块白洋拿来买屋基，超过五十全部送给福建人。那些金条银条不管，光光五百块白洋，除掉五十还有四百五。有了四百五，多少也在严州府买块把田地，多少也吃餐把整碗的肥猪肉，多少也坐回把轿子，去嬉嬉菱白船上的桐严妹①。

从廿八都赶到廿七都小码头上船，毛竹排一路走走停停，到了清湖码头又要换船，两人就下来歇夜。没有走几步，就听到前面一红一黑两个外地人谈天。

穿红衣裳的讲，我这一生世经手过的宝贝，就好比江山港里的船一样一只连一只，数都数不灵清。上一次建德县的县官老爷碰到我，讲我是严州的财神菩萨。

穿黑衣裳的讲，有索里（什么）了弗起，我手上的功夫比你好，日子过得比你威风。上次严州知府大老爷到我店里头坐了一下，他把头翘得老老高，我手指头一揿，他就老老实实年落下去。人家讲他当得上知府，我起码该是巡抚。

穿红衣裳的生得红，穿黑衣裳的生得黑。两人你一句我一句，把后面两个福建人听得嘴巴筒啦、鼻子孔啦、眼睛乌珠啦，都和铜钱铜板一样滚滚圆。

姓谢的外甥讲，我听出来了，是严州腔，又叫梅城腔，这两个都是严州人。

姓闫的娘舅讲，严州人哪个听不出来，要紧的是弄灵清他们做什么行当。刚刚听红衣裳讲是做大生意发大财的，黑衣裳恐怕是当官的，比知府还要威风，就是看不出是几品的官。

在街上走一些时候，看两个严州人进了一爿茶店，就跟了进去。姓闫的有打算，要在这两个有钱的人身上敲出几个铜板来，等下也好买两个麦粑填填肚子。

茶店里客人多，严州人寻了张桌子坐下来，福建人也跟牢屁股后头坐下，还学他们的样子叫店里人泡茶吃。两个严州人看旁边这两人有点古怪，福建人就只顾对他们点头笑。

姓闫的晓得，福建腔江山腔对严州人来讲比外国话还难懂，好在他们歇的村坊里也有好多安庆人，平常日子跟安庆人打的交道又多，老早就把安庆话学得活灵活现。对付眼目前的严州人，还是用安庆腔谈天好，安庆腔和官府里人讲的官腔差不多。他就问：看你们

---

①桐严妹是指九姓渔船上的桐庐、严州（建德）姑娘或妓女。结过婚的叫桐严嫂。

好像是严州人。我们，我们也正要到严州去。

红衣裳看了看福建人，又看了看手板心，问，你们是做索里（什么）的？

姓闫的笑眯眯讲：我们是看风水，算命的。

黑衣裳把两个福建人的头脑壳看了一圈又一圈，问：算命的，算得准不准啦？

姓谢的只学过看风水，没有学过算命，牛皮乱吹：准准准，你们的面相好，一个是做生意，一个是做……

"做官"两个字还没有讲出来，姓闫的娘舅就踩了他一脚，咬牢他耳朵讲：算命不好算得太细，细就不准，要寻粗的地方讲。

姓谢的脸红了起来，不敢再开口。

黑衣裳的严州人就讲，你们帮我们算算看，只要算得准，今天的茶钿我来出。

姓闫的讲，那我就多谢你们了，让我试试看。

姓谢的看了看姓闫的，想学一学这个娘舅师傅是怎么靠嘴巴筒做工夫挣铜钿的。

姓闫的先对牢黑衣裳竖了竖大拇指头，讲：你个大老爷，做人做得威风啊。你这一生一世，没有哪个不怕你，个个看到你都要低头，保长甲长没有你大，知县知府没有你大，堂堂严州府，你是头一大！

黑衣裳听了很高兴，红衣裳听了笑得眼泪水都滚出来，指了指黑衣裳的鼻子，讲：你个短命鬼，你大，我弗有你大，你顶大！

黑衣裳听了不服气，骂红衣裳：你笑我笑个屁，你自己不是一样？你个红心番薯，空心菩萨一个！

姓闫的福建人听他们一笑一骂，心里头有了数，看了看黑衣裳，接下去说：你个大老爷呃，你就好比是盯牢水里的月亮当老婆，拿牢镜子里的花朵闻不到香。你是有这个架子，没有这个命。讲你大，么老老大；讲你小，又是么老老小。讲来讲去，就是差一点点。

黑衣裳问：差哪一点点？

姓闫的讲：你家门口太肮脏，朝向不好，下一回我用罗盘帮你好好量一量。

红衣裳问：那么我的命怎么光景？

姓闫的讲：你的命好，比这个大老爷好。你是金银财宝眼前过，绫罗绸缎手上过，家里财宝千千万，捧出铜钱万万千。就是有一点不大好，屋梁上走风，屋底下走水，流出去多，留下来少，聚财有点难。讲到底，这个都是风水里头的关系。

红衣裳问：那有索里（什么）办法？

姓闫的讲：我下一回帮衬你用罗盘量一量，看在朋友的缘分上头，我不收你一个铜板。

两个严州人看风水先生讲得很对，竖起大拇指头，讲：了不得，比天师还灵！

后来大家都通报了名字，严州人就一口闫天师，一口谢天师，把两个福建人叫得屁股上抹糖一身甜。凑得巧，严州人一个姓洪一个姓何，福建人就一口洪掌柜，一口何老爷，把两个严州人也叫得很入味。他们不光请天师吃茶，到兴头上，又叫店里伙计拿出两盘糕饼，烧了四碗肉丝面，让大家都吃了个八分饱。

面吃好还舍不得走，洪掌柜和何老爷要请两个天师去严州府看风水。大家商量好明朝一起坐船上路。

洪掌柜常到江山来走动，耳朵里装的老古话不少。听讲天师是福建人，眼目下都歇在了廿八都，就熬不牢说起福建人的往年事。他讲：你们到江山来的福建人，肯定是浦城的多。浦城人到江山做工夫的有两种人，讲到底，都是靠仙霞岭过日子。一种是烧石灰卖，这个是浦城老祖宗传下来的手艺。浦城连到江山的仙霞岭上都是灰坯石，烧石灰卖挣钱是一条路；还有一种人，是挑浦城担的。挑浦城担也是仙霞岭的缘故，为什么？我们浙江的水路四通八达，从杭州到严州、金华，一直连到衢州府江山县的廿八都，到仙霞岭上搁牢了，通不过去了，再过去就是福建了。福建人呢，海边的盐多，用船运到福建的东北面，到了仙霞岭也搁牢了，再过来就是我们浙江了。就这样，我们浙江的东西到不了福建，福建的东西到不了浙江，都怪这个仙霞岭。后来做生意的就想出一个办法，用担子挑，要过仙霞岭，从浙江的河港挑到福建的河港边，一起要挑两百里路。我们浙江的江山人、福建的浦城人，都有好些靠挑担过日子的，这个就叫挑浦城担。

洪掌柜究竟是生意人，他讲的仙霞岭的事，肯定是其他生意说给他听的。

何老爷问：从福建到我们浙江就这一条路啊？

洪掌柜讲：那倒不是，以前除了仙霞关之外，还有一个分水关。福建浦城挑担过仙霞关到江山廿八都，再经过江山港到衢州；福建崇安挑担过分水关到常山广济渡，经过常山港到衢州。两个方向的货到衢州以后，再运到兰溪、严州、桐庐、富阳、杭州。顶早的时候，分水关是大关，运的货多；仙霞关是小关，运的货少。到了明朝天启皇帝手上，关掉崇安分水关，把浦城到仙霞岭的小关开大来，这边就一下子闹热起来了。

何老爷问：以前仙霞关小，分水关大，为索里（什么）？

洪掌柜讲：从仙霞岭运货便当是便当些，就是这个岭生得很危险，路不好走。老话讲得好，自古华山一条道。这个仙霞岭比华山还要难走，一条道都弗有。就是现在这条路，还要多谢一千多年以前的强盗头，唐朝的黄巢。那个时候他造反经过仙霞岭，劈石头修栈道，开出第一条路，总共七百里长，从江山一直打到建瓯。这条仙霞古道，弗光光是兵家必争之地，还是商家必经之路。毛病是这条路太窄，挑担的人走羊肠小道翻山过岭，弗小心还要掼跤，运货量不大。到了明朝天启皇帝手上，把强盗头子黄巢修过的路重新修大修阔；到了清朝顺治皇帝手上，原先在常山县的广济渡水马驿迁到江山清湖，所有的福建货，就都要经过仙霞岭这个关口运到清湖码头，再到浙江其他地方。仙霞岭一闹热，廿八都也就闹热。福州的丝绸、漳州的纱绢、泉州的漆篮、福州延平的铁、福州漳州的橘子、福州兴化的荔枝、泉州漳州的糖、顺昌的纸，每一天都经过仙霞关运到浙江。挑浦城担的几千个人，都好比上千只小船，在仙霞岭高头来来去去运货。

闫天师很巴结洪掌柜，说：你真有见识，究竟码头跑得多，晓得江山人福建人的事体不少。我们姓闫的人家，就是从福建过来的，开始挑浦城担，后来也到处打打零工，挣口饭吃。我这个外甥姓谢，他们家里老早在福建烧石灰的，这下子也改行了。

谢天师也讲：在廿八都烧石灰的，除了我们，还有江西宜黄人，讲的一口灰山腔。

何老爷问：你们讲索里（什么）腔？

闫天师讲：我们福建人到江山来的很多，腔口有好多种。我除了会讲浦城腔、岭头腔、溪下腔、河源腔、下浦腔、洋田腔也会几句，还有江山腔和广丰腔也能讲。我们到江山的时光长，是第二代了，算得上是江山人了。廿八都这个地方两三千人口里头，有一百多个姓，八九种腔口，大家讲都讲不灵清，后来做生意运货的人慢慢统一起来了，编一种新的话出来，叫廿八都官话。大家见面讲不灵清，就都讲官话，打官腔。

何老爷说：你们这地方真稀奇，这里的都也多，已经取到廿八都啦？

闫天师讲：廿八都不算多，我们江山总共有十二个乡四十四个都。我们廿八都是道成乡管的，我们乡还算大，总共管了四个都。

何老爷想问什么，又没有问。他有个脾气，眼睛总是盯牢人家的头脑壳，前前后后看个不歇。再就是总喜欢用手指头来来去去铲肚子皮，好像在那里磨朴刀。

洪掌柜脾气不一样，他欢喜把顺手举到鼻子前，好像手板心里有什么宝贝，不停地看啊看，望啊望。再还有就是欢喜摸鼻子，摸了鼻子就讲：这些乡啦都啦，我们严州府也差不多。康熙皇帝的时光，我们建德县有九个乡廿一个都五十三个图，到雍正皇帝手上，都啊图啊的名头都改掉了，建德改成五个区四十五个庄。有些大的都还把名字留落来，我们梅城江对面就有一个地方叫三都。

闫天师见洪掌柜总是看手板心，摸鼻子。看过摸过，就骂何老爷一声黑鱼头。仔细一望，才晓得他的鼻子红彤彤的，是个酒糟鼻。何老爷叫他红心番薯恐怕有点缘故。再望望这个何老爷，黑不溜秋，顺手在肚子皮上滑过来滑过去，还真像一条黑鱼。望到这些，闫天师心里头的算盘，就踢踢克克打不歇。

红心番薯洪掌柜和黑鱼头何老爷带两个天师到店后头客栈里困觉。困觉前，闫天师问两个严州人到江山来做什么。洪掌柜讲：我和何老爷是到江山来讨债的。何老爷有个江山的朋友到严州做生意时景借了我一笔银子，长久没有还了。

洪掌柜也问天师：你们到严州去做什么？

闫天师笑了笑，讲：事情凑得巧，我们到严州也是去讨债的。我有个姓汪的朋友，这下子在严州发财了，当了大财主，买了好几百亩田地。他寄信来叫我过去嬉，讲带便把我借他的本钱加倍还把我。

洪掌柜问姓汪的财主歇哪个县哪个乡哪个都。闫天师讲：在建德县西乡，哪个都没有听灵清，去了再问，顺反一个乡下面只有两三个都，就是名头改成了区、庄，一样容易寻到。

洪掌柜的红鼻子有点痒，把伸到鼻子前的顺手手板心收转来，摸了三下鼻子，就听闫天师讲：我这个姓汪的财主朋友发财发大了，他家里坐的都是金交椅，吃的都是金饭碗金筷子，困的床下面垫的都是金砖，天天夜里摸到地窖里数白洋，数得手酸就坐地上唱歌。过一下又唱，过一下又唱：哗啦啦落大雪啦，哗啦啦落大雪啦，落下来一片片，一片片……满地都是雪白雪白的硬货啊！

姓闫和姓谢的两个福建人坐船离开清湖码头，想到要去严州府会姓汪的财主，大腿弄里檀木扇子扇起来，大嘴巴筒里牙齿咧起来。

清湖码头坐的船是真船，廿七都那个小码头过来的船叫是叫毛竹船，实际就是毛竹排。廿八都东面好多里路之外才有河港，到清湖的水又浅，撑船不大便当，运货要靠挑浦城担的人从浦城直接挑担到清湖码头，水路也懒得走。只有那些运毛竹运木头的，要从水里扎排往下放。有些熟人就一边帮衬放排，一边搭排到清湖来办事情。这两个福建人歇的位置离廿七都码头不远，加上帮卖木头卖毛竹的包头家里看过风水，有了大面子，不消一个铜板就坐上了毛竹船。

天早爬起到清湖码头边上一走，才晓得清湖的闹热。河港边上的船黑压压的一只又一只，就好比秋里头田里闹虫灾，每一棵苗上头都叮牢一排排蝗虫；船上的帆布白哈哈一面接一面，就好比六月天挤在天上的云团，一层层一叠叠漫在那里望不到边。河港上大船小船整片，竹排木排整片；街上轿子脚夫整片，竹木炭纸店整片，油蜡茶漆店整片，京广百货店整片，还有客栈和小吃店，满街满路统统都是。河港边光光停船卸货的埠头，就有五六个。这个地方来来去去都是人头，耳朵边响起的声音就像毛竹林里着了火，噼里啪啦闹不歇。

有了洪掌柜和何老爷做伴，两个福建人一路上日子倒也过得顺当，揩到好几两油水。刚刚上船的时景，洪掌柜要付船费，闫天师在旁边叫：我们自己付啊，你不要帮我们付啊。弄得洪掌柜很难为情，本来只想付自己两个人的钱，这样子也只好一起把四个人的船费付掉了。何老爷脑筋也不差，他看出两个天师的把戏，就用顺手在肚子皮上铲了几铲，又望了望闫天师，讲：你们也弗要客气，大家交个朋友，坐船的铜钿我们付，等下到衢州歇夜，你们多回钞回钞。

闫天师心里有数，就堆了一脸的笑讲：那是，那是，到了衢州下船，我们多开支些。

谢天师拉了拉娘舅的衣裳角，咬着耳朵讲：袋里没有什么铜钱哩。

闫天师装模作样说：是的是的，洪掌柜何老爷对我们这么客气，我们到衢州一定要还人情。

两个天师一路上动破脑筋，想不到有什么挣铜钿的主意。到了衢州水亭门码头下船，洪掌柜讲要去某某客栈，闫天师就拉牢谢天师讲我们先到码头边看看，等下再到客栈来，饭菜你们先叫店里头的伙计烧好。

到了衢州才晓得河港大。从南面江山港、西面常山港过来的水，都到衢州会面，扭作一根油条一样粗粗地卷向东北面的龙游、兰溪、严州，一直到杭州。看了清湖再看衢州，水面更加阔，码头更加闹热。水亭门这边，有盐码头、杀狗码头和常山码头；靠衢州府大街那边，一眼看去就是一排的打铁铺，铺门口头摆了一排的铁篙头，是撑船的毛竹篙上用的。打铁铺对面是两家船行，一家汪记，一家张记，都是运货的大掌柜。再走过去点，是一排的盐店、茶楼，便宜的客栈里头进进出出的都是脚夫伙计。

谢天师问闫天师到哪里去寻铜钿请客吃饭，闫天师摇摇头，实在想不出。后面只听到哗啦啦、哗啦啦一片震天响，转过头来一望，是码头边一排的船停下来，帆布一张张落下，好像一只只大鸟的翅膀落到码头边。翅膀一张张啪啪啪摇动，一张张从天上落下，崭崭齐齐，把两个天师看呆掉了。衢州真是大地方啊！

两人的头脑壳还没有冷清下来，背后又是一阵大响动：嗨哟，嗬唷！嗨哟，嗬唷！

这个声音又沉又稳，又苦又癫，叫得你心里麻进去麻进去，听得你只想往哪里逃。两个天师转过头来，就看到后面两个人抬了一只老老大的黄桶，一路摇一路叫，往这边移过来。路前面的人听到这个声音，都洋鸭逃慌一样，掰手掰脚，拼命往路两边退退退，退退退。

两个天师也跟牢这些人，大脚板踩着洋鸭步往后头退。

退让之后，刚要开步走，又看到那边过来一对抬大铁桶的。一对过去又一对，一对过去又一对，都是一路的嗨哟嗬唷，嗨哟嗬唷！

再往后面看，码头边还有好些这样的人，一双一双在那里抬。抬之前，一个讲：准备来撑腰！另一个讲：撑腰起来哦！后面那个人讲到"来"的时景，两个人就一起用力，腰一挺就抬起来。抬起来之后，就开始打拍子，屁股一路顺了反了摇过去，嘴里一路嗨哟嗬唷唱过去。

码头边唱歌的人还真不少。除了抬东西的脚夫挑夫之外，还有小贩子叫：猪油酥糖呃麻酥糖，柠檬糖呃那个香蕉糖！

再过来一个，挑了一担的烧饼和油条，硬把油条叫做天萝筋，叫得很大声：热辣辣个烧饼哟，香喷喷个天萝筋！

还有一个十三四岁的小丫头壳，手腕里挎了一只平底毛竹篮，也不晓得是在唱戏还是卖东西：染——衣裳——染布呃！

两个天师眼睛看花，头脑看傻，东张张西望望就来到另外一个码头，名头叫四喜亭。

好家伙！四喜亭码头上会生出这么多的山冈来，一个连了一个。码头边的河港更加古怪，河港上面铺了一张张黑嘟嘟长哈哈的大叶子。不晓得多少的神仙菩萨，一人脚踩一张叶子，从云底下天角头飘过来，一直飘到码头边。

抹抹眼睛，都看灵清了。那个一张张的大树叶子，哪里是什么叶子，是十根一捆扎起来的木排，站在木排上的是一个个撑排的人。这些木头，都是从西面的开化、常山和南面的江山运过来的。两个天师在江山廿八都是坐毛竹排来的，前头后头也有好多的木排，一直跟到清湖码头。在小河港里看到的木排，和在四喜亭码头看到的木排，就是不一样。大河港就是大河港，河港又阔又深，那个云也不晓得是从天上滚下来，还是从河港里头爬出来的。连撑排工也神气得很，一个个都天兵天将一样。

码头上的一个个山冈，是河港里运上来的木头堆出来的。在木头岗的旁边，是一排排的人在那里剥树皮。一根根杉树松树架在木头叉叉上，剥树皮的人手捏两头有柄的柴刀，弯腰翘屁股，刷刷刷剥树皮。一刀刀剥下来的树皮，就好像一根根又长又扁的稻草索一样，嗞啦嗞啦卷落在地上。

剥树皮的人里头，还有好些婆娘和小人家，都自己带了柴刀来剥。树皮是哪个剥下来归哪个，运回家当柴火烧。有了这样的规矩，那些卖木头的掌柜也落得清闲，雇人剥树皮的工钱都省下来了。赶来剥树皮的男女老少真多，做工夫做得真勤力，大家一个剥得比一个快，头脑壳上的汗嗞啦啦流个不歇。

卖木头的掌柜和两个男人在那里吃烟谈天，边上一个六十多岁的老婆婆，歪下歪下走过来，问这个木头多少铜钿一根。老婆婆手里拿了一个用手帕包的东西，看样子是来买木头的。掌柜看到老人家很客气，答应出顶便宜的价钱给她。

老婆婆高兴得不得了，刚刚想解手帕，一个黑影撞过来，把手帕包夺过去就逃。老婆婆吓得去了半条命，坐地上哭：老天哩，我买老屋（棺材）的钱哩！

那个黑影正好从两个天师身边逃过。谢天师发火了，问娘舅：这个瘟鬼偷东西，要不要追？闫天师讲：还要问？煞手去追坏人啊。

两个天师一前一后追啊追，追啊追，追到一个小弄堂里。前面有位置逃了，坏人就把手帕包丢在地上，爬墙头出去了。

谢天师捡到了手帕包，也懒得再去追，问娘舅：里头有好几块白洋，要不要留点下来？

闫天师眼睛睁得老大，像狼要吃人一样骂：什么？留点下来？

谢天师胆子小，没有想到娘舅做人这么好，一块都舍不得留。刚要再开口，闫天师又补了一句：不是留一点，是全部留下来！

这回，是谢天师眼睛睁得老大了。

闫天师推了他一把，讲：快点赶到客栈去，饭菜都凉掉了！

两个天师半走半逃，赶到客栈。到了门口，谢天师又撞到一个人，刚想开口骂，就看到客栈里两个严州人候在那里等，一桌子香喷喷的菜烧好还不长远。

闫天师想到要做东请客，很高兴，叫外甥狗把东西拿出来。外甥谢天师摸啊摸，就摸到一块手帕，手帕里的东西没有了。

看到谢天师脸色铁青，闫天师就晓得出事情了，拿出檀木扇来就打过去，骂：你个木头脑壳，把我银子交出来！你个木头脑壳，把我银子交出来！

洪掌柜也看出来他们是有银子要请客，有这份心没有这个命，檀木扇子也快要打散了，就过来劝他们：弗要打弗要打！我请客，今天还是我请客，好弗好？

何老爷只顾拿顺手在肚子皮上铲，还不停地嘿嘿笑，讲：快点动手，快点动手！

洪掌柜满心满意要让天师请客，就叫店里的伙计把顶好顶有名的菜都烧上来了。衢州的菜有名的是三头一掌：兔头、鸭头、鱼头和鸭掌。这些菜里头放了顶多的就是大椒、生姜、大蒜，味道烧得非常的重。要命的是，辣椒烧得特别辣。

一人一只拿了手上咬，一人一声叫：哇策策，辣辣辣，衢州佬烧菜真辣！哇策策，辣是辣，吃还算好吃！

四个人又吃酒又吃菜，越吃越遂意，闫天师一想到付钱的事情，又开始吹牛：今天我对不起你们了。明朝到龙游，我到朋友那里拿几两银子来。我要没有钱回钞，闫字倒头贴！

两个严州人都讲闫天师讲义气，是朋友。大家一边吃酒一边划拳，一桌子的菜，慢慢就都变成了一片的垃圾堆。

第二天到了船上，一个个都叫肚子痛。船上的茅厕让两个严州人和两个福建人轮流坐，害得另外客人捧牢肚子哇哇叫，有些屙尿的就索性对牢河港直飙。

下午没有东西屙，四个人坐在一起里谈天，谢天师还捧牢肚子叫：天杀的衢州佬，烧的菜真辣啊。吃到嘴里嘴辣，屙到屎里屁股辣。

何老爷肚子辣得没有力气铲肚子皮，想到一句兰溪人讲的老古话一定要讲出来，顺手摸到半空当中，伸出两个手指头来，讲：还是兰溪佬讲得好。兰溪佬把辣椒叫做辣虎，顶晓得上头下头辣的苦，说——辣虎辣虎，两头吃苦！

到龙游下船，洪掌柜熟门熟路，又带大家到客栈。刚刚坐下来要泡茶吃点心，闫天师就拉了谢天师出门，转过身来对两个严州人讲，你们坐这里慢慢吃，我们到朋友那里走一趟，拿了银子就来回钞。

谢天师骂娘舅，我们穷骨头一个，用什么回钞这两个有钱人？

闫天师讲，有什么办法？你个没有用的东西，害我牛皮一张张都吹破。在他们面前充了阔佬，只好出门碰碰运气，看有没有钱好挣，实在挣不到，我们就顾自己走了算数，下一步靠两只脚送我们到严州，慢就慢点，到了严州就有好日子过了。

两个人到龙游街上转了一圈，手里举了一面算卦看风水的小旗子，一路走一路问，就是没有人肯停下步来让他们算。后来两个人分头走，一圈之后又碰面，还是没有抓到一个生意。

两人有气无力地走啊走，街上卖吃的小店多，有饭有面有包子有馄饨，就是袋里没有铜钱。口水答答滴的时景，有个店掌柜大声一喊，一阵风吹了过来，那个香气啊，真要人命。上前一问，讲是龙游发糕。你要吃什么发糕，品种来得个多，什么白糖糕、桂花糕、核桃糕、红枣糕、大栗糕，你想得出来好吃的，龙游人都做出糕来诱你，诱得两个天师口水挂得索面样长。

谢天师讲：娘舅，这个日子难过呃。

闰天师看发糕店的掌柜出门有事，只有掌柜婆娘一个人候店，就讲：有了有了，莫要响，有办法了。

谢天师问：什么办法？

闰天师讲：你看牢我的手，等我把那个婆娘的眼目光拦掉的时景，你就快点动手。

谢天师也不笨，闰天师一开口，他心里就有了数。闰天师走到蒸笼前头，对掌柜婆娘讲我要买这个这个、那个那个，两只手拦过来拦过去。这个时候，谢天师就躲在后头，朝闰天师的胳肢窝底下摸出一只发糕。也不晓得这个发糕做得这样软、这样烫人，谢天师捏在手上，摇了一摇，让后面走来的人看见了。不是别人，正是那个掌柜。

听到有人喊抓贼，谢天师就往小弄堂里逃。掌柜要追，闰天师把那只刚刚在袋里抓铜钱样抓空屁的手拿出来，拦牢掌柜讲：莫莫莫，你莫追，我去追。你候店要紧，弄不好又有人来偷发糕。你看牢，我一定捉牢这个贼，把这个贼骨头捆到你店里来，要是捉不牢，我就不算人！

还没有等店掌柜开口，闰天师就朝谢天师后面死命喊：不要逃，你个贼骨头，我捉牢你叫你死！

转了个弯，看后面没有人，闰天师就不逃了。等他慢慢赶上谢天师，谢天师手里还剩半个发糕。闰天师骂：没有用的东西，拿只发糕都拿不牢，让人家看见，只晓得自己吃，也不晓得孝顺娘舅。谢天师就把半只发糕拿过来给闰天师吃。闰天师又骂：你吃过还拿我吃啊？谢天师巴不得，讲：我吃过的你不要吃，等下我再去拿一只给你吃。

谢天师刚刚要把另外半只发糕咬下去，闰天师又有了主意，讲：莫吃莫吃，我们看风水算命的，都是先生，先生要有先生的样子，偷东西还不如动脑筋。等下我去算命，你在前头那个百货店门口卖百灵丹，你喊一个铜板一颗，我要叫人家过来买你三个铜板一颗。

谢天师问：我到哪里去寻百灵丹？

闰天师指了指他手上那半个发糕。看他还不懂，就把发糕抢了过来，摘一撮，搓一个；摘一撮，又搓一个。快得很，还没有一筒黄烟的工夫，就搓出一把的药丸子。

谢天师走到百货店门口喊：卖百灵丹哩，一个铜板一颗哩！

闰天师走到码头边喊：算命测字不收钱哩，不要铜钿就把你算命哩！

看到有人停下来，闰天师就讲：你怎么怎么好，就是身体怎么怎么不对，眼目下毛病在皮肉上，三个月以后要进骨头，半年之后进五脏六腑，那就是不得了的大事情。

对方就问有什么办法救命，闰天师用手一指，讲：那边百货店门口有人卖百灵丹，他讲一个铜板一颗，你不要买，买来救不了命的，你话不要多讲，出三个铜板买一颗就走，这都是命里注定的事情。

谢天师在店门口喊一遍又一遍，起先很多人都不理他。后来还真有个把老人家上来问，拿出一个铜板来买药。谢天师讲：不卖不卖，一个铜板不卖。

老人家问：你不是讲一个铜板一颗么？

谢天师讲：我喊是喊一个铜板一颗，你要真是出一个铜板，我不卖的。

老人家不服气，吵来吵去声音大，围拢来的人越来越多，大家都讲卖药的人古怪。

那边走过来一个人，老远就叫：我三个铜板买一颗。谢天师收了三个铜板，就卖把他一颗。

过一下，又来一个人，也讲要三个铜板买一颗，谢天师又卖了一颗。

就这样子，谢天师嘴上讲一个铜板卖一颗，真正卖出去的都是三个铜板一颗。

围在边上的人也心动了，都晓得这种药灵，是真正的百灵丹，也都摸出三个铜板来，买了药就走。

卖光了顶后头一颗百灵丹，谢天师摸摸整袋的铜板就要走。这个时候，对面又赶过来一个人，老远就叫：我要买一颗，三个铜板。

谢天师把手心拍了拍，摊了摊，讲：没有办法，卖光了。

那个人一听，一屁股坐了地上，拼老命哭：啊呀哩，老天呃，我要等这颗药救我命哩！

洪掌柜和何老爷坐在客栈里吃茶，顺等等，反等等，就是等不到两个福建人。菜啊饭啊不敢点，只怕没有人回钞。何老爷就开始讲笑，一口一个红心番薯；何掌柜也不肯吃亏，一口一个黑鱼头，你个短命鬼。

两个人骂得肚子咕噜噜叫，你叫歇来我叫，我叫歇来你叫。正是难过的时候，门口两个天师一摇一晃进来。闫天师两手一捧，作了个揖，挺直腰板讲：对不起对不起，我朋友一定要拉我们吃夜饭，我讲今天夜晚我要请客的，七讨饶八讨饶才肯让我们脱身。

谢天师也在旁边拉长脸，一本正经地讲：嘿，这个朋友真是客气！

闫天师看了看桌子上的茶杯，讲：呃，怎么还不上饭上菜啊，快点，店伙计，来来来，有什么好饭好菜都上来。

洪掌柜闫老爷讲：不要太客气，不要太客气，吃饱就好，吃饱就好。

闫天师就对店伙计讲：那就简单点，一个人来一碗面，再加一个荷包蛋。

谢天师也神气，声音来得响，讲：再加、加、加，一人一只龙游发糕！

这回，连何老爷也不得不相信两个天师有来头，在市面上吃得开。他竖了大拇指头讲：天师就是天师，你们在龙游交的朋友，呆板是个大财主！

闫天师又拿出一张牛皮开始吹了，讲：有什么稀奇啦，要讲财主，我那个严州府姓汪的朋友才是正正式式的大财主。他家里坐的都是金交椅，吃的都是金饭碗金筷子，困的床下面垫的都是金砖，天天夜里摸到地窖里数白洋，数得手酸就坐地上唱歌。过一下又唱，过一下又唱：哗啦啦落大雪啦，哗啦啦落大雪啦，落下来一片片，一片片……满地都是雪白雪白的硬货啊！

姓闫和姓谢的两个福建人坐船离开龙游码头，想到要去严州府会姓汪的财主，大腿弄里檀木扇子扇起来，大嘴巴筒里牙齿咧起来。

中午边船到游埠，大家下来透透气，顺便吃中午饭。游埠位置不差，游埠溪两边都是做生意的，一眼看去都是酱缸、酒缸、染缸，都是糖坊、油坊、炒坊、磨坊、豆腐坊，都是米行、猪肉行、药行、茧行、竹木行、货运行。大街小街，两头两脑，什么金匠、铁匠、锡匠、铜匠、银匠、石匠、锁匠、木匠、篾匠、漆匠，点都点不灵清。三缸五坊，六行十匠，小小一个游埠，比另外地方的县城还要闹热。码头边还有酒店面店，有花茶店、戏馆子、茭白船，看得四个人眼睛都花了。这下还是到游埠，要是到了兰溪城里，那还得了？人家都讲，小小金华府，大大兰溪县，看样子不会假。闫天师铜钿不多，做东带大家到一个小弄堂里随便买了一钵头的饭和一碟萝卜干一碟菜干来吃，饱了就上船。大家眼光都看得很远，一心想到兰溪府里再嬉个遂意。

上船以后，大家商量到兰溪以后嬉什么名堂，怎么样嬉才入味。一路上，洪掌柜和闫天师都算是请过客了，何老爷和谢天师跟了后头没有回钞过。洪掌柜手板心在半空里一比，一抓，脑筋里就有了个鬼主意。他做了四个签叫大家抽，甲签看戏，乙签吃酒，丙签上馆子，丁签嬉茭白船。大家哪里管他是不是计策，眼睛乌珠里只看到这四样好事情，高兴都来不及了，不去想会不会轮到自己回钞，就是要放血，也不是自己一个。照结果来排队，抽到甲乙丙丁四个签的人是洪掌柜、闫天师、何老爷、谢天师。

大家围牢洪掌柜，讲要看婺剧昆剧越剧，还有人讲要看花戏。

大家围牢闫天师，讲红薯酒苞萝酒不要，这回要吃荞麦酒高粱烧。

大家围牢何老爷，讲要一人一只鸭，还要两块肥猪肉。

大家围牢谢天师，讲争么不要相争，一人派只小狗娘，白点嫩点更加好。

离兰溪城里还有三里光景路，咣咣咣，咣咣咣，就听到船外头雷公一阵接了一阵响，倾盆大雨就要倒下来，吓得两个天师脸色都变了。还是洪掌柜耳朵灵光，他讲：弗要怕，呆板不是雷公响。

四个人一齐走到船头上，只看天上蓝莹莹的，一片云都没有。哪里有什么雷公雷婆，哪里会倒大雨？

再坐到前头点，就看到码头了，声音越来越近，越来越响，咣咣咣，咣咣咣。

好，肯定是有人讨亲敲锣鼓。船老大插了一句话，讲：不是讨亲，是码头边的戏班子敲出来的，叫你们过往的人客停下来看戏哩。洪掌柜也笑了，讲：我到兰溪来过好多趟，这种场面见识过几回。

离码头还有几丈远了，只听得锣鼓声震天响，把耳朵都要震聋了。

咣咣咣咣咣咣咣，钱！咣咣咣咣咣咣咣，钱！

哇策策！闫天师看呆了，讲：兰溪佬一天到夜咣咣咣，光想我们的钱！

哇策策！谢天师看呆了，大叫：兰溪到了，兰溪到了，兰溪城里真闹热啊！

上了码头之后，四个人就一头钻过去看戏要紧。戏班子一个接一个，洪掌柜七讨价八还价，就是看不中意一个。顶后头，看到有一家戏班卖票唱《比目鱼》，讲是兰溪游埠夏李村一个姓李的秀才编的戏。问问价钱，还是太贵。还好，门口头摆了一个西洋镜，有好些人围在那里看，讲两个铜板看一回。

四个人一个个轮过来看，看了都讲好。谢天师不肯歇眼，讲：西洋屁股生得真圆。

洪掌柜听讲之后，想到了一个好嬉的主意，他跟严州府里的秀才吃过几回酒，晓得对对子，编顺口溜。他讲：请过客之后，还要写得一首诗出来，诗里头要有三个滚滚圆，一个没有。

闫天师问：什么三个滚滚圆，一个没有？

洪掌柜手板心朝前头一伸，又收转身来，讲：我起个头，你们就懂，听牢我写的诗——

眼睛乌珠滚滚圆，

西洋镜子滚滚圆，

没有老爷我出两个大铜板，

你们哪里有得看西洋屁股滚滚圆！

好诗，好诗！三个人听了笑破肚子，讲是好诗，夸他吃的墨水多。

　　四个人来到一家酒店坐下来，店伙计问要吃什么酒，做东的闫天师就问你店里有什么酒，店伙计一连串报了十来样酒，闫天师只顾皱眉头，讲：没吃头没吃头，吃了多少年都是吃这几样酒。问好，头伸出来看了看隔壁桌子上的小白公碗，又问：那个什么酒，多少一碗？伙计讲：那个是糯米酒，两个铜板一碗。闫天师一拍桌子，很气派地讲：好，多少年没有吃过糯米酒了，把我一人上一碗来！

　　大家用瓢梗撬破外圆里空像块白玉块样的糯米酒，三口两口划到嘴里就没有了。正要走，洪掌柜叫牢大家，讲要听听闫天师写诗。

　　请大家吃了糯米酒的闫天师很高兴，眼睛眯了眯，又一拍桌子，讲：有了，大家听牢啊，我的诗——

　　　白银样的白公碗滚滚圆，

　　　白玉样的糯米酒滚滚圆，

　　　没有老子我出两个大铜板，

　　　你们哪里会有三对酒窝滚滚圆。

　　四个人肚子还是空空的，只想到早点到馆子店好端端吃一回。寻到馆子店坐进，做东的何老爷七讨价八还价，讲这个店里的东西这样不好吃那样不好吃，还讲兰溪城里没有一家东西有严州府好吃。顶后头走出门，看到一个伙计在门口头用油沸一片片的臭豆腐，沸好以后塞到馒头里夹紧。何老爷问多少钱，伙计讲两个铜板一副。何老爷就很不情愿地挖出八个铜板来，买了四副馒头夹臭豆腐。吃掉之后，头脑壳拍来拍去，还是拍不出名堂。实在没有办法，就乱念了几句：

　　　兰溪佬的馒头滚滚圆，

　　　兰溪佬的臭豆腐滚滚圆，

　　　没有老爷我出两个大铜板，

　　　你们哪里会吃得一个个臭气熏天！

　　笑是好笑，就是少了一个滚滚圆，还有臭豆腐本来就方而不圆，洪掌柜要罚他再请一回，何老爷哪里舍得，头一个往前头逃，讲要去嬉茭白船要紧。

　　码头边的茭白船一只只停了河港边，夜晚头红灯笼一只只挂起来，齐整女人一个个站在船头上用手帕招手。谢天师上船去问价钱，讲招牌主要十个白洋，另外的是五个白洋，顶差的也要一个白洋。这个钱价把谢天师吓坏，他身上笼里笼总没有几个铜板，哪里吃得消嬉茭白船哟。刚要转身，就有一个小婊子笑眯眯过来，舌头上叼了一颗瓜子肉，伸出来要喂把他吃。谢天师吃不消女人家这样的婊子相，乖小狗样猴急急把嘴送过去，把瓜子肉吃下。一边吃一边不老实，拿出手来要摸。婊子讲：摸是好摸，要两个铜板。谢天师很不小气，就请大家到茭白船上一人吃了婊子嘴里的一颗瓜子肉，一人摸了回奶奶头。顶后头谢天师回钞八个铜板的时景，又带便多摸了几下。何老爷不肯，又要上去补摸，哪里晓得小婊子不依，还送给他一个栗子壳①，痛得他哇哇叫，直骂兰溪婊子厉害。骂了又笑，讲这个婊子有点鲜味。

谢天师本事也不差，对牢茭白船有模有样地念诗文：

我们的嘴巴筒生得滚滚圆，

茭白船上的嘴巴筒也生得滚滚圆，

没有老子我出两个大铜板，

你们哪里晓得兰溪婊子奶头滚滚圆！

大家都发疯地笑，边笑边竖起大拇指头，夸谢天师的诗文写得顶好。

后来一想，光摸一把奶头太可惜，就说今天嬉得又遂意又不遂意。遂意的是看到了茭白船上的婊子勾男人的本事，不遂意的是身上带的铜钿不够，硬货太少。

洪掌柜讲，等你们到严州寻着大财主，日子就好过了。闫天师走到门口，对着天叹气：唉，我那个姓汪的财主朋友啊，这下肯定又进地窖里数白洋了，又开始唱歌了：哗啦啦落大雪啦，哗啦啦落大雪啦，落下来一片片，一片片……满地都是雪白雪白的硬货啊！

姓闫和姓谢的两个福建人坐船离开兰溪码头，想到要去严州府会姓汪的财主，大腿弄里檀木扇子扇起来，大嘴巴筒里牙齿咧起来。

出了兰溪城，一路上是许埠、女埠、洲上、施家埠、下杨、杨宅，再坐一些时候，就有人指了顺手边一个独零零的小山头将军崖在哇哇叫。将军崖上头有几块黑漆漆的石塔皮②，石塔皮边上有一个庙，庙顶上有一孔烟，正一弯一曲升到云里头去。有人讲石塔皮生得像将军，有人讲往年有将军来避过难，这下的人老早不去记它了。没有办法忘记

---

①栗子壳：暴栗子。

②石塔皮：岩石。

的，是兰溪和建德把这里划出来做了界线。

过了将军崖这个界子，就到了严州府建德县的河面。再过去几步，有一个埠头，叫三河。三河是兰溪坐船到建德看到的头一个村坊。三河埠头的水面还算开阔，过去三五里路的转弯角上，河面一下就窄了，前面船挤船，没法动，都停了下来。到处是哇啦啦、哇啦啦的声音，和兰溪码头戏班子的锣鼓响声有得一比。两个天师和两个严州人走出来一看，嗬，不得了，不晓得哪里来这么多的船，船上的人都出来了，有好多人手里拿了竹篙头，一帮人对另外一帮人在那里骂。还有两帮人，把船停了边上，清苦苦在那里看闹热。

人顶多的一帮人塞了河中央，不肯相让。边上有一帮人不服气，一人一句在那里骂，什么"麻婆里西"，什么"鸡老比"、"牛屁股"、"猪老巴"，叽里咕噜一大串。

洪掌柜和何老爷听得眉毛都皱痛，问：这些短命鬼，讲索里（什么）啦？

闫天师听了半天，听出一句"麻婆里西"，这个"里西"和江山腔差不多。江山腔的"里西"是倒霉的意思，"麻婆里西"也是骂人的话，上一回听一个义乌人骂过。他讲：是义乌佬骂人！

河中央的一帮人更加煞手，毛竹篙指牢对方骂："的么决鬼！""鼓学个！""胯臀圈！"

闫天师和谢天师都笑了，讲：这个好懂，是我们江山人在那里骂。江山腔骂人的话"的么决鬼"就是短命鬼，"鼓学个"是狗弄出来的，"胯臀圈"是屁股洞。听是都不太好听。

啊呀呀！洪掌柜讲，你们江山人骂人真难听啦！我们严州人讲屁股洞就屁股洞，你们江山佬倒好，斯斯文文来一句胯臀，胯臀就胯臀喽？后头还带个圈！咿呀，真恶心呀！

义乌佬骂不过江山佬，就清苦苦等江山人的船先开走，自己跟了后头走。另外两帮人的船要挤上来，又让义乌佬一通骂："侬讨撒噶来中！""侬再老几添！"

洪掌柜笑了，讲：后头个句好懂，我们严州人也这么骂："你再老几添！"就是要你不要再老三老四，要乖乖个听话。

这两帮开船的还真听话，让义乌佬骂够，看船走远了，再慢慢跟上去。

两个天师不懂，去问船老大，船老大讲：这条河港上头来来去去的就是这四帮人，头一帮是江山帮，第二帮是义乌帮，第三帮是徽州帮，第四帮是桐严帮。顶厉害的是江山帮，人又多，心又煞，强盗一样的做派，哪个不怕？只有义乌人心也算硬，敢在边上顶几句，动手倒也不敢动手。徽州人做生意的多，来运货的是徽州帮，这些外地人胆子小，也不敢动手。顶没用的是桐严帮——桐庐人和严州人，在严州府地面上自高自大，老子天下第一，到了河港里头看到江山人义乌人都吓得半死，躲在一边鼻子气都不敢透一声。喏，跟了顶后头撑船的那些，就是桐严佬。

船老大几句话，把两个严州人讲得没有脸面开口。呆了半天，实在熬不牢，洪掌柜对另外三个人讲：娘卖比个东西！我们严州人这么弗有用啊？老爸我一到严州就要对知府老爷讲，叫他派人来收拾收拾这些江山佬义乌佬！把这些短命鬼的尸首掼落河港里喂鱼吃！

过了这段河面就是陈村、麻车埠，一路倒还安耽。洪掌柜和何老爷两个人，一个骂红心，一个骂黑鱼头，两人边骂边笑，牛皮吹了一张又一张。两个天师在边上陪侍谈天，倒也往两个严州佬头上送了好几顶高帽出去。

高兴没有多久，麻车埠过去转弯角上，又是一个很窄的位置，名头叫鲁塘，船又挤成一堆过不去了。恐怕也是六月天的缘故，河面太低，河里头有些石头黄泥也高出来了，船只好往中央顶深的位置过去，别样位置都没法过。这样一来，船头挤船尾，后头骂前头，顶前头那两帮开船的蛮坯子究竟熬不牢，最后总算动起了手。

江山佬拿出毛竹篙头来戳义乌佬，义乌佬也拿出毛竹篙头来打江山佬。两边人都怕出人命，也怕手上的毛竹篙掉落水里烦人，就拿毛竹篙打毛竹篙，整个河面上就听到毛竹打毛竹，篙头敲篙头，噼噼啪啪，丁丁当当，兰溪码头戏班子做戏哪里做得有这样好看，这样威风，这样真刀真枪？

好啊！好！何老爷在船上看得过瘾，熬不牢夸奖几句。洪掌柜亏欠大家，在兰溪没有请大家看戏，就看了西洋镜里的西洋屁股，这下他也算是安了心，让大家饱了饱眼福，讲：假打总弗有真打好看，戏子哪里有这些蛮匹夫一个个肯出力！

闫天师把檀木扇子一甩，呼地一下就威风了起来，讲：江山人打人真煞手！

谢天师也把檀木扇子一甩，摇头晃颈凉快了起来，讲：义乌佬手脚也不差。

看了些时候，大家都看吃力了；那些毛竹打毛竹的人呢，也打吃力了，声音慢慢就稀稀拉拉，顶后头就歇掉了。

还只打了个盹，船就过了大洋到小洋，过了洋尾到沈坞。沈坞过去要到邵家的时候，河港转了弯，天公一下子黑下来，河港两边树林里的野兽野鸟野虫野鬼一阵阵叫，叫得船里头的人一个个心头孔里汗毛都竖起来。

只听得嘣隆咚一声响，船搁到什么，停了下来。往外头一看，是另外一只船挤了过来，把这只船挤到了岸上。

船老大刚要开口骂，一伙黑衣黑裤，脸上包了块黑布的人冲了上来，把船上客人吓得一个个脸孔碧青，气都不敢多出一口。一个长子鬼走到前头，用一把雪亮的长刀逼牢船老大，要他把船上顶有钱的人叫出来。

哪个是有钱的人？何老爷轻轻巧巧问，眼睛看牢洪掌柜。洪掌柜牙齿骨一咬，眼睛乌珠朝何老爷一滚，何老爷就没声音了。

两个天师袋里空空，什么都不怕。他们晓得船上只有洪掌柜钱顶多，边上都是一帮穷鬼，强盗用刀把头脑壳一颗颗割下来也没有用。

洪掌柜下半身抖歇抖上半身，上半身抖歇又抖下半身，抖得裤头上让尿屙湿了。

另外三个短命鬼看洪掌柜的样子心里都在笑，心想等下子有戏看了。

想到要看戏，戏就开场了。长子鬼两只肩膀一高一低，走到船舱里头拖出一个白衣裳男人。后头还有一个缺只顺手的反手鬼和走路歪歪的拐子鬼一起拖出一个花衣裳男人。

长子鬼讲话声音有点心煞，用的是严州府和金华府这边常时用的官腔，听不出哪里人。他对船上人讲，你们没有钱的人放心，只要不多管闲事，我不会害人的。今天我们手头有点紧，到船上寻这两个掌柜的借点银子用。我们是要钱不要命，这下我再问问两个掌柜，你们是要命还是要钱？

白衣裳和花衣裳都点点头，讲：要命，不要钱。

另外几个黑衣裳到船舱里头寻到了两个包裹，里头值钱的东西不少。

长子鬼很高兴，走之前还用刀逼牢白衣裳，问他有几个老婆。白衣裳讲讨过三房，有一房不在了。再去问花衣裳，花衣裳讲我们都是徽州人，在杭州做生意的，歇了吴山山脚底的铺子边。我在徽州有三房老婆，到杭州又讨了四房。

那我就放心了。长子鬼讲，你们有这样的家底，到你们手上借点银子也讲得过去。

话讲歇，长子鬼把手塞到嘴里，吹了一声唿哨，带了一帮黑衣人，朝岸上那边逃走。

两个严州人和两个天师看了心里扑扑跳。坐了这样长久的船，还不晓得船里头还有这样的人，还有老婆这样多的人。没有想到跟自己一起坐船的人里头，有神仙一样快活过日子的人呢。

再看长子鬼那一伙人，把两个掌柜逼跪在地上，讲话多少威风！挣银子多少容易！

要讲有钱，是徽州人有钱！

要讲威风，还是做强盗的威风！

长子鬼带了一帮人像一阵风一样没了影子。就像鬼迷到一样，闫天师和谢天师管不牢自己的脚步，慢慢跟了出来。

两个严州佬吓坏坏，连忙拉连忙叫，一点用都没有。船刚要开，两个人又上来了。

洪掌柜问他们做什么去了，闫天师讲：不得了不得了，这帮人都是江山佬啊！

何老爷不相信,讲:你们弗要讲卵话。

闫天师哪里肯让人家讲自己生卵话,就把跟出去之后看到的事情一五一十都讲出来了。他讲:我们出去之后,看到那帮强盗还没走多少远。走在顶后头的是拐子鬼,有人叫了一声"拷泊单",拐子鬼应了一声就歪下歪下跟上去。拐子鬼走到反手鬼前头叫了一声"卡拉叠",又叫了一声长子鬼"肩胳裸"。这三句话我们全部听耳朵里了。我们就晓得,这帮强盗都是江山佬。

何老爷还是不相信:为索里(什么)啦?

闫天师笑了,讲:我老家是福建人,从小江山大的,也算是江山人啊。江山腔多少熟套啦,你们晓得"拷泊单"是什么?"拷泊单"就是脚后跟,"卡拉叠"就是胳肢窝,"肩胳裸"就是肩膀。这三句话是江山腔里头的"当家货",不是从小江山大的人怎么样都讲不体脸。这个是江山人试外地人的"小三句",还算容易的;顶难的是"大三句"——缺了三(手肘)、拷末些图(膝盖)、拷了学嘎(踝骨),那就更难学了。外地人想冒充江山人,不会讲这"大三句"和"小三句"就不能够过关。我晓得,这一伙人里头这三个人是头脑子,脚后跟"拷泊单"是老三,胳肢窝"卡拉叠"是老二,肩膀"肩胳裸"肯定就是老大。

闫天师讲:听到这三句话,我们高兴啊,看到亲人了啊,跑到"肩胳裸"、"卡拉叠"、"拷泊单"面前跪下就来拜。

"肩胳裸"拿出刀来逼问:你们跟来做什么,想寻死啊!

我就用江山腔讲:我是江山人,我们是自己人。

"肩胳裸"问:干什么?

我就讲:我要打拼伙,跟牢你们做强盗。

"肩胳裸"把手里的刀舞下舞下,煞手骂:你个的么决鬼(短命鬼)!我要你死!我不看你是江山人的面子,我要你们做的么决鬼!

闫天师只好站起来,转身走。后头"卡拉叠"骂:想打拼伙,没这样容易的事体!

谢天师还不想走,手比划了下想讨点什么。拐子鬼"拷泊单"追过来要打,谢天师就逃,一边逃一边往后头望,只看得"拷泊单"丢了一样东西过来,还恶恶毒毒骂了一句:你个胯臀圈!

洪掌柜和何老爷听得东倒西歪。洪掌柜讲:这几句话都好懂,的么决鬼、胯臀圈,啊呷呃,你们江山佬骂人真龌龊,真恶心啦!

谢天师也跟牢大家笑。笑到一半,摸出一样东西来,是"拷泊单"用来打人的东西。

大家一看，是块黑石头。闫天师讲："拷泊单"晓得这个东西没有用，就拿来打人，恐怕是值钱的东西哟。

洪掌柜见识多，走过来一摸，叫了一声：嗬，是块乌玉！

满船的人都往这边看过来，谢天师用手闭牢洪掌柜的嘴巴筒，叫另外两个人也都莫响。

等大家都没有响动了，谢天师问这个东西值多少钱。洪掌柜一会说值一两，一会说值五两，一会说值十两。顺反都是他一个人说的，还说要是肯卖的话，他马上就出银子买下。

闫天师眼睛乌珠滚得又大又圆，过来摸了又摸，摸了又摸，舍不得，讲：外甥狗呃，先不要卖哩，你娘舅帮衬你拿主意！

船过了邵家就到了南峰，到南峰之后就看到了对面的严州码头。码头上红红绿绿，一只只茭白船停在码头边，里头拉胡琴唱戏的声音远远传了过来。

洪掌柜对两个天师讲：喏，看到大杨树底下那只船没有？那个就是严州顶漂亮的茭白船，那个里头的桐严妹桐严嫂是顶有味道的，想不想嬉？

谢天师讲：想！

洪掌柜讲：嬉茭白船要银子，你再好的石头也要换银子用。

两个天师听出来了，洪掌柜想早点子拿到那块乌玉，说不定，这个宝贝值个几十两、百把两哩！没有这样值钱，他有这样好心啊？

洪掌柜又讲：等你们换出银子，我带你们到南门街、西门街、北门街、东门街一路嬉去，吃茶嬉牌听道情，武戏看好看文戏，时候差不多，再到茭白船上寻桐严妹困觉。

谢天师心里微微动，和闫天师商量，要到洪掌柜手上换几两银子。

到严州府南门码头下船，两人还没有商量好。洪掌柜站了一边催命样地催，何老爷冷不丁冬来个一两句，快点快点。他是帮洪掌柜在讲话。

还没有走出几步，码头上拿刀拿枪的两个差人就来到四人身边。

四个人抬头一看，差人边上还站了白衣裳花衣裳两个人，不得了，就是让强盗抢了银子的徽州佬！

差人打了官腔问徽州佬：是哪一个？

两个徽州佬指着谢天师和闫天师讲：喏，就是这两个！东西还在手里哩！

差人往谢天师手里一把抓，就抓到了那块乌玉，讲：人赃俱获，还不快到建德县老爷面前去讲讲灵清！

就这样，两个天师让差人抓到建德县衙门的牢里去了。

天师一路走一路回过头来喊：洪掌柜救我！何老爷救我！你们跟知县老爷知府老爷熟

悉啊！

还没有等他们叫歇，两个严州佬老早逃得没了影子。

到了建德县知县老爷那里，七问八问就是不承认自己是强盗，七打八打就是打不出强盗究竟在哪里。没有办法，只好先把两个人关到牢里再讲，每天还要叫差人拖出来打屁股。

两人关在一个笼子里，开始过苦日子。不光光是屁股打得痛死，肚子饿得空过面。中午发一个馒头，夜晚发一个馒头，早上清苦苦饿，只有一碗清汤水给他们吃。差人打屁股真肯出力，一边打还一边骂：不老实，不老实！

闫天师喊：我们老实人啊，老实人啊！我们不是强盗，强盗是江山佬啊！

谢天师喊：我们是到严州府来寻姓汪的财主的啊！我们冤枉啊！可怜啊！

可怜是可怜，人没有寻到，银子没有挣到，半条命差不多去掉。

三天三夜之后，两个人饿得只剩一副骨头，自己也不晓得自己了。半夜里头，只听闫天师神经兮兮地讲：我们不是穷人的命啊，就快要发财了啦，严州都到了，就要寻到姓汪的财主啦。这个姓汪的财主发财发大了，他家里坐的都是金交椅，吃的都是金饭碗金筷子，困的床下面垫的都是金砖，天天夜里摸到地窖里数白洋，数得手酸就坐地上唱歌。过一下又唱，过一下又唱啊。

谢天师也神经兮兮，鬼模人样地跟牢闫天师齐齐唱：哗啦啦落大雪啦，哗啦啦落大雪啦，落下来一片片，一片片……满地都是雪白雪白的硬货啊！

第四章 用大公碗和小公碗分白洋

我太爷爷在洋田山开始掰头一担苞萝，嘴巴筒歪歪，刚要笑出一朵花的时景，背后咿里哇啦来了一帮姓汪的客人，都是从江山廿七都、廿八都、廿九都赶过来的亲眷。这些人个个都笑得很甜，有想来做长工的，打零工的，还有帮衬做佣人的。顶后头还讲，要带便来分点东西，就是一大公碗一小公碗的白洋。

太爷爷让他们讲得哭笑不得，就说：我笼里笼总还是收了这一担苞萝，到哪里去寻一大公碗一小公碗的白洋分给你们！

亲眷听了之后个个都过来劝：都是汪家人哩！做了财主讲话不好这样讲的哩！江山老家的人哪个不晓得你发大财做了严州府里的大财主？你天天夜里点白洋，手都点酸掉，想叫自己人来帮衬点。算你的良心好，寄信叫老家的亲眷来投靠，家家都有白洋分，讲叔伯兄弟么一家一大公碗，表兄弟么一家一小公碗。我们良心也平，你一大公碗么我们不嫌你多，一小公碗么不嫌你少，都是你一份心意。那今天大伙都来了喂。吃苦头吃了多少年，也想跟牢你过两天好日子喂。

再就是生了十张嘴，怎么能够讲灵清？太爷爷一屁股赖地上，也不晓得是在梦里头还是梦外头。

在旁边掰苞萝的太奶奶赶过来了，把这帮客人叫家里吃茶。大家东张西望，看看茅棚里空空的，比我们在江山还要没花头，想想就是不相信。我太奶奶就对他们讲，我们怎么怎么从江山汪家棚里逃出来，怎么怎么逃到严州府旁边的杨村桥，杨村桥寻不到地种红薯种苞萝，就一路讨饭讨到长宁园里，长宁园里也没有什么空地，那些地主人家只有些山坞里的荒山没有人租，我们就寻到这个山坞里来了。本来这个坞那个坞叫也叫不灵清，我们姓汪的来了这么多人，大家就都叫这里汪家坞了。我们一家三口去年刚来的时景还是歇了上佛堂庙里，帮人家打打零工，下半年租了洋田山就开始烧山挖火地，今年五月上种下去的苞萝，今天还是头天掰，站在那边大石头上朝我们这边盯牢看的就是地主人家派来督工分粮草的人，不相信你们去问问他。这帮人问太奶奶，那去年廿八都两个看风水的，一个姓闫的和一个姓谢的两个福建人赶到严州府来投靠你们，你们有没有分几碗白洋给他们啦？太奶奶摇摇头，讲：这两人来都没有来过。你们今天来算你们运气，等下寻几根嫩苞萝招待你们吃，他们去年要来的话，我家连老苞萝籽都寻不到一颗哩！

地主派来督工的人很不高兴，走过来催他们做工夫。这帮亲眷就一起帮衬掰苞萝，头一天下来，就掰了二十担；第二天，又掰了二十担。来督工的人开始分粮草，主人家和租山人家二八开，主人家选顶好的四担挑走，余下来十六担都归我太爷爷。那些来投靠的亲眷，没有白洋分也想弄点另外东西分分。我太爷爷就拿出两担苞萝来，一家家分给亲眷。刚刚分得起劲，外头又有两个人叫起来，讲要寻姓汪的财主。我太爷爷出来一看，喂呀，就是姓闫和姓谢的这两个福建人！

两个天师把我太爷爷拉到边上讲，讲啊讲，讲到后面开始吵架。那些亲眷本来想多歇一夜再走，看事情不对，怕到手的苞萝让人家分去，就想赶紧脱身。后来，这些人有的歇了汪家坞边上的角落头里，有的从长宁走到隐将，歇了边上一个叫大坞的位置；再还有一些，到了十八都啊，杨村桥啊；到了大洋啊，洋溪、岭后啊，好些位置都有。

你要讲一年之前这两个天师还算人，那现在瘦得皮包骨的样子，就是和鬼一式一样。闫天师吵吵歇歇，歇歇吵吵，他拉牢我太爷爷的手，哭相连天喊：五百块白洋！五百块白洋呃！为了这五百块白洋，我们两个人赶了三百里路，在严州府里坐牢，差点送了命啊，老天！

谢天师站在旁边，跟牢闫天师一句句应：五百块！五百块！

我太爷爷头摇一遍又一遍，讲：没有啊，一块都没有！我要有白洋，还歇茅棚、种苞萝？你也不想想看，是你不灵清还是我不灵清了啦？天师呃，天师！

闫天师讲了哭，哭了讲：老天，你那些金条银条我都不要啦，我就拿五百块白洋，好不好？做人要像人，讲话要算数，超过五十归我，这个话是不是你讲的？

我太爷爷讲：话是讲过，白洋真是没有到手，天地良心啊！

两个天师在洋田山吵了三天三夜，吵不出一个结果。后来闫天师想出方案：叫我太爷爷出个借条，讲借到他五百块白洋，以后慢慢还。今年头一年，就拿这十几担苞萝抵数，明年再种苞萝，再抵数，一年一年抵下去，还清为止。

我太爷爷哪里会肯，太奶奶在边上哭，骂两个福建人是活鬼出世。

到后来，大家总算商量好了：我太爷爷拿出一半的苞萝送把两个天师，自己挑七担苞萝离开洋田山，另外寻位置歇。这个茅棚和他一家三口辛辛苦苦开山开出来的洋田山，以后就归两个天师歇，归两个天师种。

太爷爷太奶奶和爷爷三人想到一年来烧山、挖山、种苞萝、拔草去掉的心血，一路挑一路哭。哭了两里路，就到了汪家坞的大岭口，看到大岭口对面有一大块平地，刚刚好有一个棚好搭。这样好的位置没有人来歇，缘故就出了山脚底的一棺坟。人家看到坟都怕，讲活人不和死人歇两隔壁。太爷爷胆子大，和太奶奶一商量，主张把棚搭在坟前头。后头地主人家也寻到了，这个地主人家气派倒是很大，讲顺反大家都不敢歇，你要歇就便宜卖把你，钱以后慢慢再还。还有大湾里那块山，也是这份地主人家的，眼目下没有人种，索性租给我太爷爷。太爷爷到大湾里去看过了，路上头一半的山黄泥厚，容易挖，还是租上半截的山好。

两个天师听讲我太爷爷歇了大岭口子对面的坟边，就又拿出罗盘来比来划去。顶后头，闫天师讲：这个位置不差，你有眼光的。你歇这个位置，风水很好，想不发都难。

我太爷爷看了两个天师摇头，没有话讲。闫天师也摇了摇头，笑了笑，讲：我们朋友一场，今天是一个铜钱都不收就帮衬你好好看一回风水。喏，大门要对牢那孔水，等那孔水的位置变了，你赶紧调位置歇。人家讲，风水轮流转，今年到我家，就是这个道理。

我太爷爷想想这两个天师在江山的时景就只会瞎念，哪里会把他们的话放到心里。

到了搭棚的那几天，两个天师倒真是像个朋友的样子。一起来帮衬割芒杆，一起来帮衬砍木头，一起来帮衬搭棚。五个人三天下来，就把一个棚搭得很齐整。反手一间娘老子歇，顺手一间儿子歇，中央一间做堂前，外面还有一个披间做厨房。接下来几天，太爷爷太奶奶和爷爷三人都自己动手，把四间屋里头的黄泥打平，在门口头又挖出一个天井坪，还留了一条路出来给过路的人走。路的对面那边还有斜歪歪的三分地，也一起买来做菜园；菜园再过去，就是那孔水了。三人又在出水孔位置挖出长溜溜有点方的一个水塘，以后好挑水吃，又好洗衣裳。

有天夜晚边，两个活鬼不晓得哪里弄来一瓶红薯酒，拿到我太爷爷家里来，叫我太奶奶烧两碗菜出来一起吃。太奶奶一边叨唠一边做工夫，炒了一碗漂过之后捏燥的苦叶菜，再一碗瓶菜干，另外还抓出一碗用咸盐炒过的苞萝籽，算是招待这两个活鬼客人。

几杯酒下去后，我太爷爷就有点飘起来，忘掉这两个福建人害他逃出江山之后一路讨饭都讨不到的苦，到了严州又害他去掉七担苞萝的苦，还有没收了他在洋田山挖出的火地啊茅棚啊的苦。酒一吃高兴，什么都忘掉，就把蚕豆当大豆，把蒲瓜当丝瓜，把坏人当朋友了。太爷爷就问：你两个短命鬼，严州府差人的棍子也不硬实呃，怎么没有把你们打死呢？严州府的牢监也不够硬实呃，怎么让你们敲破了逃出来的呢？

闫天师讲：嗨呀呀，你这个朋友呃，我们是什么人？哪里有这么能干！我们也只能够帮衬人家看看风水，算算命，哪里生得这样硬实的屁股让差人打，生得这样硬实的拳头去敲牢监哟！

谢天师在旁边笑了，讲：这个就要讲讲府里①那两个严州佬了。

闫天师就把从江山到府里的事情又念了一遍，讲知县老爷怎么怎么冤枉他们，把他们打得半死不活，他们两人又是怎么要不得，饿得就剩三根骨头两根筋了。

差不多就要断气的时景，建德县知县老爷身边的那个绍兴师爷从杭州府那边嬉嬉回家。师爷一听这件徽州佬告的状，就把两个天师拖出来又问了一遍。听讲偷东西前后，还有两个严州人在身边，就问这两个严州人的名字，相貌怎么样。两个天师不晓得他们的名字，把样子比划了一遍，还是弄不灵清。后来，绍兴师爷听闫天师讲那个洪掌柜一天到夜经手很多的宝贝，那个何老爷一天到夜很威风，连知县知府看到他都要低头，嘿，师爷聪明，他心里有了数，过一下子，就叫人把两个严州佬带了进来。

这两个严州佬把事情从头到尾讲了一遍。知县老爷又把两个严州佬仔细问了问，后来，就叫洪掌柜和何老爷把两个天师带走，算是没有事情了。话要讲转身，那块乌玉老早就还把徽州佬了，两个天师手里这下子只剩下一只罗盘。

这两个严州佬不管你手上有没有乌玉和白洋，一路上讲他们为了这个官司去掉多少多少的银子，一定要叫两个天师还钱，不还的话，就先记到账上，慢慢还。

没法子，两个天师只好跟他们到店里头，在借条上写了字。洪掌柜倒还好，收到借条之后，还招待两人好好吃了一餐，把两个天师的肚子填个饱。饭吃歇也不停留，闫天师对两个严州佬讲，我们马上动身，去寻姓汪的财主讨债，讨回来就还你们银子，你们放心等我们。

我太爷爷一边吃酒一边听他们讲故事，听了好些时候，还是稀里糊涂，问：你两个瘟鬼，讲来讲去讲半天，还没有讲灵清那两个严州佬是做什么行当的。

谢天师把筷子放下来，张开嘴巴筒大笑。

闫天师摇了摇头，讲：我们走到洪掌柜店门口，就看到门上贴的对联，顺手是：春读书秋读书春秋读书读春秋；反手是：东当铺西当铺东西当铺当东西。

有数了，这份人家还有人念书的。我太爷爷问：大门上写了什么？

---

①府里即城里，即严州府治所在地梅城。安庆话江山话称府里，严州本地话称城里。

闫天师讲：大门开了那里，开头没有看到，后头仔细看了，就一个大字——当！

大家都笑了，谢天师讲：是个过路财神！

闫天师讲：还有那个何老爷开的店，就在两隔壁，门上也有一副对联，上联是：问天下头颅几许；下联是：看老夫手段如何。

我太爷爷没有听懂，问：究竟做什么的？

闫天师讲：我们到店门口一望，嘁哟，就看何老爷手上拿了一把剃刀，在帮人家刮胡子，刮到一半，还拿胡子刀在肚子上的那块油布上铲来铲去。那个手段，比你用锄头铲苞萝草还要煞手还要快，真是一个大师傅哩！

我太爷爷笑了，讲：这样两个活鬼！用我们安庆腔怎么样讲哩？一只耳朵大一只耳朵小——猪狗养的！

闫天师在洋田山掰苞萝，嘴巴筒要笑出一朵花的时景，背后咿里哇啦来了一帮姓闫的客人，都是从江山廿七都、廿八都、廿九都赶过来的亲眷。他们在江山听讲闫天师投靠姓汪的财主发了财，就赶过来投靠，想来做长工的，打零工的，还有帮衬做佣人的。顶后头还讲，要带便来分点东西，就是那个一大公碗一小公碗的白洋。

外甥谢天师看到这个场面不高兴。现在这块洋田山是姓闫和姓谢的两个人租来种的，刚有点收成，你姓闫的亲眷就苍蝇样整片扑过来，我姓谢的帮你们做骆驼？再说，现在姓闫的和姓谢的还不光光是两个人的事情，是两份人家的事情了。一个人吃饱整家人不饿，已经是一年前的老皇历。

把我太爷爷一家三口赶到大岭口对面之后，两个天师在洋田山吃苞萝吃了两个月，越吃越没味道，就想弄点另外东西尝尝。有天夜晚边，日头快要下山时景，山路上过来三个人，有气无力，走得很慢，看上去年纪也都很大。走到面前一望，哪里年纪大，两夫妻都只有四十岁光景，后面跟了一个大姑娘十五六岁。一问，才晓得他们好多天没吃过饭，一个个都好像天师刚刚从府里牢监里出来时景一样皮包骨头，脸上一点肉也没有。大姑娘的老子讲，一家人都歇王谢村，去年租田种收成不好，粮草老早吃光了，后来把大女儿卖把大畈①一份人家，换了几十斤粮草吃，吃了没多久，只好天天到山上挖野菜。这些天，野菜都寻不到位置挖了，只好出来讨饭。眼目下的人都缺粮，讨饭都不大容易讨到，这个山坞窟窿里，棚都看不太到，到哪里去讨吃！大姑娘的姆妈也开口了，讲：你们两个后生家，做做好事，弄口饭把我们三人吃吃，我们以后天天拜菩萨，叫老天爷保佑你们长命百岁。

---

①大畈现改称为乾潭镇，浙江建德重要集镇，民间仍称大畈。

看看三个人真可怜，两个天师就叫他们进家门，拿出苞萝粉来做苞萝糊吃。三个人看到苞萝粉眼睛都起亮光，哪里还消天师动手，洗锅的洗锅，舀水的舀水，烧锅笼的烧锅笼。没多久，半锅苞萝糊就烧好了。三人一人一碗捧手上吃，一人吃了三大碗，把一碗菜干都吃干净。个个吃得一头的汗，脸孔上就有了神气。特别是那个大姑娘，脸孔吃得红彤彤，很齐整。吃好之后，硬是不肯把碗放下来，眼睛乌珠还是盯牢锅里那半碗苞萝糊。

闫天师看了，讲：你吃，你吃得下都盛去吃啊！

谢天师手脚更快，走来把碗夺过去，帮衬把锅里半碗苞萝糊都兜到碗里，还用锅铲咕啊咕啊铲半天，把锅粑都一片片铲到碗里，送到大姑娘手上，讲：吃去，莫客气！

大姑娘的娘老子看到眼里，高兴在心里。老子对两个天师讲：只要有粮草吃，我家这个女伢身体好，做是会做的。她的名字叫小围裙，还有大畈里那个大的，就是大围裙。

闫天师讲：呃哈，名字取得好。女伢就是娘老子的围裙，你家里有两个围裙，老来不要愁！

没讲几句话，小围裙就把半碗苞萝糊吃光了。吃光之后，她就去洗锅洗碗洗筷子；厨房里弄干净之后，又把两个天师的衣裳裤子都拿到外头洗。小围裙的姆妈，就把家里的苞萝拿出来帮衬刮籽，老子就拿出锄头要帮衬出去挖地，让闫天师拖牢了，讲：天公黑下来了，明朝再讲，明朝再讲。

第二天天亮，两个天师还没有爬起，外头就一片锄头响。出去一看，嗬哟，三个正劳力，早就在地里头做工。把锅盖拿掉往里头一望，苞萝粥也烧好，就等大家一起吃天早了。

两个天师望来望去，都想这事没道理，主人客人弄反了。两人商量，先让他们做几天吃几天，以后的事情慢慢再讲。

有一天夜晚，大家吃得早歇得早。闫天师爬起来屙尿，听到隔壁小围裙的房间里有点响动。过一下，就看到外甥狗谢天师打赤膊出来。后来一想，小围裙的娘老子都歇外头披间里去，这里头有名堂，闫天师哪里肯吃亏，就冲到小围裙房间里去弄灵清。谢天师到自己房间里困，也听到隔壁起响动。

后来的日子，两个天师心里计划好，今朝你先去，明朝我先去；前半夜归你，后半夜归我。这个小围裙体格也真好，白天做工夫像只小黄牛样不要命，夜晚头抱牢男人家像只小船样随你撑，你高兴撑多久就撑多久，高兴怎么撑就怎么撑，就是老石匠帮你家里刻的母磨子都没有这样让你合意。

歇到披间里头去的小围裙娘老子，晓得这个事情也高兴。两个后生家年纪都不小，家里也有粮草吃，随便哪个做女婿，都不差。以后肚子大，有了小人，做起外公外婆，人家想撑你也撑不走。想到这里，两人在小披间里开始嬉，也做了一回公磨子母磨子。

过了秋里头，山上没多少工夫做。小围裙一家三口来了之后，把洋田山一点工夫都抢去做了。两个天师本来就生得懒病，后来慢慢都歇下来，做了督工的，到处摸来摸去，不晓得摸点什么名堂。实在没事，两人就站在洋田山的大石头上唱唱山歌，吃两筒黄烟。

快活日子没有过多久，府里有人来寻两个天师。来人讲是洪掌柜家里的伙计，是来讨债的。闫天师赶忙把伙计拉到旁边，说：讲话小心，现在我们都是有家的人，家里人不晓得老早欠账的事。

后来把伙计拉到屋里头吃了杯酒，就商量好了，过段时候两人再到府里把那笔账还清。有了这句话，伙计就一摇一摆下山去了。

两个天师想不出好主意，就想到江山人在船上做的那种事。闫天师对外甥讲：古话讲得好，心不黑，家不发。我们靠种点苞萝红薯，要发也难。山头上的人只晓得到山里头装弓等吃食，我们不到山上去，要到山下去等吃食。

两人就天天摸到半山腰上，看灵清位置有没有过路人。只要有过路挑担的人来，就把脸蒙上，一人一把柴火刀亮出来，吓得挑担人丢了担子就逃。两人再把担子里的东西拿去卖。

一段时候下来，两人在徐洪、西叉坞、长宁、张家排这些冷路上做了好几笔生意。生意做了之后就到府里去一趟，总算把洪掌柜和何老爷的账还掉了。顶后头一回洪掌柜还算客气，老早讲过的话没有忘记，拿出两块白洋来，请两人到茭白船上嬉了一回。东西和家里的东西一样，嬉法倒是有点不同。到了家里之后，两人你一回我一回教把小围裙，把小围裙嬉得半死不活，夜晚头要么困得呼呼叫，要么和死人一样。

到第二年茶叶时①里，小围裙肚子里有了。娘老子就把小围裙叫去说：小人都有了，还不快点定下来，究竟哪个是你男人。到时候亲眷来送红糖鸡子的时景，你抱出小人还回答不出来哪个是小人的爸爸，那人家是要笑你的哩！

小围裙就把娘老子的话传把两个男人听，两个人坐下来商量半天，都是帮自己想，没人帮衬别人想。一个做了老公，另外一个就要打光棍，索性糊里糊涂，大家都不吃亏。这事情争了好几回，一直拖到六月里才有结果。

六月里，平地上的田苞萝啦，萝卜啦，青菜啦，嫩豆子啦，都有得收进来。山上还种了山苞萝、红薯、黄粟、大豆。小围裙家三个人来了以后，两个天师都不大动手，粮草还种得很像样。

有了粮草就要添人口。刚倒过一阵大雨的那个下午，五个人坐家里谈天，洋田山脚底

---

①茶叶时指采茶叶、出茶叶的时候，指四五月份。

又上来一个女人，衣裳破得挂零挂档，一块连一块，头发乱得像野人，身上有一根一根的竹丝印，还带了血丝。这样一个受灾受难的逃荒人，家里人你望望我我望望你，没有一个人认得是哪个。那个女人倒是眼光不差，看到小围裙娘老子就爸爸姆妈地叫，还把小围裙抱在一起嘿嘿嘿哭。

两个天师嘴巴筒张在那里合不拢，小围裙爸爸就开口说：这个就是我大丫头，大围裙。

姆妈问大围裙究竟出了什么事情，大围裙没有力气讲，半天就一句话：我肚子饿。

小围裙就到灶头底动手烧饭，过一下，大围裙也一碗接一碗吃苞萝糊。没有多久，把半碗菜干吃光，一头的汗慢慢挂下来，脸孔上也有了神气。仔细看去，脸孔还有点红彤彤，生得也很齐整。

过了不久，大围裙把苞萝糊都吃光了，摸了摸肚子，讲：啊哟喂，今天吃得太饱了，啊哟喂，两个大哥呃，你们家里的苞萝糊真好吃！

大家你问一句我问一句，大围裙就把卖到大畈之后的事情讲给大家听。她讲，公公婆婆很恶毒，天天叫她做牛做马还要用毛竹丝抽她，到夜晚，神经病的老公把她衣裳剥掉，也用毛竹丝抽。这份人家啊，白天公公婆婆抽上半身，夜晚头老公抽下半身，就把她身上身下抽得没有一块好肉。到了吃饭边，大家都用大碗吃，轮到她只有酒杯样大的碗，还只有一碗给她吃。就这样吊命样吊在这里。天天夜晚困又困不着，脑筋都忖傻去！昨天夜晚公公婆婆又发脾气，老公更加神经，毛竹丝抽得很用力。没有办法，只好逃到王谢。后头听讲娘老子都歇到洋田山来了，就赶到这里来一起过日子。

大围裙和小围裙生得样子差不多，嘴巴筒比小围裙会讲，喜欢讲好话。话到她嘴里，差不多能把天上的花都讲掉下来。

闫天师讲：好好好，来了就好。以后一家人都歇洋田山，我们碗里有，就少不了你一口。

到了夜晚边，两个天师商量来商量去，商量不好。两人都讲要小围裙，做现成的爸爸，想把大围裙让给对方。那夜开始，大小围裙困到一张床上，两个天师一个都不敢过来。

后来跟她们娘老子商量，老子讲：大围裙小围裙都是我们女伢，你们不嫌差，一人挑一个，以后都跟牢你们过日子。顶么大的挑大的，小的挑小的，姓闫姓谢的辈分有大小哩。

姓闫姓谢的都要小围裙，让娘老子头疼。后来还是做娘的有办法，说：问问小围裙，两个里头欢喜哪个就跟哪个。另外一个，就讨大围裙做老婆。讨大围裙也不差，几夜一困，肚子不就有了？这有什么好急的？

两个天师望来望去，也想不出更好的主意。

小围裙头低低下来，讲肚子里的小人是谢家人。就这样子，这年六月上，闫天师讨了大围裙，谢天师讨了小围裙。房间还是老早那三个房间，歇的人就不一样了。大围裙歇到闫天师房间里，谢天师歇到小围裙房间里，两老还是歇披间里。人口慢慢多起来，这下有六个人了，再过个半来年，第七个人生下来，以后第八个第九个，就会越来越多，洋田山就会越来越闹热。

没想到，到了秋里头掰苞萝时景，一帮闫家人又从江山赶过来投靠，把洋田山吵得鸡狗飞天。还是大小围裙家里人和睦，他们想到闫家许多人来之后，笼里笼总一块洋田山，日子是没法过的，就叫两个女儿商量，叫姓闫的人都歇到外头去，洋田山让给姓谢的人和丈人丈母歇。

闫天师开始不肯，后来寻到在大湾里做工夫的我太爷爷太奶奶，一问说大湾山下半截还空在那里，地主人家想寻人租没有出去。闫天师去一讲，就把下半块山租来。地主还答应让他们在大湾山脚底的糠芯坞拿出一块地来搭棚歇。

后面几十年，我们姓汪的人家租大湾上半块山；姓闫的人家就靠下半块山过日子。

闫天师和外甥狗谢天师开始分家，争来争去争不好，就叫我太爷爷去做中间人。收下来的粮草分好，地里还有好些东西没有收，我太爷爷讲收了之后三股要拿出一股来分给闫家。

闫天师和大围裙，还有姓闫的亲眷帮衬挑东西到大岭脚下的糠芯坞去。

闫天师一路挑一路骂，大围裙就劝他想通点，古话讲：外甥吃娘舅，从没吃到有。

闫天师讲：想想气人，真是个鬼扯匹的事情。你晓得我们福建腔怎么样骂呢？外甥狗，晓得食弗晓得走！外甥食屎大，食饱赶舅爷！

谢天师在洋田山开始掰苞萝，嘴巴筒要笑出一朵花的时景，背后啊里哇啦来了一帮姓谢的客人，都是从江山廿七都、廿八都、廿九都赶过来的亲眷。他们在江山听讲谢天师投靠姓汪的财主发了财，就赶过来投靠，想来做长工的，打零工的，还有帮衬做佣人的。顶后头还讲，要带便来分点东西，就是那个一大公碗一小公碗的白洋。

谢天师哭笑不得，说又说不清楚。这些姓谢的人里头，有自己的爸爸，还有一二三四，四个兄弟，个个都带了老婆小人过来。另外还有好些人，都是弟媳妇家里和叔伯兄弟家里来的，黑压压一大片，点都点不灵清。

谢天师爸爸和亲家公亲家母商量，晓得大公碗小公碗分白洋都是乱传传没有的事情，就出来对亲眷讲，叫大家另外想办法过日子。谢天师对爸爸讲：我丈人丈母都是好人，很老实，又很肯做，讲什么都不好让他们走掉的。我以后准备做点另外行当，地里的工夫都交给他们去做。爸爸和兄弟家里人也都留下来，其他人实在没有办法。

爸爸对谢天师讲：赶这么远的路来，能够帮也要帮衬他们的，家里还有多少粮草，一家分几十斤把他们，让他们另外寻位置去歇。

谢天师对亲眷讲，前头几批到汪家坞来的江山亲眷，有姓汪的也有姓闫的，这些人这下都歇糠芯坞、长宁、隐将，还有杨村桥、王谢、十八都。你们大家去寻寻看，哪里有田地租就歇哪里去，严州这个位置比江山好，空的田地要仔细寻还是寻得到的，只要肯做，顾一张嘴是顾得下来的。

一帮亲眷没有分到白洋，只分到几十斤的苞萝红薯，就都照谢天师讲的位置一个个寻去，顶后头，有好些人就歇到十八都那一带，别的位置也零零星星有人去歇。

送走亲眷，余下来的都是自己家里人。兄弟个个都有大有小一帮人，几天下来，茅棚就搭了好几个，算是歇了下来。粮草就靠谢天师种的这些哪里够吃，后来谢天师寻到洋田山的地主人家，把洋田山下半截和山脚底的那些地，都租过来。这些地本来是姓须的人家租的，谢天师加了租，地主就答应转给谢家人，这样子一来，姓须的对姓谢的人家就有了意见。

谢家人多，歇洋田山半山腰上也不是事情，索性就把山上的棚拆掉几个，留下来的做野猪棚。大家都把棚搭到山脚底，一排排在一起，看上去就闹热许多。

洋田山的山脚底，是汪家坞田地顶多的位置，名叫岗外。岗外本来就歇了好些姓须姓汪的人家，东一家西一家，癫痫头的头毛一样稀稀拉拉，歇在每一块山脚底，歇在每一孔水塘边。姓谢的一家伙搭了一排茅棚出来，一眼看去就都是谢家的地盘了，岗外也就成了谢家人的岗外。

在江山惹出事情的狗能跑也歇了旁边。他听讲谢家有好些婆娘，就三天两头赶到谢家茅棚里来嬉，有时光还要动手动脚。谢天师几兄弟看到就拿出扫把来赶，再不走，就拿出扁担竹铳，牙齿骨咬得咯咯响，吓得狗能跑只好往山冈上走。后面跟了几只鸡鸭，吓得嘎嘎嘎嘎一起乱逃。

在山上做工夫的江山人看到就笑狗能跑了，说：没有这个本事就不要去烦！

谢天师赶到江山人做工夫的位置，和江山人一起骂逃得老远的狗能跑，顶后头还用江山腔补了一句：你个的么决鬼，臊不死的狗能跑！你要吃不消就操操自己的胯臀圈！

江山人和姓谢的人家不大弄得来，骂狗能跑倒是一条心。谢天师那天脸孔铁青气呼呼骂狗能跑的那句江山腔，后来让整个汪家坞的人都学去了。过了许多年，就变成一句能写到字典里去的老古话，大家都欢喜拿出来骂骂人。汪家坞人看到狗能跑，连四五岁的小人家都晓得放开喉咙骂，用的都是江山腔：的么决鬼狗能跑，操操自己胯臀圈！

第五章 把儿子生到严州府个个村坊

狗能跑挑第一担柴火去府里卖，做梦都没想传宗接代的体面事。严州府的男人个个都比他齐整比他会做比他会挣，连讨饭婆都没有一个肯跟他过日子、帮他洗衣裳、帮他生儿子。后来，在严州府好多山坞村坊里，有件古怪事传了几十年，说：严州府的黑蜂子有几个，狗能跑的儿子就有几个；从来没有讨过老婆的光棍佬短命鬼狗能跑，在严州府个个村坊里都有亲生儿子。

懒病骨头狗能跑顶怕挑挑背背挖锄头，一天到夜像只野狗样浪来浪去。有一天浪到山脚底一片红薯地里，刚要动手扒红薯，就听到两个后生家有说有笑过来，各人肩膀上挑了两百斤光景重的柴火。竹铳咯吱咯吱扭响，硬柴火一摇一晃往两边软。这么重的柴火担压在肩上，两人一点都不显吃力，还谈天说地。狗能跑就跑过去问：你们柴火挑哪里去？后生家回答：挑到府里去卖！狗能跑吓坏了，喂呀，两百斤重的柴火挑到府里去卖，要走五十里路，这是人做的生活啊？还没有想灵清，两个后生家吱呀吱呀把柴火挑远了，腰底下的两片屁股，还一顺一反地扭，扭得不得了活烫。

第二天，狗能跑到红薯地里偷红薯，又看到两个后生家挑柴火，还是两百斤重，还是挑去府里卖，要命的是，后头两片屁股还是扭得那样厉害，那样活烫，那样高兴。

什么事情这样高兴哩？狗能跑又过去问：这样吃力的生活，你们还做得这样开心？

前头的后生讲：生活一点都不吃力，很开心。

后头的后生讲：什么开心的事情不对你讲，你懒病骨头，没有这样的福气开心。

嘿咿呃！后头这句话真气人，你们开心的事情我没有福气？我狗能跑山坞里人，你们不也山坞里人，你们好开心的事情，我怎么样没得开心？你们挑两百斤，我挑个一百多斤总吃得消哇？我明朝就跟牢你们到府里去，看看我究竟有没有这样的福气开心开心！

第二天两个后生家柴火挑到红薯地边，看到狗能跑老早歇了一担柴火等那里了。看看担子，也有个一百好几十斤。两个后生家对他笑笑，也不多讲话。两人吱呀呀挑得快，屁股扭得快，脚步跑得快，狗能跑在后头赶也赶不上，肩膀皮差点要掉下来，背脊越来越躬，一步一步跟去，总算跟到府里，进了西城门。

到了卖木头卖柴火的位置，两个后生家一人卖了一块白洋，还有些零散的铜板铜钱。买柴火的人称了称狗能跑的担子，只肯拿他一块白洋，七讨饶八讨饶，再补他两个铜钱。看到两个后生挣的钱比他多，狗能跑背脊躬得更加厉害，眼睛红红的，不晓得多少可怜。

去不去嬉？两个后生家走到大街上，转过头来问狗能跑。

到哪里嬉？狗能跑问。两人不理他，讲：问什么问？去了就晓得。

狗能跑从来没有来过府里，从来没有到过这样闹热的位置，东张张西望望，到处好看好嬉。没想到，两个后生脚步飞快，对街边上的这些东西统看不入眼，不停地走啊走，一走就走到南门码头。

到了码头上一望，嗬，不得了，三条河港汇到一起，场面很开阔。河港上头大船小船一只只，和蝴蝶蜻蜓一样有来有去很齐整。顶显眼的还是码头边两只船，顺手边一只，反手边一只，看上去很大很威风。顺手这只停在大杨树底下，里头又跳又唱又打鼓，声音离这里更加近。

快上去，到茭白船上去嬉。前一个后生家叫他。

茭白船，茭白船！今天总算看到茭白船了！狗能跑不晓得听人家讲过几回的茭白船了，就是没有看到过，没有上去过。想到这里，他的头脑壳开始晕乎乎，魂灵好像柴火担卖把人家一样，脚步子跟牢前头两个后生飘去飘去，飘到了船上。

桐严妹棉花絮一样软绵绵过来，用舌头往头一个后生嘴里递进去一枚葵花子，后生吃掉这枚香喷喷的葵花子，进船里去嬉了；

桐严妹棉花絮一样软绵绵过来，用舌头往第二个后生嘴里递进去一枚葵花子，后生吃掉这枚香喷喷的葵花子，进船里去嬉了；

桐严妹棉花絮一样软绵绵过来，用舌头往狗能跑嘴里递进去一枚葵花子，狗能跑咬咬这枚香喷喷的葵花子，也跟到船里去嬉了。

茭白船很大，起码有好几万斤东西好放。里头房间一个连一个，有大有小，女人也是一个连一个，花头经很多，齐整的也很多。特别是大房间里唱戏的，陪吃茶的桐严妹，看上去和天上的仙女一样要男人的命。狗能跑头一回来嬉，看都来不及看，眼目光往大房间里头扫个不歇。前头的后生拉了他一把，讲：莫看莫看，这些上等货你嬉不起的，你没有这样的命。

　　两个后生倒是熟门熟路，把他一拉就拉到里头房间里，中央还有东西隔出更加小的一个个小间，每一间都有一个女人。狗能跑欢喜女人，就是头一回来嬉没有摸到门路，一个三十来岁的桐严嫂把他的手拉到心头孔里摸啊摸，摸得他头皮发麻，心里头别别跳。嬉是老早想嬉了，就是不晓得价钱，也不晓得身上的钱够不够。刚想开口，另外两个小间里头的两个后生，老早动手了，声音还不小。脸皮很厚的狗能跑，脸孔慢慢红起来，红得桐严嫂很欢喜，讲：头一回嬉女人啊？嘿，快点来啊！

　　狗能跑问多少钱，桐严嫂伸出一个手指头，讲：没有两样价钱，小房间里都是一块白洋。

　　狗能跑放心了，把一块白洋摸出来递把桐严嫂，就开始做生活。桐严嫂怕狗能跑不会做，教他要这样这样、那样那样，哪里晓得狗能跑别样行当不会做，这门行当做得很老套，三下两下就把桐严嫂嬉得猪娘起栏一样哇哇叫：好哥哥呃，好老公呃！

　　过了没多久，汪家坞两个后生嬉嬉出来。听到房间里狗能跑还在里头，嬉得很肯出力，心里就有些不大合意。等等没有出来，等等没有出来，到后头实在熬不牢，就你糠糠糠几声，我糠糠糠几声，弄得狗能跑只好来个囫囵吞枣，草草收兵。

　　从南门码头嬉转身，来到十字街，两个后生一人要了碗面，说吃饱了好赶路，五十里路要一脚走到，肚子里不填填饱弄不来的。狗能跑摸摸袋里空空，还有两个小铜钱，问店里伙计两个钱能买什么。伙计说：两个钱，买碗滚汤吃吃。狗能跑说：滚汤还要钱？吃滚汤又吃不饱。伙计说：这里是严州府，你还讲是你山坞窟窿里啊，吃滚汤不要钱？你不晓得问这两个朋友借几个铜板，也烧碗面吃吃？

　　狗能跑开了口，两个后生没有一个肯借。汪家坞人都晓得狗能跑没出息，借给他的钱你这一生世都别想他还你，借了还是不借好，省得下一回讨债做冤家。没办法，狗能跑只好和伙计讨饶，讲：我一天没有吃东西了，等下还要跑五十里路回家，能不能可怜可怜我，就是人家不要吃的东西给点我，我就出这两个铜钱。

　　伙计没法子，刚刚看到要洗的碗里头还有大半个麦粑，讲：也不晓得哪个有钱人家的小人家，吃得这样轻骨头，不把粮草当粮草。喏，这个麦粑是人家吃了两口没有吃光的，我就两个钱卖把你吃。要是新鲜出锅的话，起码要十五个钱才肯卖哩！

　　狗能跑丢出两个铜钱，三口两口就把那半个冷麦粑填到肚子里去了。吃好面的两个后生在旁边望着他笑。三人起飞一样往西门街出城，一路过千家村、黄栗坪、杨村桥、王谢。到了松源坞，狗能跑肚子又咕咕叫，看边上没有人，就偷了地里两块红薯，一路咬回家。

从那次以后，狗能跑就跟牢几个后生天天上山砍柴火，砍了以后挑府里卖，卖了以后上茭白船嬉。嬉到后头，还是有点肉痛银子，好生生一个大白洋，嬉这样一回就嬉没有了，真可惜。后头问到一个嬉茭白船的府里人，他讲旁边还有便宜的，就是那些撑船人自己家的女人，用不了一个大白洋，老户头有五十个铜板尽够了，再要好好你，还拿出一餐粗饭招待你，让你养养力。

狗能跑要他帮忙寻份人家，那人就讲：寻也不要寻，你直接到碧溪坞寻撑船的何麻子家，他家里有女人，嬉了也便宜。我去过好几回，也算是老户头了。你只讲是我叫你来的，保证不敢杀你猪。话讲明了，女人家的那样东西生得都一样，茭白船上嬉一个排场，撑船人家嬉一个实在，弄不好还更加入味。

听听这话真当不错。狗能跑就丢开汪家坞的那些后生家，单枪匹马到碧溪坞撑船人家来嬉。船上的何麻子脾气好，看到来船上嬉的男人，都恭恭敬敬叫声大老爷。狗能跑嬉一回五十个铜板，还吃他一餐饭。后头一来再来，做了回头客、老客户，何麻子就把他当自己兄弟一样，愈加好商量。狗能跑不光嬉了何麻子的老婆，还嬉了何麻子的两个女儿。有一回，狗能跑身上带了两个白洋来，就在何麻子船上嬉了三天三夜没有回家，把船上的三个女人翻来覆去嬉了一遍又一遍，日子过得比神仙还快活。

这个何麻子看上去也是男人，为什么这样没骨子，肯让人家嬉自己老婆和女伢？狗能跑想不通，有一回就开口问了。何麻子讲：我们船上人，本来都是捉鱼吃饭的。这条河港里撑船捉鱼的人越来越多，鱼越来越少，我们到哪里去弄饭吃？总不好就这样饿死喽？没法子，严州府这里来来去去的客人多，坐我们船的人也多，好些客人出门时光长，有的也都是光棍佬，挣了几个钱没地方花，就只想寻女人家嬉一下。就这样，你想嬉女人，我想挣铜钿，大家两不亏欠。这句话藏在心里是有点难为情，干脆讲讲出来就没有什么了。在严州河港上做这一门生意的，又不光光我何麻子一个。从严江、兰江一路上去，不晓得几百几千，我们是有鱼捉鱼，有货运货，有客运客，有人嬉女人的话，就让他嬉女人，铜钿照样挣。这个都是双方情愿的事，挣的都是辛苦钱，没有什么倒霉的。

狗能跑问：船上人一世都做船上人？不好想想办法，到别的位置种地去？

何麻子讲：我们也只晓得撑船，别样行当又做不来，听说挑呀背呀挖山种地很辛苦，这种钱我们恐怕也吃不消挣。老祖宗把我们一副骨头生好的，也只有两只手撑撑船的力气。

你不怕人家看不起你？狗能跑讲，大家都叫你撑船佬哩。

何麻子笑了，讲：撑船佬就撑船佬，人家还叫你山里佬哩。我们祖宗传下来，撑船捉鱼这一行，做了几百年了。听老人家讲，往年朱元璋打天下，把陈友谅打败，夺了天下。陈友谅和他的手下一帮人老早都是撑船的，朱元璋怕这伙人到时候又出来造反，就把他们都派到严州河港上来，规定一生世只好在船上过日子，要逃到别的位置去就要杀头。姓陈的手下人家，除掉我们姓何的，还有姓钱、林、袁、孙、叶、许、李七家，大家就叫我们九姓渔民，官府里号了字的，你想逃都逃不出去。

也不晓得何麻子讲的是真是假。狗能跑听听也不服气，没有想到朱元璋这个人这样龌龊，这样恶毒，把这九份人家的子孙后代害得这样光景，这样罪过，还要叫他们家里的老婆女儿仰天叉腿让人家骑，千人骑来万人跨，唉咻呀，这个姓朱的皇帝真不是个东西啊！

听了何麻子讲的故事，狗能跑就对船上的女人少了劲道。他想：我狗能跑用是没有么用，要是把船上九姓渔民家的女人总拿来嬉，拿来骑，不就是帮衬那个姓朱的皇帝欺负人了？

从那以后，狗能跑就不大高兴到船上嬉了。何麻子晓得了狗能跑的想法，劝又劝不进去，就讲：我晓得你山坞里人心好，你不是坏人。看你这份心，我教你另外一种嬉的地方，你不消花一个钱，只消帮衬人家做点工夫，天天夜里都得嬉。

狗能跑眼睛亮了，讲：这种什么嬉法，没有听讲过。

何麻子就对他讲，碧溪坞村里有份人家，讨了媳妇好几年不会生小人，有人讲是他儿子身体亏，气力不足。他的亲戚就托人出来讲，想寻个心好的男人去帮衬做做工夫，带便发发小人。何麻子还讲：像这种人家不只一份，你慢慢寻，南峰啦，庵口啦，边上几个村坊里都有。有些事情不好讲出来的，你慢慢寻到老人家问去，只要你肯帮衬做点工夫，嬉女人是有得你嬉的。

狗能跑寻到碧溪坞那份人家，看到家里的媳妇肉皮生得很白。一问婆婆，讲进门好几年了，就是不会生小人。乌龙山上的玉泉寺都去拜过好几回了，还是没有响动。后来有人想办法，讲家里人阳气不足，要寻一个长工到家里来做做工夫，阳气多了，子孙就发了。公公婆婆也懂这个道理，就把狗能跑留到家里，白天到田里地头做工夫，夜晚在媳妇身上做工夫。一个月之后，媳妇肚子就大起来了。这份人家的儿子要赶狗能跑走，大辈就叫他先到别的地方去做，到了明年后年再来，再来帮衬他们家里发子孙、添后代。

狗能跑做田地工夫的本事一点名气都没有，做女人身上的工夫倒是很到门。他到南峰、庵口几个村坊待了几个月，做了一份一家又一份人家，那些人家媳妇的肚子就像是发了酵的面粉一样，看牢他一天天大起来大起来。

让狗能跑不高兴的是，每一个女人肚子大起来以后，都要赶他走，就是等不到小人家出世，叫他一声爸爸。有一回到碧溪坞去嬉，在老东家门口看到一个小人，就晓得这是他生的，就对小人讲：叫一声爸爸，叫一声爸爸！哪里晓得让那个婆娘听到了，赶出来也不叫一声亲老公，一个大巴掌就劈到狗能跑脸上，痛得他哭爹叫娘。狗能跑气都要气倒，想想这种事情做不得，亏吃得太大，不如回到汪家坞去待段时候，好好过两天清板日子。

到汪家坞去要爬大岭上过，这个岭又高又险真难爬。狗能跑一路爬上来，越爬越没有力气，越爬越伤心伤肺。到了大岭中央，狗能跑坐在那块大石头上歇力，想想气不过，手指头指着大湾山高头的老天爷，又是哭来又是唱：

> 严州婆娘么没良心呀，天呃！
>
> 做回老公么打零工呀，天呃！
>
> 儿子么生了一个个呀，天呃！
>
> 没有一个肯叫爸爸呀，天呃！

狗能跑头一回到大洲园仙姑洞去"赶香头"，做梦都没想到过借种发子的倒霉事。严州府的男人个个都比他齐整比他会做比他会挣，连讨饭婆都没有一个肯跟他过日子、帮他洗衣裳、帮他生儿子。后来，在严州府好多山坞村坊里，有件古怪事传了几十年，说：严州府的黑蜂子有几个，狗能跑的儿子就有几个；从来没有讨过老婆的光棍佬短命鬼狗能跑，在严州府个个村坊里都有亲生儿子。

有天早上，狗能跑吃过早饭，想想没事做，就到一份姓汪的人家嬉。还没走到门口头，就听到做娘的抽毛竹丝的呼呼声，做儿子的鬼叫连天喊不歇。狗能跑看不入眼，就赶过去劝做娘的：喂呀，都十七八岁后生家了，你还把他当小人打，打不得哩！

做娘的看到狗能跑就骂：都是你们这些流浪鬼伯嚭鬼①教坏的！

骂好又抽，抽了又骂：叫你赶香头，叫你倒霉头！再去赶香头，打烂你狗头！

狗能跑躲到一边看，嘀，今天这个婆娘火气真大，把儿子打得鸡飞狗跳，手段真恶毒，真下得了手啊。打歇之后，姓汪的后生背着锄头到山上做工夫，后面跟了另外一个姓须的后生，两人走路一瘸一瘸的，像一对难兄难弟。狗能跑慢慢跟在后头，只听姓汪的骂姓须的：都怪你嘴快，把赶香头的事情讲出去，这下好了，娘老子晓得了，下一回嬉不成了。

---

①伯嚭系战国时期吴国太宰，因受越国贿赂而使吴国亡。在严州地区的方言（吴方言）中，经常出现"伯嚭"或"伯嚭鬼"一词，原意指坏蛋，但后来也引申为华而不实、言而无信者，常有戏称之意。

姓须的后生讲：怎么嬉不成？下一回去嬉不要讲出来就行了，我们自己不讲，哪个晓得？顺反我们没钱讨老婆，去赶赶香头怎么样？不赶白不赶！

狗能跑一听，弄不懂赶香头是什么事，就熬不牢问：什么赶"墙"头？

姓须的笑了，讲：赶墙头就是翻墙头，就是夜里头做贼，你敢不敢？

狗能跑嘴一嘟，讲：偷东西啊，难怪你们娘要打人。偷来的东西都自己用掉了哇？没有拿回家给娘老子用哇？要肯拿回家，我不相信你们娘舍得打你们！

姓汪的对姓须的讲：不要睬他，懒得睬他哩！

两人就顾自己到地里做工夫。做了没多久，两人又坐下来嬉，身子骨软软的，站都站不起来。姓汪的后生讲：这两天用掉我不少神气，要歇好几天才养得过来。

姓须的后生讲：哪个叫你这么肯出力哟？见到人家家里的东西，你都拼老命去用，用得这么狠，不怕用坏啊？

狗能跑躲在两人旁边，忽远忽近，一会儿什么都听不见，一会儿又听进几句。刚想再过去问点什么，就听两人坐在锄头柄上唱起山歌，姓须的唱前半句，姓汪的唱后半句：

> 赶香头啊赶香头，香头赶得我有了大瘾头；
> 赶香头啊赶香头，香头走前头么我跟后头；
> 赶香头啊赶香头，香头点了我一个夜晚头；
> 赶香头啊赶香头，天亮我娘打烂我屁股头！

狗能跑听得稀奇死了。嘿，这两个短命鬼山歌里唱些什么鬼名堂，你一句什么头，他一句什么头，两人唱到"头"字的时景，头脑壳都往反手边一歪一抖，劲道还特别足，不晓得有多入味，多过瘾。

狗能跑听两个后生家一摇一摆唱得好听，做贼骨头做得这样不要脸，还编出山歌来唱，从小到大还是头一回看到。后来有大辈的过来做工夫，两人就站起来挖地，挖起地来也是一摇一摆的，慢慢就有了点劲道。

要不是狗能跑那天夜饭边肚子饿得没有法子，想过来偷只鸡吃吃，恐怕这一生世都要蒙在鼓里，不晓得他们在外头做快活神仙。那天躲在猪栏边一片茅草丛里好久，刚要用渔线穿铜管的老办法捉鸡，前面就有两个人密匝匝的脚步声逼过来，一看，还是那两个后生。这两人偷偷摸摸的样子，比他偷鸡做贼还要鬼头鬼脑，肯定去做什么鬼事。

姓汪的后生讲：怎么来得这么迟？天公都快黑了，余下来的不一定有好货。

姓须的讲：什么办法？娘老子不肯让我出门，我骗他们说要和你一起到山上捉野鸡，他们还不信，就顾自己逃出来了。路上想想好笑，我不是去捉野鸡去做什么？

姓汪的笑了，讲：是哩，捉鸡也好，偷鸡也好，顺反都是一样的好事情，莫让人家晓得就好。要快点走，早点去好慢慢挑，看到好货色就赶紧下手。

狗能跑听懂了，这两人要动大手脚，弄大货色，比他对付的公鸡母鸡要大得多。今天就是打不了拼伙，也要跟在后头望一望，只要看准码头，弄不好也有点剩菜剩饭落到嘴里，够他饱两天的。

钻出茅草丛，就见两个后生的背脊影了。这两个活鬼，哪里是走路？比飞还要快。狗能跑追到西面山冈上的时景，就看到两个后生的黑影子在那条弯来弯去的山路上和鸟一样往高处飞，都快飞到大湾山顶了。大湾山顶那边还有什么名堂？翻过山顶就是大洲园里的几个村坊，倪村、许村、金村、洪村、大洲，这些地方的财主人家不少，弄不好某某人老早落他们眼里了。老古话说得好，你来得早不如我来得巧，你力气去得多不如我福气来得多。只要我跟牢你们屁股后头，好事情总能留我一口。

大湾山翻过去，山脚底就是大洲溪，溪滩过去就是许村。狗能跑老远跟牢两个后生，想跟到许村去嬉，没想到两人到了山脚底，就往反手一个地方走去。狗能跑也慢慢跟去，就听见好些人围在那里，零零落落一些男男女女，讲话声音都轻轻巧巧，都和做贼没有分别。姓汪的后生走到一个婆娘身边，两人谈了几句，就一起往里走，看不见了；姓须的后生也跟牢一个婆娘走，走啊走，也看不见了。

这究竟是什么地方，人都一对对往里头走？好在汪家坞两个后生都不在了，不如走到前面仔细望望。近前一望，嘿嘚，这个地方有好大一个仙姑洞，男人女人都站在仙姑洞边，东张张西望望，不晓得做什么事情。眼目前看来，偷东西是不会的，没有这样的偷法。男人女人双双对对走到洞里去，恐怕是来寻老公问老婆的。那两个后生晓得自己寻老婆，我狗能跑就不晓得寻？索性今天夜晚仔细看看，有没有哪个婆娘肯跟我过日子、帮我洗衣裳、帮我生儿子。

走到洞的顺手边，有一个老太婆后面跟牢一个年纪轻的婆娘，恐怕是她女伢。女伢顺手抱了一领破草席，反手捏着一支刚刚点着的香。天公正式黑下来，人的脸孔不太看得灵清，那支香就见得有点亮，和萤火虫样一亮一亮的。做娘的拖牢女伢，对狗能跑指了几下，又说了几句。后来，女伢就手举那支香朝洞里走去，一边走还一边回过头来朝狗能跑望。狗能跑没有看得很灵清，不晓得这女伢样子生得怎么光景，也不晓得这个女伢想弄什么名堂，这也不是那也不是的时景，做娘的嘴巴简朝狗能跑努努，又朝他前面的女伢指了指，意思叫狗能跑快点跟进去。丈母都急得想开口了，再不进去真是笨到家了。狗能跑心里痒兮兮、甜丝丝，跟牢这个女伢手上的香头一步一步往洞里走。洞里头好大，东西南北好几个岔口上又有好多小洞，那些小洞外头都插了一支香，香头一亮一亮的，小洞里头传过来一阵阵你来我往的冲杀声，听上去很熟悉。洞里头有涨大水的轰轰声，有野鸟飞的扑扑声，又有女人喊的呀呀声。狗能跑听了有点头晕，又有点心慌，刚刚想叫女伢莫再往前走，女伢停下来了，看准一个空位置，就把草席摊地上，把香插了旁边一个高高的位置。女伢把狗能跑拉过去，自己就先困下去了。刚要开口问，女伢又一把把他拖近。狗能跑一摸，才晓得女伢下半身脱得干干净净，就等他上去。狗能跑别样行当不行，这样行当哪里用人家教？生活一开始做，耳边就传来一阵轻细的呀呀声。

做到一半，狗能跑想到要讨她做老婆，就开口问：我是汪家坞的，明朝我带你去嬉，好不好？

下头的人摇摇头。

狗能跑又问：你姆妈怎么带你到这里来寻老公？你们这里风气真特别，还没有拜天地就先进洞房，要是生出儿子来怎么办？

下头人笑了，说：生出来好，我谢你一生世。

狗能跑问：没嫁出去就生出儿子来，你娘不打死你？

下头人说：外头那个不是我娘，是我婆婆。

狗能跑吓一跳，问：你老公不在了？婆婆要另外帮你寻人？

下头人不响了，再问，还是不开口。

狗能跑就问：你叫什么名字？

下头的人捶他一小拳子，说：多做事，少开口！

狗能跑也老实，就再也不讲一句话，清苦苦一门心思做事。

做好事情出了洞，婆娘就跟牢婆婆走了。狗能跑还是想不出名堂，一定要过去问问婆娘什么名字，下一回好再去寻人。还没走到婆娘身边，那个婆婆就一把把他推开，力气真不小，讲：事情做好就歇！你走你的阳关道，我走我的独木桥。这样的规矩都不懂？

狗能跑木笃笃站在那里，心里想，我真是不懂。

就这样子走开更加弄不灵清，不如再转过身去，到洞口问问。刚刚走了没几步，就从哪个地方挤出一个婆娘来，冲狗能跑轻轻一笑。狗能跑看这个婆娘滚壮雪白，两个奶子有十几斤重，挂来挂去不听话。背脊后还驮了好大一床被褥，整个人看上去更加见得壮了。这个婆娘的样子很好笑，狗能跑就上去问：你是不是来寻老公的？

壮婆娘不响，手里举牢一支香就往前头走，还轻巧甩出一个"来"字给他。

狗能跑就跟牢婆娘走，走啊走，又走到洞里头一个空位置，把破布摊第一层，把被褥摊第二层，把香插在路外边的高处。

狗能跑手脚也不慢，三下两下就把壮婆娘弄高兴了，耳朵边响起来一阵呀呀声。

事情做一半，狗能跑问：没有拜天地就先进洞房，要是生出儿子来怎么办？

下头人笑了，讲：生出来好，我谢你一生世。

狗能跑就问：你叫么名字？

下头的人捶他一小拳子，讲：多出力，少开口。

狗能跑也老实，就再也不讲一句话，清苦苦一门心思出大力。

做好事出了洞，壮婆娘就背了被褥顾自己走。狗能跑还是想不出名堂，一定要过去问问婆娘什么名字，下一回好再去寻人。还是问了半句，壮婆娘就一把把他推开，力气真不小，说：事情做好就歇！你走你的阳关道，我走我的独木桥。这样的规矩都不懂？

狗能跑第二回再转身到洞口，还有人要带他进洞，他就不进去了。心里想，这些女人年纪都不小了，家里都有老公了，还出来野，家里人也不管管，还有些老太婆也出来帮忙，真是稀罕。今天不管怎么样，都要问个明白，查个究竟。

过一会，又过来一个女人，小小巧巧的，下巴上有一颗黑痣，一脸的笑让狗能跑看得心里扑扑跳。嗬，这个年纪轻，是个大姑娘，讨回家做老婆顶好。大姑娘背了只包裹，手里举牢香，拉拉狗能跑的衣裳角，要他跟牢往前走。狗能跑弄怕了，说：做我老婆肯的，洞里头我不去！

大姑娘就朝洞口反手边位置指了指，举香朝那边去。狗能跑以为这个恐怕是好人，就跟着她过去。反手边一眼看去，隔个两丈路就有一个野猪棚，棚都搭了大洲溪边。两人一前一后走，走到每个棚边，都看到棚外头有支香亮在外头，还有一个棚更加厉害，外头站了一个老太婆，看到有人过来，就轻巧讲：里头有人，再往那边走。

走到顶后头一个棚边，还好，外头没有香。大姑娘就把香插了棚外，到棚里头的床上垫好东西，拉狗能跑上床。

狗能跑又开始做生活，大姑娘高兴了，溪滩边的棚里响起来一阵呀呀声。

事情做一半，狗能跑问：没有拜天地就先进洞房，要是生出儿子来怎么办？

下头人笑了，讲：生出来好，我谢你一生世。

狗能跑问：你叫么名字？

下头的人捶他一小拳子，讲：只顾做工，少磨嘴皮。

狗能跑也老实，就不再磨嘴皮，清苦苦一门心思做工。

做好事情出了棚，大姑娘背了包裹就顾自己走。狗能跑急匆匆过去问名字，还是问了半句，大姑娘就一把把他推开，力气真不小，说：事情做好就歇！你走你的阳关道，我走我的独木桥。这样的规矩都不懂？

狗能跑苦着脸问：你们大洲园里什么鸟规矩？你们在这里究竟做么名堂？

大姑娘讲：做都做了还不晓得？大家都来赶香头啊？真是一个呆子！

狗能跑有点想进去了，问：你们不是来寻老公的，都是来借种的，借了男人的种就不认人，不肯讲自己的名字，怕我第二回来寻你，是不是？

大姑娘讲：算你还有点脑筋。你二回看到我要认不到我，要敢来认，一个大巴掌抽得你变猪头疯！

狗能跑笑了，心里想，这么小的一个姑娘，哪有这么心狠，嘴上讲讲的，就没有放到心里去。他看着她过了大洲溪，往东面大路上走去。

后来狗能跑就不想回汪家坞，一直在大洲园帮人家打零工。一到夜晚边，就摸到许村仙姑洞边，看到香头就赶，赶到香头就嬉，不嬉过瘾不歇。

仙姑洞越来越闹热，后来还有人搭了一间庙出来，只是这里的财主小气，不肯出大铜钿，做的庙怎么看都不像样。

再差的庙，菩萨一样保佑穷苦人不再穷，保佑有钱人平安，保佑家家户户子孙发得多发得快。

狗能跑在仙姑洞里里外外嬉了一两年，差不多把大洲园里的婆娘都嬉了个遍。后来有人讲，到这里来点香头的婆娘不一定是大洲园里的，长宁园、大畈、十八都、杨村桥，好些地方都有人过来，回家之后都讲仙姑洞里的菩萨很灵光。

狗能跑赶香头赶出了大瘾头，后来听说别的地方也有这样的场面，就一个地方一个地方嬉去。只要有仙姑洞有庙的，外头搭了棚的，都有这样的嬉法。狗能跑不晓得帮过多少份人家的忙，不晓得做了多少件好事，有时景夜晚想想，自己真是严州府里的活菩萨。

坏就坏在有一回，他在下涯埠旁边上市下市那一带村坊打零工，看到一份人家菜园里有个小个头的婆娘在那里摘大椒，旁边还有两个小人在搞嬉。这两个小人好像是双胞胎，看得狗能跑很亲热，很面熟。这个婆娘肉皮也真白，狗能跑就多看了两眼。不看还好，一看吓一跳，下巴上那颗痣生得和人家就是不一样。这，不就是两年以前在大洲园仙姑洞外头那个野猪棚里困过的大姑娘么？

狗能跑高兴得起跳，赶忙过去对婆娘讲，我是汪家坞的某某人，某天夜晚在仙姑洞里碰到你，你肯定记得牢，这下你身边的这对小人，是不是我做的好事？话还没有讲歇，一个反手巴掌老早抽到了他脸上。只听婆娘拼命骂：你个瘟鬼乱说！哪个认识你啦？你还不快滚，我就拿朴刀来劈死你！

婆娘骂人骂得比野狗还凶，吓得狗能跑没命地逃。一路逃一路哭，一路哭一路逃，唉，想想心都凉掉。那天，他一走就走回汪家坞，想叫村坊里人来帮衬评评理。

到汪家坞去要爬大岭上过，这个岭又高又险真难爬。狗能跑一路爬上来，越爬越没有力气，越爬越伤心伤肺。到了大岭中央，狗能跑坐在那块大石头上歇力，想想气不过，手指头指着大湾山高头的老天爷，又是哭来么又是唱：

> 严州婆娘么真黑心呀，天呃！
> 借种发子还打老公呀，天呃！
> 儿子么生了一个个呀，天呃！
> 没有一个肯跟回家呀，天呃！

狗能跑头一回在汪家庙里头帮菩萨做事，做梦都没想到和尚在夜晚头要做这样吃力的生活。严州府的男人个个都比他齐整比他会做比他会挣，连讨饭婆都没有一个肯跟他过日子、帮他洗衣裳、帮他生儿子。后来，在严州府好多山坞村坊里，有件古怪事传了几十年，说：严州府的黑蜂子有几个，狗能跑的儿子就有几个；从来没有讨过老婆的光棍佬短命鬼狗能跑，在严州府个个村坊里都有亲生儿子。

汪家坞东面靠西叉坞的位置有块平地叫上佛堂，上佛堂多年以前就有个庙，后来跑了和尚，村里也没人管，几回大雨一落，慢慢就倒掉了。我太爷爷刚到汪家坞来的时景没有位置歇，在这个破庙倒掉之前歇过一些时候。后来在上佛堂斜对面的洋田山租山挖火地种苞萝，把棚也搭在那里。在洋田山歇了一年，让姓闫和姓谢的两个天师一赶，又歇到大岭口子对面的坟边。也不晓得什么理，歇过去以后，日子慢慢好起来了。租来种的大湾山上半截，让我太爷爷一家料理得很好，桐子树茶子树生得很壮，苞萝红薯生得很多。太爷爷就想到让天师赶到这里来种山，实际都是菩萨帮忙的结果，心里头就常时记菩萨的好。

某一天，一个衣裳很破的老和尚，手里捧了只破钵头从大岭口爬上来讨吃，太爷爷看和尚可怜，就让他到家里吃了三天。三天之后，和尚讲要翻山到大洲园去，临走时说我太爷爷心里有菩萨，菩萨会保佑我太爷爷发大财的。听到这里，我太爷爷就把心里话讲出来了：我逃难逃到汪家坞来的头一年，歇上佛堂破庙里，对牢菩萨拜了又拜，一天总要拜个三四回。我对菩萨讲，我们安庆人从安庆逃到江山，又从江山逃到严州，可怜日子过了一代又一代，你菩萨好心帮帮我，让我汪家人不要再逃来逃去，就让我们在这里发一回财，过一回好日子，我汪家子子孙孙都记得你的好。我今天许个愿你面前，只要我汪家日子好起来，我要出钱修庙修菩萨，叫长宁园里、王谢、西叉坞那些地方的人统统到你面前来叩头烧香，让你庙里头的香火烧个万万年。

老和尚听了这个话，眼睛红起来了，讲：要是把庙修好，我就歇到庙里去。有人来叩头烧香，我就在边上念念经，空的时景我在庙后头种块地，省得年纪一大把还讨饭子一样东跑西跑，满天下去化缘。

我太爷爷讲：我这两年也余了几块白洋，多是不多的。我先起个头，尽力多出点。我们汪家坞的人白洋没有力气有，到时候大家都叫来帮忙，砍树的砍树，砌墙的砌墙，只要出一些木匠漆匠和石匠工夫的钱，把这个庙修好也不很难。

修庙修菩萨是好事。旁边的财主人家听说了，也都肯帮忙。白洋有出一块两块的，顶多的有出到五块的。有些财主量气小不肯出白洋，山上的大树倒是肯让你砍几棵去，驮来做庙里头的栋梁。几个月后，上佛堂的庙修好了，新菩萨也坐上去了。老和尚见过世面多，讲庙里头除了老菩萨之外，要有观音。我们务农人家要有后代接力，一定要多发子发孙，没有观音菩萨保佑不成功。老和尚又讲，汪家坞姓汪人家出力顶多，要把汪家老祖宗里头当官顶大的人，也做个菩萨摆进去让大家拜。我太爷爷拿出家谱来给老和尚看，老和尚有点字眼，他讲你们祖宗里头当过大官的不少，顶大的还让皇帝封过王，姓汪名华。大家就决定把这个祖宗的像拿来当菩萨。庙的名字呢，老和尚讲不如就叫汪家庙来得顺口，后来也又有人叫汪王庙。

汪家庙修好之后，上佛堂就慢慢闹热起来。旁边几十个村坊里头的人，逢年过节都到汪家庙来拜，特别是那些家里子孙后代不太发的人家，听说这里的观音菩萨做得又大又齐整，都讲这个观音很灵的，再远的路都要赶来拜，赶来求，对牢观音菩萨讲两句心里话。

香火旺了后，老和尚一个人忙不过来，就托我太爷爷到村坊里寻人，看有没有人愿意跟他做和尚。太爷爷到村坊里问了姓汪的姓须的姓闫的姓谢的，家家都没一个肯把头剃光来做和尚。有个姓须的男伢讲要去试试，让娘老子一人一个栗子壳，打得他眼睛乌珠冒金星，哭都来不及。老子骂：你这样没出息，要去做和尚？做了和尚不好讨老婆，就要断子断孙，要绝后，你对得起我们须家的祖宗？老子没骂歇，老娘又开口了，骂：我要生个儿子去做和尚，还有脸在汪家坞待下去？你要敢前脚去做和尚，我后脚就到房间里上吊。

姓须的儿子开始还弄不明白，为什么平常日子看大家对老和尚这么客气，又出力又出钱，满嘴的好话，还以为做和尚很威风，不消出力就有东西吃，这么好的行当不去做不是太可惜了？哪里晓得村坊里头的人当面一套背后一套，自己的娘老子也是一样的货色：看到和尚很客气，很亲热，很巴结，真要让自己儿子去做和尚就好像光屁股光裤裆到村坊里挨家挨户走一趟一样，不得了的倒霉，不得了的冤枉，不得了的晦气。这个世道，难怪人家讲只有小人讲话是讲真话，大人年纪越大越没真话，一天到夜做假事，说假话。

我太爷爷没法子，后来碰见到汪家坞来讨饭的一老一小，大的七十多，小的十二三，想到老和尚托他的事，就跑到汪家庙里去高高兴兴地回报。哪里晓得，这个老和尚看上去好商量，心里头算盘打得很精。他一看老的太老，小的太小，就一口推干净，一个都不收。这么好的两个和尚料作，一个都进不了庙里做事？太爷爷想不通。

过了些时候，在外头流浪狗样流了好两年的狗能跑回家了。除了年纪又大了几岁，别样毛病一样都没改。还是那样懒病，还是那样不肯做，还是那样手脚不干净，村坊里头家家看到都讨厌，个个看到都不欢喜。四五岁七八岁的小人家，一看到狗能跑在婆娘身边笑嘻嘻的样子，就合成伙一起唱，用的还是江山腔：的么决鬼狗能跑，操操自己胯臀圈！

狗能跑听到小人骂得凶，索性就逃远点，没想到逃得慌，往前一撞撞到个老人家，仔细一看，是个光郎头，穿着很破的和尚衣。老和尚倒不计较他，他就对老和尚一笑，快步往前逃去。

老和尚往汪家庙那边走，路上碰到我太爷爷，就问那些小人家骂的两句话是么名堂。

我太爷爷不问也晓得是哪两句，就把狗能跑怎么不做工夫只会害人，怎么打光棍讨不起老婆，怎么做花鬼天天只想嬉婆娘，一五一十讲给他听。还说，骂狗能跑的两句话，是好几年以前谢天师嘴里顶早骂出来的，现在是满村坊人都跟牢骂跟牢唱了。

太爷爷随随便便讲，老和尚倒没有随随便便听。有一回，还把狗能跑当大客人请到汪家庙里吃饭，叫狗能跑把以前的事一件件讲来，顶要紧的，就是嬉婆娘的那些。狗能跑开始哪有脸皮讲，后来看老和尚人老心不老，专门拣这种没有脸皮的事听，索性，他就添油加醋，把自己怎么嬉婆娘的龌龊事来了个毛竹筒里倒黄豆，一个不留倒干净。

好！老和尚笑眯眯地说，好的！你以前做的事肮脏是肮脏了点，话说转身，坏事里头也有好事，务农人家顶怕的是没有后代接力，年纪大了没有人养老，古话也说，不孝有三，无后为大。你只顾自己嬉得高兴，没有想到别样事，到顶后来看，也算是帮衬人家发子孙，要讲很坏也坏不到哪里去啊，阿弥陀佛！

狗能跑走南闯北嬉婆娘，好话听到过，就是没有听到过今天这样好听的话。按老和尚这样讲，这些年偷偷摸摸做的鬼事，到底也是一半坏一半好，讲给和尚听也不算很倒霉。

老和尚话没有讲歇，他接下去说：狗能跑，为什么你以前做事又对又不对？就是只顾自己嬉，没有想到菩萨，没有帮衬菩萨做事。我教你一个办法，叫你以后只做好事，不做坏事。

狗能跑笑着问：要我怎么做好事？老和尚讲：你到我庙里来做和尚好了，以后你帮菩萨做事，做什么都照菩萨讲的话去做，就都是好事，不算坏事了。

狗能跑还没有听懂，讲：你肯收我做和尚啊？你肯我还不肯哩。做和尚不能吃酒吃猪肉，又不能碰婆娘。不吃酒肉是要我半条命，不碰婆娘就是要我一条命了。

好你个活鬼！老和尚骂，我不要你一条命，也不要你半条命，你只要肯到庙里来帮衬菩萨做事，菩萨还会亏待你？以后的事情，等你进了庙之后我再慢慢教你，做和尚又不好强迫你做的，是不是？

狗能跑问：要是我做得不高兴，我想走就走？

老和尚讲：你要做得不高兴，你走就是，我保证你做了还不肯走。

狗能跑听老和尚开出的价码不低，以前一直以为做和尚太清苦，没有想到汪家庙里的和尚和别的位置不一样，不如先去试试看，试得好就做，试不好就走，他一个老和尚能够拿我怎么样办？

第二天，狗能跑就到汪家庙里剃了头，做了和尚。做和尚的那天，汪家坞好些人都赶去看闹热，有些老人家讲狗能跑做坏事做得多，今天总算让老和尚教好了，以后好好修行，有得好事让他做哩。小人家哪里管这样多，等狗能跑剃了个光郎头到庙门口望了望，就听到一片笑声，只听那帮小鬼又唱了，还是那两句：的么决鬼狗能跑，操操自己胯臀圈！

后来有个后生过来对小人家讲了句话，那些小家人都哈哈笑了，大家一起在庙外头唱：光头和尚狗能跑，操操自己胯臀圈！

芒花嫁到青龙头三年生不出个屁，天早又让老公按在灶头底扎实打了几个大巴掌，只好捆了包裹一路哭到娘家去。娘家在狮峰浪源那边，日子比这里可怜很多。开始嫁过来的时景，老公和婆婆对她都很好，大姑小姑就更加不用讲，家里有好吃的都拿出来给她吃，只想叫她早点帮家里生小人。哪晓得肚子这样不争气，一年下来两年下来都没有响动。婆婆脸色一天比一天难看，老公寻到空就开始骂，骂到今年，开始赏大巴掌了。芒花脾气好，想想是自己没有用，对不住婆婆一家人，就随老公打，打好了还是顾自己做工夫去。今天老公火气大，边打边叫她滚蛋，还讲家里不要这个石头匹，要另外去讨老婆。话讲到这句，芒花就气得没有办法了，只好到娘家去诉诉苦，想想办法。不想走到下涯埠头过去点，就碰到上市下市坎坑黄绕的一帮婆娘，路上叽里咕噜不晓得讲什么；走到王谢到杨村桥出来的那条路上，又碰到绪塘张家排梓溪坞松源坞的婆娘，还有好多人跟了后面，有千家村黄栗坪的，官路黄盛樟头的，上山路边岭脚里何源的，谢田余村宦塘的，大岩山大溪边下坑垅的，还有什么五峰坞余家坞塔石坞的，黑压压一片都是。看上去，都是二三十岁的婆娘，大的四十出头的也有，腔口都是严州腔，口音就有点不同。有的你侬阿侬，有的你拉阿拉，还有我侬我拉的也不少。

芒花刚刚想开口问她们是不是去赶庙会，就听那些人你一句我一句，讲得很大声，很闹热，都讲要到汪家坞汪家庙去烧香许愿。还讲，我们村里某某人家媳妇去烧香，回家半年就有了；某某人家媳妇到家里没几天就有了。还有更加厉害的某人家媳妇，走到半路上肚子就挺起来了。人的嘴生了两张皮，翻来翻去越传越厉害，把个汪家庙传得整个严州府都出了名。特别是建德县靠杨村桥边上的那些个村坊，婆娘们一见面就谈汪家庙，叽叽喳喳讲个不歇，都讲庙里的菩萨非常非常灵。

芒花就不想再往前去狮峰娘家，索性往反手边转弯，跟着这些婆娘到汪家庙去看看闹热，带便到菩萨跟前诉诉苦，讲讲这三年来婆家对她的好，讲讲自己三年来肚子多少不争气，再问问看这一生世还有没有福气做一回娘。

身边好多婆娘都是头一回出远门，不晓得汪家坞朝东朝西在什么位置，只好三个五个凑到一起，和讨饭子一样一路问一路走。有的老早在家里做了整豆腐袋的苞萝粑带身上，稍微有点钱的人家还做了小麦粑和粽子，也有人索性带了米和苞萝粉，还有整毛竹筒的猪肉菜干背身上。

过了西叉坞就上山，大石头一块接一块，溪滩里头的水又清又急，一些石斑鱼在溪沟里大石头底下钻进钻出。再转几个弯，就到上佛堂汪家庙了。上面有几个婆娘往山下走来，对大家讲：不要急，慢慢走，庙门口人很多。要烧香么排排队，要在庙里头歇夜请菩萨，还要到老和尚那里挂号，有些人等了三四天了，还没有等到日子。芒花就问：什么叫歇夜请菩萨？那个婆娘讲：汪家庙里的观音菩萨是很灵的，烧烧香许许愿也不差，回家以后肚子里有的，十个里头也有两三个。顶灵光的还是歇夜请菩萨，就是夜晚头歇菩萨庙里头，让老和尚念念经，观音菩萨到夜晚头就会托梦托到你身上，菩萨一上身，你回家以后十个里头有八九个肚子有得生。有些有钱的人家，歇一夜不够，还歇三四夜，后面来的人就要排长队了，也有些人在那里唠，讲有钱的人不好只想自己家里发子，也要想想人家远路来一趟不容易哩。芒花问歇一夜要多少钱，婆娘讲：不一定的，请菩萨是没有价钱的，少的一两个白洋，多的十来个白洋，都是你的心，出得越多么心越诚，菩萨越要帮衬你。

你要出得少，只有几个铜板，老和尚是不肯让你进去歇夜请菩萨的。为什么？想歇夜的人太多，来都来不及，你这样几个小钱还出得了手？

到了汪家庙，看到门口到处挤了人。上佛堂位置小，庙也小，小位置做大生意，就好像螺蛳壳里做道场，也难为大家了。芒花跟牢那些婆娘在外头等，好不容易再挤进去，挤到观音菩萨面前点了香拜，拜了又拜。后面来的人多了，老和尚就过来叫大家快点，拜好就往边门出去。芒花看里头有三个菩萨，除掉观音菩萨，还有财神菩萨和汪家祖宗。芒花不识字，也不晓得哪个是哪个，看到汪家祖宗前头拜的人顶少，就在前头多拜了几下。心里想，不管哪个菩萨，菩萨总是菩萨，只要我多拜你们，你们总不会亏待我，总会想到我，总会尽力帮衬我这个可怜的女人。

开始跟她一起拜的那些人都走出去了，芒花还不肯走，她寻到老和尚讲要歇夜请菩萨，老和尚问她肯出几个钱请，芒花袋里头只有十来个铜板，就问这些铜板够不够，老和尚白了她一眼，讲：你看庙门口这些婆娘，哪个袋里不装了几个白洋上来的，排队都排不到，你这样两个铜板都好来寻我？芒花让他说得要哭了，就问：要是我出五块白洋，够不够？老和尚讲：五块？五块白洋要等到一个月之后，你先把名字报来，我记到簿子上。芒花讲：我这下还没有五块白洋，要挣才有。老和尚讲：你这个女施主么也真是阿弥陀佛了，钱都还没有来说什么？有了再来寻我，好不好？芒花就拉牢老和尚的衣裳角，可怜兮兮地讲：我连工夫都寻不到做，想到你庙里帮忙洗洗衣裳烧烧饭，你多少拿点钱给我，等我凑够了五块白洋，你再帮我请菩萨好不好？老和尚一想，洗衣裳的人还真是要一个，现在事情做大了，庙里闹热了，去年雇来烧饭的老光棍一个人也来不及做，索性就把这个婆娘留下来帮忙。

芒花身体好，白天帮衬庙里头洗衣裳烧饭，到了夜晚头，还要帮衬到庙里头歇夜的人把房间弄干净。汪家庙不大，里里外外也有十来个房间，除掉两个和尚两个帮工，另外一些房间都有人歇。庙里头定下来规矩，歇进来的人不管你有多少，能够请到菩萨的，一夜顶多三人。三个以外的那些人，歇到庙里也是修修行，排排队。还有些轮不到位置歇的人，就歇到汪家坞那些人家里去，要寻到人家歇，也少不了要出几个铜板。芒花夜晚头有很多的事情要做，女人家心又细，把一个个房间弄得干干净净，烧洗脸水洗脚水一夜都要烧好几锅。

除掉十来个房间之外，观音菩萨身后还有个小房间，房间里只有一张床，也不很大。来请菩萨的人轮到以后，芒花就把这个房间弄干净，再把人带到这里来歇。到夜晚边，这个小房间外头，是没有人好进出的。有些时候，芒花就站在门外候，不让人家进来。几天下来，芒花很灵清了，出钱出得少的，是老和尚到小房间里帮衬念经请菩萨，出钱出得多的就让小和尚狗能跑来念经请菩萨。老和尚一夜只请一回，小和尚一夜要请三回。芒花弄不懂，老和尚修行时候长，本事也大，为什么一夜只请一回，还要帮衬出钱少的人请呢？后来还是小和尚偷偷摸摸讲，请菩萨不光光要本事，还要力气。老和尚本事再大，究竟是没有么力气的老人家，不太请得动菩萨。

到了两三个月之后，芒花的工钱存到了三块白洋，就寻到老和尚讲要请菩萨。老和尚还是不答应，讲好五块的怎么样又变三块了，还是等你有了五块再讲。后来芒花七讨饶八讨饶，老和尚没有办法，只好讲：我们自己人，我就讲实话了，你要是一定要请，也只有我来帮衬你请，我年纪大点你也不要嫌我力气小，请不请得动菩萨有时景也要讲天意，要看菩萨欢喜不欢喜，高兴不高兴。芒花晓得小和尚力气大，顶好是叫小和尚请，都怪自己手上没钱，也只好寻一截甘蔗尾巴吃吃。

到了要请的那几天，老和尚又把芒花叫去，讲：要来请菩萨的女人很多，有灵光也有不灵光的，为什么？一个要心诚，二个还是心诚。有一样事情要记牢，请菩萨的日子，身上一定要干净，越干净越好。芒花就问怎么样才是干净。老和尚讲：女人家每个月都有不干净的日子，也有慢慢干净起来的日子。上一回不干净的日子有六七天，下一回也有六七天，中间干净的日子哩，总有二十三四天。这二十三四天也不是顶干净的，顶干净的日子，就是去掉两头两尾。顶中央的日子，就是顶干净的日子。这种日子来请菩萨，你的心顶诚，菩萨顶高兴。

芒花晓得了，顶干净的日子，就是离开两回不干净的日子顶远的那两天。

到了那天，小和尚把三个婆娘念经念好，顶后头一个婆娘高高兴兴从小房间里头出来，老和尚就带了芒花进去，讲要好好帮衬她念念经，请观音菩萨来出力。到了小房间里头，老和尚就叫芒花困到床上去，还讲要把衣裳裤子脱干净。芒花话多，问：请菩萨还要脱衣裳，是什么道理？老和尚讲：你衣裳不脱掉，菩萨怎么帮衬你？看也看不灵清喂？你一定要把衣裳脱干净，特别是生儿子的位置，要让菩萨看得灵灵清清。我在边上念经，念经念歇，菩萨就会附到我身上来，把种种到你身上，叫你回家好发子，以后子子孙孙，越发越多。

芒花又问了几句，老和尚又讲：菩萨要给你种，你一定要脱衣裳，还要把那个要紧位置扒开，好让菩萨省力点放种。还有，菩萨做事情的时景，你眼睛不能睁开看，要是看到菩萨，就不灵了。你要熬不牢，就索性弄一块布包牢眼睛。

芒花想想熬是熬得牢，就怕到时候不小心，还是把眼睛包牢稳当些。枕头边上就有一块布,是前面几个婆娘包过的,大家都做一样的事情,没有什么好怕的。芒花就用布包了眼睛,把下身光零零对牢菩萨。

老和尚妮姆阿姆念了一通经,没有多久,就讲:菩萨来了,菩萨来了。

芒花眼睛睁开看,什么也看不见。过一会,一样东西压到了她下身,三年来老公做过的事情,这下子菩萨也一样做,都是为了把种种进去。芒花来了劲道,想多弄点种到身上来,就把腿越扒越开,没有想到,菩萨也有没力气的时候,还没有等芒花身子滚烫起来,菩萨就软掉了,工夫做歇了。

第二天,芒花讲要回青龙头去,跟婆婆老公讲来过汪家庙了,到时候肚子肯定会有的。

也真是该死,出门之前碰到了小和尚狗能跑。狗能跑肠子花,人倒也老实。他对芒花讲:我看你也是本分人,就对你讲实话。老和尚年纪大,没有力道了,帮衬你请菩萨不大灵的。你要实在想生小人,顶好还是叫我出面来请菩萨。你要不相信,在这里再做段时候,要是肚子有响动再回家不迟,要是还没有响动,你不是白来一回?

芒花想想小和尚讲得有道理,就又在汪家庙做工夫。过段时候肚子还没有动静,就要小和尚出面请。老和尚答应是答应了,讲要小和尚出力,没有五个白洋不成功。芒花就在庙里又做了几个月,存够五个白洋,再让小和尚帮衬请了一回菩萨。小和尚究竟年纪轻,力道足,一回请下来,就叫芒花甜到心里头,种就种到心里头。过了些时候,她就想吃酸,肚子也慢慢大起来了。

芒花老早把狮峰娘家忘记了,一心只想早点回到青龙头婆家,一心只想把这个天大的消息告诉婆婆和老公,一心只想给婆家发子,让婆家人高兴。就这样,芒花一路唱歌,一唱唱到青龙头。到了家里,看到婆婆公公都老了很多,好像一下子老了十来岁。再问老公在哪里,婆婆有气无力地讲:你离家之后,你男人到处寻你寻不到,有一回爬到山上滚了一跤,一滚就滚到山脚底,葬掉都半年了。

婆婆骂她的力气都没有。芒花眼泪水流啊流,手指头抹都抹不干净。她来到老公坟头边,看到草生了满满一坟头,还有两根草都黄了,几张霉头纸在坟头上飘啊飘。老公在黄泥底下,有些时候了。

芒花把肚子里有的事情对婆婆讲了。婆婆想想不大对,话也不大好讲,后来和她公公一商量,讲家里没有儿子,有个孙子留下来也好,做个种,以后还有发的日子。这样一想,两老也就慢慢高兴起来了。

哪里想到,芒花老公还有一个大伯,就是公公的大哥,心很黑。芒花老公是家里的独养儿子，这个大伯看到侄子一死，就巴不得兄弟也早点去掉，只要家里男人没了，家里头的五亩地和三间屋就全部归这个大伯了。偏偏这个芒花古怪，逃到外头大半年，肚子里还带了个小人回家，那还了得？大伯两公婆一商量，就把堂份里头的老老小小都叫到祠堂里，一定要芒花交代清楚，肚子里是哪个男人的野种。芒花倒老实，讲男人死掉半年不假，肚子里野种倒也不是野种，是汪家庙观音菩萨种下去的，我对得起天地良心的。芒花一交代，这个大伯很高兴，大家都晓得肚子里的货是外头人生的，男人死掉都半年了，肯定就是野种。大伯就讲：芒花是个肮脏女人，在外头跟野男人困觉，才困出小人来。昨天到家才晓得老公死掉，你们讲讲看，这种女人要得要不得？

堂份里头的男人都讲这种女人肮脏。后来，大伯就叫几个男人一起帮忙，把芒花抓到一只大毛竹笼里头，抬到前面的新安江边。怕芒花逃出来，大伯又叫人往竹笼里头放了几块大石头进去，再用船把毛竹笼运到河港中央沉下去。

肮脏女人要沉到河港里头去，是几百年以前传下来的规矩。讲是这么讲，正式做倒是没有听哪里人做过，顺反是几十年没有听讲过了。芒花沉到新安江里头去的消息，很快就传到了狮峰浪源。那些山头坞里的人平常日子本分老实，一碰到有人欺负，出大事情，就一个个和山上的野兽一样煞手厉害。听讲自己村坊里头的女伢让青龙头人活活沉到河港里头去，那还了得，是不把我们狮峰浪源人当人，是当猪狗来对待了。芒花在狮峰浪源的叔伯兄弟和表兄弟一起有几十个，再加那些欢喜帮人家出气的七姑八姨家的男男女女，一家伙黑压压全部连夜赶到青龙头，二话不说，寻到那个黑心的大伯，当场就用柴刀把他一块块劈碎，另外还打死打伤好几个。临走之前，放火把大伯家旁边好几个茅棚点着。那天夜晚，青龙头村坊落进一片火海里头去了，到处都是鬼哭狼嚎叫老天的声音。

到了第二天，狮峰浪源人和青龙头人又寻位置打了一天。打到后来，不晓得听哪个讲起汪家庙请菩萨的事情，就有人赶到汪家坞，想寻和尚问问灵清，问灵清之后再出气。

老和尚年纪有点大，脑筋一点都不差。听到这个风声后，他就叫小和尚狗能跑快点逃出去，一两年之里不要回家。狗能跑寻不到路头，老和尚就写张字给他，叫他到寿昌那边一个庙里去躲些时候。还讲，做和尚的人不要怕，只要手里捧个钵头，好心的人都会关照你，给你东西吃，饿不死你的。要是那个庙里不好，你就到另外那些庙里去云游，做个云游和尚。

等寻事情的人寻到汪家庙，老和尚和小和尚都逃走了。我太爷爷带了些汪家的人赶到庙边，把事情都讲灵清。有个青龙头的人讲要把这个庙烧掉，我太爷爷就讲：这个庙是我汪家坞的大宝贝，里头不光光有观音菩萨、财神菩萨，还有我汪家的老祖宗，跟我汪家里的祠堂是一样的。我汪家人年年都要来烧香叩头的，你们要烧掉这个庙，不就是烧我汪家的祖宗么？就是我一个人肯，汪家另外人家都不会肯的。你要一动手烧，明朝汪家坞人全部都到你青龙头来，把你青龙头的屋全部烧掉，人全部灭掉，对你有什么好处？还是老古话讲得好，冤冤相报何时休，不如你们到这里为止，大家都退一步，好不好？再讲了，两个和尚都是怕死鬼，老早走掉了，就是做了什么坏事，也没有证据，我们怎么相信你们呢？等下一回我们看到这两个人，再抓来问灵清，要打要杀再商量。

那些人听我太爷爷讲得有道理，大家打来打去没有个歇，不如算数，一个个都这样走了。

再说这个小和尚狗能跑，在寿昌县几个庙里云游了些时候，和老早一样做了好多请菩萨的事情。只是在每一个庙里头待的时光都不长，名气没有老早那样大，来烧香叩头的人也没有老早那样多。

他不该去的是上马的一个庙。这个庙和汪家庙一样造得不大，里头的和尚也是吃了上顿没有下顿。后来也动脑筋叫几个小和尚来帮衬请菩萨，名气就慢慢大起来。坏就坏在上马一个大地主的小老婆。这个地主在上马就有几百亩田地，讨了七个小老婆，顶小一个老婆生得又白又嫩年纪又轻。可惜的是，等这个七太太讨进的第二年，老地主身体败掉，死又死不掉，就把七太太养在那里看而不用，夜晚头只当个热水袋一样乱摸乱捏暖身子。

上头六个都有儿子，七太太就一心想有个儿子防老。听人家讲庙里来了个很本事的和尚，会请观音菩萨，就拿出好多白洋，索性歇到庙里头去。哪里晓得，这个七太太不来还好，请过菩萨，让小和尚一嬉，就嬉出好大的瘾头来，老早把生儿子的事情忘掉了。嬉到后头，个把和尚都嬉不遂意，一夜要来好两回。庙里的和尚不肯，出多少钱做多少事，再讲，钱都在老和尚袋里，真正出大力的小和尚也没有挣到几个。后来这件事情大家讲明了，老和尚和七太太都晓得，只要肯多出白洋，多请几回菩萨也好讲。这个庙里的老和尚，比汪家庙那个坏得多，为了多挣钱，就不顾小和尚的身体，还弄出一种叫什么上马回春汤的东西来，夜夜叫做工夫的小和尚吃，吃得他们想歇工都歇不了。

狗能跑云游到上马，正是这个庙里顶闹热的时景。听讲狗能跑也会请菩萨，老和尚很高兴，这段时候庙里人越来越少，刚刚想新收几个年纪轻的和尚进来。狗能跑一来，马上就派上用场，当天夜晚就叫他到小房间里去帮衬七太太请菩萨。

七太太生得很齐整，狗能跑很欢喜，一请就帮衬请了三回。七太太也很高兴，讲：再帮我请几回，我给你银子，多一回多三块白洋。狗能跑讲：力气要用光的哩。七太太就叫他多吃两碗上马回春汤。还说：吃了上马回春汤，只想上马不下马。

那天夜晚就辛苦了一整夜，狗能跑不晓得究竟请了几回菩萨，究竟把七太太嬉了几回，究竟叫七太太母狗一样叫了几阵。

等他醒转身的时景，看到自己和死狗样被丢在庙后面一间破屋里，旁边还有三个小和尚，有两个都烂得发臭了，身上伏了整层的绿头苍蝇。

狗能跑慢慢爬，爬啊爬，总算爬到了门外。外面的日头还是那样黄黄的，暖暖的，照得人心里头都亮起来。爬到门外，在厨房里烧粥的火头师傅看到他，大叫一声：喂呀，大天早就见到鬼啦！和尚，你不是死掉了么，怎么样又活过来啦？

狗能跑讲：我昨天夜里帮七太太请了一夜的菩萨，后面怎么困到这个破屋里来啦？

火头师傅讲：算你命大。你看里头那三个和尚，都是让七太太嬉死的，一个夜晚一个。吃了上马回春汤，嬉得你身上的血全部抽干净才会歇。我们庙里老和尚多少聪明，叫你们煞手请菩萨，多请多挣钱，等你们归了天，钱一个都不消出，丢了破屋里头烂烂掉就算数。

狗能跑讲：唉，老天！我这一生世，坏的和尚也碰到过，就是没有想到上马的和尚这么坏，杀人不见血啊！

火头师傅是建德大畈人，良心好，他把狗能跑背到后头另外一间破屋里歇，还拿来一袋馒头给他吃。一连吃了三天，狗能跑慢慢有了点力气，拿一根棍子笃笃，会开步了。一路讨饭讨了好几个月，才讨到长宁园里。长宁园里人看到狗能跑都吓坏了，为什么？狗能跑头发越来越长，一头的白毛，寻不到一根黑的。狗能跑晓得自己的血让上马的吸血鬼七太太吸干净了，头发一夜白光了，有什么法子呢？就寻到长宁园里一个剃头的，叫他帮衬剃了光头，还捡了顶旧帽子戴戴，省得到了汪家坞，又吓坏了自己汪家人。

到汪家坞去要爬大岭上过，这个岭又高又险真难爬。狗能跑一路棍子笃上来，越爬越没力气，越爬越伤心伤肺。到了大岭中央，狗能跑坐在那块大石头上歇力，想想气不过，手指头指着大湾山高头的老天爷，又是哭又是唱，从小到大是头一回这样伤心。

严州婆娘么真黑心呀，天呃！
嬉死一个个亲老公呀，天呃！
个个村坊里有儿子呀，天呃！
爸爸我空手归老家呀，天呃！

第六章 偷生鬼来一个劈死一个

太爷爷腰上捆了把柴刀，手上抱了八个月大沸滚烫人的儿子，往五坟山上走。五坟山上老早时景有五个坟，现在大大小小不晓得有多少坟，日日夜夜不晓得有多少鬼，把五坟山塞得满满的，大白天独个人都不敢上去。太爷爷今天不怕，把儿子放在一块大石头上，再一望，就望到儿子哇哇哇哭，两只手伸过来还想要抱。太爷爷不睬他，牙齿骨咬紧紧，眼睛乌珠一滚，对牢儿子骂：千不该啊万不该，你个偷生鬼不该到我汪家来！我前世没有作恶，今世也是好人，你要偷生哪里不好去，偏要偷生到我汪家来啊？我今天就一柴刀把你砍死，省得你再来害我！

太爷爷一边骂一边举起柴刀，往儿子头上砍下去。柴刀飞快，一刀就把小脑壳砍开，头上的血就像过年时里杀猪佬杀猪的时景样喷了满地都是。砍砍砍，砍砍砍，砍得个血渍拉污，头脑壳砍稀烂，儿子不再开口。太爷爷还是骂个不歇。下山以后，又回过头来朝五坟山拼命喊：五坟山上的野鬼活鬼瘟鬼你们都听牢了，下一回哪个要再敢到我汪家来，我看到一个劈一个，看你们还敢不敢再来偷生！

我太爷爷太奶奶到严州来好几年，年年生小人，年年带不大。头一个女伢带了五个月，第二个女伢带了六个月，第三个是儿子，到了七个月头上，毛病开始厉害起来。什么草头药都吃过，就是吃不好。一天到夜鬼叫连天，浑身沸滚烫人，看样子是不会好了。在江山的时景，也只生了我爷爷一个儿子，后头生了几个，都是糟掉的，都没有带大。我太奶奶一天到夜流眼泪水，不晓得怎么办。太爷爷么只晓得骂人，骂天骂地，骂太奶奶笨得和猪样，连小人都不会带，带不大。

有天闫天师和谢天师两人到我太爷爷家里来嬉，望望他们的老朋友。本来倒是想到这里讨杯酒吃吃的，哪晓得我太爷爷太奶奶都没心思招待两人。太爷爷么坐在堂前叹气，太奶奶抱着小人在灶头底哭。闫天师走过去望了望，说：小人毛病厉害，要带大是困难了。

谢天师问：有什么办法？我们做天师看风水的人，也没有本事带小人家，我们医得好病，医不好鬼，跟鬼斗是斗不过的。

太爷爷问跟什么鬼斗。谢天师就讲了，汪家坞这个位置多少年下来都不聚人，生下来的小人多，带大的少，那些死掉的人都葬得山角落底，五坟山上就有一大片。这些死掉的人一个个都想投胎，投胎做人要经过送子娘娘批准，送子娘娘簿子里一勾，死掉的人才能够投胎做人，才带得大。那些死掉的人做了野鬼游鬼的，送子娘娘簿子里没有，没有经过她批准，自己偷偷摸摸投胎到人家家里来的，生下来就有病，这个病那个病，怎么都医不好，带不大。你脑筋动破，都想不出法子。生了这种小人，是鬼寻到你家，你要把他当自己家里人养就错了，这种不是人，是带不大的偷生鬼。

太爷爷太奶奶听了都吓坏，问他们这种偷生鬼要怎么对付。闫天师讲，对付偷生鬼一定要心煞，你不心煞，他下一回还要来。你年年生小人，他年年到你家，你一家人就让他害苦了。我们做天师的人办法是有的，就是把偷生鬼抱到山上去，把他一刀劈死，叫他下回不敢再到家里来。谢天师讲：我娘舅去年劈死一个，我今年茶叶时里也劈死一个。劈偷生鬼也是旁边没有人的时景偷偷摸摸劈的，要不是看你这样伤心，我都不愿意对人家谈起。

听讲要用刀劈儿子，太奶奶心痛，不肯让我太爷爷去劈。闫天师讲：对偷生鬼不心煞不成功。你心痛的是你儿子，你劈死的是偷生鬼。你要把他当儿子么肯定心痛的，你要把他当害人的偷生鬼，你心就会煞起来，就一点都不会心痛。

太爷爷把偷生鬼劈死到五坟山的第二年，太奶奶又生了个女伢，没有多久，又是一身的毛病。太爷爷想想真火，这个偷生鬼怎么就缠牢我汪家不放呢？还是带了两个月，就把女伢抱到五坟山上，举柴刀劈，一刀把小脑壳劈开，头上的血就像过年时里杀猪样喷了满地都是。太爷爷一点都不怕，还把牙齿骨咬得咯咯响，一路骂回家。

劈偷生鬼也没有劈错，又过一年，太奶奶就生了我小爷爷。太爷爷看到小儿子生得雪白滚壮，心里很高兴。几个月带下来，都没什么毛病。也不晓得是不是身体太好的缘故，反倒是吃奶时景把我太奶奶的奶子吃出毛病来了。

过些时候，有消息传到我们汪家坞里。讲许多外国人一起打中国，光绪皇帝都往外头逃出去了。你想想看，皇帝在北京都待不牢，年辰不好，大家顾自己过日子，带小人家都要小心。听到这些话，我太爷爷太奶奶更加伤脑筋。

开头些时候，太奶奶奶水没有。小儿子很会吃，没有奶水怎么养得大？太爷爷托人到处寻猪脚蹄，还一定要猪娘身上的。后来听讲什么好就去寻什么，蜂窝啦，鸟窝啦，什么都吃过。闫天师在糠芯坞也听说了这事，正好在大湾山脚树林里装弓装到一只黄麂，就割了一只黄麂腿送给我太奶奶吃。听说想过很多办法还是没有奶水，闫天师就寻到我太奶奶穿过的衣裳，剪了一根带子下来，在堂前烧，一边烧一边念经，一边拜天拜地。等闫天师把床神灶神门神窗神一个个都拜过，衣裳带子也变灰了，再慢慢停下来。他对我太爷爷太奶奶讲：用手指头把衣裳灰钳个三撮，放到苞萝酒里头吃，吃过之后慢慢就会有奶水。

太奶奶把黄麂腿焐烊，配酒一起吃。夜饭吃掉困了一夜，第二天天早奶就胀起来了。

我小爷爷一张大嘴巴筒把太奶奶的奶头拼命咬，咬了三天，到第四天头上，太奶奶的奶子又不对了。用手指头摸摸，顺手这只奶硬邦邦的，不通气。太爷爷就去寻闫天师来医，闫天师到十八都一个外孙家里去吃酒，要过两三天才回家。没办法，太爷爷就到洋田山脚寻到谢天师，谢天师说：我们都是一个师傅门里出来的，娘舅看得好的毛病我也会看。谢天师来看了我太奶奶的奶子，说：你这个毛病叫吹奶病，是你宝贝儿子吹出来的。你这个儿子生得滚壮，很会吃，他吃奶不好好吃，咬着奶头往里头吹，一吹就把奶头闭牢了。奶头一闭，整个奶就慢慢硬起来痛起来。这个毛病讲大就大，讲小就小。讲大，有些人生吹奶病生死掉的也有；讲小，就要看有没有碰到好的师傅，比如讲像我这样的天师，看过就没什么事。

太爷爷听了高兴，就问谢天师有什么法子。谢天师讲：那就要我花点工夫下去了。头一样事情就是要帮衬你们念念经，让玉皇大帝、王母娘娘来帮帮忙。第二样事情就是你要寻两样东西来，一样是洗干净的葱根，一样是半夏，把两样东西打碎打烊，捏成一个小饼。

这两样东西不难寻。太爷爷寻来以后把它弄碎。谢天师就问我太奶奶：究竟是哪只奶痛了？是顺手那只还是反手那只？

我太奶奶讲是顺手这只。谢天师就把葱根半夏饼捏了黄豆样大一个小饼饼，塞到我太奶奶反手边那个鼻子孔里，说：顺奶痛么塞反手边，反奶痛么塞顺手边。

鼻子孔里塞牢，谢天师走到门口，不再讲安庆腔，用那种官腔对着日头念经：

天灵灵啊地灵灵，上方玉女吹奶痛，

下方玉女吹奶痛，一口吹在么金簪上，

撤撤金簪么不再痛。

谨请南斗六星，北斗七星，

吾奉太上老君，急急如律令。

谢天师念经念得很快，对着日头念了六七遍。太爷爷太奶奶听是听不懂，看他念得很吃力，想想总是有用的。顶后头就拿出五个铜板给谢天师，算是工夫钱。

谢天师说：看你们心诚，我再跟你们讲灵清。塞到鼻子孔里头的药到明朝再拿掉，碗里头还有些药，就拿来敷在奶头上，用东西包牢。到了明朝后朝，奶头就会通气。

太奶奶听谢天师念经念得好，心里很舒服。夜晚用药包牢奶头困了一觉，出了一身汗，第二天奶头就慢慢好转。太奶奶讲，这个谢天师还有点本事。太爷爷讲，有本事的时景有，没有本事的时景也有。我看他医病是瞎子撞撞，撞到一个算一个。

过了几天，闫天师吃酒回家，碰到我太爷爷太奶奶，就问起奶上的毛病。我太奶奶讲，奶上的毛病看好了，就是奶水还是不太有。小儿子胃口又好，很会吃，只好今天到这份人家讨点奶水，明朝到那份人家讨点奶水，实在想不出么办法。闫天师骂：我那个外甥狗，我就晓得他工夫不到门，帮你们看毛病是看不好的。就算看好，也会出另外的毛病。现在都这副光景，我也想不出什么办法让你生奶水了。要么，你们去寻寻看，有没有哪里有母山羊买，要买得到，倒是用不着再看毛病了。

我太爷爷问他为什么要寻母山羊，闫天师讲：我到十八都那边吃酒的时景，碰到一份人家生儿子，也是没有奶水。刚刚好家里有一只母山羊，后来就叫人到山羊身上挤奶吃，倒是把儿子养得滚滚壮，你们也试试看，试得不好莫骂我。

太爷爷就到处去寻母山羊，从许村金村寻到北坞日晒坞，从画坞钱家寻到早午岭章家坪，从桑元昴畈郭村寻到里芳郑家洋溪岭，哪里都寻过，都寻不到。后来还是寻到闫天师在十八都的那个亲戚，让他帮衬去问。还好，他们村坊里那只会喂奶的母山羊还有一个妹子在家里，生得也很齐整，很能干，太爷爷就出点银子把它买回家。

母山羊买到家里，太奶奶就割草给它吃，还把它洗得干干净净，特别是奶头上，洗了一遍又一遍，抹了一回又一回。太奶奶把我小爷爷的嘴巴筒接牢母山羊的奶头，那个嘴巴筒就咬啊咬，咬啊咬，开始只有一点奶，到后来奶越来越多，吃得我小爷爷满嘴都是，吃好就呼啦呼啦困觉，和猪栏里那只小猪一样，吃得入味困得也入味。

有一回我太爷爷和爷爷都在外头做工夫，太奶奶在门口菜园里摘菜，摘到后来把喂奶的事忘了。我小爷爷在床上困醒，张开嘴就哇哇哭，哭到后来把手指头塞到嘴里咬。那只母山羊听到我小爷爷哭，就走到床面前看，晓得是小主人肚子饿，想吃奶了，就拿出做娘的样子，前头两只脚一纵就纵到床上，轻轻巧巧把自己的肚子贴过去，把奶头伸到我小爷爷嘴边。这个小祖宗看到好吃的东西倒是不笨，看到奶头就咬，一咬就不哭了。

我太奶奶在菜园里听到小人哭，把手上的工夫忙好，就赶到家里来喂奶。进门一看，嘿嗬，母山羊到床上给小人家喂奶吃了，看看那个样子，哪里是只羊，明明是比人还要聪明，还要好心。夜晚就对我太爷爷讲：你买来的这个母山羊真好，我看它比人还要听话，比人还要能干，我不在家里的时景，它自己都会上床喂奶了。要是有两只手，它还不把我儿子抱到手上来喂？

我太爷爷也很高兴，也讲这个羊买得好。他笑着说：我看啊，要是它有两只手，不光光会喂奶，恐怕还会拿锄头，跟我们到大湾山上做工夫哩！

太奶奶也笑了，说：那你又多了个正劳力了，啊？你做梦去！

这样子过了一些日子，我太爷爷太奶奶就放心了。到后来，太奶奶割了一堆草到家里，吃过天早就把小人抱床上，自己跟了我太爷爷和爷爷三人到大湾山上做工夫。家里没有人也不要紧，有母山羊带小人。只要听到哭，母山羊就会自己爬到床上喂奶，等到我小爷爷把奶头吐出来，母山羊就晓得小家伙吃饱了，自己跳到床下来，让小家伙困觉。有时景不想困，我小爷爷就对牢母山羊笑，用两只肥嘟嘟的手比来划去，比得母山羊也站在地上笑，在床边走来走去，真是比看到自己亲生的山羊儿子还开心。

小爷爷周岁的时候断奶，开始吃饮汤，后来慢慢吃面糊和薄粥。

三四岁的时候都会跑了，还总跟着母山羊嬉。有一回，母山羊站在门口河边吃水，我太奶奶站在门口，看到母山羊很古怪，身子下头有个什么东西在动。走过去一看，是一只小屁股，翘得很高，裤裆下头的鸡鸡也翘得很高。再过去就看得更灵清了，这个屁股和鸡鸡都是小儿子的，他的头脑壳伸了母山羊的肚子底下，嘴巴筒咬了羊奶头，在那里拼命吃奶。

这么大的人还要吃奶？我太奶奶骂我小爷爷。

小爷爷讲：我肚子饿。

肚子饿你好吃粥吃饭的。我太奶奶讲。

小爷爷回答：粥没有羊奶香，还是羊奶顶好吃。

从五六岁开始，小爷爷就到山上放羊，有时景割点草回家，夜晚给羊吃。冬里头割得还要多，整堆整堆放在猪栏里，只怕山羊没得吃。

小爷爷七岁的时候，我爷爷二十岁，要认亲了。认亲的日子家里要摆酒，我太爷爷想想荤菜少了点，就把家里这只七八十斤重的母山羊杀倒来招待客人。那天天早我小爷爷到隔壁人家嬉，等他肚子饿回家吃天早，母山羊杀掉了，我爷爷在边上帮忙，用一把斧子把羊肉劈成一块块，太爷爷两只手把山羊的肚子货扒来扒去，都扒到一只大黄桶里，和太奶奶一起慢慢洗。

小爷爷走到黄桶边，跪到地上，大叫一声：我的羊呃！

我太奶奶听错了，还以为叫娘，问：叫我做什么？

小爷爷的眼泪水流得一脸都是，说：我的山羊呃，你们怎么能杀掉它哩！我的羊呃！

太爷爷在旁边笑，说：叫羊啊，我也听了是叫娘哩。

我爷爷也笑他，说：都这么大人了，还想吃羊奶？倒霉不？

太奶奶过来把小爷爷抱起，帮衬他把眼泪水抹掉，说：莫哭莫哭，男儿有泪不轻弹，听讲过没有？还有一句是，男儿膝下有黄金，男人家不好随便跪倒来的。后来我太奶奶又说：你哥哥要讨嫂嫂了，你不好哭的，要高兴的，山羊杀掉中午边要招待客人，到时候我夹一块顶大块的羊肉给你吃，好不好？

我不要！我不吃山羊肉！小爷爷喊了这句就跑出去了，中午边我爷爷认亲摆酒也不回家，这个小东西！到了夜晚边，客人都差不多回家了，我太爷爷太奶奶满山去叫，才把我小爷爷叫回家。

就是为了这只母山羊，我小爷爷从小记恨我爷爷。到后来两人分家争田地争得热火朝天，我小爷爷还拿这件事骂我爷爷：你心黑不心黑？你讨个老婆还杀我的羊，你还我的羊！

我爷爷就取笑他，骂：你不是人，你认不到人，认不到我这个哥哥。你是山羊带大的，你个山羊儿子！

不晓得又是过了多少年，我爸爸还是七八岁，那天早上听到我爷爷在骂我小爷爷，骂得稀奇古怪，就问：怎么骂叔叔是山羊儿子，叔叔是不是真是山羊生的？我爷爷听了以后想笑又笑不出，眼睛乌珠滚了一下，说：不是山羊生的有这样恶，这样坏？

后来，我爸爸听说谢天师家里买了只山羊来养，就赶快追过去，盯牢屁股看半天，摇了摇头，说：唉！想不到啊想不到，这样点点小的屁股洞啊！

爷爷顺手拿了把斧子，反手抱着周岁大沸滚烫人的儿子，往五坟山上走。五坟山上不晓得有多少鬼，把五坟山塞得满满的。我爷爷不怕，把儿子放在一块大石头上，望到儿子哇哇哇哭，两只手伸过来还想要抱。爷爷不睬他，牙齿骨咬紧紧，眼睛乌珠一滚，对着儿子骂：千不该啊万不该，你个偷生鬼不该到我汪家来！我前世没有作恶，今世也是好人，你要偷生哪里不好去，偏要偷生到我汪家来啊？我今天就一斧子把你劈死，省得你再来害我！

爷爷一边骂一边举起斧子，往儿子头上劈下去。斧子飞快，一下就把小脑壳劈开，头上的血就像过年时里杀猪佬杀猪的时景样喷了满地都是。劈劈劈，劈劈劈，劈得个血渍拉污，头脑壳砍稀烂，儿子不再开口。爷爷还是骂个不歇。下山以后，又回过头来朝五坟山拼命喊：五坟山上的野鬼活鬼瘟鬼你们都听牢，下一回哪个要再敢到我汪家来，我看到一个劈一个，看你们还敢不敢再来偷生！

后来，爷爷一连劈掉两个丫头壳，才把偷生鬼劈怕了，再也不敢进门。后来生下来的一串子女，都很扎实，很好养，很快大。就这样，我爷爷廿六岁，就是宣统皇帝上台的那年有了大儿子，就是我的大爷，到了三十多岁，白洋里头出了孙大头和袁大头的时景有了第二个儿子，就是我的新疆大爷；到了四十八岁头上，江西那边闹共产，和江西交界的江山人到严州府汪家坞来叫亲眷一起去共产的时景，有了第三个儿子，那就是我顶没用的爸爸、现在困在床上不会动的老柴火桩。

三个儿子里头，有官运的只有我大爷，当过副保长。副保长的官小是小了点，顺反也算是做官的。我们汪家人从江山到严州来的多少年里头，当过的官恐怕也就是这个副保长了。

三个儿子里头，念书念得顶多的就是我新疆大爷，他是严州师范学校出来的，教书也教了好多年，后来到了新疆还教书。我们汪家人从江山到严州来的多少年里头，笼里笼总念过书的，恐怕也就是这个教书先生了。

三个儿子里头，挖泥块挖得顶多、挑担挑得顶多的，就是我爸爸。为什么？副保长做到后来只收收租，解放以后就枪毙掉了；教书先生一生世都是念书教书，一直到死在新疆都没么背过锄头挑过担。只有我家这个老三头，解放以前挖泥块挑担，解放以后还是挖泥块挑担，到了七十七岁上半年还挑一百多斤的担子在汪家坞上上下下，下半年一连生了两场病，就困在床上不会动了。我们汪家人从江山到严州来的多少年里头，挖了这么多年的泥块，挑了这么多年担子的，恐怕也就是这个老柴火桩了。

老古话说，三岁看到大。也有人说，三天看你命。生下来的第三天，叫三朝日。到了三朝日这天，要开奶和开荤。我爸爸只有做的命没有嬉的命，就是三朝日这天开奶开荤没有开好，上头那两个，老大和老二都是开过荤开过奶的，是三天头上注定的命。

老大生下来第三天开奶，我太奶奶到哪里弄来些黄连汤，用瓢梗滴了一点上去，在老大舌头上点了点，苦得个老大哇哇哇叫。我太奶奶就打官腔说：莫哭啊，好乖乖！三朝吃得黄连苦，来日天天吃蜜糖。我奶奶坐在旁边说：吃得苦，养得大。她手里捧着一小碗用酒、肉、鱼、糖和年糕拌一起的汤水。我太奶奶就用瓢梗舀了点汤水，到老大舌头上点了点，说：吃了肉么生得壮，吃了糕么生得高。我奶奶也说：吃了酒，福禄寿。太奶奶说：嗯，讲得好。吃了糖和鱼，日日有富余。

顶后头，太奶奶把我爷爷叫过去。我爷爷手里捧了只小公碗，碗里头是两瓢梗的奶水，是到谢天师老婆小围裙那里讨来的。听说儿子开奶要讨生女儿人家的奶吃，女伢开奶要去讨生儿子的人家奶吃。小围裙生了个女伢，讨她的奶吃么正好。太奶奶用瓢梗把奶水舀到老大嘴里，说：好好好，吃了人家的奶么你走路走得快，吃了人家的奶么你讲话讲得快，吃了人家的奶么你发财发得快！

一家人围在旁边，听我太奶奶又像念经又像唱歌，就都笑起来了。我奶奶开始喂奶，我们汪家的另外一些人就开始吃锅里头的猪肉和鱼汤，一人两瓢梗下饭吃。大家平常日子都舍不得吃这些好东西，托了老大的福吃一回，吃得很开心。

到了老二开奶的时候，我爷爷日子开始好起来，想到要让儿子念书。我奶奶先把奶水挤到瓢梗里，再寻些上好的陈年香墨磨出来的墨汁，滴了两三滴到奶水里，拌在一起喂把老二吃。你想想看，老二从小吃墨水，六七岁就开始念书，一直念到严州师范毕业。你说，人的命是不是三岁就注定的？

轮到老三，就是我家爸爸开奶的时候，我爷爷和小爷爷两兄弟开始争口，一天到夜讲要分家，分二道家。小爷爷整天雇人打锣，把分家的事闹得整个长宁园里都晓得，害得我爷爷奶奶夜晚都困不着。到开奶的时候，哪个都没心思管我家爸爸，没有给他吃酒肉鱼糖拌的汤水，也没给他吃过墨汁拌过的奶水。大家都讲他命苦是小爷爷害的。三兄弟里头，从小到大在山上做工夫的是他，吃得顶差的是他，一生世酒肉鱼糖的气息闻不到的也是他。一样的娘老子生，不见得有一样好的命。

要紧的事情不光光是开奶，取名字也不好马虎。名字取得好不好，讲起来都是娘老子一句话，有时候也不一定。在汪家坞，我们姓汪的人顶多，汪家的老规矩也慢慢作兴起来。老祖宗讲取的名字不如偷的名字好，用偷来的名字鬼都寻不到你，想害你都摸不到门。还有一个道理就是，取名字好比吃东西，自己种出来做出来的东西舍不得吃，吃下去也没味道。偷来的东西就不一样，舍得吃，吃得下，还很鲜味。我们汪家坞人就欢喜到人家家里偷名字。小人家生下来做了百日，就派人到人家家里偷东西，偷到一样东西回家，是什么东西就叫小人什么名字。

老大生下来百日那天，我太爷爷到谢天师家去嬉，寻来寻去寻不到东西，后来在灶头底下看到一根火筒，拿手上就往家里走。后来小围裙从菜园里摘菜回家，看到我太爷爷就喊：莫走莫走，吃口茶再去！我太爷爷听到小围裙声音，更加逃得快。到了家门口，看到我太奶奶抱了小人在门口，就讲：火筒来了，火筒来了，快点接牢。太奶奶接牢火筒，就把我大爷取名叫火筒。

到老二要取名字的时候，东西是我爷爷出去偷的。那时光家里日子好起来了，他只想儿子念书做官，就到长宁园最大的地主老和尚家里偷了块砚瓦，把我新疆大爷取名砚瓦。

我爸爸是在长宁出世的，出世一百天，世界变了。我爷爷一天到夜动脑筋想怎么对付强盗，出去偷东西也没劲道。到了长宁一份人家门口，望望家里有人，不敢进去偷。走到猪栏边，看到猪栏门外有一把挖断掉的锄头柄，下面一截差不多烂了，上面大半截还蛮硬实。我爷爷拿了锄头柄就走，路上看到有人来也不理睬，到了门口，把锄头柄交给我奶奶手上，说：这个伢就叫锄柄。

我奶奶望了望手上抱着的小儿子，说：啊咿呃，叫锄柄？哪里就是做工的命啦？

我的大爷火筒、新疆大爷砚瓦、爸爸锄柄，三个人都是偷东西偷来的名字，三个人也都是偷东西偷来的命。等到新疆大爷念书的时景，教书先生跟我爷爷一商量，把三个人都取了很斯文的名字。平常在家里，大家还是叫小名。特别是我爸爸，不管走到哪里，不管从小到大，就是现在黄泥快要抹到头颈了，村坊里人还是叫他锄柄，要么就是锄头柄。

夹了三个儿子中央的，还有好几个丫头壳。把丫头壳取名字倒是不要到哪里去偷，顺反都是赔钱货，都是帮衬人家传宗接代的角色，名字倒也好取，什么花呀草呀，什么兰呀香呀，大家怎么取我们也怎么取，好了差了莫去管他。

有一回我太爷爷把女伢起了个名字叫小香，后来一问，汪家坞姓须的人家有一个了，隔壁长宁村里有三个。想想头痛，不晓得取什么名字好，只怕大家都一样叫，好名字都让人家先取了。后来还是老冤家老朋友闫天师帮的忙，私下教他一首《女伢取名歌》，以后汪家生了女伢，就唱这首歌，欢喜里头哪个字眼，就取哪个名字。这首歌我太爷爷教把我爷爷，我爷爷又教把我爸爸。我爸爸生得笨，唱不来。后来我姆妈一听就会了，还总欢喜唱。我从小就听我姆妈唱过好几回：

凤莲巧女俊，媛娟娇妹瑾。
玉兰桂花香，玲珊瑞珠珍。
芙蓉莉芝萍，鸾凤春秋清。
双姬娥妍娣，英芳芬翠芹。
素梅淑慧敏，秀华惠月琴。
彩霞云景红，美丽昭君贞。

我爸爸从小没什么大毛病，小的花头经倒是有好两样。生下来起就很欢喜哭，是有名的夜哭郎。我奶奶听讲医小人夜晚哭病的办法是写字贴。弄些红纸来，上头写："天皇皇，地皇皇，我家有个夜哭郎；过往君子念三遍，一觉睡到大天光。"字写好，就把这些红纸贴到汪家坞东西南北每条路的石头上、大树上、庙上。

红纸贴出去以后，我爸爸夜晚困觉好些了。也不晓得为什么，过了没有几天，哭病又开始犯了。我爷爷就去寻天师。那下时光，闫天师和谢天师两个老天师都老掉了，谢天师整家人都差不多灭光了，还好他有个两个侄子还在，大的也跟谢天师学过些日子，也会看风水看毛病，后来大家都叫他小天师。小天师到我爷爷家里来帮我爸爸看毛病，一听讲红纸贴过还没有医好，就说：这个毛病重了，家里有夜哭鬼，要花好些力气捉鬼。

小天师有两样本事比闫天师谢天师都厉害。开始请他做事，总怕人家不服气，他就拿出当家功夫来让人家看。一样是让人家把乌炭火烧红，把尖刀一把把竖在豆腐桶边，自己脱了鞋，打赤脚在上面走动，一边走一边舞剑念经；再一样是让人家借九张八仙桌，叠到一起，他噜噜噜爬到顶上头一层，讲是上九层天请佛。到了九层天上头，他一个人放大喉咙讲话，一下讲讲天上事，一下讲讲地上事，叽里咕噜念一通经，吓得大家都说佛来了，神仙来了，都讲小天师功夫好，有本事。这两个功夫一显，没有人不讲他本事的。

小天师叫我奶奶从锅灶里拿一根硬柴火头出来。这根柴火头外头变乌炭了，里头还是柴火。小天师把这根柴火头的前头一截用柴刀慢慢削平，削平之后，再用蘸了红油漆的毛笔在上面写几行字：拨火杖，拨火杖，天上五雷公，差来做神将，捉拿夜哭鬼，打杀不可放。急急如律令敕。

字写好以后，小天师对我爷爷奶奶讲：夜晚头困觉的时景，把这根东西放在小人的床头，男左女右，不好放错，放错就不灵。

到了第二天，小天师又到我爷爷家里来了，问小人有没有好点。我奶奶说：好是好点，还是哭，哭没断根。

小天师问：东西有没有放错？儿子放反手边，女伢放顺手边。

我爷爷奶奶都说没有错，小天师自己到房间里看了，是放对的，就说：你们家里的夜哭鬼不一般，不是小夜哭鬼，是大夜哭鬼。今天我不拿出点手段来，你们不晓得我的厉害。不把这只大夜哭鬼捉牢，我今后就谢字倒头贴！

小天师要我爷爷做一只四四方方的木头笼子，外面用白纸糊牢，夜晚要用。

到了夜晚头，我爸爸困床上又开始哭的时景，小天师来了。他走到灶头底，把锅灶上头的那只铁锅拿掉，再把那只用白纸糊好的木头笼子放上去。锅灶里头，放一盏点着的油灯，刚刚好在木头笼子底下。油灯一亮一亮，亮光照到木头架子外的白纸上。小天师自己坐在灶前的那只小板凳上，手上捧只底朝上的大白骨碗，白骨碗底横了一把朴刀。

小天师要开始作法念经的时光，家里的大人都不能够进来，小人家在旁边看不要紧。我爸爸的几个姐妹就在锅台边看那只白纸糊的木头笼子。

我爸爸在床上呜啊呜啊哭个不歇。小天师开始作法。他反手拿牢白骨碗，顺手捏牢朴刀，把朴刀在白骨碗底移来移去，嘴里咿里呜噜咿里呜噜念，开始念得慢，后来念得越来越快，越来越快。好像是在骂什么人，骂得很恶毒，很心煞。

站在锅台边看纸笼的一帮小人，听得心里扑扑跳，个个都不敢动，两只眼睛乌珠盯牢纸笼。只听小天师哈一声，纸笼里头的光暗下去了，只看里头有影子，一下过来一个，一下过去一个。有的像鸟，有的像鸡，有的像狗，有的像猫，有的像猪。这些影子开始出来的时景也是慢慢来的，小天师嘴里念得越来越快，影子也来得越来越快，越来越多。到顶后头，有一个影子很黑，很灵清，印在白纸上，一动不动。小人家把头伸过去仔细一望，好像一副死人骨头，又像一副老棺材。

大家心里吓得咯咯抖，只听灶前的小天师拿了顺手的朴刀往白骨碗上用力一叩，咣当一声，碗碎了，纸笼里看过去的油灯也一下亮起来了。一帮小人再往纸笼上看，那个黑影就印在了白纸上，就好像画上去的一样。

小天师站起来，把那只纸笼拿出来，塞到灶里头点着了烧。

等这只白纸糊的木头笼子烧干净，困在床上的我爸爸就不哭了。

等到我爷爷奶奶那些大人家进来，我爸爸呼啦呼啦困着了。我爷爷用手去摸摸我爸爸的额头门，我奶奶过来拦，说：莫摸莫摸，让他好好困一觉。

再看小天师，满脸都是汗，上气不接下气地说：嘿嗬，你家这只大夜哭鬼真厉害，我跟他斗了一夜，才把他捉牢，总算把他弄服帖了！

我爷爷看小天师力气花了很多，就拿出一串铜钱来给他当工钱。

后来我爷爷把小天师捉夜哭鬼的事到长宁园和大洲园里念了几回，小天师的生意就好起来很多。好些人都来叫他出面捉鬼，银子挣了好几两。后来有人讲，汪家坞的鬼看到小天师就跑，哭的哭，叫的叫，一个个都恨死他了。后来它们一起聚到五坟山开会，说要拿点手段出来，叫小天师一家人难过。小天师管不得那许多，天天夜晚到处捉鬼，做梦都没想到鬼也会反过来对付他。后来家里出了一连串的事情，几个女儿从小吃苦头，明摆着是让汪家坞那帮鬼害的。

我爸爸到了五六岁的时景，又开始起花头①。他另外毛病没有，就是总不小心要把魂掉在外面。不是掉在大湾里，就是掉在糠芯坞；不是掉在九里庵，就是掉在祝家坪；不是掉在洋田山，就是掉在五坟山。我们汪家的大人，总是要到处把他掉了的魂灵寻回家，不寻回家人就好像一张树皮壳一样，没有什么用场。

有些时候，我爸爸欢喜和一帮小人到九里庵石塔皮上嬉，从高的位置往下面一屁股溜

———————————
①起花头指搞出点让人麻烦的名堂。

下来，溜得越快越味道，大家一起喊一起溜，把屁股上的两块布溜得粉破。要是寻到的石塔皮很高，不小心还会溜到外头去，要吓坏的；有时景就到洋田山脚谢天师家里踩高跷，谢天师家里小人多，都喜欢做高跷嬉。我爸爸人长脚长，站在高跷上嬉得高兴，不小心也要滚地上；再要么跟那批小人，到五坟山啦、祝家坪啦、糠芯坞啦，去躲猫猫，去过家家，去打陀螺，去嬉老鹰捉小鸡。嬉过头的时景，总要让人家吓去。

有一回跟人家到洋田山上嬉，看见一棵松树上头有个鸟窝，就爬上去摸。刚摸到要拿下来，里头一只鸟扑腾腾飞了出来，把我爸爸吓得从松树上跌落来，跌地上还不算，还和石头一样，从洋田山上滚到山脚底，一直滚到小天师家屋后。

小天师老婆把我爸爸拖起来，看他脸孔碧青，就把他送到我奶奶家里。我奶奶问我爸爸怎么跌落的，我爸爸想啊想，就是想不起来，一点点神气都没有，说：忘记了，记不牢了。

小天师老婆说：看样子，是魂掉了。不能拖，今天夜晚就要去把魂收回家。

我奶奶就带了我大爷火筒和新疆大爷砚瓦上山。火筒举着火把在前面照，奶奶手里拿只木瓢跟在顶后头。到了洋田山上，就一路喊去：锄柄，你在山上嬉嬉快回家噢，回家吃夜饭噢！我奶奶喊一声，我两个大爷后面也喊一声，一遍又一遍，从洋山田山顶叫到山脚。叫一声，我奶奶就把木瓢往前头舀一回，把东西舀到自己的围裙里装牢。舀到后面，围裙里越来越满，走到自己家里，看到我爸爸锄柄像根木头样坐在门口，就把一大围裙兜里的魂灵往他身上一倒，高兴地说：回家了回家了，好，总算回家了！

大爷火筒就把我爸爸锄柄拖回家，一起上桌吃面。一大碗面呜啦呜啦吃下肚，一觉困，我爸爸又灵清了，昨日夜晚做了什么，老早忘记，又跟一帮小人到外头嬉去。

还有一回更加厉害。等到大家吃夜饭，还没看见我爸爸回家。我奶奶急坏了，到处寻啊寻，叫啊叫，就是寻不到我爸爸。到顶后头，在家门口桥底下看到有东西在那里动，还以为是只狗，仔细一望，喂呀，就是我爸爸，一个人坐了沟里头嬉，真是个菩萨头！

我奶奶把他拖回家，一看，脸孔上东一块黑，西一块黑。再问他到哪里嬉过，怎么会嬉得这副光景，他又是摇摇头，说：记不牢了，我就晓得自己坐在阴沟里。

呆板又是鬼迷到了，魂灵又丢掉了。我爷爷说：看那张脸，花不零冬的，就晓得是让鬼打过巴掌。鬼打过巴掌，魂也要丢掉。赶快带人去寻，再迟去就寻不到了。

我奶奶又要带两个大爷去寻，两个大爷一个都不肯去，说：这个瘟鬼，三天两头魂丢掉，害我们烦都烦死，不去了，寻不到就寻不到，省得下一回又要寻。

我奶奶走到两人身边，一人赏一个栗子壳，把两人打得抱牢头脑壳往房间里逃。

后来我奶奶想到办法，对两个大爷说：不出去寻了，就在家里喊。两个懒病骨头快出来，你们陪锄柄坐在堂前，我到灶头底去喊，我喊一声你们应一声。

我爸爸坐在一只小毛毛凳上，屁股对着灶头底，火筒和砚瓦两人站在旁边，脸对着灶头底。我奶奶站在灶头底的那只大水缸边，两只手扶牢水缸的边沿，头脑壳趴到水缸里头，大声喊：我家锄柄到大湾里嬉嬉到糠芯坞嬉嬉吓去，回家没有噢？

火筒和砚瓦大声应：回家喽！

我奶奶大声喊：我家锄柄到九里庵嬉嬉到祝家坪嬉嬉吓去，回家没有噢？

火筒和砚瓦又大声应：回家喽！

我奶奶大声喊：我家锄柄到洋田山嬉嬉到五坟山嬉嬉吓去，回家没有噢？

火筒和砚瓦又大声应：回家喽！

我奶奶大声喊：我家锄柄到山头山尾嬉嬉到庙前庙后嬉嬉吓去，回家没有噢？

火筒和砚瓦又大声应：回家喽！

我奶奶大声喊：我家锄柄在屋前屋后嬉嬉让鸡叫狗叫野兽叫吓去，回家没有噢？

火筒和砚瓦又大声应：回家喽！

这样子一回回喊，一回回应，我爸爸的魂总算寻回家了。

到我爸爸十二岁的时景，我姆妈六岁。有一天夜晚边我外公叫我姆妈到我爷爷家里借一把米筛，刚走到门口，又听到我奶奶和两个大爷在家里帮衬我爸爸叫魂，害得我姆妈躲在篱笆边不敢响动。等他们把我爸爸魂叫好了，再进去借东西。

那天走到门口头，就听两个大爷在那里骂。火筒讲：这个锄柄总是寻不到魂，害我们又辛苦一夜！砚瓦念过书，说：你晓得为什么？偷来的锄柄下半截都烂掉了，只剩大半截了，这一生世总是要寻不到魂的。这个是没有魂的半截锄头柄！

我姆妈怎么都没想到，过了十多年以后，她会嫁把我爸爸锄柄，嫁把他以后，两人三天两头争口打架。一争口，我姆妈就骂：你个半截锄头柄，魂丢掉啦？

我爸爸在外面做工回来肚子饿，总要到灶头边寻来寻去想弄点什么吃吃，我姆妈又骂：你寻魂啊？

我爸爸计划做什么事情，拼老命喊我姆妈来帮衬的时景，我姆妈心里烦，特意站在那里不动身，只顾骂：喊什么呀喊，你这半截锄柄真要死的，又开始叫魂啦！

爸爸顺手肩膀上背了把铡刀，反手抱了周岁大沸滚烫人的丫头，往五坟山上走。五坟山上日日夜夜不晓得有多少鬼，把五坟山塞得满满的。我爸爸不怕，把铡刀摆好，把丫头的头脑壳塞到铡刀里，头颈刚好在两片刀锋中央。再一望，就望到丫头哇哇哇哭，两只手伸过来还想要抱。爸爸不睬她，牙齿骨咬紧紧，眼睛乌珠一滚，对着丫头骂：千不该啊万不该，你个偷生鬼不该到我汪家来！我前世没作恶，今世也是好人，你要偷生哪里不好去偏要偷生到我汪家来？我今天就一铡刀把你铡死，省得你再来害我！

爸爸一边骂一边往铡刀柄上揿，一揿下去，两把刀就合拢来，一齐往丫头壳头颈位置切过去。喀嚓一声，就把头颈铡断，头颈上的血就像过年时里杀猪佬杀猪的时景样喷得满地都是。我爸爸仔细一望，这把铡刀平常时景铡麦秆铡苞萝秆铡得多，有点钝。丫头壳头颈断了，还有一大块皮吊在刀上，头脑壳还没落地。他又把铡刀开起来铡，还没断，就又叽咕叽咕来来去去铡几回，总算把头颈铡断根，头脑壳也落下地。看到地上的头脑壳，还有丫头的眼睛鼻子和嘴巴筒都不会动了，爸爸还是骂个不歇。下山以后，又回过头来朝五坟山拼命喊：五坟山上的野鬼活鬼瘟鬼你们都听牢，下一回哪个再敢到我汪家来，我看到一个劈一个，看你们还敢不敢再来偷生！

我爸爸和我姆妈结婚是解放以后的事。毛主席坐了天下，不相信世界有鬼，不让我爸爸去铡偷生鬼。好在我们汪家坞天高皇帝远，他老人家恐怕没这许多工夫管汪家坞偷生鬼的死活。还有那些贫下中农，他们一个个也都恨五坟山上的野鬼瘟鬼，都怕偷生鬼到自己家里头来。好些人家也拿了柴刀斧子到山上劈偷生鬼，大家听到声音都把头往一边歪，只怕自己看到劈偷生鬼的场面。大家做的是一样的工夫，也不能说你好做我不好做，打报告的事倒没听说过。我爸爸本来也是寻斧子去劈的，后头听说那时的年辰很不好，活人都寻不到东西吃，到处都有鬼爬出来，不煞手点，偷生鬼没法赶走。我爸爸看到田里头那把铡刀有点厉害，就把它背了肩膀上派用场。你不要讲，铡刀究竟是铡刀，五坟山上的偷生鬼还是头一回见识到，铡了两回就都晓得我爸爸的决心，都不敢到我汪家来偷生。

到了吃食堂的第二年，我家大姐就出世了；再过两年，种北京粮卖余粮的时光，我大哥也生下来了；到了文化大革命的前一年，有了我二姐；再到文化大革命开始那年，小儿子，我进了家门。你看，我家里是一女一子隔花生的，安排得真好。老祖宗的话一代代传下来，说子孙发得越多家里越兴。本来，我姆妈还能生好几个，正好那时国家开始计划生育，贫下中农说，计划要从你们地主人家先开始，我姆妈就带头节育，不再生了，我就这样做了个梢尾货。

我爸爸姆妈带我们四个小人的时景，比我爷爷奶奶那辈人带小人要可怜许多。我们家里戴了地主的帽子，做人都要低头三分，我们四姐弟都没有开过奶开过荤，也没有到人家家里偷东西来取名字。我爸爸本来也想去偷的，只怕偷了不小心让贫下中农捉牢，拖到大队里去批斗。和我姆妈商量一下，就随便寻点可怜的邋遢的东西取来做名字。古话讲得好，名字取得越差，大起来日子过得越好。汪家坞里取得差的名字，有叫尿桶的，有叫马桶的，还有叫臭屎啦、茅厕的，再难听些的都有。我姆妈生我大姐之前，刚刚坐了尿桶上屙尿，就想到把大姐叫做尿桶，叫了两天，听说姓须人家有这个名字了，就把她改作尿妹。那个妹字，还是她从《女伢取名歌》里头寻到的。后来我大姐尿妹大了，到汪家坞来教书的先生说这个尿字不大好听，写的时景就写袅妹。可惜尿妹没有福气念书，大家都一直叫她尿妹。

我大哥出世时，我姆妈踩到一堆臭狗屎，接着就屙出一个儿子。安庆话把屎念作绪，我姆妈就有心把儿子取名叫臭绪。叫了两天，听说姓闫人家也把小人取名叫臭绪，就调个名字，叫狗绪。等到教书先生到我家来，又一齐把名字改写了沟绪。狗绪念了三年书就不念了，大家顺反还是叫他狗绪。

我二姐让我姆妈摘猪草的时光生在屋后。生下来时，她看到身边有一堆鸡屎，就有了主意，一心一意要把我二姐叫鸡绪。叫了两天，听说人家也有了这个名字，又迟了一步，就背了一遍《女伢取名歌》，往里头寻到一个香字，改名叫绪香。教书先生讲这个名字不差，写出来只写绪，不要写屎就好。

轮到我从阴间到阳间来，也没有碰到什么好事情。我姆妈坐在茅厕里屙屎，刚刚想屙，就把我生下来了，我的名字就是茅厕。茅厕还没有叫两天，奶奶过来说，隔壁村坊叫茅厕的有好几个，汪家坞里也有一个。我姆妈真头痛，后头一想，茅厕里头真肮脏，就把我取名肮脏。教书先生对我也关照，按照安庆话的读音，把我的大名改作岸绽。后来我的杭州老婆总说我名字取得顶好，顶有文采，说是一汪水的岸边上绽放一枝花。我只好笑笑。我不傻，哪会那么老实交代，说我的名字本来是茅厕，是肮脏呢？

我们四姐弟，尿妹、狗绪、绪香、肮脏，从小到大都没什么大毛病，也不太要大人家管。想来想去，我小时景生过的毛病，最多就是吃了肮脏东西屙肚子，每次都随他屙，屙个几回就不屙了；再就是冬里头衣裳穿得少，冻出伤风咳嗽，两鼻子孔的鼻涕，挂了三尺长。我娘老子看了也都不管。只有咳得实在厉害，吵得一家人夜晚困不着了，我姆妈才烧一碗大椒面给我吃，吃下去就叫我用被褥蒙牢头脑壳困，困出一身的汗，毛病就好了。有两回不吃面，吃一小碗焐花生，也能吃好；还有就是六月里头，天公很热的时光，在日头底下晒得多，晒闭痧①了，脸孔雪白，头要昏去，我姆妈就叫我坐在一只小板凳上，她在我旁边上放了一只大板凳，板凳上放半小公碗的冷水。她站在我背脊后头，用反手揿牢我的肩膀，不让我动，顺手第二个和第三个手指头，就是食指和中指，做出八肢蟹②的两

---

①闭痧：中暑。

②八肢蟹指螃蟹。"蟹"字念ha，第四声。

只大钳一样，钳牢我头颈上的肉筋，拼老命扭，像拉弹弓一样把那根肉筋往外拉，拉出来弹回去，弹回去再拉，吧嗒吧嗒弹个几回，我头颈上两根肉筋就马上红起来，乌起来。我姆妈晓得我怕痛，老早用反手死死抓牢我肩膀，说：莫逃，莫逃，莫怕痛，呃哈，一下子就好！我姆妈嘴里念去，手指头扭不停歇。等到我痛得不会响动了，她也扭吃力了，说：好，吃碗凉茶下去，坐一下就好了。

也不晓得什么道理，我家几姐弟都一样，一到六月里头都要闭痧，都要让人家揿牢头颈扭痧。难过是难过，办法也没有，扭过身也就好了。大人家说，闭痧一定要马上扭，不扭的话可能要送命。有些人一人在外头做工，闭痧的时景旁边没人，就这样慢慢死过去。听他们这么说，我心里也怕。后来我娘六月里把我扭痧的时景，我就没心思逃了，扭到后来也习惯了。到现在，我闭痧时光，身上有不舒服，就想扭痧，不扭就很难过。我娘不在我身边了，我都叫我老婆扭。我老婆扭痧的手段太差，怎么教都教不会，两根手指头一点力气都没有，扭得我很不过瘾。每一回扭痧我就骂：你把我挠痒啊？我骂老婆不敢太狠，有两回也只有用杭州话半求半骂：你把我弄啥花头啊你！

要说比六月里闭痧还要难过的毛病，小时景还有一回，就是打半工。那时离冬里头还远，像是中秋边。不晓得为什么，我浑身发抖，冷得不得了。后来困床上，被褥一层层盖上来，还是冷。我姆妈讲，恐怕是打半工了。我问什么叫打半工。我姆妈讲，打半工就是浑身发冷，冷得你抽筋样难受，没有半个工夫时候不会歇。半个工夫就是半天，我要在床上抽半天的筋，真是受罪。我姆妈想出办法，是老祖宗一代代传下来的。她帮我寻到一枚铜钱，用红纸包好递把我。我拿了这包东西，走到一个三岔路口，把它丢在路中央，对着红纸包拜啊拜，说：老人家呃，你在这里等等我，我去一下就转身来，你等等我噢！

一转身，我就拼命跑回家，只怕那老人家要追上来。到家里吃了一碗我姆妈煎的半工药，就总总不出门。这回，我骗得那个老人家一人孤零零在路中央，哈！都是我姆妈教我的鬼名堂，也不好怪我从小不老实。古怪的是，这样子一骗，我打半工的毛病就好掉了。从那回起，我就懂了：人家都说老实人吃亏，老实人真是要吃亏的。你望望看，我头一回做了不老实的事，就挣到了大便宜。

我爸爸用铡刀铡掉五坟山上的两个偷生鬼之后，到我们这一代四姐弟，就再也没有用过这个吓人的老办法。在我十五六岁的时光，我大姐就出嫁了；等到我大哥讨老婆，我都二十岁了；轮到我大姐大哥生子女，天下也变了，连毛主席都老掉了，更不要说我们汪家谢家闫家须家的那一大帮老祖宗了。到五坟山上劈偷生鬼，恐怕是不大作兴了。我两个大姐嫁得远，她们用么办法把小人带大我不晓得，我自己也长年在外，老早就离开了汪家坞。只有我哥哥狗绪还歇在那个山头上，生了一个女儿一个儿子，也没听说过上山劈过偷生鬼。大家都说眼目下的日子好，年辰好，连五坟山上的偷生鬼都躲到远路位置去了。

我爸爸困在床上讲话哩哩噜噜，讲到偷生鬼，更加讲不灵清。站在旁边的我姆妈听了也不耐烦，就对我说：偷生鬼也分好几种的。除了五坟山上的野鬼游鬼瘟鬼，还有就是人家家里头的坏种恶种野种，也是来偷生的，汪家坞的人也要想办法除掉去。

老老早的时光，不晓得是几百年以前，大胡子的蒙古人坐了天下。老辈传说，他们坐天下的办法稀奇古怪，就是每十份人家里头要派一个蒙古人来管我们，这十份人家的人做死做活，把他养得滚滚壮。派来管的时景要当大家的面称一回，过几年离开的时景又称一回。只准重起来，不好轻下去。要是轻了，轻了多少斤两，我们就要贴他多少斤两的金银财宝。没办法，大家只好拼命招待他，让他吃好嬉好，一年到头过快活日子。这个蒙古人一天到夜没有事做，就只想嬉点名堂，看到人家家里婆娘齐整的，进门抱起来就嬉。蒙古人嬉婆娘的嬉法也和我们严州这边的人不同，他不欢喜到房间里头的床上嬉，那样子嬉不遂意，也怕有人害他。他欢喜在堂前，把婆娘掀在板凳上嬉。时候一长，家家都晓得蒙古人欢喜这样的嬉法了。严州人怕倒霉，在堂前嬉要让外头走来走去的人看见，不体面，就叫木匠在大门做了一个半截头的小门，用木板拦着不让外头人看见里面。这个门，就叫腰门。不光汪家坞这个位置，整个严州府里家家都一样，都要做腰门的。腰门开的时景，里头呆板没有蒙古人来嬉，外人都可以进来。要是腰门关那里，大家晓得蒙古人在里头嬉婆娘，就不敢进去了，进去是要挨打的。我姆妈说，现在的腰门和早先不一样了。老早时候的腰门，都是用扎扎实实的木板钉的，腰门一关，门外头的人一点都看不到里头的响动。整个家里面，也是黑幽幽的，堂前的亮光少了很多。现在的腰门变了，是一根根的木头拼起来的，中央也有亮光照得进来，这种腰门是栅门，用来拦鸡鸭，不让它们进来屙屎，没有别的用场。

蒙古人在严州府到一家家嬉婆娘，都欢喜在堂前的板凳上嬉，后来大家都晓得了，这根板凳要做扎实点，有些人家做得不扎实，嬉到一半倒掉，要挨蒙古人骂。还有些人家的板凳太小太窄，做事情不遂意，也要挨骂。后来家家都心里有数，都叫木匠做了阔板凳，蒙古人进来的时景，好让他嬉婆娘嬉得遂意。这种板凳，我们严州人都叫春凳。

老辈们说，蒙古人坐天下的时景家家做春凳，还要比哪个做得大做得阔。等蒙古人走掉，这种春凳自己也好用，六月里头大人小人都把春凳背到门口阴的位置困觉，很入味，就一直留到今天。后来朝代换掉，家家都还是做春凳，有些人家在春凳下面还做了抽屉，抽屉里头好放东西。在我小时光，不光六月里欢喜在春凳上困，就是到了冬里头火炉边，也欢喜困在春凳上。我个头小，一个人困在春凳上刚刚好，人家也不大会跟我争。只有一回，我二姐绪香挤到春凳外头跟我抢位置，我一挤，就把她挤到火炉里，烫得她一脸的疤，后来她这一生世再也不敢跟我抢春凳困。

比春凳还要吓人的是新娘子三天鲜。每个蒙古人要管十份人家，还有的管好几十份人家，差不多是一个小村坊，我们汪家坞刚好就归一个蒙古人管。整个村坊里，哪份人家要讨新娘子，新娘子头三天要让这个蒙古人来嬉个新鲜。三天嬉歇，再还把新郎官。让大胡子嬉了三天，坏种恶种野种就种到新娘子肚子里。生下来的头一胎，呆板不是自己的，是北方来的偷生鬼。后来，每一份人家生了头胎，就抱到五坟山上去，用柴刀一刀劈死。到了第二胎第三胎，再留下来。还有些人家的婆娘，不光光是三天鲜，中央也让大胡子嬉过的，嬉到哪一胎就劈到哪一胎。家里婆娘生得越齐整，劈掉的偷生鬼越多。

个个村坊里头的男人，当面不敢得罪大胡子，背后都恨得要死，有好些人想拿刀去砍，还要造反。后来蒙古人不让我们家里留刀，每五份人家只留一把朴刀，还要拿到蒙古人家里放着。到了开火时景再去借刀，用好又还转身。平常日子，大家只好不用朴刀，烧点另外东西吃吃。碰到有客人来，碰到过年过节，一定要用朴刀，就要去求蒙古人把刀借回家切菜，这样烧一餐饭很不容易，叫开灶。样子老实的人好借，不老实的人家还不借把你。大家就到蒙古人家去跪倒来拜，去求，春凳上困过几回的婆娘去借就比人家容易些。这也是大家要把春凳做得大做得扎实的缘故。蒙古人家里的男人，大家都叫灶爷爷；婆娘呢，都叫灶奶奶。到后来，严州地面上家家都把灶爷爷灶奶奶画了像贴在灶头，天天开灶以前都要跪下来拜。这个风气一传就传到今天，每份人家贴在灶头墙上的灶爷爷都是满脸的络腮胡子，就是从那时开始的。

大家都要拜灶爷爷灶奶奶，看上去都很听话。实际听话也只听了几十年，到后来就开始造反了。我们南边人和大胡子那边人打仗打得很厉害，死掉的人很多，有些地方人都死光了，整个村坊都空掉。后来把大胡子兵都赶到了北方，离北方近的那些地方人死得更多，姓朱的皇帝坐天下后就叫我们南边人去填空。大家都不愿意去，皇帝就派人来捉，用绳把人一个个捆牢，整串串在一起，一起赶到西面和北面去。我们严州府这边也有许多移过去的。大家在路上要屙尿屙屎，只好求当兵的把绳解开，叫做解手。要屙尿，解一只手，叫小解；要屙屎，解两只手，叫大解。现在的人打官腔，把屙尿屙屎叫做小解大解，就是从那些移民的嘴巴筒里传出来的。

听老辈人说，大胡子在汪家坞的时光，这里不叫汪家坞，究竟叫么村坊，现在的人都不晓得。又过了许多年，村坊里来了姓祝的人家，慢慢发起来，这个村坊就改叫祝家坞。祝家坞财主歇的地方，就是现在汪家坞祝家坪。现在看去这里还是很开阔，最北面还有个水塘，水塘里的茭白笋就是祝家人种下去的，一代代传下来，到现在都还有。祝家坪水塘里的茭白笋我也吃过，祝家人我一个都没见到。听说，后来祝家倒败了，祝家人死干净了，绝了后。

祝家败下去的缘故，听说是有了钱以后太作、太会嬉婆娘。祝家坞的山啦田啦地啦，都让祝家买去了，祝家坞外头的长宁园大洲园那边，都有祝家的田地。祝家人出门收租，要么坐轿子，要么骑白马。我们从山顶到山脚有好几里路远，一路上都是青石板铺的，这个青石板就是往年祝家人铺的，我们现在走这条路，算是享了祝家的福。往年祝家坞歇了十几廿份人家，除了祝家之外，都是佃农，租祝家的田地过日子。那些佃农不光要交租，家里头只要有祝家财主看得上的，都要送给祝家。有生得好的婆娘，也要送给祝家财主嬉。后来祝家人听说往年大胡子在这里嬉过三天鲜，也想学学大胡子的威风，碰到哪份人家讨新娘子，也要叫那些人家把新娘子送到祝家来，让祝家好好嬉个三天三夜，嬉得不新鲜了，再还把人家。那些人当面不说，背后一个个都不情愿。到了生头胎的时光，也都和往年一样，把小人抱到五坟山上，一刀劈掉，挖个洞葬下去算数。现在的五坟山上，有好多的小坟包，就是葬在那里的小人太多的缘故。大胡子坐天下，大胡子的恶种到人家家里来偷生，做偷生鬼；等祝家人坐了祝家坞的天下，祝家的野种也到每一份人家来偷生，做偷生鬼。在祝家坞那些人的脑筋里，祝家人和大胡子一样，都是欢喜嬉人家婆娘的恶鬼。这种人，不倒败也难。

祝家倒败下去的年辰很差，很吓人。有一回祝家大财主骑白马从上佛堂到王谢去，路上想到有个仇人说要铲平祝家，想想好笑，骑在马背上大声说：哈哈，我祝家整箩的金子整担的银，哪个要得我祝家平？！

话刚讲歇，天公老爷就把话传下来，说：一场大火一条命，问你祝家平不平？！

马还没骑到西叉坞，祝家有人赶过来报信，说家里起了大火。那天的风也真大，等大财主赶到家里，整片的屋都烧得差不多了，家里头的人也死差不多了。不晓得为什么，大白天都不晓得逃出来，就这样活活烧死在里头。

祝家财主另外搭了间茅棚歇外头，第二天，官府里有人来，说他把某某佣人害死，犯了人命，就把他抓牢里去。没多久，就死了牢里头。

往年祝家歇的位置，再也没有人敢去歇。一大片空地，吃水也很便当，只能种种小麦和苞萝。人家说，风水倒败掉的位置，歇不得。现在这个位置叫祝家坪，不光是位置很平的缘故，当年祝家财主说没有人平得掉祝家，后来老天爷把祝家平掉了，就这样子叫了祝家坪。往年这个位置有好几口水井，听说祝家出事前往水井底下丢进金交椅金砖，再填平水井。我们汪家人去寻过好几回，就是没有摸准位置。

我姆妈说，祝家太作太威风要倒败，汪家还没有祝家这么作这么威风，后来也倒败了。一是毛主席来了，要把地主灭掉，做地主的没有另外路好走；二是汪家也有人欢喜嬉婆娘，姓须姓闫人家都恨姓汪的，只怕汪家人越来越发，发到和祝家一式一样，也要尝人家媳妇的三天鲜。等毛主席一来，个个齐动手，早早灭了你汪家。

汪家究竟某某人欢喜嬉婆娘，我姆妈没有讲，我也不晓得。我只晓得汪家出了个狗能跑，每一回都是嬉婆娘嬉出事情，把汪家的名气都嬉败掉。还有人说，汪家人开始发起来后，姓须姓闫人家的婆娘自己也欢喜去惹汪家的男人。老古话说：身上铜钿响，卵子都喷香。我们汪家人有了铜钿，人家的婆娘都闻到香，都想来揩油。有事没有事靠过来的也有，家里没人时光自己把衣裳脱掉的也有，夜晚头躲在壁里角头把事情做高兴，挣几个铜板去用用的也有。过了些时候，就有人传出风声，说汪家男人迟早要和祝家财主一样，要来尝三天鲜了。风声传得越来越兴的时景，解放了，土改了，地主下台了。我姆妈说，我们姓汪人家名气弄得很差，三天鲜是没有尝过的。

大胡子、祝家、汪家，在这里先后倒败。另外，还有姓闫人家，在糠芯坞也发过段时候。到大围裙手上，一天到夜献世宝，作得要死，很快也倒败了。

我姆妈晓得汪家坞很多的往年事，晓得一家家兴起来又败下去的缘故。她从小就扭着我耳朵，对我交代又交代：你狗嬉得羊嬉得，人家家里头的婆娘嬉不得；你饭吃得屎吃得，吃好之后碗盏打不得！

话是听过，没有听进耳朵。有一回饭吃好之后手痒，用筷子在碗沿上当当当敲了三下，快活得我心里痒去痒去，哪里想到我姆妈往我头顶上飞过来一个大栗子壳，打得我眼睛里满天满地飞金星。只见我姆妈牙齿咬得紧紧，眼睛鼻子皱得很难看很凶，骂我：你再作！你再作！你是大围裙投胎啊？说过吃好之后碗盏打不得打不得你还要打，你耳朵让狗背去还是鸟背去啦？

第七章 大围裙出门带参吃饭敲碗

糠芯坞大围裙的轿子吱呀呀在大岭上响个不歇，天公晴的日子一天不响两三回不遂意。家里的长工一空下来，大围裙就急乎乎要坐轿子到汪家坞去。要么说，哦嗬嗬！我要到大岭口姓汪人家去嬉，去尝尝汪家婆娘做的萝卜园子和韭菜麦粑！要么说，哦嗬嗬！我要到洋田山妹子家去嬉，去望望谢家是不是还让我妹子穿条屁股上有破洞的裤子！要么说，哦嗬嗬！我要到岗外山脚底去嬉，去看看姓须人家吃的苞萝饭里拌了米饭还是垄糠！

顶好的衣裳换上，顶新的裤子换上，黄烟筒和黄烟袋也带上，还有半根别直参用麻纸包好也带身上。到了大岭中央，看到有挑担的人老远过来，就把黄烟筒在轿子边上敲三下，喉咙咳三声，顺手伸到后背上一边敲一边喊：啊哟哟吃力，啊哟哟吃力，坐轿子真吃力！前面挑担的人到身边，大围裙就很亲热地说：喂呀某某人，你挑这么重的担子啊，有头两百斤啊，扁担都要断掉了喂。你们走这么远的路，爬这么高的岭，不吃力啊？挑这么吓人多的东西，身体要当心，挑过头要败掉的。啊哟，我一天到夜坐轿子都吃力，哟，真吃力。在轿子旁边挑担的人哭笑不得，说：我们不吃力哟，还是你坐轿吃力。大围裙就用烟筒指指，咧出一嘴巴筒的黄牙齿笑了，说：我轿子坐多还真是吃力。不要紧！我别直参带身上，等下到汪家坞某某人家停下来吃两口下去，力气就补转身。你们要当心，东西莫挑过头哩！挑担的人嫌烦，越挑越远，大围裙声音也越喊越响，越拉越长：你们慢慢挑哩，身体要当心哩，挑过头要败掉的哩！一千个一万个当心哩！

过了大岭口转弯，轿子就到了我太爷爷家门口。我太奶奶在家里磨豆腐磨得满头是汗，就听外面有女人喊的声音：哦嗬，嫂嫂在家不？汪家婆娘呢？到哪里去啦？

我太奶奶走到门口一看，糠芯坞坐轿子的财主婆娘来了，就一拍大腿，说：喂呀，快点来，进来吃口茶。大围裙就笑了，说：哦嗬，嫂嫂呃，你个汪家婆娘呃，真是强婆娘，只晓得一天到夜在家做工夫，也不到我糠芯坞来嬉嬉，到外面晒晒日头、谈谈天啊？我太奶奶说：我哪里有你这么好的福气，没有这样的命嬉喽！大围裙走进门，就一路啧啧啧个不歇：哦嘀，你个婆娘，家里让你弄得这么干净相呀，真会！苞萝一串串挂得这样齐整呀，真强！一个人在家里磨豆腐，自己添自己磨等下还要自己熬了卤了蒸了啊，真能干！啊咿呃，你怎么晓得我要到你家里来啦，还做豆腐招待我，不要这样客气啦，呃，这样客气做什么！随便弄得吃吃就是了喂！自己家里人弄得这么客气啊？一个歇大岭头，一个歇大岭脚，你吃头口水，我吃二口水，都是汪家坞一孔水吃大的，你千千万万不要客气的。啊哟，你个嫂嫂么真是客气！

我太奶奶让她一通讲，不晓得要怎么招待她好。大围裙摸摸后背脊，用烟筒指了指两个长工，说：你两个懒病骨头，还不过来把我敲敲背？啊哟，真吃力，坐这个轿子么真是吃力。人家都说坐轿子入味，一天到夜总想坐轿子，我是一点都不想，天天坐轿子，老早坐厌掉了，一头高一头低，坐得我浑身骨头痛。呃，这边这边，呃，那边那边，轻巧点，再轻巧点，不对，过来点，再过来点，用力点，再用力点，好好好，寻到位置了，呃哈，这样还差不多。

我太奶奶捧出一碗滚茶给大围裙吃。大围裙尝了一口，说：嗯，香的，这个是大湾山上的茶叶，炒工不差，你个婆娘茶叶炒得好，水也好，汪家坞的头口水，总是让你汪家人先尝，我们也只有二口水尝尝，你个嫂嫂真有福气。呃，不对不对，敲背脊的先歇歇，先歇歇，差点忘记一样大事情。我那根别直参在哪里？把我藏哪里去啦？快帮我拿出来，我要尝点下去，补补力气，不补下去真有点吃不消。

两个长工到轿上寻来寻去寻不到，后面一问，是大围裙自己藏心头孔了。拆开一层层的麻纸，大围裙拿出大半截别直参，递把我太奶奶，说：去把我用朴刀切几片下来，用滚茶顾①。

我太奶奶接过别直参，把它放刀砧板上咕的咕的切，刚切了六片，大围裙又喊了：喂呀，切这么多做什么？吃得多吃不得哩！要吃伤的哩，要吃坏的哩！别直参好当饭吃的？又不是吃红薯吃苞萝，还好整碗整碗吃啊？大围裙一通叽里咕噜，一边念一边把六片参抓到手里，一片一片分开来往嘴里塞，塞到嘴里，又不马上吞下去，先在牙齿垅里磨啊磨，磨啊磨，磨了半天，磨粉碎了，再肯往喉咙头吞下。一二三四五六，等六片别直参都慢慢磨下吞下，一碗滚茶早凉了。

两个长工看了都掩嘴笑。我太奶奶站在旁边看都看呆了，刚要走开，大围裙拿出那半截别直参，递过来说：你吃不？你吃点啦？这个东西养人呃，吃吃长命百岁哩！

①顾：下、配。如下酒，下饭等。

我太奶奶刚要伸手接，大围裙把东西收转身，用麻纸一边包一边说：你不吃哇？你真客气，你个嫂嫂真客气哈！你还不要说，这个东西不是一般人吃得起的，要多少银子才买得到这样一根哟。我家老头子好，别样东西舍不得，就舍得把我买别直参。我吃掉一根，他又跑府里去帮我买一根，吃一根又买一根，吃一根又买一根，哦嗬，我说别直参吃这么多做什么啦？又不能够当饭吃是不是？那个某某财主的老婆前两天到我家里说了，说你个大围裙真是有福气啊，你这一生世吃掉的别直参，比人家吃掉的萝卜都还多啦！你听听，这个财主老婆都这样说，是不是？这句话还真让她说对了，我这一生世吃掉的别直参，真是比人家吃的萝卜还多哩！

话讲歇，半截别直参让麻纸一层层包紧了，大围裙又把麻纸包伸过来说：嫂嫂你不吃啊，要吃你不要客气哩！

听大围裙这么说，我太奶奶哪里还会再把手伸过去接，就说：我不吃，你自己吃！

大围裙就来劲道了，把纸包又递近点，亲热地说：你吃哩，你吃点！这么客气做什么？你个嫂嫂真客气，别直参吃点又不要紧，没有吃过么也好弄点吃吃，尝尝鲜的嘛！

不等我太奶奶来接，大围裙就顾自己把麻纸包又塞进心头孔，藏好了，又摸来摸去摸了十好几回，只怕掉到人家家里头。东西放稳当，大围裙就拿出老长老长的黄烟筒，边吃烟边和我太奶奶谈天。两个长工吃了两口茶，大围裙就骂开了：我坐下来吃口烟你们也跟我坐下来嬉啊，真是一对懒病骨头，还不帮衬磨豆腐去？两个大男人一动手，三下两下就把豆腐磨好了。我太奶奶讲：你们不要慌啊，等下都在这里吃饭，今天你们运气好，有豆腐吃哩。大围裙讲：你么真客气，回回坐轿到你门口歇下来吃茶，都要留我们吃饭。上一回那个韭菜麦粑，香得我在糠芯坞坐都坐不牢哩！还有那个萝卜肉圆，诱得我夜晚困都困不着。都怪你个婆娘，手艺么也太好了，害我一天到夜犯相思病！晓得不？多少财主人家叫我去嬉，去吃酒肉饭，我都不高兴去。不晓得什么道理，一上轿子就想到汪家坞，一到汪家坞就想到你家，一到你家坐下来，就想吃你做的麦粑和肉圆。

大围裙叽里咕噜一通话，把我太奶奶的本事吹到比三十六层的天还要高出好几尺，我太奶奶一高兴，就一边煮浆一边说：那你今天一定要吃了再走，再尝尝我做的麦粑和肉圆啊。两个长工躲旁边笑，大围裙一看，就把脸拉长来，眼睛乌珠一骨碌就动起规矩，说：还坐这里嬉？还不到门口帮衬劈柴火？还不到灶末底去帮衬烧火？菜园里头哪里有韭菜哪里有萝卜哪里有大白菜，看到么都拔些来，到河里洗洗干净。人家做主人的客气，我们做客人的还正式做大老爷在这里清苦苦等饭吃啊，也好寻点工夫做做的嘛！

一通话训得两个长工屁滚尿流，只好赶紧寻工夫做。本来我太奶奶想少拔点菜，这下子止都止不牢，不尽家当把拿东西出来招待不成功。

等我太爷爷工夫做歇到家，看见大围裙手里正捧着很大一只的韭菜麦粑，咬一口，哦嗬，好吃！咬一口，哦嗬，真香！看到我太爷爷进门，就很亲热地喊：喂呀，你家男人回家了。我又到你家吃麦粑了，你个婆娘真能干，做点东西真好吃。我太爷爷看到大围裙高兴不起来，有气无力地说：噢，个么你多吃点。

我太奶奶在锅台上忙得很，顺手一只锅里蒸了苞萝饭，反手锅里蒸了萝卜圆子。两个长工柴火劈得多，锅笼里火烧得旺，两只大锅都呱啦嗒呱啦嗒往上头拼命冒热气，一层层的青烟往茅棚屋顶钻出去。

站在大门边吃韭菜麦粑的大围裙，开始手里像捏了块乌炭火，把麦粑滚来滚去；嘴里像咬了一块滚豆腐，不停地哦嗬哦嗬哈气。到后来不烫了，两只手拿稳当，嘴巴筒也咬合意了。只见她两排牙齿伸出来，一大口一大口地咬啊咬，手上的麦粑越来越小，越来越小，到顶后头一大口满满塞进，又喊：哇啧，真好吃，真香！你个婆娘，做点东西真好吃，真香！

话讲歇，走到门外揿牢反手鼻孔唧的一下，揿牢顺手鼻孔又唧的一下。两个鼻孔都透气了，再拿出一块花手帕，抹了抹嘴巴筒上头的两丝清鼻涕，讲：吃过长宁园也吃过大洲园，吃过汪家坞也吃过赵家坞，想想还是汪家婆娘做的麦粑顶好吃！

等她再进门，我太奶奶早烧了一桌子的菜摆出，除掉一碗白菜一碗萝卜，一碗韭菜炒瓶菜一碗萝卜焙腌菜，中央还有一大盘子的萝卜肉圆。大围裙把桌子上的菜一样样夹过去吃过去，吃到白菜说这个白菜烧得甜蜜蜜，吃到萝卜说这个萝卜烧得辣乎乎，吃到韭菜炒瓶菜说这碗菜烧得香喷喷，吃到萝卜焙腌菜说这碗东西是顾饭熬饥的好家伙，光零零这碗菜顾顾，我都有三碗饭好下肚。顶后头一筷子夹到大肉圆，话更多了，说：哦嗬，这个东西就让你烧得到门了，味道让你烧出来了，真香，真好吃！哦嗬，我到汪家坞每份人家都吃过肉圆，哪份人家都没有你家烧得好吃。你个萝卜丝一根根雪白好像肥猪肉丝一样，你个红薯粉拌得硬皱皱松壳壳，看去像花油板油一样齐整，咬到嘴里连舌头都想一起吞下去，喂呀，你个婆娘呃，怎么让你烧得这好吃的哩？你怎么烧法子的哩？

我太奶奶听她问过好几回了，在桌子上也讲过好几回了。今天听了她一通好话，问她是怎么烧，她又把老早讲过的话从头到尾讲一遍，讲萝卜怎么刨丝，肉圆怎么拌水，蒸好以后怎么放葱花怎么倒酱油……讲去讲去，一看，大围裙只顾自己吃菜吃饭，额头汗都吃出来，半句都没把你的话听进去。

我太奶奶也不管，心里还是很高兴。大围裙把盘子里头的肉圆吃掉一个又一个，饭吃了一碗又一碗，兜饭的时景偷偷摸摸把饭甑中央芯留给家里正劳力吃的白米碗也兜两瓢来，还说：家里吃白米碗吃惯，苞萝饭燥人难下喉哩。我太爷爷太奶奶么也只好让她吃，还说：不要紧的，你只管吃去。

等到三碗饭下肚，大围裙摸了摸癞蛤蟆一样鼓得很大的肚子，说：啊哟，我眼睛还想吃，就是肚子下不去。你个婆娘啊，烧的东西真好吃。我到别的人家里一碗饭都下不去，到你家里就是三大碗！

吃饱了站起来，到门口走过去走过来，看到路上有人过来了，就拿筷子在那只空碗的碗沿上当当当敲三下，人家还没听灵清，就又当当当三下。等人家抬头看了，就一边打一边喊：啊呀呀，我这一生世啊！啊呀呀，我这一生世么这碗饭是不用愁了！啊呀，我这一生世！

人家不开口，她就一遍遍喊。等人家说：嗯哪，你这一生世命好，吃这碗饭还用得到愁啊，不要愁了！听到这句，她再把一嘴巴筒的黄牙齿咧出来，笑去笑去，歪去歪去，慢慢进门，又对着我太爷爷太奶奶当当当敲三下，又是一通唱：我这一生世！这碗饭是不要愁了！

碗敲歇，话唱歇，差不多就讲要起身了。说：我洋田山的妹子叫我去吃猪脚蹄，说焐了一夜稀烊了，等我去吃；我还要到岗外姓须人家吃鸡吃鸭，人家杀好熜好许多天了，我都没有工夫去吃。哪里有工夫啦，我这一生世，吃都来不及吃啊！

坐进轿，对我太爷爷太奶奶讲：明朝到糠芯坞来嬉啊，到我家吃火腿吃年糕啊，我家老头子做了一大水缸的年糕，做了十多只的火腿，不吃掉恐怕也要烂掉。你们有空就下来嬉下来吃啊！

轿子起身，大围裙又把头脑壳伸出来，用黄烟筒指了指我太奶奶，讲：你个婆娘，烧点东西真好吃！又指了指我太爷爷，讲：你个老头子真有福气，讨了汪家坞头一本事的婆娘，真是汪家顶会、顶强、顶能干的女人！

我太奶奶跟牢轿子一路送去，一直把轿子送下大岭口。等我太奶奶嘴里笑眯眯进了门，刚想把大围裙讲的话学一遍给我太爷爷听，哪里想到屁股上吧叽一声响，是我太爷爷一烟筒棍打过来，接下来就是一通骂：你个没有脑筋的女人！你个猪头样笨的婆娘！人家给你高帽一顶一顶戴上去，你么把东西一样一样拿出去给人家吃！我跟你交代过多少回了，糠芯坞这个女人不是好东西，是靠一张嘴来骗吃的，要把我汪家粮草骗吃光的。你就是不听，两句好话一讲，两顶高帽一戴，你又忘掉我讲的话了？我辛辛苦苦做死做活，自己舍不得吃的白米饭要送给她吃？自己舍不得吃的小麦粑要烧给她吃？自己舍不得吃的肉圆要蒸给她吃？她是你娘，是你奶奶，还是你老祖宗啦？你老早待我娘都还没有这样好呃，你个笨猪头！你个十三点！你个下作坯！

我太爷爷一边骂一边打，烟筒棍落了我太奶奶的屁股上、背脊上、头脑壳上，好像倒大雨一样倒下来。顶后头，太奶奶只好躲到灶头底下，一个人慢慢哭。一筒黄烟工夫之前还是汪家顶会顶强顶能干的女人，现在又变成顶笨顶没有用顶可怜的女人。

我太奶奶总算让大围裙弄怕了，也怕再挨打，后来一看到大岭口上有轿子吱呀呀上来，就把大门关起来，躲到山上做工夫。大围裙看看家里没人，也只好到洋田山，到岗外去吃吃参，歇歇力。

那时光，我新疆大爷和我爸爸都还没有出世，我火筒大爷倒有七八岁了，一天到夜总跟牢我太奶奶。有时景要下山到长宁去买点酱油咸盐什么，少不了要带火筒一起去。不管上来下去，都要往糠芯坞口子上过。有好几回，都看到大围裙在口子上荡来荡去，要么弄块围裙兜摘摘猪草摘点茶叶，要么到路上捡两根柴火。看到有人来，就把猪草茶叶柴火往路边上一放，说：我今天没有事情做，我平常日子又不做工夫。工夫都是长工做的，我老头子不让我做的，看我做工夫要骂我的。我嬉都来不及嬉，哪里还轮得到我做啦？我昨日坐轿子到长宁去嬉过了，到姓邵姓周姓朱人家嬉过了；我前日坐轿子到隐将去嬉过了，到姓陈姓洪姓王人家嬉过了。到这些位置去嬉，来了去了都是坐轿子的。我明朝还要坐轿子到汪家坞西叉坞去，妹子家亲戚家都要去嬉，来了去了也要坐轿子的。轿子不坐空那里做什么？不坐又不会多出钱来，我说我出去要坐轿，老头子说你坐好了，你看，我老头子都欢喜看我坐轿，我就是坐轿的命，是不是？

我太奶奶看到大围裙有点怕，一怕大围裙跟来嬉跟来吃，二怕我太爷爷的黄烟筒太厉害。每一回大围裙在糠芯坞口子过来，就拼命拖牢我火筒大爷快步走。大围裙眼睛很尖，大喉咙喊：嫂嫂呃，停一下！汪家婆娘呃，走得莫这么快！到我家吃吃饭再去！我家猪肉啦，鸡肉鸭肉整堆的，你也帮我吃点掉？我总是到你家吃饭，你也到我家里吃餐把嘛！

有两回我太奶奶还没有走很远，听大围裙讲得这么客气，就慢慢移步到她身边，有点想跟她去吃的意思。哪里晓得大围裙一看对方脚步移过来，喉咙头的声音马上小下去小下去，说：今天烧饭的长工不在家，要我自己动手。你们要有事情先去，下一回再来吃啊。

我太奶奶拖了我大爷又往外走，脚步一移出去，大围裙的声音就慢慢响起来；再移过去，再响起来。移到越来越远，声音也越来越响：你来呀，吃吃再去呀！我自己动手烧饭也好烧一餐的嘛！你也来帮我吃一餐掉嘛！我整堆的猪肉鸡肉鸭肉，你也帮我消化掉一点嘛！嫂嫂呃，你莫走，你吃吃再去！

等我太奶奶的影子都看不见了，那个声音都还能听到，听得人家很高兴，很人味，只显得自己朋友多，走到外面吃得开，自己还不高兴去吃。

有一回，跟在后面姓须的一个婆娘听到了，说：大围裙怎么这样客气啦？这个财主人家老婆对你这么好？这么看重你？她这么拼老命叫你吃饭，你也就答应一声，跟她去吃一餐喽！你偏偏不去，做人架子也不能这么大啦。要是她待我这么客气，我一定给她一个大面子，跟她到糠芯坞好好吃一餐！

时光一长，汪家坞的人都晓得了，大围裙待我太奶奶很客气，我太奶奶就是不高兴去吃，真是有福不会享。东家婆娘，西家媳妇，个个都来劝她，说她。我太爷爷听了，也开了口：大围裙到我家里吃了这么多回，你去吃个餐把转身，也不算我们占人家的小便宜。

当家的男人都这么说了，那还不动身去啊？清明边有天大雨落歇，我太奶奶到山上拔了一背篓的笋子，到家里用围裙布做一个包裹袋，装满笋子，用两根围裙带挂在肩膀上，带着我大爷，一起到糠芯坞大围裙家做客去。

哦嗬，大客人来了！哦嗬，稀客！大围裙看到我太奶奶，还真是高兴，客客气气地骂：你个婆娘啊，不骂你都熬不牢啊，你来嬉就来嬉，还带这么多东西来，我闫家又不是没东西吃，还要你自己带粮草来？好好好，来了就好，带来也就带来，把东西放下来，这回你不嬉个十天半个月，你不要想家去，啊？

一通话，把我太奶奶心里说得沸滚烫人，比冬里头吃了滚豆腐还入味。我火筒大爷呢，老早在堂前跳起跳倒，快活得还以为是过大年哩。在大岭上走下来的时光，火筒心里只想着中午吃好饭菜。听我太奶奶路上都说大围裙家怎么有钱，怎么气派，怎么把肥猪肉当豆腐吃，把猪脚蹄当红薯吃，把鸡腿鸭腿当煨苞萝吃。太奶奶说，你到了大围裙家里，想吃什么就有什么吃，什么山珍海味，什么会走会飞会爬会游会跳的东西，全部有得吃。太奶奶还说，有得吃是一码事，你客气是另一码事。人家叫你吃，你一定要客气，实在有很多东西，你再拿点吃吃。笼里笼总就一点点，你莫动，放那里看的，不能够吃。想到这里，我大爷心里高兴啊，看到堂前一张大八仙桌，等下到了中午边，肯定摆得满满一桌子的鸡啦鸭啦鱼啦肉啦，吃得你肚子鼓鼓像个癞克宝。

到了中午边，我大爷在门口头嬉，听灶头上畅嘟畅嘟一碗，畅嘟畅嘟一碗，心里很高兴。等到大围裙叫我太奶奶和我火筒大爷两人上桌吃饭，灶头上的菜才一碗碗捧出来。

头一碗，白菜秆炒笋子；第二碗，瓶菜炒笋子；第三碗，韭菜放笋子汤；第四碗，顶后头拿出，好菜！一条大鲤鱼，一道道黄哈哈的朴刀印，一层的酱油一层的葱花，喷香！

我火筒大爷看到这条飞龙活跳的大鲤鱼，口水流得答答滴，老早忘记掉自己姆妈带来的那三碗笋子菜，一心一意总想把筷子头往鲤鱼身上叉。

第一叉叉过去，叉到桌子中央，只听嗯哼一声咳，我太奶奶眼睛一白，火筒就把筷子头转个弯，夹了点白菜秆吃吃；

第二叉叉过去，叉到桌子中央，又听嗯哼一声咳，我太奶奶眼睛一白，火筒就把筷子头转个弯，夹了点瓶菜叶吃吃；

第三叉叉过去，叉到桌子中央，又听嗯哼一声咳，我太奶奶眼睛一白，火筒就把筷子头转个弯，夹了夹笋子汤，没有东西夹出，就用瓢梗舀了点汤浇浇。

刚刚想叉第四筷过去，我太奶奶的眼睛老早白那里了。算数算数，我大爷也不是很笨，索性多夹点笋子多舀点汤，把两碗苞萝饭呜啦呜啦划到嘴巴筒里，对付过去一餐。

到了夜晚边，想想好菜好饭么也总要多拿些出来吃吃了。等啊等，天总算黑下来了，我太奶奶大爷上桌一看，还是中午那四样菜。鲤鱼还是一样大一样好看一样鲜味，另外三碗笋子么多加了些白菜秆瓶菜叶和汤水进去。火筒把筷子伸得老老高，刚刚想叉，我太奶奶眼睛老早等了那里，像老鹰候小鸡样防牢他。算数算数，索性多夹点笋子多舀点汤，又把两碗苞萝饭呜啦呜啦划到嘴巴筒里，又对付过去一餐。

我太奶奶要回家，大围裙客气，一定要留下来歇一夜。歇一夜就歇一夜，我火筒大爷想，明朝总要换点花头经了。总不好天天这样几碗菜，是不是？

天早爬起，四碗菜变成一碗菜，就是瓶菜炒笋子，只是多了点瓶菜叶。顾的是红薯粥。火筒一连兜了两碗，筷子往瓶菜叶里叉去叉去，这回倒好，没有人拦，就是瓶菜炒笋子吃了三餐，实在吃不出鲜味。

等到中午，我大爷笑了，嘿嘿，再看你怎么对付我们，我就不相信你还是老一套！

我汪家人怕主人家倒霉，主人家自己倒是一点都不怕。到中午边一看，还是这四碗菜！

火筒实在没有心思吃，这餐饭就吃得很慢。等到大家都吃好，他一个人还赖在桌子边，一张嘴慢慢磨去灭去，不肯歇。

大围裙把我太奶奶拉到门口看鸡看鸭，还到猪栏里看猪。好啊！火筒高兴了，天大的运气来了！大鲤鱼啊大鲤鱼，我眼睛乌珠盯牢你两天了，我问问你看，你再往哪里逃！

我大爷用出吃奶的力气，一筷子叉过去，哎哟，不对，叉不动！把手收转身，又用力一筷子叉过去，不对，还是叉不动！姓闫人家的鱼就生得这么硬实？你再硬实，我姓汪人家的牙齿也不是只配咬咬豆腐的！我大爷东面西面望望都没有人，就赶紧用手抓牢鱼头，两排前牙把鱼尾巴用力一口，只听咔嚓一声，咬下来了。到了嘴里，不对，还是咬不动。

刚要拿出来看，外头有响动，看猪的人要进门。火筒就把饭碗往灶头一放，逃出去嬉了。

过一下，我太奶奶拿回那块空围裙布说要回家。大围裙不肯，拉过来拉过去，一定要叫我太奶奶再嬉两天去。拉到第三下，就不拉了。等我太奶奶和火筒走过河，大围裙声音又响起来了，讲：你再歇两夜啦？歇两夜再去！啊，这样客气做什么啦？要么过两天再来？过两天你整家人都来嬉哩，过两天我家里要杀猪了啊，把猪杀倒来，我再来叫你，你一定要来哩！整家人都要来哩！再来歇个十天半个月啊！

走到大岭中央，我火筒大爷想不通了，说：姆妈，你说把肥猪肉当豆腐吃，我没有吃到一块肥猪肉；你说把猪脚蹄当红薯吃，我没有碰到一块猪脚蹄；你说把鸡腿鸭腿当煨苞萝吃，我连鸡腿鸭腿的气息都没有闻到过。天晓得，这么有钱的人家我看看日子过得比我们家里还不如哩！

我太奶奶也只好笑了，说：你肥猪肉没有吃到，猪脚蹄没有碰到，鸡腿鸭腿气息没有闻到，那你鲤鱼的鲜味总算闻到一点了哇？

喂呀，你不说这条鲤鱼倒还好！火筒从袋里摸出一截鲤鱼尾巴，说：你们出去看鸡看鸭看猪的时光，我倒是咬了一口鱼尾巴，还咬了一截下来。你看看，这么硬的鲤鱼我怎么吃得动啦？牙齿都咬破掉半个哩！

到了家里，我太爷爷老早笑眯眯在等了，想问问这两天都吃到了什么好东西。

我大爷把吃了四餐的菜饭都报给我太爷爷听，我太爷爷听了哭笑不得。后来，火筒又拿出那一截鱼尾巴，我太爷爷看啊看，望啊望，半天，再叫出声来：喂呀！你们猜猜这个是什么？这个是鱼啊？不是哩，是木头！老天，是木头做的鱼！

我太奶奶也呆掉了，看了半天，说：以前也听说过有人家招待客人的时景捧一碗木头鱼出来，摆摆样子的，晓得我们装客不会去动，哪晓得真让我碰到了，这生世还是头一回。

我太爷爷摇了摇头，讲不出话。后来看一只麻雀从茅棚顶飞到篱笆上，歇那里叫，就对我太奶奶和大爷讲：唉，你们要想吃一餐大围裙，比到这只麻雀鸟的脚爪子上刮油还难！

糠芯坞大围裙的轿子吱呀呀在大岭上响个不歇，天公晴的日子一天不响两三回不遂意。到了大岭中央，看到有挑担的人老远过来，就把黄烟筒在轿子边上敲三下，喉咙咳三声，顺手伸到后背上一边敲一边喊：啊哟哟吃力，坐轿子真吃力！你们挑这么吓人多的东西，身体要当心，挑过头要败掉的。挑担的人就说：我们不吃力，还是你坐轿吃力。大围裙咧出一嘴巴筒的黄牙齿笑了，说：我轿子坐多了也真是吃力。不要紧！我别直参带身上的，等下到洋田山妹子家里停下来吃两口下去，力气就补转身。

过了大岭口，到岗外转弯，朝小路上横过去就到了洋田山腰。谢天师和几个兄弟争地种争得不高兴又搬到山腰上旧棚里来歇了，大小围裙的娘老子也照原移到老家王谢去歇。轿子还是在弯里叽勾的山路上吱呀呀响，在山头顶上做工夫的小围裙搭了凉棚一看，就晓得又是大围裙来讨口滚茶顾顾别直参吃了，就赶紧丢了锄头下山。

哦嗬，你真会做！妹子呃，你只晓得做！大围裙一看到小围裙，话就一连串一连串地讲不歇：喂呀，妹子，你日也做夜也做，晴也做雨也做，一年到头总是做，只晓得做！

小围裙老早把一碗滚茶捧过来，笑笑说：我不做，哪里有得吃？

大围裙讲：你也好嬉嬉的嘛，也好坐下来谈谈天的嘛。你大姐我今天到汪家坞来，就是想陪你坐下来嬉嬉，坐下来谈谈天。我怕你一天做到夜，一年做到头，做得个两头伱一头①，可怜的！你看看我，不要讲和你一样做，就是坐坐轿子，都坐得一身骨头痛，总想早点寻个位置坐下来歇歇力。喏，还好身上带牢别直参的，路上吃力就拿点出来吃，好养养力。你快把我拿过去，切几片下来，不快点吃下去么也实在吃不消。

小围裙也不是头一回招待这个天天坐轿子、心头孔总是带牢别直参的大客人，她晓得大姐的脾气是每一回只吃一点点，就用朴刀削薄削薄地把它切个四五片下来，又用麻纸包好还把大姐。大围裙看小围裙做的工夫，很满意，用两个手指头小心地钳牢，一片一片地塞到嘴里，一口茶一口茶地顾顾吃吃，吃得很入味，很遂意。

哇啧啧，好吃！别直参就是别直参！吃下去眼睛就亮了多，身上力气满上来满上来，讲话都响了许多。大围裙拿了那只麻纸包，对小围裙说：你吃点哇？你不要客气，也帮我吃点下去，补补力气？

小围裙特意不响，想等大围裙把东西递过来。大围裙倒是没有这么大方，老早把东西塞进心头孔，说：唉，你也真没有这样的福气吃，吃下去什么用？吃下去也是到山上做工夫，一锄头挖下去，力气就都落到黄泥底去了，可惜不可惜？

大围裙一边说一边摸摸心头孔，想拿什么又不拿，两只眼睛乌珠骨碌碌转过来，骨碌碌转过去。糠糠糠！糠糠糠！里头房间里头有人咳，哪个？就是往年身体硬邦邦，一年到头满天飞的谢天师，现在就好像一只断了翅膀的老鹰，落在地上飞不动，叫出声音还破零破当。听说，有一回跟闰天师出门好两天，回家以后就一天不如一天，好像老了二十岁。到山上挑

---

①两头伱一头：指背脊严重弯曲，头与脚伱到一起，上下两头看去成了一头。浙西农村常用此说。

挑背背吃不消，只好坐在家里，摸来摸去，有时光就帮助刮刮苞萝籽。

大围裙走到谢天师面前，说：喂呀！你个谢天师，你不糠糠糠我还不晓得你在家里，我还说你在山上做工夫哩，哪里晓得你现在这么没有用，做工夫都吃不消了，不会挣只会吃。你想想，我一个这么齐整这么能干的妹子嫁把你，本来也想和我一样，靠男人吃饭，天天坐轿子，天天吃猪肉吃白米饭，怎么都想不到，天天跟牢你吃苦头，苦头吃了多少年，现在还倒过来，男人靠女人吃饭了，喂呀呀！

说了一通还不够，大围裙走到小围裙身边，用手捏牢小围裙的破裤子，对谢天师讲：你看看，我一个这样齐整的妹子，你一年到头就让她穿这条稀破烂破的裤子，屁股上的洞一个连一个。婆娘的两块屁股都包不牢，你谢天师走到外头真有面子！

谢天师只好摇摇头，黄连水口里吞，有苦讲不出：有什么办法？我和你男人，你家那个闫天师一起出门做事，我滚了一跤滚坏，身体败掉了，家里日子一天不如一天了。你家倒好，你家闫天师身体一天比一天好，家里田地一天比一天多，天天吃猪肉吃白米饭。你家里粮草多么，也好拿点来救济救济的，都是自家人，你们都是同一个娘肚子里出来的不是？

大围裙听了之后，笑得牙齿都寻不到位置放，讲：我听你个天师谈天，真是比唱戏还好听。我讲过多少回了，你们家里没有粮草么只管到糠芯坞去拿，想要拿多少么随便拿，想吃多少么随便吃。前两天，长宁有好几份穷骨头人家到我家里来拿粮草，有拿一担苞萝的，有拿两担红薯的，有拿五十斤稻子的，我家老头子量气大，对那些人讲，你们要多少都来拿就是，现在，长宁园里哪个不晓得我家有粮草啦？就是毛山、隐将、徐坑、溪边、塘岐、沈家、十八都那边都有很多的人来拿。

谢天师想到上一回去拿过五十斤苞萝，没过一个月，讨账的人就到了洋田山，还讲加了利要多还五斤。这个闫天师，连自己外甥借粮草都要加利，哪里有量气随我吃随我拿？小围裙一点脑筋都没有，还说这个大姐量气大，会做人，回回到洋田山都叫妹子和妹夫到糠芯坞去拿粮草。谢天师心里不高兴，就说：你家粮草是好拿，就是利太高。

大围裙眼睛一骨碌，说：要什么利？我讲过多少回了，不要就是不要，你们硬不相信。上一回你们多还五斤苞萝，我就对老头子讲，自己家里人不要利，还是照原还把人家。我叫你们去拿回来，你们就是不去。

大围裙晓得妹子妹夫对闫家有气，就把手伸进心头孔，拿出另一个麻纸包来，交给小围裙，说：看你们么都忠厚，日子过得也真是苦。喏，这根别直参送给你们吃，让妹夫吃下去把身体养养好，以后有力气挣钱种粮草，也省得到外头借。

小围裙把麻纸包透开一看，还真是别直参，粗细和刚刚用朴刀切的那根差不多。看大姐这么大气派，小围裙眼睛一红，两行眼泪水就要滚下来。

刚要客气几句，只听大围裙讲：哦嗬，别直参一吃，力气来了，肚子也有点饿。妹子呃，你家里也没有东西，随便弄碗来吃吃，等下我丢几个铜板你这里。

送了别直参，还要出铜板，今天大姐气派不小，再要不寻点好东西来招待招待，就见得做妹子的太小气了。小围裙就好比哪吒坐了风火轮一样，连滚带爬一口气就跑到洋田山脚，火急火燎地问谢家的几个弟媳妇借吃食。锅灶上一通忙，就捧出三四个菜来，把茅棚里里外外熏得个喷喷香。大围裙一口酒一口菜，边吃边给妹子戴高帽：喂呀呀，我个妹子烧点菜也像样呃，怎么烧这么好吃啦！你手艺这么好在洋田山上可惜了，到府里开个饭店老早发财了！

酒肉吃歇又吃面，一大白骨碗的面又让她磨灭掉了。吃歇之后，白骨碗还舍不得放下来，又驮到大门口，用筷子在碗沿上当当当敲三下，大声喊：我这一生世啊，这碗饭是不要愁了！

把碗放到锅台上，走到大门外哦嗬几声，顺手揿牢反鼻孔唧一下，反手揿牢顺鼻孔唧一下，手帕摸啊摸没有摸到，就用顺手把肮脏抹了反脚的布鞋底，用反手把肮脏抹了顺脚布鞋底，两只鞋都抹过了，两只手又搓了搓，总算搓干净了，说：喂呀真好吃，真入味！

力气养好，东西吃饱，轿子也起身。小围裙站在门口笑吟吟，还想到点什么，大围裙就对长工说：两个懒病骨头过来，我放了你们身上的那些白洋呢？铜板呢？快点抓一大把出来把我妹子，肚子吃饱饱的，总是吃白食也不大好哇？

两个长工只顾笑，不敢开口。大围裙就只顾骂。小围裙就过来劝：不要拿了不要拿了，吃点东西还拿什么钱呢？都是自己姐妹，我下一回也要到大姐家里来嬉，我也要带铜钱去啊？

大围裙拍了拍小围裙肩膀说：呃哈，我个妹子这句话讲得有道理，自己家里人不讲钱，你下一回来，到我家里想吃什么我就烧什么把你吃。对了，再过两个月就是我生日，你要来的，东西就不要带了，只要带张嘴来就够。人家送来的东西吃都吃不完，你也帮衬我吃两天，啊？

上轿子之前，大围裙又走过来，把小围裙的裤子上一捏，脸皮上一捏，说：你下一回来把我做生日，这条裤子穿不得。人要脸，树要皮，你帮衬我把这张皮候候牢啊！我家里的客人都是长宁园里头的大财主，我还要让他们好好望望我这个妹子哩。

大围裙的轿子还在洋田山路上吱呀呀响，小围裙就熬不牢把那包别直参拿给谢天师。谢天师把别直参放鼻子前闻了闻，皱着眉毛说：气息不大对。

小围裙说：你吃过别直参啊？谢天师讲：没吃过也看到过。

小围裙用朴刀切了三四片，递把谢天师。谢天师吃了之后，说：哼，这个味道不就是清木香嘛，我以前肚子痛总是吃的。小围裙眼睛一骨碌，骂：好心不得好报，我大姐好不容易省一根给你吃，你不多谢她还讲什么清木香，这种话传出去，要让人家牙齿笑掉的。

谢天师是跑过码头的人，把那根东西翻来翻去看，又用鼻子闻闻，说：就是清木香，别直参黄哈哈的，这个东西颜色有点灰；别直参味道有点麻，没有这种香气。

讲歇，谢天师把东西往门外一掼，骂：你娘个鬼扯匹！和闫天师一样的货色，一生世跑码头骗人，今天骗到自家人头上来了！

小围裙肉痛，赶紧跑到门口把东西捡转身，说：你不吃我自己吃，不识货，好心当作驴肝肺！

后来几天，小围裙也懒得理睬谢天师，也没工夫去理睬。为了把借来给大围裙吃掉的东西还清，小围裙天天到山上做工夫，到半夜里还在山上砍柴烧炭，用来抵债。

做得吃力不要紧，力气用掉还会来。顶伤脑筋的是这条破裤子，要在大围裙做生日之前，弄到钱去买块布来做。做不出新裤子，小围裙没脸皮去糠芯坞。

离大围裙的生日越来越近，小围裙一想到这事，夜晚困不着。

有天天早，她挑了担柴火到长宁卖，想靠卖柴火挣几个钱买布。到了长宁村里转来转去，都没人要买柴火。后来有人教她，说长宁村里最大的财主人家是老和尚，也就是早先汪家坞庙里的那个。讲都这么讲，哪个也没看到过，老和尚不愿意让人看到他的脸孔，出去收租也派佣人去。人家说，老和尚在汪家坞庙里整担整担把白洋挑到山上藏起来，后来事情过去，就到长宁买了田地造了砖墙屋，几年下来，长宁的田地差不多都让他买去了，连汪家坞的山也是他的。大家不晓得老和尚的真名，合同上写的是邵天财三个字，没有人晓得他就是那个老和尚。老和尚人老心不老，在长宁买田地造屋后，老婆讨了一个又一个，共有五个老婆。顶小的老婆顶齐整，老和尚顶欢喜，一天到夜把她关了楼上，不让她出门。

小围裙到大财主邵天财家门口卖柴火，管家的人说家里柴火很多，一定要卖，只能付平常一半的价钱。小围裙没法子，不想挑回家，只好便宜卖。捏了几个铜钱，想去买点吃的，又舍不得，要余下来买布。

刚要起身，门口挤了好多人过来，都是上门送租粮的，里头有两个人还很熟悉。小围裙怕难为情，就往邵天财家屋后那片毛竹地里躲，走了没有几步，一样白乎乎的东西匹一声打下来，一打就打到她手筒管上。小围裙一看，是楼顶窗门里飞下来的。把东西捡起来一看，是一块上好的白棉布，里头有一孔血块。晓得了，是楼上女人用的骑马布。往年人都讲骑马布丢身上倒运的，小围裙哪里管这么多，她越看越高兴，越看越欢喜，啊呀，这块布真是好，好大一块，真是有钱的人家，骑马布都这么齐整。小围裙就把白布往衣裳袋里一塞，坐在毛竹丛里嬉。过了一两个时辰，又是匹的一声，又一块白布下来了。小围裙又捡了藏袋里。到了天公漆黑，小围裙的衣裳袋里就装进四块。

没有想到今天运气这么好。第二天一早，小围裙早早下山，躲到了毛竹丛里，歇歇一块，歇歇一块，从早到夜，捡到六块布再收工。到了第三天头上，事情不对了。她在毛竹丛里坐了没多久，外面就过来三个婆娘，大家都讲是来捡骑马布的。听小围裙是汪家坞的，一个顶的凶婆娘就过来骂：你个山头坞里的野人，快把我滚到山上去，这笔生意我们三人老早就定在这里的，你莫想分得一股去！另外一个讲：恐怕她早就捡到了，没有捡到过还会晓得到这里来捡啊？小围裙只好摇摇头，说没有捡到过。顶凶的人掰了手指头算：十三、十四、十五，五太太每个月都是十五这天开始来的，这个月会提早来啊？要提早来，我们就吃大亏了。她一个月要用一匹布，我们三个人分分，家里人也好弄件衣裳做做。我下个月还要帮我姆妈做生日，还想多做一件哩。

大家讲话都轻轻巧巧，只怕楼上人听到。过一下，楼下又是匹的一声，三个人像三只猫抢一只老鼠样扑上去，哪里轮得到小围裙？看她们那副凶相，还是早点回家好。走到路上，小围裙越想越高兴，还好五太太这个月提早两天来，让她捡到十块骑马布。本来还想多捡几块做一套新衣裳的，这下也好，做一条新裤子恐怕差不多了。

小围裙把十块白布洗得干干净净，又买了些染料自己染蓝，再晒燥来，一块块拼起来，做了条簇新的裤子。小围裙脑筋不很笨，把那几块布头接得很好，人家不仔细看都看不到碎布拼的印子，还以为是福建佬的作兴呢。

到了大围裙生日那天，小围裙把新裤子穿上，高高兴兴去糠芯坞给大姐做生日。用砍柴火卖的钱买了些料作，再加上十块骑马布剪碎的布料，小围裙帮大姐做了一双很齐整的新鞋。另外，再捉了一只老母鸡带上，心里想，这回东西多，把大姐做生日也算体面了。

哪晓得，大姐家里里里外外都是人，来来去去都是有钱人家。小围裙把东西交给大围裙，坐都寻不到位置坐，就走到大姐房间里谈天。大围裙看小围裙身上那条裤子，说：喂呀，齐整！这条裤子让你做得好看，嗯，就是短了点，你身坯长，你穿太短了。我想想，对了，我们换一条穿穿看。

大围裙边讲就边把裤子脱下来递把小围裙。穿上新裤子一比，大围裙高兴了：喂呀，你这条裤子让我穿刚刚好，今天我过生日，你就让我穿一天，啊？等生日过好，再还把你!

中午饭吃好,小围裙看闫家人太多,就对大姐讲要先回家。大围裙就说:好,你先回家,今天家里人太多,下一回人少的时景你再来,我们姐妹再好好谈天。我那条裤子没你的新,料子也不差,你先穿几天,要不合意,我们再把裤子换转身。

话是这么说,后来大围裙一回回坐轿子到小围裙家里来嬉,偏就不穿那条新裤子来,小围裙要面子,也不好意思开口。这个都是后头的事。

把小围裙送过河,大围裙的喉咙又越来越响,喊:妹子呃,下一回来嬉噢,你想吃什么么我就烧什么你吃,你嬉个十天半个月再去啊。你家里要什么就来拿,想拿多少就拿多少,只管拿去就是,自己家里人不要客气!上一回那五斤苞萝要拿回家不?不要啊,今天人太多,下一回再拿啊,你一定要拿去哩!你要什么就拿什么啊!

小围裙穿了大姐的那条半新不旧的裤子回家,谢天师一看,只好摇摇头,叹口冷气说:唉!叫你不要去你一定要去,你就欢喜粘你大姐!你和大围裙这号人打拼伙,就是毛兔和狐狸打拼伙,你不让它们整个吃掉,也要脱一层皮!

糠芯坞大围裙的轿子吱呀呀在大岭上响个不歇,天公晴的日子一天不响两三回不遂意。到了大岭中央,看到有挑担人过来,就把黄烟筒在轿子边上敲三下,喉咙咳三声,顺手伸到后背上一边敲一边喊:啊哟哟吃力,坐轿子真吃力!你们挑这么多的东西身体要当心,不要挑过头。挑担人说:我们不吃力,还是你坐轿吃力。大围裙咧出一嘴巴筒的黄牙齿笑了,说:我轿子坐多还真吃力。不要紧!我别直参带身上,等下到岗外某某人家停下来吃两口下去,力气就补转身。

过了大岭口,往岗外山脚底走啊走,就到了姓须人家门口。

头一份人家是白狗家。白狗老婆老远听到轿子响,就把大门闩上,一家人躲里头吃焖红薯。大围裙在门上敲啊敲,她也总不开门。白狗儿子焖红薯吃得多,屁股忍不牢卜地唱一声。白狗老婆眼睛乌珠一骨碌,他又是卜,又一骨碌,又卜。白狗老婆火了,朝这个取债鬼屁股上一脚头。取债鬼眼睛一红,把嘴巴筒张得畚斗样开始嚎哭。做娘的手脚来得快,拿出一块焖红薯就塞到那只嘴巴筒里,闷得他出不了声。大围裙听听里头没响动,就走了。轿子转个弯,白狗老婆看儿子不对,脸红得像猪肝,嘴巴筒里的焖红薯塞得太里头,差点要断气。她就把焖红薯挖出,一个大巴掌甩过去,儿子哇一声吼,才收转身一条命。

第二份人家是黑狗家。黑狗老婆老远听到轿子响,就把大门闩上,一家人躲里头吃苞萝粑。大围裙在门上敲啊敲，她总不开门。黑狗老婆做了两锅的苞萝粑，头一锅一人一个吃歇，第二锅粑也熟了，刚用锅铲铲出来，外头轿子就吱呀呀响过来了。大围裙在外头叫门，黑狗老婆在家里分苞萝粑。粑分给儿子女伢，就交代说：一人一个的门份数，要让大围裙看到，你们就没得吃了。儿子女伢一听，拿着滚烫喷香的苞萝粑就寻位置躲，只怕让大围裙进门来抢去。大围裙听听里头没响动，就走了。轿子转弯，黑狗老婆寻不到子女，后来到房间里，看到床上被褥里头裹了一块东西在动，掀开来一望，就望到儿子躲在里头吃苞萝粑，粑吃掉大半个，满身满脸的汗直冒，嘴里还念：不要来抢不要来抢，我就快吃完了！黑狗老婆到几个房间寻，还是寻不到女伢，后来到灶头底一看，女伢两只手捂牢心头孔发抖，一脸哭相。上去一看，女伢把苞萝粑藏到心头孔里，反手边那只小奶头都烫伤掉了。

第三份人家是黄狗家。黄狗老婆老远听到轿子响，就把大门闩上，一家人躲在里头吃糊汤。大围裙在门上敲啊敲，她总不开门。黄狗一家人饿了好几天，后来到山上挖了一堆葛根回家，总算磨了几碗粉出来。黄狗老婆到菜园里摘了些南瓜叶，丢了滚汤里拌拌葛粉做糊汤吃。一人一碗刚刚盛碗里，候吃猫大围裙的轿子就吱呀呀响过来了。大围裙在外头叫门，黄狗老婆在家里分糊汤，分好就交代大家快躲起来吃，哪个让大围裙看到哪个就没有得吃。儿子女伢都开了小门，逃到猪栏里吃。黄狗没有位置去，就往猪栏边的茅厕里躲，坐在茅厕沿上拼命喝。大围裙在门上敲了半天没响动，就坐轿子离开。轿子转弯的时景刚刚好往茅厕角这边拐，黄狗一听轿子响，心里一吓，坐了茅厕沿上一个跟头栽了下来。还好，大围裙的轿子也响，没人听到。等黄狗老婆出来一看，喂呀，黄狗真是像一只黄狗样趴在茅厕板上喝那口破碗里最后一点糊汤。

第四份人家是花狗家。花狗老婆老远听到轿子响，就把大门闩上，一家人躲里头吃粽子。大围裙在门上敲啊敲，她总不开门。花狗一家人饿了好几天，后来到西叉坞借了三斤糯米包粽子吃。一人一个粽子分好，就听大围裙在外头叫门。该当大围裙有口福，大门上的门闩坏掉好久了，闩不大牢。大围裙一连敲了四家门都不开，心里来气，用力一捶，门开了。叫了半天，黄狗老婆抹了抹嘴巴筒，从房间里慢慢移出来，半笑不笑地叫大围裙坐下来歇歇。大围裙从心头孔里摸出那半截别直参，叫花狗老婆用朴刀切几小片，讨碗茶顾顾吞下，又拿出烟袋烟筒，用霉头纸点黄烟吃。

花狗老婆站旁边，歇歇摸摸嘴。大围裙灵光，早用鼻子闻到粽子气息，再一看黄狗老婆鼻子尖上一颗黄哈哈的糯米，硬忍着不笑出。

吃了两筒烟，大围裙开始问：你说糙米好吃，还是糯米好吃？

花狗老婆讲：那肯定是糯米好吃。

大围裙讲：唉，我家里糯米，放都没地方放，前年的糯米都还在。你说说看，糯米做什么东西好吃？

花狗老婆讲：捣年糕好吃，捣麻糍好吃，包粽子也好吃。

大围裙用烟筒在门槛上敲了三下，讲：你晓得包粽子好吃，我也晓得包粽子好吃！

刚说到这里，房间里逃出两个小人。花狗儿子嘴翘得老高，讲：我家里今天没包粽子！

花狗女伢也摸了摸嘴，讲：我姆妈今天不包粽子吃！

大围裙仔细一看，两个小人鼻子上也有糯米碎，也都黄哈哈，就用烟筒杆指了指，讲：你们过来，听奶奶讲天书你们听。——讲往年的时景，我们糠芯坞有一只很大很大的乌鸦，有一天在家里，想来想去没主意，就飞啊飞，飞到汪家坞一个要好的朋友——青菜鸟家里去嬉。青菜鸟是只好鸟，就是吃东西量气不大。那天凑得巧，青菜鸟刚刚弄了几斤糯米回家，一家人关了大门，躲房间里吃喷香的粽子。乌鸦在门口叫了半天进不去，嘴都叫燥了，就到门口水塘里吃几口冷水。后来乌鸦进门，青菜鸟总不肯拿粽子把乌鸦吃。乌鸦又气又急，门口的冷水又肮脏，肚子就痛了，当着青菜鸟的面啊哟啊哟叫。青菜鸟就讲了，乌鸦呃，你嘴再燥么也不能吃门口的冷水嘛，老古话讲，吃茶不好吃冷茶，没有听过啊。乌鸦就不客气了，讲：老古话我们都晓得的，我吃茶不好吃冷茶，你吃食也不好吃阴食①的嘛！

讲到这里，大围裙看了看边上的花狗老婆，大声补一句：乌鸦讲，我吃茶不好吃冷茶，你吃食也不好吃阴食的嘛！

花狗儿子女伢都笑了，问：后来怎么样了？

大围裙讲：后来嘛，青菜鸟讲了，我吃阴食是不对，阴食吃多也要肚子痛的。你大人有大量，不和我们一样见识。我们做青菜鸟的，比不得你们乌鸦，我们身子小气派小毛也小，你们身子大气派大毛也大。乌鸦就讲了，我晓得你气派小毛也小，你再小气再小毛②也不好吃阴食的嘛！

大围裙看了看旁的花狗老婆，眼睛一白，说：你再小气再小毛么不好吃阴食的嘛！

两个小人只晓得傻笑，花狗老婆脸皮半边红半边青，笑不出也哭不出。

大围裙倒真有大气派，把两个小人鼻子上的糯米抹下来塞到他们嘴里，对花狗老婆

---

①阴食：偷偷吃东西，不让人看到。

②小毛：小气。小毛相，小气的样子。

讲：好了好了，我糠芯坞大财主人家，到你家吃个粽子么是看得起你！外面那个看到了哇，长工带来的轿子里头铜钱银子还会少啊，我走哪里带哪里。你快把我到锅里拿两个粽子出来，等下问我长工拿铜钱拿银子，你开口要多少拿多少，我总不讲一个"不"字。你花狗老婆手艺不差，也算汪家坞里能干的女人，东西做得好吃么我也不亏待你，等下算账时多算你些。

花狗老婆听大围裙口气大，今天要放血出银子，心里慢慢高兴起来，到锅里拿出两个粽子，递把大围裙吃。

两个粽子下肚，大围裙还没有么遂意。望了望茅棚壁里角头，嚯嗬，柱头上还挂了一只狗腿，就讲：喂呀，你这只狗腿去年就挂了这里了！你们不舍得吃我来吃，等下连粽子一起算账，掼你几个白洋这里好了，你们没钱人家过日子也罪过，我不在乎这几个白洋。

花狗老婆听讲有几个白洋赚，笑得牙齿都没有位置放，赶快用斧子把狗腿劈碎，拌了点粗菜炒炒，捧给大围裙吃。大围裙讲：火腿也真香，要是再有点酒么更好。花狗老婆想想顺反有白洋赚，索性到楼上把那半斤红薯酒拿出来，倒一公碗递把大围裙。

大围裙吃吃笑笑，笑笑吃吃，讲出来的话颠三倒四，一下地上一下天上，一下玉皇大帝一下王母娘娘，后来讲自己家里白洋有多少多少担，铜钱铜板整窑整窑比黄泥还多，下一回要多带些来把花狗家，小人家么买新衣裳穿，大人家么买酒肉饭吃，顶后头，酒吃得越来越醉，就说要认花狗老婆做女儿，讲：我的亲丫头呃，你烧的菜么真好吃，我做娘的欢喜你，心痛你，看重你，下半世要让你过好日子！

花狗老婆高兴得在旁边鸡啄虫样把头脑壳点去点去，一声声亲姆妈叫不歇。大围裙把酒吃完，反手拿碗顺手拿筷子，站起来就在堂前转桶箍[①]，一边转一边用筷子在碗沿上敲，转一个桶箍敲三下，又一个桶箍又三下，敲一遍唱一遍：我这一世啊，这碗饭是不用愁了！我这一世啊，这碗饭是不用愁了！

饭碗敲歇，唱戏唱歇，动身之前想到要结账，就对花狗老婆讲：我的亲丫头呃，我家里养了一个很大的狗，过年要打掉吃，你新做了我的丫头么正月初一就要来拜年，我们一家伙就吃个半只，另外半只你拿回家慢慢吃，想吃多久吃多久，吃个入味！我家那只狗真大，不比你家的猪小，卖卖也抵好多个白洋哩！

花狗老婆讲好的，正月初一就上门拜亲娘。出门时景，大围裙叫花狗老婆算算看，要

---

①转桶箍：转圆圈。桶箍，指围在木桶上的竹篾或藤类。转桶箍是吴越方言中对转圈圈形象的说法。

付多少钱，花狗老婆想到那半只大狗，就讲算了算了。大围裙就笑了讲：我的亲丫头呃，你真懂事！我的好丫头呃，你真听话！这么能干这么懂事这么听话的丫头，我不会亏欠你的，我一定要让你过快活日子，和我一样坐轿子吃别直参，这一生世啊，一碗饭走到哪里都不消愁！

大围裙走后，花狗老婆天天在家里掰手指头点日子，花狗问她做什么，婆娘笑了，讲：噫，再过几天就要过年，我要到我亲娘家拜年！噫，我要吃狗肉，还要拿半只回家把你吃！噫，有了这个亲娘，我就是财主人家的女伢了，以后有快活日子过了！噫！

手指头不晓得掰了多少回，年三十总算到了。花狗家歇岗外顶里面一个角落头，一家人高高兴兴吃了年夜饭，吃点瓜子花生油麻糖，都早早困觉。

第二天天早，就是年初一，花狗老婆换了顶干净的衣裳裤子穿起来，反手捏牢背脊上的豆腐袋，袋里装了两斤米胖糖三斤红薯片四斤炒苞萝籽，顺手拎了几条年糕，算是到糠芯坞亲姆妈家去拜年。人家讲新女婿上门要赶年初一，花狗老婆新女伢上门也赶了这天。

走到黄狗黑狗白狗家门口，走到姓闫姓汪人家门口，见人就唱：我到糠芯坞亲姆妈家拜年去！大家都说：花狗老婆认了什么亲姆妈，今天就去拜年，恐怕是鬼捏到了！

花狗老婆高高兴兴往大岭上下去，到了糠芯坞闫天师家，老远就喊：亲姆妈呃，我的亲姆妈呃，我来拜年了！

闫天师一家人吓坏，都出来看。大围裙对花狗老婆讲：你怎么今天来拜年啦，你来得太早了！

花狗老婆讲不早，正好是正月初一上门拜年；大围裙讲今天不是年初一，叫她快转身回家。开始花狗老婆还以为是讲笑，后来大围裙把她往后头推，要她回家，心里就很不高兴，讲：你个大围裙啊，把我家狗腿吃掉不回钞，还讲要我正月初一来吃狗肉，要分我半只背回家。好好好，今天我回家就回家，你半只狗让我背回家！

闫天师一听有人要来分半只狗，就过来骂：你个神经病，想吃狗肉？吃狗屎差不多！

花狗老婆更加火了，从门口寻了根搭柱①就去打狗。那只狗生得不光肥大，还很凶。花狗老婆打了两搭柱，把狗打得汪汪叫，往她身上一冲，在她手背心咬了一口，就往山上逃走了。

花狗老婆手咬得痛死，血直淋淋往外头冒，手捏牢搭柱不肯歇。一家人你劝一句我劝一句，总算把花狗老婆往大岭上赶回家了。

———————————

①搭柱：挑担歇力时用来支撑扁担、挑铳的棍子，也可以放在另一只肩膀上斜插过来分解重力。

花狗老婆亲姆妈没有认到，拜年没有拜到，狗肉没有吃到也没有分到，一路走一路哭，眼泪水从大岭脚流到大岭头。在门口头扫地的姓汪人家问她她不响，在门口头洗碗橱的姓闫人家问她她不响，在门口头倒肮脏碎的姓须人家白狗黑狗黄狗都来问她她还是不响，只顾自己哭个不歇。快到自己家门口了，老远看到花狗就喊：花狗呃，我可怜哩！

花狗还没有弄灵清什么事，花狗老婆就往门口那个深沟里栽了下去，头脑壳都敲破了。大家把她抬到家里，头上的血流啊流，流了半脸盆。

到第二天中午，花狗老婆在家里断了气。花狗不肯，赶到糠芯坞去问，看到家里有新女婿来拜年，才晓得昨天不是年初一，今天才是年初一。去问姓汪姓闫姓须的人家，也都说今天不是年初二。

可怜就可怜了花狗老婆，到死都不晓得自己过年过错了，只怪大围裙骗吃骗喝良心黑。断气前，她把一家人叫到面前，咬紧牙齿，用江山腔讲：我到了阴间，也要把大围裙狗肉跌丽（吃来），把半只狗妹丽（背来），分给你你们——跌、跌、跌啊！

第八章 姓汪姓谢姓闫人家留了几颗种

大疯子刚刚到汪家坞来的时景很老实，你没有看到他帮衬姓谢人家做事情，那个热心，那个客气，那副笑脸，就是家里养的牛呀马呀狗呀猫呀都没有这样遂你意。半死不活的谢天师一看到大疯子就阴间里还魂，笑吟吟讲：后生家呃，你看上我谢家哪个丫头对我说啊，莫做客。大疯子也笑了，讲：我不贪你家的人么也不贪你家的钱，我做死做活也情愿。我是菩萨托梦叫我到你家来做好事，我帮你犁田就是你的牛，帮你挑担就是你的马，帮你候家就是你家的狗，帮你暖脚就是你家的猫。

大疯子早先的名字恐怕是大风。到汪家坞来的他就是天角落头吹过来的风，你弄不灵清他什么时候来，什么时候去，歇的是什么位置，想的是什么事情。一直到他疯了以后，大家再开始叫他大疯子。

大疯子一来汪家坞就会讲安庆腔、江山腔，连福建腔也会讲几句。问他哪里学来的，他说我记性好，听你们讲几回就会讲了。再要问，他一句都不答。

大疯子年纪不大，晓得的事情很多，天下天上的事，都装他头脑壳里。闫天师和谢天师跑过很多码头，见识的事不少，听到大疯子讲那一套套，也只好点头，要一起封大疯子做大天师。大疯子笑了，讲，我不是什么大天师，有些事我比你们晓得，有些事你们比我晓得，十个手指头伸出来长短硬软不一样，不好讲哪个比哪个厉害，哪个比哪个本事的。

谢家小人多，牙齿换掉都歪七歪八，看上去不大齐整。大疯子说这里头有点缘故。有一回，看到有一个小人牙齿掉了，要丢到屋顶上去，就讲：上牙掉要丢床铺底下，下牙掉要丢屋顶，看看是不是下牙。小人讲是下牙，要丢屋顶的。小人刚想丢，大疯子就过来讲了，丢的时候还要唱几句，不唱几句没有功效。他走过来教小人，把两只脚并并拢，对牢屋顶唱：好心的四脚蛇，我的牙齿把你你的牙齿把我，你帮帮我么我多谢你！

大疯子还有很多的名堂经，后来谢家人都照大疯子的样子讲话做事，弄得谢家人添了很多规矩。有天早上，大疯子背锄头到地里做工夫去，半路上碰到一阵阴风。那个风来来去去高高低低，在地上一个桶箍一个桶箍转，很古怪。大疯子一看就叫了：不好，鬼风来了！鬼风来了！大家只见他把锄头朝地上一掼，嘴巴筒里吐出几笃口水，骂：鬼风鬼风呸呸呸！我用柴刀劈你腿！后来几个谢家人都吓坏了，也学大疯子的样子，一个个都呸呸呸往地上吐口水。说来古怪，那天的鬼风很厉害，把地上的树叶都往里头卷，越卷越快，在谢家人身边旋来旋去，旋出一个个大大小小的桶箍。大疯子又讲：有冤报冤，有仇报仇，你莫害我们好心的谢家人！话讲歇，鬼风还没有歇。大疯子就用手捋了捋裤脚，把脚上的毛比来划去，又对鬼风呸呸呸。过一会，鬼风旋得慢了，再过一会，大大小小的桶箍就好比天上的一朵朵云，从地上一纵一飞，飞到老远的山角落头去了。

谢家人问大疯子，为什么你把脚上的毛一比，鬼风就逃。大疯子讲：你们没有听讲过啊，一根脚毛管三只鬼，看到我脚毛，鬼也只能逃了！

后来谢家人就把话传出去，汪家坞人都晓得大疯子的脚毛又黑又长，又浓又密，把鬼都吓坏。话越传越厉害，有人说大疯子啊——脚上拔下一根毛，三只野鬼满山跑。

谢家老二的女人肚子大，又有得生了，哪个都没想到会出古怪事。

谢家老二在大门口挖地，讲开春以后好种点东西，又好看又好吃。谢天师歪斜斜过来，讲：不错的，谢家人发多了，东西也该多种点，多收点。听谢家顶有眼光的谢天师这样讲，好些人都来帮衬做工夫，把大门口那块地挖得和棉花絮一样软泛。

刚想种点什么，大疯子过来了，一看，就把眉毛皱成一堆。

谢天师想听听大疯子的话，就问这块地种什么好。大疯子不做声，想了想，就问谢家媳妇是么时候有的。谢天师也不晓得，就把媳妇叫过来，媳妇脸孔红红，有点难为情，后来讲是去年七八月上有的。

大疯子把手指头点来点去，又皱了皱眉毛，讲：我算了算，你也总是七八月上有的。

谢天师也是做天师出身的，想不出七八月上有什么不好。

大疯子讲：小人生得好不好，胎神是不好得罪的。得罪了胎神，生出的小人就不好，就难带大。

谢天师点点头，讲：是的，胎神是有的，我们谢家不敢得罪的。

大疯子讲：你晓得胎神在哪里？这段时候，就在你们挖过的那块地里头。你们这段时候挖这块地，就是在挖胎神的头脑壳，有罪啊，有罪！

谢天师听不懂，讲：你再说说灵清些。

大疯子讲：胎神是会移的，他总是在你家转桶箍，保佑你家里的小人。一月上和七月上有的，胎神在正大门上，你家的大门莫修，门口的地莫挖；二月上和八月上有的也不对，胎神在门口那块地上，门口堆重的东西都不好堆，挖地就更莫讲了。总归一句话，要是七月上和八月上有的，大门口这块地动不得。

谢家媳妇讲：那要是九月上有的呢？

大疯子讲：要是九月上有的，倒是不怕。三月上和九月上有的话，胎神在捣米的米臼里，你只要熬牢不去动米臼就没事。

谢天师问媳妇，会不会是九月上开始有的。媳妇算了算，讲：不会的，没有这样迟，不是八月上就是七月上。

听大疯子一讲，谢家人心里都很难过。门口的地挖都挖好了，有么办法呢？

到了夜晚边，有人想到再寻大疯子出出主意，问问看有什办法把事情扭转身。就好比医生看病，你病看得准么药方子也开得准。大家寻来寻去，就是寻不到大疯子的人。后来一连过了好多天，都看不到他影子。

大疯子再到谢家来的时景，谢家老二头刚举了一把小榔头，在房间里的板壁上钉洋钉。洋钉钉好，就挂一张画纸上去。画纸上画的是一个白胡子老头，说是什么很灵光的菩萨，他家女人看了欢喜。

大疯子就开口了，讲：你钉洋钉的时辰不对，挂菩萨纸的时辰也不对。你家女人肚子里的小人快出世了，胎神都在家里转来转去，到处都会转到，板壁上是顶容易经过的位置。你要是一不小心，把胎神钉到板壁上，那怎么办？

谢家老二听得头上直冒汗。

大疯子还没有讲歇。他又讲：这张菩萨纸也不是挂的时候。你晓得，你家女人一天到夜对牢这个菩萨头，看到这个头毛雪白、满脸肉皮疙瘩的样子，时候长了，肚子里的儿子生得就越来越像这个菩萨了。等到那个时候，人家问是哪个人的儿子，你怎么样回答？讲是你的儿子，还是这个菩萨头的儿子？

谢家老二越听越吓，他女人听了忍不牢要笑，讲：哪里有这种事，我老早就听人家讲过这种话，从来没有听讲有哪个儿子生下来会像菩萨头的，真是笑话。

谢家老二要把画纸拿掉，他女人不肯，讲菩萨会保佑的，不会害人的。

谢家老二刚要去寻大疯子问问生儿子的道理，就再也寻不到了。到了小门口，只看到一阵白风吹过来，连同黄的青的树叶噼里啪啦旋进去。再一看，这阵风就往东面的树林里窜，一直窜到山头顶上的云层里去。

真是天上人哎。谢家老二看了看天上的白云，看到云层上有好多神仙走来走去，嘴里就一句一句念不歇。到后来有很长时候，都没有听到大疯子的消息。汪家坞来问大疯子的人一个接一个，谢家老二总想不出怎么回答，只好又是一句：天上人哎！

总算到了那一天，谢家媳妇肚子痛了。家里人忙得好像过年时景锅里煎的红薯糖一样粘了一堆，等啊等，就是等不到小人生出来的那声哭。这个进去看看没有生，那个进去问问没有生。只听房间里女人的声音叫天哭娘，一遍又一遍，听得整家人骨头都碎掉，筋脉都酸掉，心肺都软掉，就是想不出什么好办法。

闫天师谢天师在一起商量好久，也商量不出个子丑寅卯。有人讲，要是大疯子在就好了，大疯子见的世面多，懂的道理多，比天师还要天师。

大家都讲大疯子要来了要来了，就是等不到他来。

家里牛寻不到狗寻不到鸡寻不到鸭寻不到的时景，大疯子回回都来；今天天要塌下来地要软下去人命要保不牢的时景，他偏偏不来。

到了夜晚边，耳朵都快让哭声吵聋的谢家人，都讲老二头的女人要去掉了。房间里声音越来越轻，越来越轻的时候，只听得呜啊一声，好比雷公响一样，害得一家人心头孔扑扑跳。仔细一听，不是大人，是小人的哭声。

好了，小人生下来了。房间里有人出来，讲大人小人都好，没有什么事情。

老二头啦，谢天师啦，都讲要抱抱小人。小围裙在里头传出话来，讲今朝不看，明朝再讲。儿子是儿子，看是没看头的。

大家想到这个里头有点缘故。生了一天才生下来，生下来么又不拿把人家望一眼。

会不会是生了狗啦猫啦鸡啦鸭啦？会不会是生了山上什么野兽啦？会不会是狐狸精噢？都讲狐狸精投胎害人，今天不会轮到我们谢家呢？

到了第二天，总算熬到看小人的时候了，大媳妇要看没有得看，三媳妇要看没有得看，许多人赶来看也都一样没有得看。小围裙把大大小小、远远近近的亲眷朋友都赶走，到后来，房间里就传来轻轻细细的哭声，也不晓得是小围裙的，还是二媳妇的。

时候一长，汪家坞里人就乱传了，说谢家二媳妇生了狐狸精。没办法，谢天师把小围裙骂了一顿，就把实话讲出来了。二媳妇生的小人，狐狸精倒不是，是个雪白的儿子。

雪白本来是好事情，就是这个雪白也雪白得有点古怪。

肉皮雪白，头发雪白，眉毛也雪白。

是个雪白的白人。

有人就想到大疯子。大疯子讲胎神在门口时，门口的地挖坏了；胎神在板壁上时，板壁让洋钉钉坏了。大肚女人还要一天到夜看雪白的菩萨佬，生的儿子真当就变白老头了。

大疯子到哪里去了？问问大疯子看，白人有么办法医？

过了个把月，白人脸上的肉多起来了，头上的白毛长起来了，笑起来也有点好看了，大疯子总算又到谢家来了。

问他到哪里去过，他讲到一个老辈家里帮衬做了点工夫。

问他谢家小孙子怎么会变白人，他讲不稀奇不稀奇，我老早算到是个白人。

问他是不是那张菩萨佬的缘故，他讲：那倒不好都怪菩萨。你们想想看，菩萨是白头毛白眉毛，肉皮是和我们一样黄颜色的。你们家里生的白人哩，连肉皮都白的，生得比那个老菩萨头还吓人，里头的缘故啊，大！

问他么缘故，他讲：你们有这样的耳朵听，我都没有这样的脸皮讲。

谢天师一听，吓坏了，把大疯子拉到角落头问：是不是我媳妇和人家轧姘头生的？

大疯子摇摇头，不讲话。他先把谢家老二拉到一边，轻轻巧巧问了几句，心里有数，就把谢天师拉到门口头，两人用手指头在天上、山上比来划去，比得谢天师的魂灵一下子飞到天上，一下子又掉到阴间。

大疯子问：你看到山上那棵大松树没有？那棵顶粗顶大顶高的？

谢天师讲：嗯嗯嗯，看到了，那棵大松树害我孙子啊？

大疯子问：你儿子媳妇是不是总到山上砍柴火？

谢天师讲：是的。

大疯子问：你儿子媳妇是不是总在那棵大松树边坐下来歇力？

谢天师讲：嗯，工夫做吃力么总要歇歇力的。

大疯子讲：他们在松树下倒不是歇力，是出大力哩。

谢天师不懂，问：怎么讲？

大疯子讲：你家儿子媳妇坐了大松树底下，胯裆底下的东西不老实。两个人歇下来就困在一起生儿子，有时候困在地上，有时候困在柴火上，有时候还困在松树根上。

谢天师问：还困了松树根上？

大疯子讲：困在松树根上，是站在那里困的。两个人嬉得味道，婆娘的屁股顶在松树根上，越嬉越上瘾，越嬉越想嬉。

谢天师问：困地上困柴火上困树上我都不管，我就管为什么我孙子是白人。

大疯子讲：你听牢，你儿子媳妇在松树底下生儿子，什么办法都用出来嬉，本来嬉嬉也不要紧，就是白天嬉不得，有另外一个大人家会过来打拼火！

谢天师问：哪个大人家？

大疯子讲：天上的神仙很多，夜晚头看到几颗星就有多少神仙，你想点都点不灵清。有些神仙我们是很灵清的。管白天的是白天神，管夜晚的是夜晚神。白天的神仙也不止一个，管上午的是上昼神，管下午的是下昼神。你家儿子晓得嬉婆娘，这些神仙也不是呆子，也晓得嬉。他们看到你儿子在山上嬉，就往大松树上滑下来，一起爬到你媳妇身上来打拼火。

谢天师问：那我儿子怎么不晓得？这个拼火怎么打？

大疯子讲：神仙打拼火和我们人打拼火肯定是不一样的。有些人家里两兄弟打拼火讨老婆，一个上半夜困，一个下半夜困，神仙来打拼火是不会这样老实的。怎么讲他们是神仙，我们是人哩。他们打拼火是把自己的身子拼到你儿子身上，把身上的力气拼到你儿子身上。你儿子在嬉婆娘的时景，在生儿子的时景，心里想想是自己在嬉，自己在生儿子，哪里晓得，是帮衬神仙在嬉，帮衬神仙在生儿子。平常日子，你儿子嬉婆娘的时景，嬉个一筒黄烟的时候么也顶多了，哪里有多余的力气总是嬉下去？那要是神仙附到你儿子身上，那个力气就用不完了。嬉了还想嬉，嬉了还想嬉。下面的婆娘，就是你家媳妇，也和老早不一样，嬉得特别入味，特别过瘾，嬉得胯裆底下大水直流。有句话怎么样讲？神仙一上手，婆娘不歇手。这句话，讲的就是你家媳妇碰到的事情。

谢天师听得眼睛乌珠圆不隆咚，走路的时景更加一歪一歪了。他问大疯子：照你这样讲，我家这个白人是神仙生的？

大疯子讲：那倒不全部是，差也差不了多少。白天神仙附在你儿子身上生出来的，你谢家的门份顶多只有一半，还有一半是神仙的。另外，还要看是上昼神还是下昼神来帮衬生的。要是上昼神，力气好些，门份多些；要是下昼神，力气差些，门份就要少些。我望望你家孙子，雪白雪白，白得古怪，恐怕还是上昼神的种，他的门份多，你谢家的门份少。

谢天师讲，我当天师这么多年，这种事还是头一回碰到。你讲讲看，有什么办法把这个孙子带大？带大以后究竟有没有用处？会不会丢我谢家的脸？要是太丢脸，我想办法把这个白人早点做掉，省得在这里献世宝，害人。

大疯子讲：做掉是做不得的。你想想看，神仙的儿子，你做掉他儿子他心里头高兴不？要是不高兴，你谢家罪过就大了。

谢天师问：那有什么办法？

大疯子讲：你也不要太伤脑筋，人家孙子怎么样带，这个孙子也怎么样带。你把上昼神的儿子带好，他总归不会怪罪你的。再讲了，神仙的儿子本来是要天上人带的，人间的儿子才是人间的人带。你这个孙子一半多是天上人，一小半是人间的人，带是要比别人难带些。你也莫想太多，该怎么带还是怎么带。你就当作你儿子在大松树底下屙了一摊尿，他要流到东面就东面，流到西面就西面，流到哪里算哪里。

谢天师还想问什么，只见大疯子用手指屋顶上头，轻轻巧讲：你望你望，望到没有？

谢天师讲：没有。

大疯子又讲：你再望再望，望仔细点。看到什么没有？

谢天师还讲：没有。

大疯子就讲：哎呀呀，你年纪大老花眼了，屋顶上那个白哈哈的一阵白气，刚刚从天高头钻进去，这下又从你家里钻出来了，有没有看到？

谢天师讲：嗯，你这样一讲，我还真看到有一阵白气，走得很慢。

大疯子讲：这个白气就是上昼神。我想总是来看儿子了，你一定要带好，带不好他要怪罪你的。这段时候，上昼神天天上昼要到你家里来转转，他会保佑他儿子的，你放心。

谢天师讲：那我谢家人要做点什么事情？

大疯子讲：你也没多少事情要做的。一定要做，就天天上昼点根香，到大门口拜拜，求上昼神保佑你谢家。

谢天师想想还是这句话值用，就多谢了大疯子，托人到长宁村里多买些香来，准备天天求天天拜。谢家和上昼神打了拼火，做了兄弟样的一家人，想到这里，谢天师抿嘴直笑。

小围裙看到谢天师笑，就过来骂。谢天师把小围裙拉到猪栏里，把大疯子讲的天话整套整套讲把她听。小围裙听后，什么话都讲不出来。过一会，只见两只小猪跳了老高，在猪栏里烦嬉，小围裙就拿了帚把打过去，讲：你笑！你笑！不该听的话你听，不该听的话你听！你个畜生，你个猪头，哎咿，真是个猪头啊！

过了些时候，汪家坞越来越多的人都晓得，谢家生了个白人，这个白人是白天神生的，是上昼神的儿子。谢家老小也分了两帮，一帮讲要求上昼神保佑，一起把白人带大来，带大来会把谢家带来财神，带来好运；另一帮讲，这个白人是天上的恶神仙到人间来打拼火打出来的，偷女人偷出来的，不应该带大的，想带也带不大的，不如早点做做掉。

到了做百日的日子，汪家坞姓谢的人差不多都到齐了。小人生是生得难看，总归也是姓谢的，大疯子讲满月不做的话，百日是一定要做一回的。别的亲眷不请，自己姓谢的人顶好都请来吃餐饭。

谢天师就托人寄信出去，要汪家坞姓谢的人，个个都来。刚帮白人做百日那天，谢天师顶小的两个儿子到大洲园许村那个仙姑洞里去看灵姑作法，讲什么都不肯来。后来怕老头子赶来骂，就偷偷摸摸连夜逃走。这两个人，一个是跟他学过看风水的小天师，也就是我的外公；再一个是小骆驼，也就是我的小外公。

等到两个人看灵姑作法作好，赶到洋田山谢家，只听家里两老坐在门口哭。

进去一看，家里好几十个人口，全部都笔笔直瘫地上，全部断气了。断气的人里头，顶小的就是那个白人，到人间来的寿命刚刚是一百天。

小围裙哭：要去让我老太婆先去啊，你们年纪轻轻怎么走得这么早啊！

谢天师哭：上昼神你作孽啊，你害我谢家几十条人命啊！

小天师和小骆驼两人帮衬把谢家人一起殡在屋后，想想这个位置风水究竟不大好，死掉这么多人，差点断种，就主张移位置歇。和娘老子一商量，两老都不愿意，讲还是要歇洋田山，要走你们走。就这样子，小天师和小骆驼两人歇到了洋田山对面梨树沟。后来我外公小天师成家，我的小外公小骆驼跟别人歇到了上佛堂边上的园底，到解放后再移到王谢。

谢家怎么样会灭得差不多断种，好像也没哪个要去弄灵清。有人讲是白人的老子，就是谢家老二，在做百日的时候把白人做掉了，得罪了上昼神，上昼神吹了口气进来，就把谢家几十口人灭掉了。厨房里还有谢家两老，本来想再吹一口气灭掉，后来想这两人天天上昼在大门口拜求他，也算是有良心的人，就舍不得再吹这口气，留了两条老命。

谢家遭难以后，身体本来就败掉的谢天师更加一天不如一天，过了没多久，就困在床上断了气。家里没钱，小围裙就到姓闫人家借了副棺材。事情办好，小围裙算了算，欠了姓闫人家好多白洋，这生世要还清都难。怎么办？活了还有一口气，还掉一个算一个，实在还不掉，再叫两个儿子接下去还。

小天师和小骆驼这两个儿子，茅棚是搭了梨树沟，人却是不大看得到的。两人就好比汪家坞的一对老鹰，一天到夜飞来飞去，娘老子想的事情，他们都没去想过。

汪家坞的天还没有亮时，小围裙就在那里砍柴火了；汪家坞的天黑下来时，小围裙还在山路上背柴火；汪家坞的月亮婆婆出来候夜时，小围裙还在洋田山上挖地铲草。

早上砍柴火的时景，小围裙边砍边咳边吐血丝，人家都没有看到。

夜晚边背柴火的时景，小围裙边背边咳边吐血丝，人家也没有看到。

夜里头挖山地的时景，小围裙边挖边咳边吐血丝，人家还没有看到。

到了那天夜晚，月亮婆婆的镜子照得洋田山雪雪亮的时景，小围裙一锄头一锄头挖地，越挖越有力，越挖越有劲道。挖地的时景，一大口一大口吐出东西，也不晓得是口水还是血水了。顶后头一锄头挖下去，挖到一截树根上，锄头拔也拔不出，一大口血水流出来，小围裙昏了过去，心头孔顶在锄头柄上，再也没有醒过来。

不晓得过了几天，有人到洋田山来挖草头药，看到苞萝地里歪着一个人，身上伏着好几只乌鸦。乌鸦扑腾腾飞走，过去一望，一个死人趴在锄头柄上，身上的肉差不多让乌鸦吃光了，只余了一副骨架子。

我很小的时景就晓得小围裙的名字。我姆妈和我爸爸一争口就喊：我规定要做的啊？我这生世就是做的命啊？我是小围裙啊？

小围裙的名字听多了后，有一回我熬不牢问我姆妈，小围裙是做什么的。我姆妈牙齿一咬，讲：小围裙喂？小围裙就命苦了。你晓得她怎么样死的？小围裙是做工夫做死的。

大疯子刚刚到汪家坞来的时景很老实，你没有看到他帮衬姓闫人家做事情，那个热心，那个客气，那副笑脸，就是家里养的牛呀马呀狗呀猫呀都没有这样遂你意。老得没有牙的闫天师一看到大疯子就阴间里还魂，笑吟吟讲：后生家呃，你看上我闫家哪个丫头对我讲啊，莫做客。大疯子也笑了，讲：我不贪你家的人么也不贪你家的钱，我做死做活也情愿。我是菩萨托梦叫我到你家来做好事，我帮你犁田就是你家的牛，帮你挑担就是你家的马，帮你候家就是你家的狗，帮你暖脚就是你家的猫。

谢家灭得差不多之后，大疯子到闫家来帮忙，有空就和大家谈谢家出事的缘故。大疯子说：我老早就叫他们小心，谢家人就是不听，叫他们不要挖大门口的地他们偏要挖，叫他们不要用洋钉钉板壁他们偏要钉，一心一意跟胎神过不去。还在房间里挂一张菩萨佬，女人一天到夜看那张白头毛白胡子的像，最后就生了个白人。谢家的白人连肉皮都白，这是上昼神在洋田山大松树上嬉的时光，看到谢家老二和女人大白天困觉生儿子，就把自己的力气附在谢家老二身上，打拼火生出这个儿子来。大白天弄出来的东西和我们夜晚头弄出来的东西是不一样的，浑身的毛和肉皮雪白。大疯子讲，我交代过谢天师，叫他好好把上昼神的儿子带大，他们家里人偏不听，偏要在做百日的时候把小人做掉，得罪了上昼神，上昼神一不高兴，就灭了谢家。

闫天师听大疯子讲了又讲，心里头越想越怕，就叫大疯子帮忙，莫去得罪神仙。闫天师码头跑得多，帮衬人家看风水算命，人间里的事阴间里的事也晓得不少，天上的事倒不太懂。后来闫天师小老婆也大肚子，就把求胎神拜胎神的事都交给大疯子来做。大疯子怎么讲，闫家人就怎么做。

小老婆肚子痛那天夜晚，刚好是七月半。大疯子在闫家堂前转了几个桶箍，讲：七月半是鬼投胎的日子。闫天师吓一跳，听是听讲过，真正的鬼投胎倒没见识过。大疯子讲：我只好到天上去一趟，求神仙帮忙，让天上的大人吓吓阴间的大人，只要今天夜晚不到你闫家来，以后的事情就好办。

闫天师拿出几个铜板给大疯子做盘缠，大疯子倒是没有踩着云飞到天上去，只见他在大门口点香拜天，嘴巴筒里叽里咕噜念了好久，一边念一边跳，吓得闫家人躲家里不敢出声。

闫天师小老婆肚子越来越痛，到了半夜，越叫越厉害。本来，小老婆要生了，听到大门外的声音比自己叫的还要响，吓得肚子里的儿子只往后退。到了后半夜，大门外的声音停了，实在熬不牢，肚子一挺，就把儿子生了出来。

闫天师听到房间里哇啊哇啊的声音一阵接一阵，晓得儿子生下来了，就出来寻大疯子。大疯子倒是不慌不忙，寻了块手巾抹抹汗，进来吃滚茶。闫天师讲：小人生下来了，要紧不？大疯子讲：我问过神仙了，神仙大人叫阎王爷候牢簿子，前半夜不让一个鬼逃到你闫家来。到了后半夜，是七月十六了，鬼也没有心思到你家来了。我也是肯出力，整夜里都不肯歇，硬生生求那里，到后半夜才肯歇手，只怕有些滑头鬼趁夜里黑逃进来。你放心，这下好了，天快亮了，什么鬼都不来了。你也不要谢我，要谢，就谢天上的神仙大人，是他在天上保佑你闫家。神仙眼睛亮得紧，他一眼就看到你家，把你闫家老老小小看得雪灵清的。

闫天师大老婆大围裙前面生下来的小人不少，带大的就有三个——有饭、有粥、有谷。顶大的儿子有饭都三十多岁了，有饭后头又生了四个小人——儿子笑用笑虎、女儿笑菊笑甜。现在家里又添人丁，闫天师翻翻家谱，还是按有字辈排，取了个名字叫有稻。

有稻来世间不久，就病了。他的病生得古怪，一天到夜像死去一样，不吃不哭，叫也叫不应。闫天师就想到大疯子，想到七月十五日子不好。讲是讲后半夜生的，究竟是前半夜还是后半夜，大家都弄不灵清。大疯子劝闫天师：你莫怕，你儿子是后半夜生的，是七月十六的日子，不会弄错的。

闫天师问：要真是七月十五生的，会怎么光景？

大疯子说：七月十五是鬼节，野鬼托莲花灯转世投胎到你家，那是要把你家害掉灭掉的。人家骂人的话你听到过没有？你个七月十五生的！这话就是专门骂害人精的。

闫天师也是跑码头看风水，帮衬人家算命医病的角色，今天轮到自己家里的事情也没有好法子。

大疯子讲：你儿子的病古怪是古怪，医还好医的。你家里生儿子，人家也想生儿子，阎王爷看人家叩头烧香比你家勤力，就可能会让你儿子转到人家家里去投胎。你要记牢，只要把儿子的魂留闫家，不让他游出去就没事。

当天夜晚边，闫天师按大疯子教的办法，请亲眷朋友里头的大辈，各人拎了一领草席，到大岭脚的三岔路口来。大家一起烧香烧纸钱，拜土地神，拜神仙大人。拜好之后，把草席往地上一放，用棍子噼里啪啦一顿打。打了以后再卷起草席，往闫家走。一路走一路打，一路打一路喊：有稻，回家噢！有稻，回家噢！

大家打草席打到闫家，叫魂叫到闫家，在外头游来游去嬉的有稻的魂灵总算回了家。

大疯子又寻了点草头药，煎把有稻吃。过些时候，有稻的病就好了。

有稻从小就顽皮，没让家里大人歇过力。没多久，又生了一场大病。大疯子过来把他仔细算了算，讲是命里和娘老子冲的。闫天师问怎么办。大疯子讲：那要另外认个老子，请个神仙啊石塔啊大树啊，都好。后来为便当，就寻了大岭脚三岔路口上的那棵大樟树做老子。有大樟树天天在大路上照应，有稻的身体就慢慢硬实起来了，毛病也不大生了。

听我爸爸和我姆妈讲往年事，顶想不通的是闫天师谢天师。这两个天师本来都是很有本事的，年纪轻轻的大疯子一来，什么本事都没了。看来，两个天师也只有照电筒的本事，照得了人家，照不了自己。

有好一段时光，天公不落雨，整个糠芯坞都断水。闫家在房前屋后打的几孔水井，全部燥光了，水桶放下去只听到桶底碰到井底响。门口溪滩里是汪家坞流下来的肮脏水，老早只用来洗洗衣裳，从不舀来吃，现在越流越少，木瓢都舀不起来了吃。

闫天师一天到夜叹冷气，讲年辰不好。大疯子也叹冷气，像是他也想不出办法。

后来，到处闻到臭气，是水里熏上来的臭气。

有天天早，不晓得哪个到门口水井里一看，吓得鬼叫连天逃回家，说是看到一条雪白的白蛇。大家再过去看，白蛇没了，水井很臭。

后来几个天早，每个水井都出现过白蛇。门口溪滩里，屋后水沟里，也有白蛇。糠芯坞的闫家人不光白天东西吃不下，夜晚头也困不着。特别是那些婆娘们，半夜里鬼叫连天，讲是做噩梦，梦到白蛇咬人，把脚指头吃掉了。

有天夜晚，闫天师就跪倒来拜大疯子，求他想法子。大疯子把闫天师拉起来，讲：办法有是有一个，只怕你不肯！

闫天师问：什么办法，快讲！

大疯子讲：先弄灵清为什么会出古怪事情。你晓得为什么？

闫天师问：为什么？

大疯子讲：只怕讲出来你不相信。

闫天师讲：快讲，我相信。

大疯子讲：你家里一个孙子和一个孙女，在猪栏里困觉。困得太阴作，害得糠芯坞里的白蛇精很难过，一条条都爬出来了。

闫天师摇摇头，讲：没有这样的事情。我家孙子孙女不会做这种事情的。

大疯子讲：我晓得你不相信，你跟我去望望看，现在恐怕就有这样的事。

闫天师跟了大疯子到猪栏里，听到里头是有很大的响动，就拿油灯一照，喂呀，你个畜生！闫天师开口就骂，还寻棍子打。他两个后代赶忙手捏牢裤腰带，逃得没了影。

闫天师望望大疯子，问：真是有这样的事情？大天师，大神仙，你讲讲看，有什么对策？

大疯子讲：姓闫人和姓闫人困觉生儿子，是很阴作的，不要讲白蛇精要难为你，就是阎王爷、玉皇大帝都要来和你闫家算账。弄不好，只怕你闫家要败掉！

闫天师问：那有什么办法？

大疯子讲：做了这种阴作不要脸的事，最好的办法是把两个畜生捉牢，当大家的面杀掉。人一杀掉，天上的神仙、地下的鬼精，就没哪个会来怪罪你，寻你的事了。

闫天师摇摇头，讲：我两个后代事情是做得出格，要捉来杀掉，下不了手。你看看还有什么办法。

大疯子讲：另外办法有是有，人不肯死，就用另外东西代。

闫天师问：什么东西？

大疯子讲：用畜生来代人。

闫天师问：怎么样代法？

大疯子讲：你闫家不是养了很多的牛啦羊啦猪啦鸡啦狗啦，把这个畜生东西都杀掉去，杀得糠芯坞血流成河，腥气满天，让天上的神仙啦、地下的鬼精都闻到气息，晓得你闫家动家规了，见血了，也一样不会来寻你的事。

闫天师听得心痛，讲：少杀点，就杀一两只鸡要不要紧？

大疯子听了不高兴，讲：你把神仙鬼精当小人家骗啊？交代不过去的！要么把两个人杀掉，要么把家里畜生全部杀掉！

闫天师还是肉痛，舍不得把家里养的畜生都杀掉。大疯子更不高兴，就顾自己走掉，离开了糠芯坞。

后来糠芯坞落了点毛毛雨，水不大臭，白蛇也望不到了。闫天师开始高兴起来，有天夜晚饭吃了二两苞萝烧，就坐在堂前唱山歌。

山歌唱了没有多久，就有一帮人冲进来，脸上统画得漆黑，像一根根的乌炭头。

闫天师望望堂前这帮乌炭头，都是古里古怪很陌生。后来听他们开口要钱，讲出来的话南腔北调，有安庆腔，也有江山腔、长宁腔。走到闫天师面前的，恐怕是头脑子，讲的一口江山腔，听上去和汪家坞人讲的不大一样，又好像有点熟悉。站在头脑子边上的一个强盗军师，身坯长短倒像是哪里看到过，就是想不出来。强盗头要闫天师把家里金银财宝统统拿出来，闫天师只顾拨浪鼓样摇头，讲家里一颗铜板都没有，都拿出去买田地买掉了。强盗头用手指了指，边上那些讲安庆腔、长宁腔的人，就把闫天师捆在柱头上，用马鞭子拿来抽，抽得闫天师身上红一条绿一条，一声声只叫老子娘。

强盗头不管闫天师鬼叫，只跟旁边那个狗头军师往房间里走。后来到闫天师困的床铺底下，用锄头挖开，拿出整麻布袋的白洋。一大帮乌炭头都跟随那只麻布袋往外逃，只有狗头军师不眼热白洋，到了门口头又想到什么，从身边一个乌炭头手上夺过一支火把，往闫天师家里一丢。没多久，闫天师家里就是一片火海，连屋后的那片山都烧上去了。

闫天师家里几十口人，只有有饭的四个子女困楼上，余下来的都让强盗赶到外面了，这些人一看家里着火，都往远的位置逃，只怕大火烧到自己身上。

后来还是大围裙叫大家快救人。那些做媳妇的顶没有良心，只顾自己逃，哪里听得见婆婆的话。有饭两公婆头一个冲进去，往楼上寻自己子女。老二有粥和老三有谷也拼命冲进去救人，正好让头上掉下来的两根大梁压死了。后来还是大围裙自己，一个老太婆冲到火海里去救闫天师。闫天师本来是捆在柱头上的，让屋梁上掉下来的木头板烧着了，身上的索烧断了，身体也烧焦，只有上半身还有几块像样的肉。大围裙把闫天师驮了背脊上往外逃，一路逃一路的火一路的烟，大围裙都不顾。大门让火烧塌下来了，一片大火，冲不出去，大围裙就往小门口走。等逃出小门外，整个屋都烧塌下来了，大围裙的头上都是火，头毛烧着了。等有饭在小门外寻到娘老子，大围裙的头毛全烧光，变成个光郎头，衣裳也烧得差不多，身上没有一块好肉。

一家人围牢闫天师和大围裙哭。后头把有粥有谷拖出来，看见他烧得乌炭样了，一家人更加哭得昏天黑地。大儿子有饭两公婆把大儿子笑用和两个女儿笑菊笑甜救出来了，小儿子笑虎也让火烧死了。有饭老婆一边哭一边骂有饭：你把两个丫头救出来做什么，先救儿子要紧啊，你以后要靠儿子养老的，丫头是要给人家的，你个死人呃，死人！有饭也是眼泪水答答滴，讲：我哪里想到先救儿子后救女儿，女儿离我近么我就先拉了女儿逃出来了，我哪里想到笑虎会烧死哩，老天！

闫天师的小儿子有稻还小，自己顾自己，也算留了一条大命。

一家人哭得实在吓人相，闫天师就骂：哭什么哭，统统不要哭了。天亮之后，大家都上山砍木头，在老位置再搭一个棚起来，闫家不要就这样败掉，我不在以后，你们还要把闫家的香火接下去。

有饭带一帮人一起上山，头一天就先搭了个小棚让娘老子歇进去养病。后三天，又搭了一个大棚，闫家就有了新屋。

闫家的粮草都烧坏，没几天好吃。屋后的山也烧掉，种的粮草也要没有了。顶倒霉的是，家里头的白洋全部让强盗抢走，只余几个媳妇私下藏的几个铜板，再就是她们头上耳朵上手指头上的那几钱银子。要讲头上耳朵上手指头上东西顶多顶值钱的，就是闫天师后来讨到家里来的那个小老婆小狐狸精，就是有稻的娘。她不光光身上戴的东西多，私下藏的东西更多。晓得闫天师年纪大，靠得了一时靠不了一世，老早往老头子身上鬼了很多东西下来。等到现在大家都想到这个人，想靠她的那些私房钱让闫家再兴起来时，这人再也寻不到了，连自己的亲身儿子有稻也不管。后来听人讲，她和大畈里一个贩茶叶的小老板早就要好，看闫家败，人也快断气，就索性逃出糠芯坞，跟这个男人过日子去了。

断气之前，闫天师交代大围裙一件要紧事，讲要把孙女笑菊拿给府里洪掌柜的孙子。大围裙总听闫天师讲洪掌柜的事情，晓得洪掌柜帮衬过闫天师，就是不晓得帮过什么事。在这个顶梢末的日子，大围裙熬不牢又问。闫天师浑身痛，笑眯眯地开口：这个洪掌柜啊，要是没有他，就没有我闫家发财的日子。今天闫家败掉了，我闫家也算是以前发过一回的，也不冤枉我做了一回财主。

闫天师讲，这事我总不肯讲，讲出来倒霉，今天败掉了，也不怕倒霉，不想瞒你了。我和外甥狗两人从江山到严州来，坐了船上的时景，就碰到一帮江山强盗，里面有三个头脑子，一个是长子鬼"肩胳裸"，一个是反手鬼"卡拉叠"，一个是拐子鬼"拷泊单"。这帮强盗抢了船上的徽州老板，我们想入伙不成，因为捡到一块乌玉，到严州府坐了牢。后来是洪掌柜帮忙才放出来。我们到汪家坞歇下来后，有一回我和外甥狗一起到洪掌柜店里嬉，看到三个讲江山腔的人到店里来当东西。东西当歇，有一个人讲府里某某财主人家有只老花瓶，是往年皇帝用过的东西，很值钱。三个人边讲边出门，顶后头一个拐子走得慢，还在后头叫："肩胳裸"！"卡拉叠"！听到这两声，我们都笑了，晓得这个拐子就是"拷泊单"。这三个强盗头，总算在日头底下看灵清了他们的脸孔。他们讲的是江山腔，府里人听不懂。哪晓得我们也是江山出来的，这些话全听进去了。这三人夜晚边肯定要去抢财主人家的老花瓶。究竟哪份人家呢？府里这么大的地方，财主人家多，哪个财主人家有花瓶呢？我们去问洪掌柜，洪掌柜笑了，讲：你们也想打这个花瓶的主意啊？听是听讲过，碧溪坞刘财主家有一只宝贝花瓶，不知道多少人想偷想抢都到不了手。刘财主家里长工多，个个都配了狗头铳，不小心还要送你命。那天天没有黑，我们两人就蹲了刘财主家的菜园地边上等，后面看长工过来查问，我们就躲到乌龙山的一个小山包上等，后半夜开眼一望，望到刘财主门口点了一大片的火把，照得和大日头一样旺。后来火把排了长队伍，往山脚位置追过来。没多久，就看到三个黑影上山，顶后头一拐一拐的那个，我们就认到是"拷泊单"，前头两个是"肩胳裸"和"卡拉叠"。长子鬼"肩胳裸"看火把追得越来越近，怕让他们追到，就寻位置藏东西，一寻就寻到我们身边的那棵大樟树。"肩胛裸"手脚很快,月光底下,只看他几下一扒就扒出一个大洞来,把东西藏进去,再用草盖好。"肩胛裸"很聪明,东西明明藏了大樟树底下,在乌龙山东头,人偏往山西头逃。举火把的人一串串只往西面追,越追越远,顶后头,只听叭叭叭几声铳响。我和外甥狗怕碰到那帮人,让人家当强盗抓去,就主张往东面逃。我打了个小算盘,叫外甥先逃,我在大樟树底下做个记印。等外甥走出没几步,我就把东西挖出,另外寻个位置藏好,再飞快地追上外甥。到了第二天夜晚,我们两人上山寻东西,到大樟树底下一挖,东西没了,外甥狗气得要命,刚要走,只听下面有人追来,外甥狗脚下一滑,从山顶滚了下去,滚了个半死。天亮时,我把他背到一份人家里养,养了些时候,再让他自己回家。就是他养病的那几天,我寻了一个背篓,装成挖草头药的样子寻到那棵大樟树,再往北面走二三十步,有一块石塔,石塔后有一堆草丛,我的东西就藏了草丛里头,大半截在泥里,小半截还在外头,上面用草盖着的。我把东西拿到洪掌柜家,洪掌柜一望,就晓得我得手了,讲:多少强盗头、山大王想这样东西都没有想到,有好几帮人死在刘财主家的狗头铳底下,听讲江山那三个强盗头,也报销了。我怎么都没想到,你闫天师这样没用的人,动动嘴皮子骗饭吃的人,会有这样的福气,该当你要发财啊!洪掌柜要我把东西卖把他。我问卖多少,他讲东西是值钱,我还要转卖另外人家,怕官府来查,不好多给你钱,就算几百块白洋好了。就这样子,我背了一袋的白洋到糠芯坞,慢慢买了山,买了田地,家就发起来了。后来听洪掌柜讲,那个花瓶卖是卖掉了,买去的人让人家告发,去掉好多银子才没让官府捉去,赔掉不少银子。洪掌柜说他也贴进不少,要我赔他一些。我不晓得他讲的是真是假,就是没给。后来又听讲,洪掌柜生意越做越差,恐怕是没有挣到大花头。只有我一个人好,在糠芯坞过好日子,天天吃酒唱山歌。有空时景想来想去,就是对不住两个人:一个是外甥狗谢天师,现在谢家早就没了,我也不去管他;再一个对不住的,就是洪掌柜。不管他讲的话是真是假,顺反没有这个人我发不了财,做不了财主。有一回我到府里请他吃酒,就答应他要把孙女嫁给他孙子,两人做亲家,我还要拿十亩田出来给孙女做嫁妆,洪掌柜听得很高兴。眼目下看起来,送十亩田是不能够了,把笑菊嫁给他孙子,还是应该的。我闫天师这一生世下来,也总算过了几年好日子,就是现在断气了,我也情愿了,也该谢天谢地了。欠洪掌柜的这个情,还是要还的。

闫天师断气断得慢,等身子烂去烂去,烂得很臭了,才闭上眼睛。

有饭的女儿笑菊还只有一点点小就嫁过去了。洪掌柜看到笑菊,也没有高兴。他嘴里只顾记挂那十亩田。没有十亩田,他高兴不起来。

这事怪不得闫天师。闫天师人不在了,家也败了。外面那些田地,已经分给四个儿子,每个人名头上的田地不算多。闫天师过世后,有好几帮人到家里来讨债,还拿出闫天师写的欠条。闫家几个儿子不肯，后来一连打了几场官司，那些田地就都慢慢给磨灭掉了。

最后，闫家人又走了老路，开始租人家的山种苞萝，日子也越过越难。

家分掉后，大围裙做了孤老太婆，没人管了。两个儿子自己养自己都吃力，不肯养老太婆。大围裙有骨子，不愿意赖在糠芯坞讨人嫌，就拿了只破饭碗，笃了根毛竹棍，从糠芯坞一路讨饭出去。

开始一些时光，大围裙还总是到汪家坞、长宁、隐将讨饭。后来大家总笑她说：喂呀，这个不是往年一天到夜坐轿子坐吃力就要吃别直参的大围裙么？现在怎么变讨饭婆了？

后来她就不去汪家坞，不去长宁，不去隐将讨饭。要讨就寻远路位置，寻往年不大去的位置，寻不大有人认到她的位置。

大围裙究竟讨饭讨了多少位置，恐怕没有人去点过，也没有人去问过。一直到大围裙死掉很长久，才有人谈起这个人。

有一年冬里头雪落得很大，地上的雪堆得很厚。大围裙不晓得从哪里讨了个火熜，一路讨饭一路烘火。满山满地都是雪，也看不大灵清哪里是路哪里是沟。有一回走到十八都沙毛岭脚，不小心踩到田沟里头，一头栽下去，就没有再爬起来。等到过年过歇快开春了，雪化掉，大家才看到田沟里有个老太婆，手里捏了把火熜，死掉好两个月了。有好心人把她抬到沙毛岭脚殡掉了。长宁园里的人慢慢就把大围裙忘记了。只有到了大人家骂小人的时光，还要把大围裙拿出来讲半天，骂半天。这个时景，大家才想起世界上有过一个名叫大围裙的往年人。

我倒是很小就听说过大围裙。我姆妈骂我的时景，就是这样一套一套，讲得很煞手：你不去做不去做！你个懒病骨头懒病骨头！规定你嬉我做的？规定你是大围裙嬉嬉死，我是小围裙做做死的？

你望望看，不光光大围裙总让我姆妈骂，连我都从小跟了大围裙一起骂进去了。

大疯子刚刚到汪家坞来的时景很老实，你没有看到他帮衬我们姓汪人家做事情，那个热心，那个客气，那副笑脸，就是家里养的牛呀马呀狗呀猫呀都没有这样遂你意。老得没有牙的我太爷爷一看到大疯子就好比吃了别直参，笑吟吟讲：后生家呃，你看上我汪家哪个丫头对我讲啊，莫做客。大疯子也笑了，讲：我不贪你家的人么也不贪你家的钱，我做死做活也情愿。我是菩萨托梦叫我到你家来做好事，我帮你犁田就是你家的牛，帮你挑担就是你家的马，帮你候家就是你家的狗，帮你暖脚就是你家的猫。

大疯子到我们汪家来做事没有多久，屋后坟头里的白鸟就飞出来寻事情了。

我太爷爷歇的位置是在汪家坞大岭口对面山脚底那块平地上。屋后本来就有一棺老坟，歇这么长久，死人歇的屋和活人歇的屋倒也不相干，两家自己顾自己过日子，都好端端的。不晓得什么缘故，有一天早上，有两只白鸟在这棺老坟上飞来飞去，一下停在坟头顶，一下停在我太爷爷家屋顶。不光飞来飞去，还叽叽喳喳吵个不歇，好像有人犯了它们什么事，它们有很多的话要同我们说。

头一天，我太爷爷听了吵耳朵，捡块石头要去赶白鸟。大疯子看到就来劝：莫丢莫丢，丢了要惹到鬼精的。我太爷爷哪里听得进，一块石头丢过去，两只白鸟飞开了。过一下，坟头窝里飞出四只白鸟来，叫得更加稀奇。

第二天，我爷爷听了吵耳朵，又捡了块石头去赶白鸟。大疯子看到又来劝：莫丢莫丢，丢了要惹到鬼精的。我爷爷哪里听得进，一块石头丢过去，四只白鸟飞开了。过一下，坟头窝里飞出八只白鸟来，叫得更加奇特。

第三天，我大爷火筒听了吵耳朵，又捡了块石头也去赶白鸟。大疯子看到又来劝：莫丢莫丢，丢了要惹到鬼精的。我大爷火筒哪里听得进，一块石头丢过去，八只白鸟飞开了。过一下，坟头窝里飞出十六只白鸟来，叫得更加奇特。

我们汪家老老小小再也不敢去赶白鸟了。我太爷爷我爷爷我大爷他们都相信大疯子的话了，都说这些白鸟是丢不得，丢了要惹到鬼精的，就都问大疯子：为什么丢白鸟要惹到鬼精？

大疯子心好，就对汪家人讲：这些白鸟不是一般的鸟，你看它们一身的白毛，就好像白鹅一样齐整，就是个头比白鹅小，叫起来的声音比白鹅古怪。这种白鸟是鬼精变出的。鬼精要变这种白鸟是想变几只就几只，你们做人的哪里吃得消鬼精？跟鬼精作对，只怕你汪家没有好果子吃。

那我汪家人就问：为什么鬼精要寻到我汪家来，还从坟窝里出来？

大疯子讲：我仔细算了算，这种鬼精恐怕是山里的白鳖精变的。要讲白鳖精为什么到你汪家来寻事，我讲出来只怕你不相信。

我太爷爷我爷爷熬不牢问：怎么讲？

大疯子讲：这个白鳖精是你汪家人生出来的。

我太爷爷我爷爷眼睛乌珠都要滚出来了，哪里相信，讲：我汪家人生出这种鬼精来？

大疯子望了望我汪家那些后代，又问我太爷爷：你汪家人里头，肯定有人到山上拖女人困觉了。有，还是没有？

我太爷爷讲：你是说汪家人白天头到山上拖女人，才生出鬼精来？

我爷爷也懂，讲：和谢家一样的事。谢家是到山上和女人困觉，让上昼神一起困了女人生出白人来了。为什么我汪家生的是白鸟？比谢家人还不如？会不会是下昼神做的事？

大疯子把嘴咧开笑了一下，又收拢来讲：你懂的事倒不少。我对你们讲，你汪家生出来的不是白鸟，是白鳖精。这个白鳖精不是上昼神帮的忙，也不是下昼神帮的忙，这个里头有大缘故。

我太爷爷把眼睛乌珠对牢我汪家后代身上一个个滚过去，顶后头，就滚到我汪家的半老头子狗能跑身上。狗能跑一望我太爷爷的眼睛，就吓得身子晃动，站都站不稳。

狗能跑做了好多年和尚，日子倒很好过。后来到上马庙里吃回春汤吃得多，让七太太嬉得半死，爬到汪家坞快断气了。我太爷爷一看，喂呀，这个狗东西背脊驼，头发白，老得好做我爸爸了，浑身上下只余了三根骨头两根筋。我太爷爷骂了他半天，怪了他半天，后来看他实在可怜，就把狗能跑拖到家里，天天上山挖草头药给他补身子。我太爷爷的药也真古怪，吃下去比别直参还灵。过了些时光，狗能跑身上有了阳气，会到处走来走去嬉了。

我太爷爷怎么样都没有想到，这个狗能跑身体一好，老毛病又犯了。你望望看，今天让大疯子一讲一个准，还真是到山上拖过女人。

我太爷爷逼问他，狗能跑没法子，就老实讲：我到山上困过女人是不假，那我都是阴天公做的事，我想总不会有上昼神下昼神来揩油的，哪里想到还会有这样的事？

我太爷爷一个大巴掌就甩到狗能跑脸上，狗能跑就呃呀呀呃呀呀，哭得很伤心。

大疯子讲：晴天公有晴天公的事，阴天公有阴天公的事。晴天公困女人，有上昼神下昼神打鬼主意；阴天公哩，神仙不打主意，山上的鬼精打主意。鬼精都是和鬼精生后代的，他们也想和人生后代，过过人的日子。

我太爷爷听得吓坏，问：人到山上困女人，就会和鬼精一起生出来白鳖精来？

大疯子讲：那倒不一定，顺反是到山上困女人，就有鬼精等着吃果子，果子下肚就生白鳖精。

我爷爷问：什么果子？

大疯子眼睛白了一下狗能跑，问：你想想看，你拖女人时景，是不是不小心把那泡东西漏到地上去了？

狗能跑讲：那泡东西？是哩，我和女人弄出来的那泡东西，不小心漏出去了，漏到地上去了。

大疯子把嘴巴筒翘老高，讲：啧啧啧，啧啧啧，你望望看，你望望看，我没有讲错哇？是漏出去了哇？那泡东西是生人的东西，好这么大方漏到地上去的？好把东西留给山上的鬼精的？山头上有多少鬼精啊，有多少鬼精想和人生个后代，过人的日子啊？母的鬼精把那泡东西装到肚子里，就生出白鳖精害人来了。

我爷爷也埋怨比他大一辈的白头发老头子狗能跑，讲：你拖女人就拖女人好了，怎么要把那泡东西漏出来哩？

狗能跑哭了一半停下来，一拍大腿，讲：老天，我也冤哪！我做这事么也算小心了，哪里会情愿把那泡东西漏下去哩，老天！在山上拖女人也有规矩的，我们钻到柴火林里的时光，都是在路口子上插青的，不是插了毛竹桠，就是松树桠，插的时景还要打个叉叉子。到山上来砍柴火的人，一望到路口子上打叉叉的树桠枝，就晓得里头有男人和女人在做事，就不该进去的。哪晓得也有不懂规矩的活鬼，那天我和一个女人在树林里做事，刚做到一半，就有人冲进来，还用力叫了一声，吓得我们浑身发抖，一下子就把那泡东西漏到地上去了。

我太爷爷听了也有气，讲：那个人也真是不识相，看到路上插青么也不该进去，山上人么都该懂规矩的。

听到我太爷爷帮衬讲话，狗能跑更加哭得厉害，一边哭一边讲人家没有道理。

我太爷爷就骂狗能跑，讲：你个狗能跑么也真是，人家不懂规矩你该懂规矩，插了青还有人进来管闲事，你就马上拿出柴刀来劈他，叫他下一回还敢不敢进来喏？！

狗能跑又哭了，讲：我也晓得该用柴刀劈，顶好用斧子劈，还要用箭射。你晓得，我实在是力气不够，让他一吓，吓得我浑身骨头都发软，哪里还有力气冲过去劈哟！等我好不容易站起来，一望，那个人老早望不到影子了。

大家都在摇头，摇到不想摇了，就都把眼睛乌珠对牢大疯子大神仙。

大疯子讲：你们这下都弄灵清啦？狗能跑把那泡东西漏到地上，老早等在地上的母鬼精就把那泡东西装肚子里去了，本来想生个人样的东西出来，哪晓得，生出来的东西人不人鬼不鬼，就把白鳖精生出来了。

我爷爷就问：我在山上做工夫这么多年，怎么都没有碰到过白鳖精哩？

大疯子眼睛乌珠一白，讲：白鳖精好随便让你碰到的？碰到也不是什么好事呀？

我爷爷就问大疯子：这个白鳖精究竟生得怎么样？

大疯子把眉毛皱得铁紧，讲，喂呀呀，这个白鳖精就厉害了。你问白鳖精的样子啊，就生得古怪了。看看像一只鳖，颜色是白堂堂的。背脊上和乌龟壳样铁硬，头上不一样，它头上还生了牛角羊角；两边也不一样，两边生了翅膀，会飞到天上去，你望不到它它望得到你。它专门在你望不到它的时景，请你一家伙，害你一家伙。

我爷爷又问大疯子：白鳖精用么手段害人哩？

大疯子讲：白鳖精害人的手段就厉害了。它嘴里头藏了一把弓，想害人时就射你一箭。

古怪的是它射的箭和人家不一样，它的箭是嘴巴筒里头的黄泥沙。它把黄泥沙藏在弓上头射过来，射得你身上生毒疮，哪下死都弄不灵清。还有些本事的人，一望到白鳖精要射箭了，就躲到一边，躲过去就好。哪晓得，这个白鳖精射箭不瞄人的身上，它只瞄牢人的影子射。你想想看，它把一嘴巴筒的黄泥沙射到你影子上，你躲得过还是躲不过？

我太爷爷讲：真恶毒。

我爷爷也讲：白鳖精真恶毒。

狗能跑只晓得哭，还和大家讨饶，讲：你们不要怪我恶毒，是我儿子白鳖精恶毒，不是我恶毒。

我大爷火筒和砚瓦就骂：你儿子恶毒就是你恶毒！

狗能跑讲：我，我，我，我哪里晓得自己会生出这样个鬼东西来哩！我哪里晓得自己会这样不小心哩！你们对我讲，白鳖精在哪里？我自己生的东西我自己去灭掉去，不怪天来不怪地，我只怪我自己，好不好？

我太爷爷问：白鳖精在哪里？

我爷爷问：白鳖精在哪里？

大疯子望了望屋顶上的白鸟，用手指了指，讲：喏，这些白鸟就是白鳖精变的。

狗能跑问：白鸟怎么会是白鳖精变的哩？

大疯子讲：白鳖精厉害哩，它会七十二变，会钻山洞，会游水塘，会飞老高，会用黄泥沙射人，这些还不算，还会变来变去，变出一堆白鸟来，慢慢把你们都害死为止。

汪家老小都吓坏了，看着这些白鸟想不出法子。大家仔细看看，都讲这些白鸟越看越像白鳖精，都讲这些白鸟圆脸圆身，真是白鳖精变出来的。

我太爷爷问大疯子，要用什么办法灭掉白鳖精，灭掉这些白鸟。

大疯子用手指头掰来掰去算半天，后头讲：办法不是没有。你们想，白鸟是白鳖精变的，白鳖精是狗能跑和野女人生的。只要把狗能跑和这个野女人捆起来，推到火堆里烧掉去，白鳖精呀白鸟呀没有了娘老子，就活不长久，慢慢就会自己灭掉。你们索性把火堆烧大点，弄不好白鳖精和白鸟看到娘老子在火堆里烧会来救的，来救的时光，大家用扁担锄头打过去，让它们一起烧掉算数，省得在这里害人。

狗能跑一听讲要把自己捆到火堆里烧，吓得屁都放不出来。大家都把头转过来往狗能跑脸上仔细望，都在想要不要把汪家这个顶没有用的家伙烧掉。狗能跑见大家望牢他脸孔的样子很吓人，大腿上抖了几抖，就赶紧往前面那条山路上逃。

大疯子大叫一声：你不要逃！要把你放火堆里烧！

狗能跑听到更加吓坏，逃得更加快。

大疯子往人家身上抢了把柴刀，飞快追过去，追得狗能跑和野狗野鸡样满山乱飞乱跳。

这个狗能跑本来也是半老头的样子，平常日子走路都走不快，实在没有什么力气。今天逃命要紧，不晓得哪里借来的力气，逃得连大疯子也没有马上追到。

我太爷爷看大疯子要杀狗能跑，就对牢大疯子喊：不要杀狗能跑！

大疯子气急拉乎，边追边喊：要杀狗能跑！

我太爷爷一声接一声，拼老命叫：不要杀狗能跑！

大疯子对前面狗能跑讲：听到没有？大家都讲要杀狗能跑！今天一定要把你杀掉，看你个狗能跑再往哪里跑！

狗能跑跑啊跑，跑到山头顶上，一口气上不来，站在山顶上停牢了。

身后的大疯子把柴刀举了老高，朝狗能跑头脑壳上劈过来。这把柴刀恐怕也是砍柴砍得太多，有点钝，怎么砍都砍不死狗能跑。大疯子砍狗能跑的头脑壳，就好比砍一块老柴火桩一样，砍得轻砍不碎，砍得重连刀都拔不出。大疯子一火，就懒得去拔那把柴刀，把狗能跑整个人像拎毛鸡一样举了头顶，往山脚底很深的一个大沟里掼了下去。

只听轰隆隆一连串响，顶后头是轰一声，就无声无息了。

大疯子还不放心，又连滚带爬地往狗能跑滚下去的位置追，一直追到狗能跑身边，看到狗能跑像一只死狗样笔直躺在沟里，头脑壳上还是砍着那把柴刀。

柴刀边上的血红彤彤的，刀口比早先松了许多。

大疯子走过去把柴刀拔出来，头脑壳里头的血又流了些出来。

狗能跑再也不会跑了，大腿上的裤子滚得粉破。

大疯子看狗能跑两条大腿叉在那里，想到狗能跑身上一样要紧东西，就用反手往他裤裆里抓出那根东西，顺手用柴刀割红薯藤样把它割了下来。

狗能跑的那根东西还真是长，生得像块长红薯。

大疯子就是手里举着这块长红薯的时光一下子变了一个人。

他一边把长红薯举在头顶，一边往山头顶上赶来的那些汪家人叫：割下来啦！割下来啦！狗能跑，狗操的！割下来啦！割下来啦！

叫了五六声，看样子还没有过瘾，一下子就不叫了。为什么？大疯子想到了什么事情，又走到狗能跑身边，把他大腿扒开看，就看到了大腿肉上生了一只细细长长的黑蜂子，活龙活现，好像就要飞到树林里去。

大疯子呆掉了，疯掉了。他把顺手的柴刀一丢，反手的长红薯藏到狗能跑大腿弄里，眼泪吧嗒吧嗒又哭又喊：老天啊！我把我爸爸害掉了！老天呃，我杀了我爸爸！

站在山头顶上的一帮汪家人，看到大疯子在山脚底疯了，都想下来看看到底出了什么事。就山太高，路难走，想另寻条路。就在那时，后面有人喊，说汪家房屋烧起来了。我太爷爷我爷爷往山后头一看，自己家的屋烧得绯红，一片蓝烟往山上滚过来。望到这个场面，汪家的大人吓得又滚又爬，爬到家门口时景，大家都看呆掉了，都没有想到要救火抢东西。

没有逃出来的四个小人，都烧死在屋里头。三个小人，叫不出么名字，一个老人，就是我们汪家顶会顶强顶能干的女人，我的太奶奶。太奶奶年纪大不大会走路了，还要进去抢东西救小人，最后连自己都烧死在里头。

还有一个从山上赶下来的人，也钻到火堆里去了，说一定要把汪家的后代救出来。大家一看，是我太爷爷。

我爷爷喊了几个人，都拎了水桶冲进去，一边泼水一边救人。

我太爷爷救出来了，用也不大有用了。火烧得太厉害，我太爷爷的下半身都烧坏了，走路也不能走，整个人一下子就没有了神气，好像让鬼惹到过一样。

大疯子杀了我汪家人狗能跑，本来应当杀人抵命的。我汪家老祖宗自己都顾不了自己，也没能顾得上狗能跑的事。再说，大疯子疯了，疯得什么事都不晓得了，人家更不愿意去管他。

过了许多天，才有人提起大疯子。人家说，大疯子在狗能跑身边哭了三天三夜，后来把大疯子的尸首背到岗外山上一个平地里殡掉了。还天天到坟头上去，对着黄泥里头的狗能跑又哭又拜。

狗能跑本来就歇岗外，最后一段时光歇了我太爷爷边上的披间里养身体。等狗能跑一死，大疯子就把光棍佬狗能跑的茅棚屋重新料理了一下，自己歇进去了。

大疯子歇到狗能跑屋里去后，整个人就变了。往年天上地下的事情很灵清，以后就都不灵清了；往年大家都讲他是大神仙，以后再也没有人叫他大神仙了。

大疯子自己再也不提往年的本事，往年的事体。他就和汪家坞这些顶没有用的汪家人一样，怎么看都看不出有什么大本事。从那以后，大疯子天天都在汪家坞做工夫过日子，连山脚底下的糠芯坞啊长宁啊都不愿意去一趟。他歇在他爸爸狗能跑的老屋里，候着他爸爸狗能跑的坟头，老老实实做了狗能跑的一个好儿子。

我从小听我爸爸我姆妈讲过汪家坞的好些事情，就是从来没有听讲过狗能跑和大疯子的事。要不是这次我存了心要追根问底，我这一生世都不会晓得，汪家坞里有过这样稀奇古怪的事。

第九章 五百只白鸟和两只金凤凰

我们汪家屋后本来只有两只白鸟，一块石头丢去变两只，两块丢去变四只，三块丢去变十六只。一场大火烧掉我们汪家一堂屋，还有四口人，哪想到，十六只白鸟又变出五百只来，天天在汪家屋基后坟堂里飞来飞去，飞得我太爷爷我爷爷我大爷心头孔一天到夜扑扑跳。想来想去没有主意，大家还是舍不得这个旧屋基，汪家的新屋就这样动了手。

我爷爷请大疯子看风水请不到，谢天师的侄子、我外公小天师拿了只罗盘来比划。小天师平常不待家里，总在汪家坞旁边一个桶箍的村坊里，王谢啊大洲啊长宁啊罗村啊徐洪啊黄盛叶家啊那些位置飞来飞去，你要寻他的人就比寻天上的老鹰还难。亏得好那几天他没有生意，待家里没事做，听说汪家人要造屋，就拿了罗盘来比，比了半天，对我困床上的太爷爷、还有床边的爷爷说：你家这个屋基不差，不是越来越差，是越来越好，这个位置有五十年的风水。你们在这里歇了二十来年，起码还有三十年的好风水。再过三十年，风水恐怕要变，你们顶好调位置歇，不换位置，恐怕要遭难。

我太爷爷说：三十年以后的事莫管，眼目前的事情要紧。大家都讲屋后坟堂里的白鸟飞得古怪，讲这里风水不好，怎么你偏偏讲风水很好，是不是没有看准？

小天师说：哪里会没看准，我看了这么多人家的风水，都没有今天看得准。你望望，反手有水沟里的水流到你门口，门口有一个小水塘，顺手边有一条大路从岗外过来，后面是块高山头。这种风水，书上都有记载，呆板要发财，要发人的。这场大火差是差，也是命里注定的。只怪门口那个水塘不够大，要挖大些，就不会有这场大火。以后日子好过了，还是要当心，要当心火。顶好还是把水塘挖深挖大来，才保得牢你汪家的好风水。屋后的白鸟，我仔细望了望，和大疯子的说法有些不同。照我看，这种白鸟不是白鳖精变的，倒是白羊精变的。它们头脑壳上都生了两只小角，那不是羊的角是什么角？

我太爷爷我爷爷我大爷都把眼睛乌珠滚了滚，问：白羊精？

小天师讲：白羊精会害人，也会帮人。你们晓得什么叫白羊？白羊白羊，不就是白洋么？

我太爷爷我爷爷我大爷把眼睛乌珠又滚了滚，问：白洋？

小天师讲：我不晓得白洋在哪里，你要问我倒真没这个本事教你们。我要晓得，我自己老早去寻了。顺反一个理，你汪家屋基不差，新屋造这里，慢慢会发起来的，山上的苞萝红薯茶籽桐籽会越来越多，不就是一块块白洋飞到你汪家来么？

我太爷爷我爷爷我大爷听了，都把眼睛乌珠藏进眼睛皮下，笑眯眯笑眯眯地看牢小天师，都夸他会看风水。在旧屋基上造新屋，就这样定了下来。

第二天，我爷爷就请了一个石匠师傅来量屋基。这回造的新屋，大小和旧屋一式一样，石匠师傅在老屋基的四只角上钉了四根木头桩下去。四根木头桩中央还拉了线，线边上撒了石灰粉，撒出四根白线。这四条白线，就是四根墙基。到时候，只要对牢白线挖下去，挖深挖阔，再砌起石头块。石头块砌得比平地高出半来尺，再在上头捣黄泥墙。

我太爷爷路都走不动，歇旧屋边上临时搭出来的小棚里，吃饭都要人喂。听说用石灰粉撒了白线，也想出来望望。我爷爷就把我太爷爷背在背脊上，让他在老屋基上慢慢看。一个桶箍看下来，很高兴。顶后头，望了望屋后那棺坟，就望到坟堂边飞来飞去的白鸟，头脑壳一阵阵地痛。我爷爷听我太爷爷说头痛，就把他背到小棚子里困觉去。

我奶奶天亮边爬起烧天早。我爷爷困不着，也老早爬起去看屋基。一看，吓一跳。昨天用石灰粉撒的四条白线，只余了三条。靠牢坟堂的那根长的白线，一点都看不见了。

汪家人吓坏，不晓得这堂屋造得造不得。我爷爷把小天师请来，叫他再帮衬一回。我太爷爷困在毛竹交椅上，对小天师说：我昨天望望不对，只怕坟堂里的那些白鸟要出来害人，只怪这堂屋离坟太近。依我讲两个方案，一个是另外寻位置，不要在这里造新屋；二个是往前头退，离坟堂远点，省得那些古里古怪的白鸟来闹事。

小天师到坟堂里又转了转，对我太爷爷摇头，说：莫，莫另外寻位置；莫，也莫往前头退。

我太爷爷讲：只怕又出事！

小天师讲：屋基改是要改的，不是往前头退，依我讲，应该往后头退。

大家都问退到哪里。小天师讲：退到坟堂过。你们想想看，眼目下汪家坞的人口越来越多，到你家门口来来去去的人也越来越多。你家门口是汪家坞要紧位置，从大洲七坞过来的，从花桥杨家过来的，从糠芯坞长宁园里来的，从徐洪西叉坞王谢那些位置来的人，都要往你家门口过。老早的那条路，小了点，也挤了点。还有门口的天井坪、倒炭基①，

① 天井坪：门前积水通水的天井，泛指屋前的开阔地。倒炭基：房子外面用于倒炭、晒谷的平地。

都小了点。以后要把门口路做大，把天井坪、倒炭基位置留大，就要把屋基往后头退。老屋基离坟堂还有一丈远，新屋基呢，索性就靠牢坟头，屋基就挖坟堂过。你们不是怕白鸟么？把坟堂一挖，恐怕白鸟就不来烦你们了，再也不会来闹事了。

我太爷爷我爷爷听小天师讲得有点道理，也就由小天师做主，重新撒了石灰粉，画了四条白线。这回画线，不光光石匠师傅动手，还有小天师在旁边作法赶鬼。钉了四只角上的木头桩上，还用红纸写了"甲""乙""将""军"四个字贴上去。

帮衬做工夫的人来了，大家看小天师交代我爷爷做事。我爷爷拿出一只大的木头脸盆出来，里头装一只大猪头。装猪头的脸盆放在两根长板凳上，边上还摆了一瓶酒和两只酒杯。我爷爷照小天师教的样子，点了香拜天拜地。拜好后，小天师对牢大岭口子上的那片天念了一通经文。念好之后，小天师把石匠师傅和木匠师傅叫到屋基中央一块木桩边。木桩上贴了一张红纸，红纸上写了"姜太爷爷在此百无禁忌"一排字。两个大师傅在木桩边挖了几锄头，新屋就开始动工。

汪家坞里，不管姓汪姓谢姓须的人，平常日子有来去的，今天都来帮忙。帮忙也不要你工钱，只管一餐中午饭就好。等到这些人家也造屋还办事，你也去帮衬他几工，还这个人情。

照小天师新画的白线挖屋基，挖得很顺。那两天，坟堂里的白鸟不晓得躲哪里去了，人家说小天师的本事大，什么鬼啊精啊都没有胆出来。那些来帮衬做工夫的人，都说下一回自己造屋，也要请小天师来作法。

屋基挖得快，四条白线底下的屋基挖得越来越深越来越阔，就是余了坟堂上那截白线，哪个都不敢去碰。说是来帮忙，顶忙的事是不帮的。你想想看，挖人家的坟哪个敢挖？挖坟是有罪孽的，不是自己家里造屋，没人下手。就这样子，你推我，我推你，顶后头，也只有我爷爷自己动手。

早先，我们汪家男人不少，我太爷爷、我爷爷、我小爷爷都是正劳力，到山上挖火地种苞萝，都是一起去的。人家看我们家人做工夫，都说劳力多，不发都困难。等我们家旧屋烧掉要造新屋，做工夫的劳力一下子少了很多。我太爷爷让大火烧坏，动都不会动了；我小爷爷哩，讨老婆以前就吵了要分家。在旧屋烧掉之前，就自己搭棚歇到大岭口子东边那块位置去了。分了家以后，他总是在外头帮衬人家打零工，带便寻老婆。等我爷爷动手造屋要请人帮忙的时景，这个亲兄弟倒没有到场。

我爷爷望了望边上帮衬做工夫的那十几个人，听到他们一片喳啦喳啦的挖地声，就走到坟堂上，朝那棺坟仔细望了望。心里怕是有点怕，要造新屋，也管不了那样多。嘴巴筒里丢下来一句"对不住了"，把锄头举了头顶，就照白线上一锄头挖下去。

坟堂上的泥比另外位置松，我爷爷一锄头一锄头挖下去，老早把坟头里头的吓人事忘记掉了，挖得很遂意很顺手。慢慢地，就在坟堂里挖出一根沟的样子来。

越挖到下面，黄泥越松。我爷爷挖得高兴，就把锄头举很高，用力一锄头下去，只听到当啷一声，喂呀，什么东西？用手去一摸，就摸到一把铁硬铁硬的硬货。

什么东西？整把的白洋！

不得了！坟堂里有整把整把的白洋！

我爷爷吓得心里扑扑跳，头脑壳上汗直冒。刚刚叫了声喂呀，不晓得人家听到没有。往后头望了望，还好，大家都是做工夫的老实人，都顾自己挖屋基，只怕比人家不尽力，让人家讲自己偷懒，中午的酒肉饭吃下去对不住东家。

我爷爷用黄泥把挖过的位置重新盖好，手盖过又用锄头盖。

盖好以后，又望望边上一帮人，头上的汗不晓得哪里来的，冒个不歇。

望望日头还很高，中午饭吃掉，工夫还做了没有多久，怎么办？

我爷爷皱了眉头，嘴巴筒歪那里，顺手捏拳头，直打心头孔。

我奶奶望见我爷爷古怪，就过来问：你怎么样啦，不挖啦？

我爷爷问：夜饭烧好没有？快点烧哩！

我奶奶骂了，讲：现在还是什么时辰啦？吃夜饭，你中午没有吃饱啊？

我爷爷哭不是笑也不是，不晓得怎么跟我奶奶讲，还是捏了顺手的拳头，往心头孔里打。

我奶奶望了更加古怪，问：怎么啦？是不是身上哪里不舒服啦？

我奶奶问的时景，边上也有几个人盯牢我爷爷看。我爷爷望了望我奶奶，想到一个主意，就顺了我奶奶的话讲：呃，心里难过，不晓得怎么样，挖人家坟堂，就不舒服。

听我爷爷这样说，大家就都把锄头放下来。我爷爷交代大家，讲：要不，今朝大家就早点歇夜，明朝再来做。我今天夜晚边再拿猪头来拜拜，不多拜几下不成功。

大家就都放了锄头，转身回家。有人讲，今朝事情有点古怪，做了一半就不做了？有人说，没有什么古怪的，挖人家坟头总不是好事，头痛心痛身上痛是少不了的。亏得好我没有去挖。昨天我想去挖的，我家女人老早就交代我，人家的坟莫去动，动坟罪孽重，要报应的。你望望，亏得好我听我女人的话。大家就笑了，说他大男人一个，怕老婆。

怕老婆的不光是那个帮忙的人，我爷爷自己也是一个。等大家散伙，我奶奶没有好果子拿我爷爷吃。我这个奶奶不是我爷爷的头一个老婆，头一个老婆讨来没多久就死掉了，后来一个人过日子。有一回到大洲园里的金村去走亲戚，看到一个女人生得很齐整，上去一问，说是某某人家的老婆，嫁过去时候不长，还没有生小人。这个齐整女人跟公公婆婆弄不来，还嫌老公没有用，日子过得罪过。我爷爷就讲笑，说我是汪家坞的某某人，一年能够收几担苞萝几担红薯，还有几担茶籽几担桐籽。你要是不嫌我差，就跟我到汪家坞过日子去。讲话人是随便讲，听话人不随便听，当场就答应下来，说你回家等半个月。半个月后，我就逃到汪家坞来跟你过日子。

在这半个月之里，金村某人家的这个齐整媳妇，就一天到夜寻事体跟公公婆婆吵，跟老公吵，一天到夜讲要另外寻人，这份人家没有法过下去。公公婆婆嫌这个媳妇脾气差，是个疯女人，还是早点滚蛋好。这个女人争口归争口，有空就把家里东西搬到隔壁邻舍要好的女人那里，什么衣裳啊裤子啊、柴刀啊朴刀啊、麻篮①啊棉纱线啊、顶针②啊鞋饼③啊，还有针线啊榔头啊，只要家里好搬的东西，公婆看不出来的，都搬了个差不多。

半个月之后，这个女人真的是逃到汪家坞来，跟我爷爷过日子了。我太爷爷做主摆了两三桌酒，就算是把她讨了过来。做了我汪家女人，她就偷偷摸摸到金村去，慢慢把那些东西再搬到汪家坞来，算是给我汪家的嫁妆。我奶奶到汪家来之后，一连生了火筒砚瓦两个儿子，还有好几个丫头壳。她在我们汪家的地位越来越高，脾气又来得个大，我爷爷不光光欢喜她，还有好几分怕她。到后来，我太爷爷太奶奶年纪大了，就让我奶奶当家。

我爷爷一屁股坐坟堂上，等当家女人过来骂。我奶奶把手指头往我爷爷额头门上指来指来，骂去骂去。我奶奶讲：你钱多还是粮草多？日头还这样老高就歇夜？你身上不舒服你自己歇歇力，吃口茶，人家身上没有不舒服么好多做点的嘛，你叫大家陪你一起歇力，一起歇夜，是不是有神经病啦？！

要是平常日子，我奶奶这样煞手骂我爷爷，我爷爷也只好低头认错，该做工夫么就去做工夫，该改掉毛病么就改掉毛病。今朝古怪，他坐坟堂上，拿出烟袋来，一边吃黄烟，一边看我奶奶。我奶奶骂得越凶，我爷爷笑得越好看，差点把嘴巴筒都要笑歪掉。

我奶奶没有想到这个男人今朝会这样副样子，还想翻天不成？实在气不过，顺手就拿手上的那只舀水的木瓢，往我爷爷头脑壳上敲下去。我奶奶敲来，我爷爷笑去，越敲越笑，后来那只木瓢都敲破了。我爷爷看我奶奶火气太大，就站起来，嘴巴筒对牢我奶奶的耳朵轻轻巧巧

---

①麻篮：放麻线的篮，通常里面还放针线破布等物，相当于缝衣类的工具箱。

②顶针：缝衣纳鞋底时用来顶住针屁股的铜环，戴在手指上，成戒指状，有许多小针眼。

③鞋饼：用蜂蜡做的圆饼，纳鞋底时线在蜂蜡上拉过后会更光滑，易穿过鞋底。

讲：傻女人呃，不好大声讲哩，我们发财了哩，坟堂里整把整把都是白洋哩！

我奶奶听呆掉了，大声讲：什么？白……

"白洋"两个字还没有讲出来，我爷爷就用手捂牢我奶奶的嘴巴筒。我奶奶懂进去了，晓得这个老实头男人不会骗人，恐怕真的是要发财。

我爷爷就用手扒了扒坟堂里的黄泥，看到硬货出头，就马上把黄泥又盖上去。再对我奶奶讲：白天不好做事，到夜晚边再动手！

我奶奶听了心里也扑扑跳，不光光额头门上冒汗，眼泪水都流个不歇。她跪了坟堂里，只往那个坟头拜。

那天白天很长，日子很难过。好不容易熬到夜晚，奶奶讲好动手了，爷爷不肯，讲前半夜还有人来去，动不得，一定要等到后半夜。那时景我火筒大爷还是十来岁，我砚瓦大爷还是刚刚学走路。我爷爷奶奶就叫两个小人早点困觉，还交代火筒，到后半夜要爬起，有要紧事做。

火筒大爷困在梦里的时景，就让我奶奶叫醒。我奶奶叫他站屋基外头的大路上放哨，看到有人过来，马上用力咳三声。

后半夜月亮光很亮，这样就用不到点火把了，也省得让人家看出来。我爷爷和我奶奶在坟堂里一下用小锄头刮泥，一下用手扒。扒到后头，就扒出一只酒笃的边沿来。两人就照牢酒笃的边褪黄泥，慢慢把整只酒笃起出来，再小小心心抬到自己临时歇的小棚里，藏在床铺底下。

两人坐在床上商量好久还是商量不好。我奶奶要点点看有多少白洋，我爷爷不让她点，讲来不及了，还是早点寻位置藏起来。我奶奶从酒笃里拿出一把白洋零用，余下来的白洋，连酒笃一起，在床铺底下挖洞藏好，等新屋造好以后再拿出来慢慢用。

第二天大家都来做工夫，坟堂边的工夫还是我爷爷一个人做。屋基挖好，石匠把墙脚石块砌齐，就动手捣墙。两块木板夹紧，中央装了很黏的那种黄泥，两个男人站了黄泥上，一人拿了一根捣墙的木头家伙做工夫。这个家伙一头大一头小，大头的用来捣中央的黄泥，小头的捣边上角落头的细黄泥。两个男人做工夫很尽力，歇歇往两只手心吐点口水，再嗯了啊了捣墙。墙捣紧，再把两块夹紧的木板拆开，到边上捣另外一块墙。

墙捣到半中腰上，木匠师傅要做大工夫了。木匠师傅很威风，他带了几个小徒弟，手上拿了墨斗、鲁班尺，耳朵上插了一支笔。他一下叫这个徒弟这样这样做工夫，一下叫那个徒弟那样那样做工夫。哪个徒弟做错了事，一个不当心，师傅就用鲁班尺往他手背上或者头脑壳上噼嗒一声敲下来，敲得徒弟哭都不敢哭，还要听师傅骂"猪头""笨""木头块"。

木匠师傅做的工夫动静很大。他带了徒弟把一根根木头放在木马架子上，先刨皮，再用墨斗弹墨线。等到大小栋柱、横梁都用榫头接好，就准备上梁。上梁之前，要先把楼顶上那根顶大根的横梁选好。这根梁不能用银子买，一定要到山上去偷。开始我爷爷不肯去偷，只怕跟严州人闹出事体来。后来还是小天师出面讲，你到了严州就是严州人了，再也不是安庆人江山人了。到严州都二十来年了，办事情都要照严州人的风气来办。严州人造屋都是上山偷梁的，你也要去偷，不偷梁造不好新屋的，造上去的屋竖不牢的。

我爷爷就带人到上峰塔那边看了半天，选一根顶齐整的木头来做梁。后来人家说这块山是长宁大财主邵天财家里的，心里就有点怕。听讲邵天财就是老早汪家坞庙里的那个老和尚，说起来倒和我太爷爷有交情。就是这个邵天财做了财主之后，从来都不露脸，只躲家里过好日子，收租都派佣人去收的。他死了以后，儿子邵顶发当家。邵顶发从来没有听说他老子当过什么和尚，哪里肯承认说和汪家坞有交情。邵顶发从小听他老子邵天财讲，做人要做好人，要行善积德，这点倒是像个和尚讲的话。邵顶发这个人的脾气不差，除了买田地收租以外，平常日子看到做工的人都是客客气气，也不跟人家争口吵架。我爷爷倒是欢喜这种财主，心里都想过好几回，以后有了银子做了财主，也要做邵顶发这样的财主。我爷爷怕邵顶发怪他偷了山上的木头，就先寄信到长宁邵家讲了这件事情，邵顶发倒是客气，讲造屋是大事，你砍一根就砍一根。偷梁那天，我爷爷带了木匠师傅一起上山，把大树砍下来。照规定，这根树不能倒地上，要慢慢接牢，把树桠枝剃掉之后直接背肩膀上抬回家。

上梁的日子很闹热。一排又高又大的木头架子，从地上慢慢竖起来。树到中央，再用木头架子撑好。上梁上好，偷来的横梁再上上去。

上梁的时景，木匠师傅还要念经文。这个木匠师傅不认识字，后来我爷爷就把小天师请来，帮衬念，说上梁的时景念的是三界地主鲁班仙师的上梁文，这篇东西一定要念。

小天师点了五支香，拜了几拜，就开始念："日吉时良，天地开张，金炉之上，五炷明香。虔诚拜请，今年今月今日时，直符使者，伏望光临，有事恳请：今据某省某县某乡某村里善信，奉道信官谢术士选到今年某月某日吉时吉方大利，架造厅堂，不敢自专，仰仗直符使者，赍持信香，拜请三界四府高真，十方贤圣，诸天星斗，十二宫神，五方地主明师……"还有，"凶神退位，恶煞潜藏，此间建力永远吉昌。伏愿，荣迁之后，龙归宝穴，凤徙高梧，茂荫儿孙，增崇产业。诗曰：一声槌响透天门，万圣千贤左右分。天煞打归天上去，地煞潜归地里藏。大厦千间生富贵，全家百行益儿孙。金槌敲处诸神护，恶煞凶神急速奔。"

叽里咕噜念了一通，小天师又请了三杯酒，还一边请一边念。

第一杯酒请过，就念："圣道降临，已享已祀，鼓瑟鼓琴，布福乾坤之大，受恩江海之深，仰凭圣道普降凡情。"

第二杯请过，又念："人神喜乐，大布恩光，享来禄爵二奠杯觞，永灭灾殃，百福降临，万寿无疆。"

第三杯请过，再念："自此门庭常吉泰，从兹男女永安康，仰冀圣贤流恩泽，广置田产降福祥。"

经念好，火炮放好，站了梁上的几个人就把准备好的那几箩馒头往下面抛，站在下面的隔壁邻舍一起去抢馒头吃，这也是严州人的作兴，叫抛梁。

上梁抛梁都做过了，捣墙的人就在半中腰上接下去再捣，把墙越捣越高，一直捣到顶上头的梁边过。最后，木匠师傅钉细梁，屋顶的细梁都钉好。我爷爷就带人到山上砍芒杆，芒杆一垛一垛、一层一层崭齐盖在屋顶。顶上看去还是茅棚屋，屋身是泥墙做的，在汪家坞还是头一堂，汪家的名气就这样出来了。

我爷爷手里有银子，就想索性把屋造像样点，叫木匠师傅再把楼板铺好，把板壁装好。家里再做些床啦柜啦碗架橱啦衣掌柜啦，该做的都做好。

石匠师傅和木匠师傅的工夫做歇，漆匠师傅、篾匠师傅又进家门。顶后头，连做箩箍的箩箍师傅也来过，算是把新屋里里外外弄像样了。

歇到新屋里之后，我爷爷和我奶奶天天夜晚把房门关紧，躲在里头点白洋。酒笃里头的白洋和黄泥沙混在一起，两人就一块一块拿出来用布抹干净，再十块十块用麻纸包好，一起排了五十几排。酒笃最底下，还有两根黄颜色的，是两根金条！

我爷爷高兴得流眼泪水，边流边讲：五百只白鸟啊，今朝都飞到我家里来了！还有两根，还有两只，这两只就是金凤凰啊！

我奶奶就讲：都讲金银财宝是神仙变的，是有手有脚的，在黄泥底时候待长待不牢，要出来寻主人家。哪个想到那五百只白鸟，还真是这五百块白洋。还有这两根金条，呆板就是两只金凤凰，为什么没有看到飞出来呢？

我爷爷想了想，说：两只金凤凰肯定飞出来过的，我们没有看到。要么，就是两场火。你想想看，三年前我们家的猪栏屋让火烧掉，今年正屋又碰到一场大火。这两场火，不就是两只金凤凰么？看上去两场火是害人，实际是怪我们没有去寻他们，金银财宝要寻到主人家才会发威哩！

后来那些时光，我爷爷总到屋后去看那棺坟。看坟离新屋太近，就把坟堂再挖点掉，带便再望望，里头是不是还藏了一酒笃的白货黄货。后来挖一回又一回，把坟堂全部挖掉，坟都挖去半个，还是没有再挖到一块白洋。就这样，我爷爷家屋后堆了一排石头槛，我小时景总看我奶奶捧了一只装着猪头的大脸盆，到这排石头槛面前又拜又念。我总弄不懂，为什么人家拜神仙都到大门口朝天拜，她要躲屋弄里朝这排石头槛拜？一直到我爸爸老了，生大病了，他才对我讲往年的这些事情，还有这些事情背后的种种缘故。

这五百只白鸟和两只金凤凰，让我们汪家大辈高兴了三十年。三十年过后，我们汪家人枪毙的枪毙，寻死的寻死，坐牢的坐牢，大家才想到把人家坟挖掉的罪孽，想寻这棺坟大哭一场都寻不到。只有我奶奶一个人，年年过时过节都躲在屋弄里，对牢那小半截石头槛拜拜，向坟里头的那个魂灵一遍遍讨饶。

我们汪家屋后本来只有两只白鸟，一块石头丢去变两只，两块丢去变四只，三块丢去变十六只。一场大火烧掉我们汪家一堂屋，还有四口人，哪想到，十六只白鸟又变出五百只来，天天在汪家屋基后坟堂里飞来飞去，飞得我太爷爷我爷爷我大爷心头孔一天到夜扑扑跳。想来想去没有主意，大家还是舍不得这个旧屋基。新屋造老位置，再往后头稍微退了退，就退到坟堂上，我爷爷挖出一酒笃的硬货，我们汪家就这样子发了起来。

我太爷爷身体越来越差，心里越来越高兴。我爷爷没有照实说挖到多少东西，只说有百把块白洋，再就天天到外面去问哪里有田地买，想寻点便宜的山买来开山种苞萝，寻点便宜的田买来租出去收租钿。我太爷爷困床上想想高兴，二十年以前，他带了一帮人从江山逃到严州，一路讨饭打零工，后来总算在汪家坞租到山种苞萝，把一家人辛苦带大。哪想到，今朝也有出头日子，我儿子比我有出息，挣到银子要买山，自己做财主了。

我太爷爷困床上没事，这里想想那里想想，刚刚想到汪家要自己做财主，马上又想到还有小儿子没讨亲。他就把我爷爷叫到面前，说：你也不要急乎乎出去寻山寻田，这事慢慢来，有便宜划算的再买，不便宜不划算就迟点买。眼目下顶要紧的，是把你兄弟的事办好。我的时候不长了，不要等我闭了眼睛还没有看到小儿子讨亲。你做大哥的要管管，拿出几块白洋来，先把兄弟的亲事办掉。

老子的话不能不听。我爷爷不大欢喜我那个一天到夜武来武去的小爷爷，我太爷爷讲要帮衬他讨亲，也只好到处托人做媒，东家问问西家问问，问哪里有还没出嫁的女伢。媒人托了很多，女伢也寻了很多，有好些人家差不多都答应下来了，偏偏我这个小爷爷心高，品貌不好的还看不上眼，也不想想看自己样子生得怎么光景。我爷爷骂了他好几回，他就是不听，讲：像我这样样子出挑的后生家，半个严州府都不大寻得到，为什么要寻难看的女伢做老婆？

后来还是我太爷爷想到一个人，就是帮汪家看风水的小天师。没有小天师，汪家也没有这样好的日子过，这个小天师做事情疯疯癫癫，有时景做出来的事还真到门，讲出来的话灵得很，比他老子谢天师本事好。今朝就再把小天师请回家，请他吃几杯酒。

小天师一边吃酒一边和我太爷爷谈天。我太爷爷坐床上，也弄个小酒杯，时不时咪半口。我太爷爷就把往年在江山的事慢慢谈起来了，讲往年你老子谢天师跟了娘舅闫天师，两人怎么怎么到我汪家棚里看风水，从那时起我们有了交情。后来我们汪家出事逃出江山，你老子谢天师和你舅公闫天师听说我发财，就一起追到严州来跟我过好日子。我哪里有什么好日子过，刚刚在洋田山上租了块山，收了几担苞萝。没有钱给你家大人，我就把辛辛苦苦开出来的洋田山转租给他们，也算是讲义气，有良心的人，对得住朋友。现在你家这两个大人，都走在我前头一步，不在了。我这把老骨头，也活不了多久。趁现在还有一口气，我还想托你一件事，就是把我小儿子寻门亲事。光寻到还不算，还要寻生得齐整的女伢，不齐整我家小儿子还看不上眼。

小天师吃苞萝酒吃高兴，听我太爷爷讲两家人往年有交情，更加高兴，一口就把这事应承下来。听说舅公闫天师也跟汪家有交情，他就寻近的水井讨水吃，马上想到了闫天师的女孩有菜。他到糠芯坞去过好几回，也同有菜说过几回笑，说要把有菜寻好人家嫁出去。有菜心高，自己家里是大财主，一般的穷骨头人家，生得再齐整也不嫁，一定要嫁更有钱的。一拖就拖迟了，再不寻份人家，都要在家里做老姑娘了。

我太爷爷听说要把有菜讲把他小儿子，也有点担心，讲：有菜我认识，心高得很，看得上我小儿子？

小天师讲：怕她心高做什么？往年她家有钱，眼目下败掉了，变穷骨头了，和你汪家比起来，闫家是穷骨头，你汪家是财主。只要我小天师出面讲，不怕她不肯。

到了家里，小天师女人一听讲要帮衬汪家人做媒，笑得牙齿都快掉下来了，讲：媒婆媒婆，什么叫媒婆？都是女人家帮衬做媒的，哪里听讲过男人家做媒的？你也不怕人家笑死你。

小天师也笑了，讲：你就不懂严州人的风气了，严州人和安庆人福建人的风气不同，有好些地方都作兴男人家做媒的，叫媒公公。人家说，男人家一生世一定要帮衬人家做一回媒，不做媒，下一世生下来要做黄牛牯①的！

女人讲：你怕做黄牛牯，人家不怕？

小天师讲：人家不晓得这个道理，也没有人逼牢你把这个道理讲出去。顶好是汪家坞的男人下一世都去做黄牛牯，就是我小天师做黄公牛，那就是我吃香了，我这只公牛不愁

①黄牛牯：阉割过的黄牛。

寻不到老婆，媒人都不要去托的，也省得送人家蹄髈吃。

女人一听讲有蹄髈，眼睛都亮起来了，讲：做媒有蹄髈吃？汪家人量气大不大？会不会讲了不算数？

小天师讲：你放心，汪家人老实，讲话都算数的，我帮衬他们做事不是一回两回了。我和汪家大人商量过，只要把我糠芯坞的小姑子有菜讲给汪家小儿子，汪家要多谢我的，酒肉饭有得我吃。到第二年正月上，汪家还要拎一只蹄髈、两瓶酒、几斤面到我谢家来，这个就叫谢媒人，是严州人的风气。你去问问看，长宁园里、大洲园里，都是这样的作兴。

女人听讲有东西挣，就催小天师早点去糠芯坞。后来怕男人家讲话讲不好，就想自己去一趟。小天师讲，你懂个屁。要把有菜讲把汪家做媳妇，没有我小天师这张嘴就没法成功。你有什么本事？你的本事就是一样，帮衬我生了一个丫头又一个丫头，人家家里开包子店，我谢家都好开丫头店了。

女人一听男人讲她只会生女伢，也晓得自己没有本事，就懒得和男人争，随他去了。

小天师到糠芯坞寻到闫天师的大儿子有饭，谈了几句风水阴阳天上地下的事，正经事没有开口，就有两个婆娘进门。这两个婆娘倒是讲话不转弯，坐下来就讲来看有菜，一个讲要把长宁顶能干的后生讲给有菜，一个讲要把徐洪顶有钱人家的后生讲给有菜。两人往糠芯坞来，问来问去问到一路，索性就齐齐来了。

小天师听了心里很难过，想到明年春上那只蹄髈恐怕到不了嘴，就把有饭拉到一边，讲这么多人来讲有菜，我也是来讲有菜的，怎么办？有饭倒是不慌不忙，讲：来讲有菜的又不是今天这几个人，三天两头都有，就是我家有菜眼光高，都看不上，我一个做大哥的，也不好硬逼。嫁把一个穷苦人家，我也舍不得，只怕对不住我死掉的娘老子。

小天师轻轻巧巧问：那怎么办？大家都来讲，我想把你家有菜讲给汪家坞姓汪人家。有饭问：姓汪人家人多，是哪一个？小天师讲：小山羊，认识不？有饭讲：晓得晓得，就是小时景吃山羊奶大的，我怎么不认识？他自己搭了棚另外歇了，就是家里没钱，跟他过日子恐怕也难。

小天师讲：看人不好看死，小山羊今时不比往年，本事越来越大，家里东西越来越多，你不相信下一回我带你去望望，先望了再决定不迟。

有饭讲：那是，那是。老实跟你谈，我家女人带了有菜去看人家①，看了多少人家都记不灵清了，脚都跑酸掉了，一个个看下去，没有一个合意的，还不都是家里铜钿少了点？

①看人家：严州地方风俗，在决定男女婚姻前，由女方派代表前往男方看人品和家庭条件，俗称看人家。

小天师讲不急不急，该看的人家都先看了再说。那以后，小天师很有耐心，天天到汪家和糠芯坞闫家两边跑，传传消息，讲讲好话，带便把中午饭和夜晚饭都挣来下肚。汪家想寻好媳妇讨进，闫家想寻好人家嫁出，两份人家都不好急慢媒公公小天师，小天师落得个两头讲好话，天天两餐苞萝烧，把脸孔吃得红彤彤。

天天往糠芯坞跑，闫家的事情，哪样逃得过小天师的眼睛耳朵？今天讲长宁那份人家的后生，样子生得还好，就是家里空空的，寻不到一样像样的东西，有饭老婆还没有开口讲几句，有菜转屁股就走。那份人家做娘的马上拿出一个红纸包来想递把有饭老婆，有饭老婆望了望有菜的屁股后，只好摇摇头，跟上去走了。还有徐洪那份人家也没有么好结果。那份人家是徐洪顶有钱的人家不错，后生的品貌看上去也不差，就是听他说话不大对头。前面三句还好好的，到了第四句，就对东搭西，一副十三点两百五的相套。有菜开始在屋前屋后看的时景都很高兴，看到后生的样子也高兴，听他谈天谈到后面，就把眼睛急红了。好不容易寻到像样的人家，哪里想到后生的脑筋会这样十三八搭的？我有菜这么好的品貌，就这样没有福气？有菜用手抹抹眼泪水，转身又要走，她嫂嫂对她讲：妹子呃，你慢点走，再想想看，这么有钱的人家不大好寻了！有饭老婆还想劝，有菜老早走远了，也只好跟上去。这份人家做娘的拿出两个红纸包，一个小的给有饭老婆，一个大的要有饭老婆递把有菜。有饭老婆倒是高兴，接过红纸包就追上去，把那个大的塞到有菜手上，哪晓得有菜把红纸包一掼就掼到地上。有饭老婆没办法，只好把红纸包捡起来，转身还把那份人家，讲：我是中意的，只怕我这个小姑不中意，怪我没有这样的福气，和你做不了亲家。

有饭老婆一想到到手的红纸包都进不了袋，一肚子的气。有菜不肯拿，她怎么好拿？害得大家都没有洋钿进账，又空跑一趟，就追在有菜屁股后头骂：你个老姑娘，看你到时候嫁把哪份人家！这样好的人家哪里去寻？这样好的日子你都不想过？天，我眼睛都看花掉了，你不想去，我都想去得很哩！

有菜还是眼睛红红的，气呼呼讲：想去你去，嫁个两百五傻子头，你欢喜啊？你只晓得贪人家的洋钿！

有饭老婆更加火了，骂：你个老姑娘！我贪洋钿你不贪，你不贪做老姑娘老家里算数！下一回再叫我陪你看人家，我不去，我把长宁园这一路的好人家都得罪光了，我没有脸皮见人！

到了糠芯坞，有饭听老婆一讲，也把有菜骂了一回。有饭老婆讲：我再不陪她去看人家了，我丢不起这张脸皮。长宁园里人都讲了，糠芯坞某某人家的女儿心比天高，大家都不肯来说了，以后我看还有哪个会要你闫家人！不要讲我不陪你看人家，想陪都没有得陪了！

有饭笑了，讲：那倒不会，起码还有一份人家。

有饭老婆问：哪份人家？

有饭讲：汪家坞的小山羊。听讲现在日子过得不错，老早就自己搭棚另外歇了，你明朝就带有菜去看看。

话没有讲歇，小天师进门。听讲徐洪那家又没成功，心里高兴。有饭老婆还在那里唠里叽咕，讲明朝不高兴去汪家坞，要去有菜一个人去。小天师就把有饭老婆拉到厨房里，摸出几个铜板来，送给她做辛苦钱，还讲：去去去，明朝你一定要去，汪家老早就准备了一个红纸包等你了，你不拿让哪个去拿？

小天师连夜就寻到我太爷爷，把我爷爷小爷爷都叫一起商量，讲：明朝有饭老婆要带有菜来看人家，你们好好准备一下，把家里东西放放满。

他还说，有饭老婆不肯来，是我拿出几个铜板做辛苦费，她才肯陪有菜来看人家。我太爷爷一听，就叫我爷爷拿出铜板来还给小天师。小天师索性多报些，也算又挣了两三个。

我爷爷拿出铜板心痛，一听要搬东西，晓得没有好事，心里更不情愿。

小天师讲：你兄弟家里净空的，什么东西都没有，有菜哪里看得上眼？你们做人也真是老实，不好到人家家里借东西来放两天？我看也不要到人家家里借，现成就有，你做大哥的家里东西都是新做的，油漆油得雪刮亮，多少齐整，多拿些去摆那里，保管有菜看了高兴，弄不好还想早点嫁过来哩。

就这样，我爷爷把家里的东西连夜搬到小爷爷家里。第二天天早，我奶奶还带人一起把小爷爷家里扫干净，理干净，像模像样等有菜来看人家。

有饭老婆带了有菜到小山羊家里，看到家里的东西都油得绯绯红雪雪光，心里很欢喜；再到外面看菜园地，也都是油绿绿的菜，油绿绿的豆子麦苗。小山羊讲：再过些时候，收上来都是粮草哩。还有山上那些苞萝红薯，更加多了。小天师旁边拼命吹：有菜呢，只要你愿意到汪家来，粮草是吃不完的。

有菜很聪明，她特意把小山羊叫到边上谈天，不光光谈前三句，顶要紧的是听第四句第五句。后来听了第六句第七句，都很灵清。她晓得这个小山羊不差，是个会过日子的后生，就有了嫁过来的心。

我奶奶老早把家里好吃的东西拿过来，一头钻进厨房里卿卿畅畅烧起来。

大家坐了齐齐，开始吃酒肉饭。有菜倒是不忙吃，一副斯斯文文财主女伢的样子。人家吃得海五海六的时景，她时不时把眼睛乌珠朝小山羊脸上翻，小山羊也时不时朝有菜齐整的脸上看，看得两人的脸孔都红了。

饭吃歇，坐了两袋烟的工夫，该起身回家了。我奶奶拿出两个红纸包来，交给有饭老婆和有菜。有菜难为情，不肯拿。她看了这么多人家，一回都没有拿过红纸包。那些人家是看不中意，不该拿，今天看中意，不好意思拿，就把头一低，转到一边去。

我奶奶就把红纸包拿给有饭老婆，讲：你先接牢，她的等下再给她。

有饭老婆笑了，讲：我哪有胆拿？这个事情有规矩的，我小姑拿了我再好拿，看人家顶要紧的是女伢自己看中意，我还不就是跟跟班揩揩油？我揩不揩得到油，还要看我小姑中不中意，我有没有这样的福气揩哩！

大家听了都笑歪了，把个有菜讲得脸孔红得和猪肝一样。

后来还是我奶奶硬塞塞到有菜手里，算是收了红纸包。有饭老婆看了高兴死，马上拿过她的那只红纸包，手里捏得紧紧的，人家想夺都夺不去。

我爷爷顶不放心的是他办的那些家伙，听说看人家的人下山，就去问兄弟拿还东西。

我小爷爷讲：看人家刚刚看歇，怎么样好还东西？起码也要讨亲讨到家再还。后来我太爷爷也帮衬小爷爷讲话，都讲事情没有办好不好还东西。

我爷爷催小天师，小天师催闫家，要早点把有菜嫁到汪家来。

照严州人的风气，结婚以前还要认亲①，先认亲再成亲。我爷爷就托小天师去讲，大家步子放快点，认亲省掉，索性就早点摆酒成亲。

太快么也快不来，起码要准备几个月。有菜有有菜的想法，你不帮她准备个几担嫁妆，嫁到汪家来也没面子。有饭只好做主，花洋钿到山上砍些木头来，慢慢晒燥，再请木匠师傅、箍桶师傅、漆匠师傅进门做手艺。前前后后做歇，老早几个月工夫过去。

摆酒那天，很闹热。媒公公小天师带了新郎官，还有汪家坞的一帮男人家一起到糠芯坞接亲。前一天小天师就到糠芯坞闫家问灵清，嫁妆一起十二担，起码要派十二个正劳力去挑，除外还有两个接新娘子的边姑。接亲路上有两个人是一路忙的，一个一路放火炮，一个一路挑担子，是往新娘子家送礼的。

接亲的人一出汪家坞，在大岭口子上就放了一通火炮。汪家坞和糠芯坞就一点点路，大岭口子上放的火炮，糠芯坞都听得到，他们就晓得接亲的人动身了。本来，放火炮的人是过一个村坊放一通火炮的，笼里笼总就两个小村坊，怎么办？他们就一路放过去，转了一个弯就放两个火炮，一直放到糠芯坞，听得整个糠芯坞里人都笑吟吟。到了糠芯坞闫家门口，放火炮的更加忙了，一连放了好些火炮。闫家也有人放火炮，听到男方的火炮响，也在自己门口放了火炮，算是双方接上火、接上亲了。

①认亲，也叫定亲。即结婚前的预订，也要摆酒，但规模要小一些。

接上是接上，门还是进不去的。大门口老早横了两根长板凳那里，对方也有一帮很威风的后生家帮忙，一边笑一边叫：要拿多少烟多少糖多少酒进门，才能让你们进门！

这个也是接亲的规矩。究竟要送多少东西，小天师前一天老早和闫家谈好。不是真不肯让接亲的人进门，是不闹一下不味道，不闹一下没喜气。边上围了好些吃酒的客人，都笑吟吟地看大门口两根长板凳里里外外两帮人在那里闹。

小天师拿了一袋东西进去，对方讲：不够不够，再拿些东西来！

小天师又递了一袋进去，边上接亲的人就要闯进去，对方又讲：不够不够，这一点点东西想把新娘子接走，想都不要想！

边上有人催小天师，早点把东西递进去。小天师讲：莫急莫急，再闹闹。两边闹了吵了好一下，小天师再把第三袋东西递进去。边上看的人都以为这回好进去了，哪里晓得对方带头的人还是不让进，讲：太少太少，我们糠芯坞顶齐整的女孩，这样点东西就想接去？没有这样的道理！

两边吵得不得了，看样子都快打起来了。仔细望哩，又是笑嘻嘻的，偏偏打不起来。顶后头，小天师看时辰差不多了，再把顶后头一袋东西递进去，对方还是讲太少太少，还是讲不够不够，候门的力气就小下去许多。接亲的一帮人一起喊：进去喽，进去喽！里头人把两根板凳一移，大家就都进了闫家的门。

进门以后，闫家倒是很客气，把媒公公小天师请到八仙桌上那个顶大的位置上横头坐下，边上是新郎官和接亲的人里头几个年纪大的人。大家坐那里吃茶吃糕饼，吃了些时候，又吃点心，点心刚刚吃歇还没有多久，又开始吃中午饭。

吃饭时景，做大嫂的有饭老婆老早帮衬有菜料理好了嫁妆。被褥两床，成双成对；被面绯红，以后日子红红火火；枕头一对，里头塞了苞萝黄豆，说以后是五谷丰登；一只绯红的樟木箱子，里头摆满红枣、花生、桂圆、柏树子，说是要早生贵子。里头还有红鸡子、红甘蔗，说以后日子过得又红又甜，节节高来节节甜；箱子底还压了两个白洋，算是压箱钿，平常日子不好用，实在困难，再把娘家的这两块洋钿拿出来用。毛竹家伙有两样，一样是火熜，一样是麻篮。麻篮里头有有菜自己做的两双鞋，一双交给老公，一双交给公公。还有木头脸盆、脚盆、马桶，都油得红彤彤的。

闫家请来的利市姆妈和利市爸爸两人来帮忙。这对夫妻身体好，福气好，生了两个很像样的儿子。要是没有生过儿子，是没有人请去做利市妈妈和利市爸爸的。比如讲小天师两公婆，就从来没有这样的福气。

外头火炮开始响了，催新娘子上路。利市姆妈老早寻好了一个小男伢，坐在两只红的脚盆里，让他拿出小鸡鸡来，对牢马桶屙泡尿。一边屙，利市姆妈一边讲：利市利市，很利市！

新娘子出门之前，本来是新娘子的姆妈大围裙哭的。大围裙不在了，只好由做嫂嫂的有饭老婆代哭。有饭老婆年纪不小，也抵得半个姆妈。她见过的场面多，哭也哭过好几回。今朝就坐在堂前，对着一大帮人，一边哭一边唱，讲自己怎么怎么舍不得这个小姑，自己怎么怎么心疼小姑，姆妈不在她是怎么怎么照顾小姑，小姑是怎么怎么懂事，怎么怎么帮衬家里做事。

哭了唱了都是严州人作兴，做把人家看人家听的。哭到伤心唱到真事的时景，家里老老小小就真伤心了。坐在房间里头的有菜本来是想早点嫁出去过日子的，一听嫂嫂唱到自己姆妈没有，自己在家里怎么做事怎么懂事，一长一短唱来哭来，自己也忍不牢伤心起来，也就呜啊呜啊哭了一场。照作兴来讲，新娘子出门前是该哭几声的，索性就假戏真做，一边哭一边讲：哥哥嫂嫂怎么怎么照顾我，我怎么怎么舍不得，以后我要怎么怎么想到你们，怎么怎么自己过日子。

小天师看女方家里哭得差不多，就走过来劝，叫两人不要哭，好歇歇，要动身了。

火炮又是一通放，利市公公过来抱新娘子，利市姆妈捧了个米筛到新娘子头上比了比，还丢些花零不隆咚的东西上去，讲这样一比，娘家的财运不会带走，要留在娘家的。利市公公把新娘子抱到门口外的轿子上。抬轿的抬轿，抬嫁妆的抬嫁妆。娘家的东西分了十来担挑，有些后生家挑得很少，要么只挑了两只枕头，要么只挑了两根板凳。顺反不管挑多挑少，都算一担，也算娘家的嫁妆担数多。

接亲的人都动身走了，新娘子也上路了，媒公公和新郎官还不能走，还要把新大舅接去。新大舅在有菜的两个兄弟里头挑，后来大家讲挑小的好，就选了有稻做新大舅。

接新大舅要新郎官自己去接，今朝对新大舅要很看重，说以后新娘子生了小人该当娘舅坐上横头，很了得，一点都不好怠慢。

新郎官走到大门口，接过新大舅手上的一把阳伞，再跟牢接亲的人走。走了几步，又转身来接新大舅。新大舅有稻想开步跟上去，媒公公小天师讲：莫慌莫慌，这还是第二回，要请三回才好走。新郎官空手跟接亲的人走几步，又第三回转身来接新大舅，新大舅有稻才高高兴兴跟接亲的人屁股后头走。一路走，还一路有好东西吃。边上新郎官和媒公公都陪新大舅走路，什么好话都拿出来说给新大舅听，把有稻听得跳起跳倒，好像做了皇帝一样威风。

到了新郎官小山羊家里，里里外外老早摆了十来张八仙桌。平常日子难得看到的亲眷朋友，汪家坞糠芯坞的隔壁邻舍，都穿了过年头都舍不得穿的出客衣，一个个斯斯文文坐在八仙桌边上，吃茶谈天，比过年还要高兴。

夜饭吃好，大家开始闹新房。一帮年纪轻的后生和大姑娘，想出种种办法刁难新郎官新娘子，要千方百计让他们做事情、动脑筋，大家才高兴。两个边姑生得齐整，有好些后生家讲要把边姑抬头抬脚放地上捣。小天师顶怕的是捣边姑，有些地方听讲把边姑捣哭，还有人动手动脚到边姑身上揩油。边姑家里大人托过小天师，小天师就把大家都劝开了，捣边姑就没有捣成功。

后来还是小天师会动脑筋，叫大家不要武闹，要文闹。他自己拿出文闹的本事，和须家一个后生一起唱戏。小天师手拿了只脸盆，里头装了些稀奇古怪的东西；后面那个须家后生反手拿白骨碗，顺手拿了双红筷子。小天师开始用官话唱一句，须家后生用筷子敲一下饭碗，也用官话应一句"好"。两人开始唱：

新郎新娘坐新房，好！

新房里面闹洋洋，好！

那边摆了樟木箱，好！

这边一张高低床，好！

新娘齐整娇滴滴，好！

新郎早想抱新娘，好！

后来，这班人又讲了一些野笑话，都是讲洞房花烛生儿子的事，下作是下作点，也是一片好心。新房闹好，新郎新娘困觉，小山羊就开始和有菜做好事情。

第二天一早，新郎新娘要回门。回门就是两人回转身来到女方娘家再去一趟。两个边姑、新大舅，还有新郎新娘一起到糠芯坞闫家。有饭两公婆少不了问长问短，讲了好些体己话。中午留他们吃了餐饭，再客气再要留，有菜就望了望小山羊，小山羊哪里还待得牢，老早想转身去汪家坞了。有这样齐整的老婆在身边，以后的日子比甘蔗还甜哩。

亲事办好一天过了又一天，我爷爷心里急了一天又一天。顶后头实在熬不牢，就跑到兄弟小山羊家，要把那些东西拿回家。

有菜一听有人要来拿东西，就把我小爷爷问了个灵清。我小爷爷推了一干两净，讲这些东西本来就是他的，不是借来，是娘老子送给他的。我爷爷奶奶一起过来争，有菜也不笨，站在大门口声音很高，讲要是把东西拿走，我就上吊死在你汪家，听得我爷爷奶奶都吓坏。

话传到我太爷爷耳朵里，我太爷爷也只好劝我爷爷奶奶放他一马。家里新办的那十来样绯红的东西，就这样子都落到了小山羊手上。

我爷爷气坏，咬着牙齿骂我小爷爷，骂了一回又一回，讲：你不是人，不是人！你个山羊生的东西！我让你一尺，你要我一丈！花了我多少银子把你讨老婆办家当，你倒好，老婆进门，借的东西不肯还了，还反咬我一口！老天，你真是山羊儿子啊！

我们汪家屋后本来只有两只白鸟，一块石头丢去变两只，两块丢去变四只，三块丢去变十六只。一场大火烧掉我们汪家一堂屋，还有四口人，哪想到，十六只白鸟又变出五百只来，天天在汪家屋基后坟堂里飞来飞去。新屋造老位置，再往后头退了退，就退到坟堂上，我爷爷挖出一酒笃的硬货，汪家就这样子发了起来。我爷爷奶奶天天夜晚候牢这些硬货，动脑筋怎么发家，想去哪里买些田地。

我爷爷顶欢喜的是汪家坞边上的山。从江山到严州，汪家人都只会开山种苞萝红薯，只要有山，就不愁饿死，不愁汪家不会子子孙孙发下去。眼目下种的山是从长宁大财主邵顶发那里租来的，从长宁到汪家坞的这一大片山，都是邵顶发的。邵顶发不愁吃不愁穿，我爷爷托人去讲好两回，他就是不卖。他说，我邵家有的是白洋，我只买进不卖出。

后来有一回，我爷爷到西叉坞、赵家坞、王谢这一路问过去，都没有问到哪家要卖山。这些有钱的人家把山头当宝贝，不要讲上百亩，就是十来亩都不肯出手。到了王谢，还好，倒是有一份人家到杭州城里做生意去，要把手上的十三亩田卖掉。我爷爷回家一商量，讲买田就买田，总比天天把白货黄货闲在家里好。白货黄货和人一样，天天在家里嬉，越嬉越懒；天天放出去做工，越做越勤力，会帮衬家里挣吃挣用。

我太爷爷听说大儿子把王谢村十三亩田买下来了，一定要亲眼去望一望。我爷爷就叫小爷爷一起，把我太爷爷抬到王谢，让他亲眼望望那十三亩田。十三亩，一大片哪！我太爷爷把手拿出来，往前头伸过去，伸过去，总想伸得再远点，想把这十三亩田仔仔细细一点一点都摸在手上，摸得踏踏实实再放心。

手还在半空当里抓啊抓，摸啊摸，什么都没抓到没有摸到，看上去却像都抓到都摸到了。我爷爷和小爷爷两人看我太爷爷，那个眼泪水滴滴答答往下挂，止都止不牢啊。

我太爷爷讲：天意啊，天意！老天爷眼睛亮啊，该当我汪家要发，要发啊！老天！我汪家从安庆逃到江山，从江山逃到严州，都是租人家的山种，时不时还要逃难，过的是讨饭一样的日子。一代又一代，多少代啊，总想自己买点田买点山种种，做一回东家，做一回财主，今天老天爷眼睛亮了，把眼光照牢我汪家了，轮到我汪家发啦！多谢啦，老天爷！多谢啦，我的老祖宗！我汪家老祖宗保佑啊，老天爷保佑啊，才有我汪家的今天啊！

我太爷爷一个人念去念去，越念越不对，后头一口气闭去，就不会讲话了。

我爷爷和小爷爷两人把我太爷爷摇来晃去，顶后头摇出一口气来。我太爷爷慢慢开眼，又讲了一句话：我死掉以后，就把我放在这块田边。我死了都要候牢我汪家的这片田，我要保佑你们，保佑我汪家，子子孙孙都有这一大片田！

话讲歇，人就去火①了。

我太爷爷坐的位置是在山脚底，也就是那十三亩田的边上。我爷爷到王谢村里一问，讲山脚底这块苞萝地和这十三亩田是同一份人家的。我爷爷就去求那份人家，把山脚底的这块苞萝地一起买来。中央一块高出来的位置，就做了我太爷爷的坟。我从小只看到我爷爷的坟，没有看到过太爷爷的坟，哪晓得太爷爷葬在王谢的这块位置。今年春里头，我寻到王谢的这座山脚底，寻到坟前的那块石碑，才看到我太爷爷的名字，和家谱上载的一式一样。这棺坟在王谢八十多年了，坟上的一棵树笔直老高，好像要一直通到天上去一样。

王谢的田买了没多久，汪家坞上峰塔那块山上出事情了。上峰塔翻过去就是大洲园里的七坞村。七坞人到上峰塔来偷树，把大根的树都砍差不多了，留了小毛毛头小树苗在那里。邵顶发听长工说树让人家砍去了，就派人到七坞村来查，一查查出好些人家都藏了木头，个个都不认账，都说是别的位置买来的。邵顶发就派人在上峰塔候山，总算捉牢一个砍松树的老头子，就把他捆在松树上两天两夜。老头子家里人晓得他是砍树去的，没有想到邵顶发手段这样狠，会把人捆了松树上不放回家。家里人就叫了整个村坊里头的男人，一齐到上峰塔救人。邵顶发派来候山的几个长工，就和七坞村里的人打起来了。邵顶发这边的人少，让对方打伤好几个。后来邵顶发报了官府，官府派人到七坞村里捉人。事情错是错在七坞村，有钱的人还只邵顶发一个。官府的人想挣钱，开始特意帮衬七坞人不帮衬邵顶发，就这样，邵顶发不得不花费好多银子，才把几个七坞人关到牢里，还叫七坞人赔了一大堆的铜板才回家。

上峰塔出事情之后，邵顶发就想到财主人家有财主人家的头痛事。有钱的人和没钱的人做隔壁邻舍，没钱的人总想害有钱的人，有钱的人要吃亏。后来邵顶发想到我爷爷，讲要把上峰塔的上半截那一百八十亩山卖把我爷爷。我爷爷晓得邵顶发是弄不过七坞人，想把这块烫手的红薯丢把我汪家，就索性杀了价钱，少拿出好些白洋，把一百八十亩山买到手。

买了上峰塔的山，我爷爷天天把嘴巴筒笑得歪唧唧。我奶奶讲：你也不要高兴过头，邵顶发都怕的位置，你不怕？你要和七坞人弄出事情，打起架来，我们要吃亏的。

---

①去火，去世，如同火灭。

　　我爷爷讲：邵顶发不是我，我也不是邵顶发。他邵家没有办法对付七坞人，我汪家对付的办法多得很。上峰塔就在大湾山边上，我们汪家租来开的山就在大湾，现在上峰塔买来了，我们不种树不种草，马上就把山上的树砍光，好卖的都卖掉。接下来就是一把大火把山烧掉，炼了山，再开山，下个春里头就开始种苞萝，第二年再插种桐子树茶子树，不愁我汪家不发，也不愁七坞人来偷。收粮草的时候，我们天天派人到山上候野猪棚，你还怕别人来偷东西？山上人只晓得偷树，偷红薯偷苞萝倒是没有听讲过，你大胆放心。

　　山上人就是山上人。我爷爷买了一片山比买到一片田高兴得多。不要讲，王谢的田就租把王谢人种，年年收租钿。大湾里租来的山，一半分给小爷爷，本来大家还是一起种的，现在小爷爷讨了老婆，两公婆种也差不多了。我爷爷家里人口多，除了他自己两公婆，还有我火筒大爷和砚瓦大爷，我爸爸那时还没有出世。火筒大爷是十来岁的小后生，小劳力，砚瓦大爷还小，有时景也爬山上来拔拔草。后来人家劝我爷爷，说你都做财主了，还让自己小人个个都像你样做开眼黑？该出钱叫砚瓦念念书，大起来也好帮衬你记记账，不要到时候家里钱多得点都点不灵清。我爷爷听听也有道理，就让我砚瓦大爷到长宁园里跟了邵顶发家里那些子孙后代一起上学。家里头做工夫只有三个人，我爷爷奶奶都是正劳力，山上的工夫很厉害，开山种地是他们的当家手艺。

　　这年冬里头，铁匠师傅的担子刚刚挑到汪家坞来，在村坊中央开火打铁。我爷爷就多打了开山挖火地用的巨齿、大锄头，平常日子用的柴刀、锄头、斧子、朴刀也都添了一些，旧的家伙也加了钢火到刀锋上。

　　我爷爷奶奶带了火筒到上峰塔劈山，有两个亲眷朋友也一起来帮忙，一百八十亩的山总归有点大，要分成一个个小山包，从山顶往山脚慢慢劈。山上的树啊柴火啊，不管粗的细的统统砍光。要是租来的山，不好乱砍，就是主人讲好砍，你砍掉的树要八二开，主人要八股，租的人二股，做得辛辛苦苦，挣到的总归是有限。现在不一样，砍了多少是多少，都归自己。我爷爷一家人越砍越高兴，后头把砍下来的树和柴火都一根根剃干净，一方方的树、一驮驮的硬柴火，叫人运到长宁园里去卖，卖出来的铜钿银子都归自己。余下来的是一批细的碎的柴火，好运的就运些回家烧，实在太多运不走，就堆到一起烧炭，烧好炭一担担挑回家。再余下来的东西就不多了，只有些小柴火小树桠，不运也不要紧，顶后头总归要一把火炼山挖火地。

　　我爷爷对炼山很在行，往年在江山，后来到严州，跟牢大人家一起炼山也炼过好多回，看也会看。炼山之前，把整块山东西南北四边上砍出一条大路出来，省得烧到人家的山上去。烧别的东西从下面烧到上面去，这样子来得快。炼山不能这样子炼，这样危险，只怕你想止都止不牢大火。一开始，我爷爷奶奶就站在山的顶高头，火是从高处往下面点的，这样的火烧得慢，烧出事情来也能赶快止牢。

整块山慢慢就这样着起来。我爷爷奶奶不光在那里看，顶要紧的是当救火队员，我火筒大爷就是小救火队员。边上哪里有点小毛毛柴火着了，马上扑上去，背了枝有树叶子的柴火去把火打灭。

本来乱蓬蓬、绿哈哈的一大片山，就这样子变成黑嘟嘟、阴森森了，一眼就看到了头。我火筒大爷看得心里空落落的，望望我爷爷，我爷爷很高兴，他想到的是事情刚做了第一步，第二步要把这块黑山一锄头一锄头挖出黄地来；到第三步，要在黄地里种出整片整片的绿苗。顶后头一步，要让绿苗里头生出很多黄哈哈、甸甸重的粮草来。

挖火地的日子到了，夜晚头，我奶奶做了很多的苞萝粑，一菜篮一菜篮挂在厨房上头的毛竹钩上。第二天，就背了十来个到上峰塔，一家人挖到中午边好吃。有时景人家来帮忙，还要把他们的门份一起带上山。

平常日子不大用到的两样大家伙，这下派大用场了。一样是巨齿，一样是大锄头。我爷爷叫铁匠帮衬打了好几把，还帮火筒打了一把小点的巨齿，省得他用不顺手。巨齿和大锄头都比一般的锄头重，柄又短又硬，锄头甸重。巨齿的身子是直的，看上去顺顺当当，没什么特别；大锄头不一样，身子是弯的，挖火地的时候很有用。有些位置很陡，用弯的大锄头挖好挖些。挖火地不光挖地，顶难挖顶吃力的是挖树根，树根弯来弯去，有些位置用巨齿挖，有些位置一定要用大锄头挖，两样大家伙拼起来用，才能够把树根撬出来。有时景树根多，撬不出来，还要用柴刀劈，把根劈断，再挖出来。

我爷爷是挖火地的好角色，大家都跟牢他挖，听他讲这里要怎么怎么挖，那里要怎么怎么做。我奶奶是个小脚婆，到山上做工夫不大用得上力，有时景就在家里烧烧饭，有空也会到山上来一起做工夫。我爷爷手上捏了把大锄头，旁边丢了一把巨齿，腰上捆了把柴刀，还扎了块大手巾。一边挖地，一边嘿嘿叫，挖得很用力，很开心。实在吃力了，就拿出大手巾来抹抹汗。抹汗的时景不把大手巾解下来的，大手巾本来就扎腰上，只要把一头拿出来就行，抹好又把它塞进去。捏锄柄的手燥了，就往手掌心上吐几滴口水，又把锄头举老高，挖去挖去，喉咙头嘿了嘿了响。

到中午边，捡一堆燥的碎柴火来烧。烧的时光，我爷爷拿出黄烟筒来，吃个几筒烟。等柴火烧出炭火来，我奶奶拿出苞萝粑来，放上去烘。这边烘滚烫了，再翻个面烘。翻过来翻过去，烘得松哈哈燥壳壳，就好吃了。那时我爷爷家里日子开始好起来，我奶奶烧饭做菜也不和往年一样节省过头，想吃的东西，有时还舍得拿出来吃。挖火地是顶花力气的事情，吃得不好太省，我奶奶包苞萝粑时，就放了些碎猪油下去。放过猪油的苞萝粑就是不一样，在火里烘的时景，火烫上来就烫到里头的猪油，猪油在火里吱啦啦吱啦啦响，油都流了腌菜上、苞萝上。等到猪油在火里吱吱响，大家喉咙头都开始蠕动，口水满上来满上来。我奶奶我大爷一口气吃三个，我爷爷没有四五个吃不饱。

我爷爷吃不厌苞萝粑，也不嫌苞萝粑带得多。有时光大家都歇夜了，他一个人望望老老大一片山，还要在山上做，就再吃两个苞萝粑，做得实在看不见，再慢慢摸回家。

挖了些时候，整块黑山就好些变了黄泥地。黄泥地上的两边角落头，是挖出来的石头子，地中央，是挖出来的树根。到夜晚边歇夜，树根就捆了一驮驮，大家挑回家当柴火烧。

一百八十亩山真不小。买的时景还嫌它小，挖火地时才晓得大。就是有人帮衬挖，也挖得很吃力，很慢。还好，我爷爷听人劝，没有把整个上峰塔的山一家伙全部烧光，他把整块山分成一块块烧，分成一个坝头一个坝头挖，一直挖了好几年，也只挖了上峰塔的上半截山。

山一块块挖好，到了清明边就开始撒苞萝籽。山上种山苞萝和田里种田苞萝不一样。田苞萝在平地种，日光足，种得密些。山上日光少，不好种得太密，要稀点种。我爷爷就交代我火筒大爷，看准一只八仙桌的位置，晓得不？八仙桌的四只脚上，挖孔撒两颗苞萝籽下去。每个孔和另外一个孔中央隔的位置，就是八仙桌两只脚隔的位置那样远。

过些时候，一阵雨过去，再到山上一望，苞萝苗出来了，每个孔都是两蓬两蓬，绿油油的，虎头虎脑，就和后生家一样浑身有力。再有力也没有用，人和苞萝还是不同。我爷爷奶奶就带了火筒，一起到山上来拔苗。每个孔里两根苗，一定要选一根差点的拔掉，只留一根壮苗。我爷爷还讲笑，为什么家里生小人要多生些？就好像苞萝苗一样，多生点总是个防备，和押宝一样，总有一个好的。你要是一开始就在孔里撒一个籽，要是出来的苗不好，那就坏了收成。

除了上峰塔、大湾里种苞萝，家门口平地里也有苞萝种。苞萝一样种，收的日子不同。有六十天的，有八十天的，顶迟的是山苞萝，要一百二十天。日子有长短，东西也有好坏。日子越短的，味道越差；日子越长的，味道越好。苞萝里头，就是山苞萝好吃，不管是熬苞萝糊、苞萝粥，还是烧苞萝饭，做苞萝粑，都是山苞萝顶好。

我爷爷顶欢喜吃苞萝，也顶欢喜种苞萝。往年在大湾里是租人家山种，现在种自己的地就不一样了。租人家种的是二八开，收来的苞萝主人两担自己留八担，现在种多少收多少都是自己的，不由得你不发狠种。

除掉种苞萝，有些空地里还撒些高粱啊黄粟啊油麻啊下去，样样都种点么样样都吃点。要年辰好，雨水日头好，种得多收得越多，吃得也遂意。

山苞萝也不是年年种那么多的。第一年开山挖火地种苞萝，第二年就要种桐子苗和茶子苗，中央插种苞萝。到了第四年摘茶叶时景，桐子啦茶子啦都开花了。这一年就不能再种苞萝，种下去也不大有得收。这块地就索性不种苞萝，把茶子树桐子树养大。桐子茶子都要到九月上好摘，到了十月上头，桐子茶子自己都要掉下来了。

桐子摘来先堆在地里烂些时候。到时候再用桐子撬一个一个把桐子里头的肉撬出来。桐子肉一个个雪白的，就好像蚕茧子一样。全部撬好，再用扁毛竹篮把桐子肉拿到日头底下晒燥。茶子桐子都晒燥，就一担一担挑到长宁去卖，换成白洋存在家里。

桐子树活了五六年就要死根，茶子树也顶多活七八年。等到桐子树茶子树都死差不多，这块地又好开始种苞萝了。除掉苞萝高粱黄粟，地里种得顶多的就是豆子。

豆子好吃，是烧菜的当家货。我汪家人都欢喜这样菜，多少年以来都欢喜种。

种得顶多的是白豆，五月上种七月上收，两个月就能吃。讲是讲白豆，实际上有黄的和青的两种，大家都叫青豆子，又叫五月白，比其他豆子早熟。这种豆子燥掉以后还是青的，也有黄的。另外还有八九月上收的豆子，叫大豆，也叫黄豆；还有小豆子，有黄的和青的两种。豆子里头顶不好吃的是花豆子，豆子的颜色黑嘟嘟、花湫湫，一定要把壳去掉才好做豆腐。不去壳的豆腐做起来很难吃。花豆难吃，最养人，有些生了小人的婆娘专门要去买来补身子。

豆子嫩的时景好炒菜吃，老了也好当菜吃，只要拌了咸盐烧就是。除了炒豆子、焐豆子，顶好吃的是做豆腐。豆子藏家里不会和红薯样容易烂，想吃了就做一桌豆腐，做两桌三桌也不要紧，吃不完就把豆腐多煮两道，做豆腐干吃，还能做豆腐乳吃。平常日子，新鲜豆腐炒腌菜、焐笋子、做肉圆、包苞萝粑，哪样吃食用不到豆腐？只要放了豆腐，就是一碗好菜。

有苞萝饭顾豆腐，我们汪家人就这样子慢慢发起来，兴起来。

要讲我爷爷的欢喜，还真古怪。人家欢喜坐家里嬉，坐家里吃饭，坐家里谈天。他不。他欢喜在上峰塔做工夫，欢喜坐地上吃黄烟，欢喜一边张来望去一边想往年的事。

他总是对我火筒大爷讲：祖宗大人保佑啊！我汪家总算有一块山，有这样一大块山哩！

往年时景，我们到处租山种，种得自己都不够吃，还要交租把东家。

往年时景，我们租山不够吃就出去打零工，嘿嘿，打一天的工拿六斤米，要么拿一个银角子，打十天工刚刚好拿一块白洋。

往年时景，刚刚到汪家坞来，我天天跟我老子、你爷爷出去打零工，挣了银角子，今天打一把锄头，明朝打一把柴刀，一点点余下来，一家人慢慢这样过来。

哪想到啊，我的祖宗大人保佑啊，从安庆到江山，从江山到严州，到了我手上，才算发了，才算有了，才算有山有地了。多谢了，老天！多谢了，我的祖宗大人！

我爷爷的日子一天天好起来的时景，另外一个人的日子慢慢差下去了。

这个人就是我爷爷的兄弟小山羊。小山羊好吃懒做，不欢喜背锄头，不欢喜捆柴刀，只想嬉只想吃，真是山羊奶养出来的山羊脾气。

有一回他到糠芯坞大舅家借米，让大舅有饭骂了一顿：你只晓得到处武来武去，也不晓得到哪里去挣点钱来养养家！我把一个好妹子嫁把你，跟牢你过苦日子！

小山羊老婆有菜也在边上唠里叽咕，讲家里那些红彤彤的家当，都一样一样让小山羊卖掉换粮草吃了，现在家里空落落，光零零，看不到东西。实在是饿得没有办法，才到大哥家里来借点粮草吃。

有饭骂小山羊：我就不懂了，你和你哥哥是同一个老子生的，为什么他做了财主，你做了穷骨头？是你没有用，还是你老子分家没有分匀？

小山羊让有饭骂了好几回，就到他大哥、我爷爷家里来借粮草。开始借了几回，后头总来借，还有去无回，我爷爷奶奶就不肯再借给他。小山羊火了，讲：分家分家，我要分家！

我爷爷讲：不是老早就分过家了？还有分？

我小爷爷小山羊讲：呃，还有分，我要分二道家！

第十章　讨了皇后还要有本事做皇帝

从江山逃难到严州府的穷骨头，一家伙买了王谢村的十三亩田、上峰塔一百多亩山，长宁园里人的眼睛都红了。大家都说我那个穷爷爷，开始过上梦里头的日子。皇帝一餐吃一斤猪肉，我爷爷也尝得好几两。我小爷爷小山羊，也想分点肉吃。

我小爷爷好吃懒做，天天在外头赌博，弄得有饭妹子、我小奶奶有菜天天和他争口，讲要另外嫁人。往年没什么离婚不离婚，严州府山坞里的女人脾气都躁，合不来就争，争不来就另外嫁人。我奶奶的婆家本来就在金村，日子过不下去，自己嫁到汪家坞来的。有这样的样子摆在前头，我小爷爷还不吓死？老婆讨得齐整，还要会挣钱养得下去，只怪自己没有挣钱的命，赌博也是输多赢少。小奶奶动不动逃到糠芯坞娘家去，小爷爷总是屁股后头追过去接回家。小奶奶不来，他就跪她面前，七讨饶八讨饶，一定要小奶奶回家。

他大舅有饭实在看不下去，熬不牢又是一通骂：汪家坞汪家坞，顶有钱的人家就是姓汪的。为什么人家姓汪的有钱，你这个姓汪的没有钱？

我小爷爷就讲娘老子分家不匀，把金银财宝都分给老大了，小儿子是空手出来的。

有饭也不管他讲的是真是假，就劝他去分二道家。我小爷爷讲：我不是没有讲过，吵都吵好多回了，我讲要分二道家，我哥哥嫂嫂不肯，村坊里人也没听哪份人家分二道家的。

有饭讲：规矩都是人做的。以前没有听讲过，你分了二道家，人家不就听讲了？再说，你分二道家也不是没有理，做哥哥的买整片的田整片的山，做兄弟的两手空空，同一个娘老子生下来，他也看得下去你过苦日子？不要讲是娘老子分家不匀，就是分匀了，他自己挣来的这份家，也该分点给你呀。

我小爷爷小奶奶听了都讲有理。有饭呢，讲自己会帮衬说理，不愁妹夫小山羊的哥哥听不进去。他就专门到汪家坞来了一趟，寻到我爷爷，把那天讲的话又念了一回。我爷爷坐那里不响动，只顾吃黄烟。我奶奶坐了边上唠里叽咕，讲她小叔懒死的，只晓得嬉不晓得做。

分给他的家当都卖完吃完了。就是娘老子再多分给他点，也要让他败光。娘老子分家是一样分的，都是这个小叔败家败掉的，他就是汪家的一个败子。有饭听了只摇头。

我小爷爷也寻到我爷爷家里来闹过好几回，我爷爷奶奶都不理他。

后来，有饭出主意说要寻保长帮忙。长宁的保长就是整个长宁园里顶大的财主邵顶发。有饭带了妹夫到邵顶发家里把事情谈了，邵顶发也讲有理。

过了几天，我爷爷刚刚好到邵顶发家交大湾那块山的租。上峰塔的山不要交租，大湾的那块还要交。不是他一定要租大湾的山，早两年种下去的桐子茶子，正是收的年辰，舍不得转把人家。邵顶发收了租，还招待我爷爷吃饭。酒吃了一半，邵顶发就把我小爷爷要分二道家的事情谈了，讲自己亲兄弟，还是自己商量解决好，尽量不要闹到府里去。我这个做保长的，也算有面子。

邵顶发讲的话，我爷爷也有点听进去，就是做不了主，家里都是我奶奶当的家。

等了好些日子，邵顶发还没有等到音信。我小爷爷总去催有饭，有饭总去催顶发。催到后头，大家想想都没了主意。

有一回，不晓得一个什么人到糠芯坞来看风水，带便看相算命，把闫家往年怎么怎么有钱，现在怎么怎么可怜，讲得和真事一式一样。有饭看他算得准，就请他在家里吃饭。饭桌上，把刚刚和妹夫争口吵架逃回家的妹子，还有来接人的妹夫骂了一顿。有饭也有点难为情，就把妹子家里的事拿出来和算命的人谈。算命的人讲，办法倒是有一个，就是要狠。只要你狠得起来，二道家就分得来。

第二天，有饭和我小爷爷就把长宁村里的烂污鬼大荸荠请到家里来。有饭对大荸荠讲：你从明朝开始，手上拿一面锣，到长宁园上上下下打去，打一天，一块白洋！

烂污鬼高兴死了，人家打零工做死做活一天只有一个银角子，十天才有一块白洋，他只要打打锣，一天就拿到人家十天的工钱，这样的好事哪个不愿做？

照有饭的话，大荸荠打锣打到长宁村隐将村，一边打一边说我爷爷分家还有多少多少金子银子没有分掉，说我小爷爷怎么怎么可怜，长宁人隐将人听了就讲：那弄不来的，分家不好这样分的！

大荸荠又打锣打到徐坑头溪边村，打到塘岐村沈家村，打到清溪坞毛山坞，半个月以后，整个长宁园里都晓得汪家坞我爷爷和小爷爷的事情了。

汪家坞人听到长宁园里每个村坊里人都讲汪家坞人分家不讲理。

我爷爷就只顾吧嗒吧嗒吃黄烟，不晓得怎么样好。我奶奶呢，一边烧饭一边唠，讲小爷爷怎么怎么不好，雇人打锣唱戏的事都做得出来，汪家败子真是要把汪家败掉了！

那天早上，日头刚刚爬到山上，大岭口子上一顶轿子吱呀呀上来了。往年时景，汪家坞人一看到轿子就晓得是大围裙上来，现在大围裙死掉了，长远没有看到轿子在汪家坞响动，大家都围过来看。

轿子往我爷爷家转进去。歇下来，里头走出来一个很体面的人，就是长宁园里的保长邵顶发。

汪家坞人都听讲过保长邵顶发，看是不大有得看到。有些大人家到长宁借钱啦交租啦，走到邵顶发家里，也只寻家里的管家，邵顶发是不肯出面的。有时景运气好，也只看到半个脸，笑都不对你笑一下。

邵顶发吃了口茶，和我爷爷谈了下上峰塔大湾山上的事，接下来话头一转，又谈到我太爷爷两个儿子分家的事。

听了邵顶发的话，我爷爷坐那里不晓得怎么好，只顾叫我奶奶杀鸡杀鸭，把家里好吃的东西都拿出来请客。

中午吃掉，夜晚又吃。夜饭吃歇，邵顶发总要回家的。我奶奶把我爷爷拉到厨房里，讲你只听他讲，自己不要答应。等他回家以后，我们就当没有听他讲过，莫管他分家的事。

哪里晓得，邵顶发讲今天不回家了，事情没有解决，要在汪家坞歇夜。喂呀，我爷爷奶奶屁都忙出来，帮他料理床啦被褥啦，把顶好的房间留把邵顶发歇。

到了第二天、第三天，邵顶发都没有讲要回家的意思。

我爷爷不好答应，又推不掉。除了吃黄烟，就是拎了大菜篮到长宁买菜。邵顶发这个大客人有这么好招待的啊？不光光他一张嘴会吃，帮衬他抬轿子的人比他还会吃。家里一下子多了好几张大嘴巴筒，差的菜还没有法上桌，只好天天往长宁跑，害得长宁菜店卖菜的人笑得嘴都合不拢，还笑我爷爷，讲：你汪家坞的大财主也肯下山买菜，日头从西边出来啦？

吃了一天又一天，邵顶发总不肯走。我爷爷奶奶开始心痛，这样天天酒肉饭，我汪家总有让他们吃完的一天，不让小山羊这个败子败掉，也要让他们吃败掉。

后来我爷爷奶奶两人商量，是不是多少分点子给兄弟，省得邵顶发天天吃白食。

邵顶发晓得我爷爷让步，就问他肯拿出多少东西来分。我爷爷讲，要么王谢拿出一两亩来给他，要么上峰塔拿出十亩二十亩给他，要想再多是不能够了。

邵顶发把有饭和小山羊叫过来商量，两人还是商量不通。顶后头，邵顶发对我爷爷讲：你王谢那十三亩田，是你老子还在的时景买的，照讲小儿子也是有分的，起码乎应该分个一半。你上峰塔的山，是你老子死掉没有多久买的，分他一半也讲得过去。你自己想想看，田和山都分一半给你兄弟，怎么样？我爷爷只顾吃烟，还是不肯答应。

邵顶发又讲：要么田和山分开，一个分到山，一个分到田，你讲怎么样？

我爷爷顶欢喜的不是田，是山。再讲田只有十来亩，山都有一两百亩，那块山就是他的命，哪里肯分给小山羊的。他听了邵顶发的话，马上就开口：山我不肯的，要么把田分给他。

邵顶发到有饭和小山羊那里一讲，两人就讲通了，都讲要拿出银子来谢保长。

王谢十三亩田写把小山羊以后，邵顶发就坐轿子下山。

我爷爷我奶奶手指头指牢小山羊，拼老命骂：你个山羊儿子！你个败子！你个山羊儿子！你个败子！看你十三亩田能够吃几天！吃光了你再来分三道家，我就一棍子把你脚骨打断！

有饭拿了那张盖过指头印的纸，把小山羊拖了就走。到了小山羊自己家里，有饭和妹子、妹夫三个人，又唱又跳，哪里还管我爷爷我奶奶骂得多少煞手！

有菜答应有饭，等王谢十三亩田的租金收上来，就拿出银子来谢哥哥和保长，不会吃亏两人的。后头有饭怕小山羊出去赌博，怕他把十三亩田都赌光，就交代小山羊：你还是要学学你哥哥，学什么？你姓汪人家的家还是要女人来当，只有让女人管，才会发家！

有菜听懂哥哥的话了，也拼命讲：租金都交给我来管，家里要用钱都我来开支。

小山羊本来是不肯的，大舅有饭讲得很凶，老婆有菜生得这样齐整，也舍不得看她不高兴，就对有菜讲：那你以后不要三天两头逃娘家去哩。

有饭笑了，讲：有十三亩田在手上，还逃娘家来作什么？到娘家来喝西北风？

有菜也笑了，讲：只要听我当家，我哪里都不肯去，只在家里和你过好日子！

另外一堂屋里，我爷爷和我奶奶哭都哭不出来。好不容易挣来的一个家当，一下子就少了一半。王谢的十三亩田，就这样脱手，归小山羊了。我奶奶怪我爷爷答应得太早。我爷爷讲：我怎么办？他们天天这样吃下去，迟早要把我吃败掉。十三亩田的租金，笼里笼总也没有几餐好给他们这样吃的。我实在是心痛不过，让外人吃还不如让自己人吃，小山羊总算是我姓汪人家的。

我奶奶眼泪水流不歇，讲：你把他当兄弟，他不把你当哥哥！

我爷爷讲：当不当也只好随他，他本来就是吃山羊奶大的，只有半个人是我汪家的。天晓得，山羊去掉我半个家当啊，这个山羊儿子！

从江山逃难到严州府的穷骨头，一家伙买了王谢村的十三亩田、上峰塔一百多亩山，长宁园里人的眼睛都红了。大家都说我那个穷爷爷，开始过上梦里头的日子。皇帝一餐吃一斤猪肉，我爷爷也尝得好几两。长宁园里那些做贼做强盗的，都想来揩油。

长宁这个园里位置大也不大，从外头到里头，是清溪毛山长宁，长宁进去，反手边是隐将（王家蓬），顺手边是徐坑头（金家干、苞萝畈）溪边沈家。除掉长宁，每一个村坊人口都不多。财主人家个个村坊都有个把，顶大的财主就是长宁的邵顶发。汪家坞是长宁边上的小村坊，有时光人家不把它当一个村，只算个小山坞，在整个长宁园里头，是顶小的位置。往年时景，这个顶小的位置也出过顶有钱的人家。祝家兴旺的时景，把石板路从祝家坪一直做到长宁，祝家人到长宁办事，都骑白马来去，白马脚蹄在青石板路上咔嗒咔嗒一路响过去，很威风，害得路上做工夫的人眼睛皮都看酸掉。祝家人究竟什么时候发家、什么时候败家，现在人弄不灵清了，有人说是一百年以前，有人说是两百年以前，顺反是往年的往年。到前面几年，汪家坞脚的糠芯坞闫家也发过一些时候，就是太短了点，大围裙的轿子坐得大家刚刚眼睛有点红，家当就败掉了。人家说风水轮流转，今年到我家，这句话有理。都说地下的金子银子有脚，今天在这份人家，明朝就到那份人家，就看哪份人家有本事镇得牢，镇得长久，不让它到处溜来溜去。糠芯坞闫家败掉没有几天，姓汪人家发起来了。有人讲是闫家的金子银子逃到我汪家来了，我爷爷对我奶奶讲，不一定。屋后这棺坟，肯定不是闫家的，想来想去还是祝家的坟。我奶奶也说，祝家坪在汪家坞的岗外，老早汪家坞顶发的位置是在祝家坪那块位置。对祝家人歇的祝家坪来说，我们现在歇的位置是顶荒的位置。祝家的大辈死掉，要殡就殡到没有人歇的位置，不远不近，我们屋后这里刚刚好。再说，要不是祝家的坟，哪份人家会在坟堂里藏了整酒笃的白洋和金条呢？这样一想，我爷爷奶奶都相信，我们汪家的金子银子是从祝家逃过来的，时光隔得远了点，总归到了汪家。只要肯进门，不嫌你迟。

我爷爷从小过苦日子长大，不喜欢像大围裙那样到处献宝，到处露财。就是到王谢买了田，到上峰塔买了山，长宁园里晓得的人也不多。怪只怪他兄弟、山羊儿子小山羊，和他大舅有饭勾结，雇了大荸荠在整个长宁园里打锣宣传，讲汪家坞某某人家怎么怎么有钱，家里金子银子有多少，分家时分不匀。到后来，邵顶发来帮衬分二道家，我爷爷不光少了一半家当，还让整个长宁园里人都传来传去，说我们家里藏了很多的白洋和金条，听得那些做贼做强盗的人，个个耳朵瑟瑟动，心里丝丝痒。

头一回强盗来的时光，还是白洋上面的那个孙大头[1]坐天下。那天夜晚，我爷爷奶奶吃过夜饭，和火筒三人一起坐油灯下面做草鞋。做得吃力，就早早上床困觉。困得正香时，听到外面有人敲门。我爷爷爬起开门，一看，外头是一片火把，火把光底下的那些人，个个都画着花脸。我爷爷晓得，强盗来了。

强盗候门的候门，搜东西的搜东西，头脑子[2]站堂前中央逼我爷爷：我们一帮人来一趟

①孙大头，即孙中山，1925年去世。民国银元铸有其头像，分孙大头和孙小头。

②头脑子：头目，负责人。

不容易，快把家里的金条银条拿出来，我也不想难为你！

强盗里有一个个头不大的，走到强盗头身边，唧咕唧咕讲了句什么。强盗头就对我爷爷说：你家里是女人当家的？快叫当家人出来讲话！

我奶奶躲在楼上吓坏，本来想躲过去算数，哪想到强盗也晓得她是当家人，只好小脚移下楼来了。

强盗还是那句，要拿金条银条。我奶奶说：都是他兄弟分家时候乱传传的。你们望望我家里看，哪里像有金条银条的人家！

强盗头说：你家没有金条银条？那王谢的田、上峰塔的山上用什么买的？

我奶奶说：金条没有，本来白洋是有几百的，都买田买山买掉了。这两年收成不好，也只够做点吃吃，哪里有多余的钱？实在没有！

我爷爷也在旁边说，家里实在没有东西。搜东西的强盗在房间里搜出十来块白洋，还有一些铜板铜钱。另外还搜出一些苞萝烧、几十斤米和面，还有几担山苞萝。

强盗头想走，旁边那个个头不大的强盗又走过来，笑眯眯同他讲了句什么。

强盗头就下命令，叫人用索把我奶奶捆起来，两只手两只脚吊在屋梁上，下面的强盗把索一拉，我奶奶就像一只老鹰一样从地上飞到了屋梁上，这个就叫老鹰飞。

我奶奶疼得要死，我爷爷也跪在地上拜，向强盗头讨饶。

旁边那个强盗笑得嘴都咧起来了，看上去很高兴。我爷爷望望这个会笑的强盗，总像是哪里看见过。特别是笑起来的样子，鬼头鬼脑的，偏一下子想不出来。

我奶奶吊在梁上实在痛，哭也哭得凶。哭的时景她很老实，很没用，实际她的脾气也很暴。只要把白洋留住，她死都不怕，还怕你老鹰飞！我爷爷交给她藏的白洋是不少，她哪里舍得把这些宝贝交给强盗？顺反自己有两个儿子，死也要把白洋传到儿子手上。

强盗把我奶奶挂梁上吊了个把两个钟头，后来汪家坞里开始有响动，强盗就拿了些好吃好用的东西，熄了火把逃走。

那次以后，我爷爷和我奶奶商量，家里白洋不要多藏，就是米啦面啦苞萝啦，也不能多余在家里，该吃就吃，该卖就卖。吃掉再去借，去买，省得让强盗占便宜。

我爷爷担心家里藏的那些白洋迟早要让强盗找到。我奶奶也把脑筋动破，把白洋分成好些地方藏。有些藏了墙洞里，洞外头用石灰补起来；有些藏在床底，挖洞藏好又盖上黄泥；有些藏在楼顶上的毛竹里头，把毛竹管塞满以后再用草纸塞紧。

我爷爷还是不放心，他想到一个好位置，说：顶放心的位置是大家都怕去的位置，就是……

我奶奶也想到了，就是坟堂里。

到了这时光，我爷爷奶奶才晓得，为什么屋后这棺坟的坟堂里会藏了这么一酒笃的白洋和金条。不是祝家人不会藏，呆板都是让强盗逼的。当家人想到顶吓人也顶放心的位置，就是祝家大辈的坟堂里。哪晓得当家人一死，一句话没有讲出，这笔家当就没能传下去。要么就是祝家人真的灭种了，想传也没有人好传。也是该当我们汪家要发，强盗逼来逼去，逼得一两百年以前的祝家人把金银藏到我家屋后来，藏到我家床铺底下来。今天我们汪家也和往年祝家人一样，碰到防备强盗打抢的事，我们一定要把白洋藏好，千万不能让强盗得手，千万要把家当传下去，子子孙孙传下去。

我们汪家大辈的坟都在江山，顶后头一个过辈的是我太爷爷，坟做在王谢那块田边，现在那块田分给了小山羊。要把白洋藏那个位置，肯定弄不来。后来我爷爷奶奶就想到藏在外面的两个好位置，一个是门口的菜园地，一个是上峰塔的山上。这两个位置，再本事的强盗都不会想到。就是进了门，也抢不到几个白洋。

防备工作做到门了，强盗要来总还是要来。第二回来的时景，坐天下的孙大头不在了，刻了孙大头像的白洋还在那里用。

强盗还是一大帮，还是夜晚点了火把进来，个个画了花脸。看上去强盗头是换一个了，人的身坯也粗些，年纪也大些。旁边那个会笑的强盗又来了，他总是像个军师一样，走到强盗头旁边叽里咕噜说几句，强盗头就对我爷爷奶奶厉害一点。顶后头，我奶奶又让强盗捆在屋梁上，坐老鹰飞。

怕死是不怕死，吃亏就吃亏在时候不对，我奶奶刚刚肚子大，快生小人。我爷爷怕出大事，怕大人小人一起去火，就劝强盗不要让我奶奶坐老鹰飞，还劝我奶奶交点白洋出来。我奶奶骂我爷爷：你个怕死鬼！我都不怕你怕什么？家里没有白洋，你要我到哪里去变啊？你要有，你拿给强盗好了！顺反我是没有。金子银子没有，要命有一条！

会笑的强盗在强盗头面前走来走去，讲话轻轻巧巧，只怕人家听到。火把刚刚照过来，我爷爷看这个强盗耳朵上有颗小痣，再看那张嘴，笑得真有点熟悉。一想，还是想不出哪个。

老鹰飞个把钟头，我奶奶昏死过去了，裤子上的血从屋梁上一滴滴滴下来。我爷爷大声叫：不好了，出人命啦！我老婆死掉啦！大人小人都死啦！

到汪家坞来的强盗和另外位置的强盗不一样，都是些小强盗。他们只要人家的金银财宝，不要人家的命。就是讲要人命，也是吓吓人的。真出人命，大家都怕。我爷爷讲我奶奶死掉了，一帮强盗就都逃走。

这回强盗来，家里抢走的东西不多。小人没有了，大人倒还好，算是留了一条命。

我爷爷气不过，就到保长邵顶发家里去告状，要保长想办法抓强盗。保长讲：强盗肯定是要抓的，长宁园里强盗多，要抓也抓不完。就是抓完了，还有大洲园里的，十八都的，到处都有强盗，怎么抓？不要讲你家有强盗抢，到我家来的强盗更多哩！

我爷爷想想也是，长宁园里顶有的大财主，强盗会不看重？会不多来几趟？就问：那你是怎么样对付强盗的？

邵顶发讲：要对付强盗，靠官府是靠不牢的。官府位置远，离长宁五六十里路，怎么管得过来？整个严州府，位置这么大，不晓得有几十几百帮强盗，天天抓都抓不完，官府也有官府的苦。前两天就有几个差人到我家里来诉苦，这些差人天天在外头捉强盗，捉不到还要挨板子，你说他们是不是也可怜？

我爷爷讲：那有么办法？就这样让他们来抢，让他们无法无天啊？

邵顶发就讲：顶好的办法，还是靠自己。你望望，我的家当比你要稍微多点，想到我头上打主意的人还会少？以前不晓得来了多少帮，弄得我夜晚都不敢困觉。后来我想办法了，让家里的长工个个都配了一把狗头铳。到了夜晚边，叫两个人放哨，看到外头有强盗进院门，就放铳。我也交代他们，夜晚看到强盗进来，煞手帮我打，打死越多越好，官府不怪你，还要奖赏你！就这样，这年把强盗不高兴到我家里来了，来了没有好果子吃！

我爷爷听了很高兴，当场就问邵顶发家买两把铳回家，还配了好些火硝和砂子。邵顶发讲：下一回我再帮你弄一把上好的猎枪来，打强盗、保平安也是我这个保长该做的门份事，出事情我帮衬你挑担子就是！

到了家里，我爷爷和火筒大爷两人一人分了一把铳。怕不会用，还到屋后山上去练了练。我爷爷把火硝和砂子塞到铳筒里，响炮纸盖牢铳口，铳口对牢树上的一大堆麻雀，一铳放过去，树叶飘飘，树底下十来只麻雀落了地，每一只麻雀肚子上都有砂子，有些还吃了好几颗。

我火筒大爷也试了试，打死好几只麻雀，就很欢喜打铳。到了夜晚边，两人轮起来候夜。我火筒大爷夜夜都巴不得强盗早点来，有一回，总算等到强盗敲门了，我爷爷在楼上往外一看，又是一片的火把。两人就一人候一边，我爷爷头一铳一响，火筒大爷的第二铳也响了。楼下的强盗都啊哟啊哟在地上哭，我爷爷来不及往铳里头装火硝和砂子开第二枪，就拿出一小包一小包的石灰，和我火筒大爷两人往楼下丢，丢得楼下的强盗眼睛里都是石灰粉，大家一边哭一边逃，很快就没了声音。

强盗逃是逃了，我爷爷奶奶还是怕，只怕这些强盗又来，只怕他们来报仇。好几个月过去，强盗都没有进门。我爷爷呢，除了磨刀练铳，还做了根六尺棍。邵顶发派了个师傅来，教我爷爷舞棍。师傅走了，我爷爷就一个人练，天天早上老早爬起，在门口天井坪里舞棍。一根六尺棍呼呼呼响，练得很威风。

有年秋里头，我奶奶肚子里有了，就担心家里再来强盗。不是自己怕死，是怕强盗再把小人害掉。汪家有这样好的家当，要多生几个儿子传下去。想来想去，没有主意。

那些时候，歇我爷爷家隔壁茅棚里的美仙总到家里来嬉。美仙是汪家坞顶齐整的女人，两三年以前嫁把我爷爷的一个叔伯侄子年糕，就歇到我爷爷隔壁来了。大家都弄不灵清，汪家坞的穷骨头年糕，怎么讨到这样齐整的女人。更古怪的是，讨了没有多久，年糕就到外头去了，把这样齐整的女人丢家里不管。美仙讲，她老公年糕让人叫到江西去了。孙大头死掉几年后，江西那边又有一帮人坐了天下，开始闹共产。都讲那边的日子好过，人人都有田地分。年糕是靠打零工过日子的，实在难过，就跟人家一起到江西闹共产。走之前对美仙讲，等我那边分到田地，就过来接你。

美仙到我奶奶家里来嬉，就谈到她老公年糕到江西闹共产的事，讲江西那先开始闹，迟早要闹到严州来。我奶奶就问什么叫共产，美仙讲，共产就是大家一起分田地，一起吃粮草。要是共产闹到严州，你汪家的田地都要分给大家种，过的日子就和我们大家一样了。

我奶奶就讲，那顶好不要到严州来闹共产，一闹共产，我汪家辛辛苦苦积余下来的家当，不白白地分给大家了？我们一家人省吃省用，算什么名堂？

美仙就讲，你有得吃就吃，有得用就用，想通点。就是不闹共产，迟早都要挨强盗抢，还不如自己早点用掉去好。我奶奶听她讲得有道理，有时景就留美仙一起在家里吃饭，两人谈谈天。后来美仙讲哪里哪里出强盗，哪份人家哪份人家又遭抢了，讲得我奶奶心里别别跳，只怕肚子里的小人又让强盗害掉。还是美仙帮衬出了个主意，讲：你要怕小人出事，不如寻一个穷骨头亲戚人家去生小人，等生下来再回家，不就没有事了？

我奶奶跟我爷爷一商量，就到长宁寻到我爷爷的一个叔伯兄弟家里，歇那里生小人。这个叔伯兄弟往年是一起从江山逃到严州来的，在汪家坞待过些时候，后来租不到山种苞萝，就到长宁来打零工，长歇那里。

那年年三十半夜里，我奶奶肚子痛，痛了些时候，就把我爸爸生出来了。我爷爷这个叔伯兄弟的老婆帮衬洗小人，洗好以后不久，天就慢慢亮了。后来我爷爷到长宁来问是么时候生的，我奶奶一会讲是年三十夜晚生的，一会讲是年初一一大天早生的。到顶后头，哪个也弄不灵清究竟是么时候生的。

百日之后，我奶奶叫我爷爷取名字。我爷爷也真是想不出好名字，就把老办法拿出来用，走到长宁村一份人家，看到一把烂锄头柄，偷了就往叔伯兄弟家里走。寻到我奶奶，就讲：你儿子名字有了，就叫锄柄。

我爸爸锄柄慢慢大起来，后来又有了妹子小红，我大爷火筒和砚瓦呢，也都讨了老婆。犯日本佬那年，我大爷火筒有了头一个儿子小泥，再过几年就有了草根、金花、小梅一帮小人；我大爷砚瓦是在严州师范毕业以后教了书再讨老婆的。他自己到处教书，老婆在汪家坞跟了我奶奶做事，后来也生了好几个小人。

家里做工夫的人越来越多，上峰塔越来越闹热，有时光是日夜有人做工夫，夜晚头都歇了那里。我爷爷带了一大帮人做工夫，指手画脚，讲要这样做这样做，那样做那样做，大家都照他讲的做，规规矩矩。我爷爷越做越入味，把个上峰塔料理得和自己家的菜园一样齐整，做吃力后，就用大手巾抹抹汗，凉风一阵阵吹来，他想想自己过的日子，真是比皇帝还要快活啊！

让他不快活的，就是夜晚头寻到家里来的强盗。特别是后来家里白洋慢慢余多来之后，我爷爷又到外面去寻田地，托人问来问去，听说在靠近淳安的一个地方叫郭村，那里有个财主人家有十几亩田想卖，价钱也不贵。我爷爷就赶过去好几趟，谈好价钱，买下这十几亩田。郭村的田买到家没有多久，不晓得哪个又把话传出去，说我爷爷家里有多少的金条银条，强盗就一帮接一帮赶到汪家坞来，有几帮就是用狗头铳打都打不逃，害得我汪家好几回鸡飞狗跳，哭声连天。

我爷爷做财主的那三十年，一起碰到过十三帮强盗。这十三帮强盗都没有把我爷爷害死，我爷爷送掉一帮又一帮，越送越威风，把家当候得牢牢的。三十年过后，他还是没有候牢家当，就到五坟山上挖了菜虫药。

从江山逃难到严州府的穷骨头，一家伙买了王谢村的十三亩田、上峰塔一百多亩山，长宁园里人的眼睛都红了。大家都说我那个穷爷爷，开始过上梦里头的日子。皇帝一餐吃一斤猪肉，我爷爷也尝得好几两。汪家坞糠芯坞的那些穷骨头，都想分点食。

往年跟我太爷爷一起逃到严州来的姓须人家的头脑子，叫须讨饭。须讨饭到严州来还带了黄狗、花狗、白狗、黑狗四个儿子。这四个儿子早早分了家，大家互相脾气不投，你气我我气你，不想让人家的日子过得比自己好，就是连取名字都要比人家狠三分。黄狗生了个儿子，取名铜钱；轮到花狗生儿子，就叫铜板；白狗不服气，把儿子取名白洋；等到黑狗有儿子，更加煞手，索性就叫金条。

黄狗、花狗、白狗、黑狗四个儿子都有一大帮子女，死的死逃的逃嫁的嫁移的移，最后也余了铜钱、铜板、白洋、金条四个叔伯兄弟还歇汪家坞，争来争去争不歇。

这四个叔伯兄弟有一样脾气差不多，在家里煞手和自己家人争，一点都不像兄弟；到了外面煞手和外面人争，大家一心一意，很像兄弟。

我爷爷在上峰塔一片片开山，从七坞山顶往下面开，一直开到半山腰，看那些树生得很齐整，就没有再舍得开，留那里生树卖。再说，离七坞村那么远，也不怕他们来偷。哪晓得，七坞人不来，姓须人家四个叔伯兄弟，时不时钻到我爷爷家的树林里，歇歇砍点柴火，歇歇砍两棵树。你要望见他，他说我在挖草头药，砍点小柴火。你要没看见，他四兄弟合伙砍树，一下把一棵树放倒，一下把树背走，你追都追不上，寻也寻不到。要再多说他两句，他还回过头来骂你。

姓须人家这四个瘟鬼实在懒病，不想做只想吃。不光光偷树，连苞萝红薯都偷。我爷爷讲，到汪家坞这么多年，偷树的人碰到过，偷粮草的倒是不大有，这些人也真懒得古怪，懒得出蛆①。我爷爷脾气不差，路上碰到一回就耐着性子对他们讲：你们也好好租块山来种种，慢慢也会发起来的，吃吃用用总有的。就是不去租山，打打零工也好。长宁保长邵顶发家里田地多，家里事情也多。你们到他家里寻事做，打一工也有一个角子，打十工也有一块白洋，一年下来也有几十块白洋拿回家，日子过过也不差，何苦要到处流来流去，弄得大家不高兴？

随你嘴巴筒讲破，四个瘟鬼就是听不进。到后来，他们还叫家里的婆娘小人到我们家里来偷菜，三天两头拎只菜篮，在我们家菜园边上溜来溜去。讲是讲摘猪草，只要你一下没看到，就逃到菜园里来摘菜。要是你望见，她就说我就摘点猪草。我奶奶气得要死，一下不注意，菜园里菜就让他们摘去好多。

顶气我奶奶的还不是到菜园里来摘菜摘猪草，是怕藏菜园里的白洋让人偷去。我奶奶的脾气越来越暴，天天候了门口，一看到有人进菜园，就拼命骂，越骂越恶毒，一直骂到人家逃出菜园。

姓须人家骂逃了，姓汪人家里的还有一份人家，就是大疯子家里还没有尝到过厉害。大疯子做了狗能跑儿子后，只晓得天天到山上做工夫，挣点吃吃，后来还讨了个老婆回家，一起安心过日子。也不晓得么缘故，有些时候做死做活也吃不饱，大疯子拖了女人一起到我爷爷家里来偷吃，叫女人拎了菜篮到菜园里偷，自己躲河边装成捉虾公的样子放哨。

我奶奶晓得又是大疯子两公婆来了，就拼命骂。哪里晓得这两公婆的脸皮比石塔皮还厚，一点都不怕骂，你骂你的，我摘我的。要再骂狠点，就和你对骂。

到这个时景，就要比哪个会骂，哪个骂得煞手，骂得人家服帖。顶后头，我奶奶想到往

①人死后腐烂易生蛆，懒得出蛆即"懒死"之意。

年在金村看到顶会骂的一个婆娘，她总是捧了刀砧板和朴刀，一边用朴刀斩刀砧板一边骂，骂得人家吓都吓死，都不敢和她作对。我奶奶就学那个样子，把东西捧到天井坪里，看到有人进菜园里了，就披头散发，一边斩朴刀一边骂。大疯子往年也差不多是做巫师的，晓得这种骂法有功效，马上就拖了女人逃，再也不敢到我爷爷家菜园里来了。

我奶奶赢是赢了，名气就是从那时差了下去。大疯子两公婆到处讲我奶奶恶毒，讲我奶奶很会骂人，还讲这种人没有好结果的，老天会有报应的。

大疯子总是对女人讲，要想个办法，把这份人家弄败掉去，省得他尾巴翘上天。

我爷爷家里发了之后，出了很多的事情。我一个小姑妈金花，还白白地送了一条命。

那年我爷爷叫金花到长宁买点咸盐黄酒，过了半来天还没有回家。照往朝时候，半个时辰就该到了，我爷爷就从大岭上一路寻下去，刚刚到大岭脚转弯角头，就看到路上洒了好些白堂堂的东西，仔细一看，是咸盐。再往路下看，就看到山沟里头的金花，头上血淋淋的，很吓人。

我爷爷把金花抱到路上来，又哭又喊，后来金花醒转身了，慢慢丝丝讲了一句话：爸爸，那个强盗，那个耳朵上有痣的强盗，就是……

我爷爷问是哪个是哪个，再问，就没了声音。

金花就这样断了气。我爷爷晓得是到我们家里来过的强盗做的事，这个强盗，大家肯定很熟悉。我爷爷到姓须姓闫人家问，都说不知道。问大疯子，还让他骂了一通。

等到害金花的强盗出事，都过去很多年了。

那年七月半，天公落了点毛毛雨。一个挑担的人挑了担刨铁，要到傅家五金行去。到了徐洪那条山路上，满脸是汗，就用搭柱把担子搭牢歇力，用腰上的大手巾抹汗。刚要起身，树林里跳出一个打花脸的后生，手里拿把刀，指着挑担的人，问：箩担里的什么？是不是白洋？

挑担的人摇摇头，讲是刨铁，是挑去做刨子卖的。

强盗讲：不管是白洋还是刨铁，你都把挑子歇这里，不歇，就一刀把你结果掉！

挑担的人本来就吃力，看到冷路上的强盗，老早吓得半死，就把担子歇地上逃命。逃到徐洪村坊里，见人就喊：出强盗了！出强盗了！强盗把我一担刨铁抢走了！

村坊里人听说后都追出来，有人看到一个花脸后生挑担子往汪家坞那边爬，都捏了柴刀追过去。后来，强盗把担子丢掉，越爬越快，一下子就寻不到了。徐洪人把那担刨铁抢下来，还给挑担人。凑得好，那天府里有一个国民党的什么官到长宁园里来商量保安方面的事，在长宁保长邵顶发家里吃了酒，骑马往府里去，刚刚经过徐洪。有两个徐洪人走到他面前，递过来一把雨伞，说是强盗丢山上的。

听说徐洪出强盗，他马上就赶到府里建德县警察局报告。雨伞上有名有姓，很好寻。府里那边马上派了七八个警察，不光背长枪，还有人背了机关枪，一起骑马赶到徐洪。徐洪人都晓得雨伞柄上刻了强盗名字，认到字的人说这三个字是闫有稻！闫有稻是哪个？问来问去不晓得。有人讲强盗是往汪家坞过去的，肯定是汪家坞人。刚好汪家坞有个姓须的人到徐洪来吃酒，一听闫有稻，就讲：这个人我晓得，他歇我们汪家坞大岭下面。你们从长宁园往反手边进去，到我汪家坞脚下寻那个糠芯坞就是。

一帮警察赶到糠芯坞的时景，天公墨墨黑，闫家夜饭早早吃歇，都上床困觉。

警察都是怕死鬼。保长邵顶发派人把他们送到有稻家门口，没一个敢走到他家里去敲门，只怕里头整帮的强盗出来杀人。这帮人就把有稻歇的这堂屋围起来，长枪机关枪对牢，乒乒乓乓放火炮一样煞手打过去。开始几枪还好，往空的位置打，吓吓里头人。

家里人不晓得外面是什么人，为什么要把他们当野猪一样往死里打。刚好，那天笑菊带了老公洪烂污到糠芯坞娘家来过七月半，差点一起打死。枪响时，洪烂污刚困下去，笑菊要干净，躲在猪栏里那棺老屋棺材后洗澡。老公洪烂污不欢喜做生意，他老子帮他寻了个好工夫做，就是在府里当警察。洪烂污洪警察听到外头枪响，还以为是强盗来抢东西，后来想想不对，哪有强盗没有进门就开始放枪的？肯定是什么仇人要把闫家人灭掉，就对牢外面喊：莫打！莫打！有冤报冤，有仇报仇！你们莫乱打！究竟有什么事，先把话讲灵清！

外面那些警察听里面有人这样说，就把话放出去：快把强盗闫有稻交出来，不交出来就把你们全部打死！

有稻一听，坏了，自己白天抢刨铁的事情让警察晓得，慌急慌忙开了后门，往屋后大湾山上逃走。

有饭儿子笑用看叔叔有稻逃走，也跟在背后逃出门。外面的警察看前一个逃了，后面出门的那个不能放过，一枪就打在笑用肩膀下，当场打翻。

有人放头一枪，后面那些警察也都开始放枪。机关枪嘟嘟扫过来，把有饭家茅棚上、门板上扫得一个个都是洞。有饭小女儿笑甜那年是十八岁的大姑娘了，刚要寻人家嫁出去。那天府里的大姐和姐夫回家嬉，她把自己困的床让出来，自己困楼梯后一只谷柜上，警察的机关枪扫过来，刚好扫到她肚子上，把肚子打破，一肚子的肠子花花绿绿全都滑出来。

再打下去要把家里人都打死光的，洪烂污听出来外头打枪的不像是强盗，是警察，就放大胆子对外头人讲：你们莫放枪，我是警察洪烂污，都是自己人，请你们进门来好好讲话，不要打自己人！

外面警察一听是洪烂污，大家都是在府里上班的警察，就不乱打了。

可怜了有饭的一个儿子和女伢。儿子笑用肩膀下打出通，血流了很多，用布包那里止都止不牢。

顶可怜的是女伢笑甜，一肚子的肠子挂外头，吓都把整家人吓死。当天夜晚笑甜还活的，痛得叫天哭地，歇歇一声：姆妈，我嘴燥，要吃茶！

有饭老婆捧了碗茶给她吃，刚刚吃歇把碗藏掉，她又一句：嘴燥，要吃茶！

嘴巴筒里吃多少下去，肚子里就流多少出去。不晓得吃了几碗茶，一家人哭得要死要活，想不出么办法。笑甜痛得叫天，越叫越响，后来吃茶时把碗都咬下来，一片片吃下去了！

到第二天天早，笑甜就死掉了。

笑用送到府里医，命算留下，人就不很活烫了。

笑菊和她哥哥嫂嫂哭得要死，一定要府里的警察赔人命。洪烂污没有办法，只好去寻警察局的头脑子，把事情前前后后谈了，讲老婆家里一死一伤，要有个交代。这个头脑子把那帮去糠芯坞抓强盗的警察骂了一顿，倒也没有赔什么钱。后来对洪烂污讲：开枪乱打，打死你丈母家人是不对。那你大舅做强盗就对啦？事出有因，也不好多怪我们警察。

这个头脑子还算照顾有饭，叫洪烂污寄信过去，讲有稻做强盗的事，就这样子算数。就算是笑甜的命抵了有稻的命，只要以后有稻不再犯事，我们就不寻他的事。

那些时光，长宁园里总出强盗，保长邵顶发总要府里派人来捉强盗。要是那天把有稻捉牢，肯定是要拉去枪毙。这样算起来，闫家一个丫头壳抵了一个后生强盗的命，也不算吃亏。

后来有人讲，到长宁园里抢东西的一帮帮强盗，都是有稻带进来的。我爷爷想到那个在强盗头旁边走来走去出主意的强盗，和有稻很像。有一回他寻到有稻，翻了翻他的耳朵，就看到了那颗小小的黑痣，就问他是不是总到我家里来抢东西？是不是把金花杀掉了？

有稻总不承认，后来就逃出去了，有好些时候不在糠芯坞。我爷爷对有饭讲，要把有稻杀掉抵命。有饭就寻到他妹子有菜、我小爷爷小山羊的老婆，叫他劝劝我爷爷。有菜寻到我爷爷，眼泪水一把鼻涕水一把，讲家里人死得怎么可怜，伤得怎么可怜，顶小的兄弟有稻怎么不听话。哭到后头，就跪到我爷爷面前求请。说：死掉的都死掉了，活的人还要过日子。你就做做好人，好心有好报，留他一条命，留我闫家一条命。

我爷爷心一软，就没有把有稻的事报到保长那里，没有报到府里去。

多少年以后，我们汪家败了，有稻的日子越过越好，把我爷爷当儿子孙子一样骂，骑在汪家人头上屙屎屙尿。我爷爷死掉之前，还看到有稻笑眯眯在路上走，就对山头顶上的老天爷报告了一声：好人不留种，坏人满路送啊！

第十一章 寻一件新衣裳旧衣裳破衣裳暖身

有钱人和没钱人日子过得很不同。有钱人酒肉饭吃得入味，出门坐轿子嬉得入味，夜晚点白洋点得入味；没钱人没猪肉吃就吃点菜干，没酒吃就吃碗开水，夜晚没白洋点就寻一根苞萝来刮刮苞萝籽。

有不同，也有相同。到了夜晚困觉，有钱人和没钱人都会想女人。有钱人想齐整点的，没钱人想好困就好，只要被褥里有个女人，天天都和过年一样入味，不管这个女人是新衣裳旧衣裳破衣裳，都好暖身子暖脚。

姓须人家四个叔伯兄弟铜钱铜板白洋金条，老婆讨得顶早的还是白洋。白洋生得比另外三个白，人也长长大大，斯斯文文。家里和人家一样净空，嘴巴筒里讲话相套不一样。他看到女人总是讲：发财么要命的，我往年有一回，本来该当我要发的……

白洋讲话的样子不慌不忙，四四十六，女人家看他样子很老实，就相信他是会发的，往年没有发，总有一回要发。后来长宁姓许一份人家，量气很大，把一个女伢给他做了老婆。

白洋讨了老婆，天天过大年，另外三个肚子里就很难过。金条看上去不光光老实，还很有本事，就一心一意要讨个老婆回家。后来七讨饶八讨饶，托人到张家排一个可怜人家，挑了两担苞萝去，就把他家的女伢讨到手，过了好几天快活日子。哪晓得，这个女伢家里可怜，脾气很不小。她以为到汪家坞来有得吃，后来问灵清，家里吃的粮草，还有讨老婆时景挑到张家排娘家的两担苞萝，统是借来的，以后要做死做活慢慢还。金条老婆就很不愿意，等家里借来的那半笼苞萝一吃完，她就抹抹眼泪水逃娘家去。那天金条还在五坟山挖苦叶菜，有人跑来告诉他：金条，你家老婆去娘家了，一路走一路哭哩！

金条一听吓坏，没老婆的日子怎么过？把菜篮丢个翻天，连忙就往岗外上佛堂那边逃。还好金条手脚快，女人总归逃不过男人，到西叉坞那边的山路上，金条赶到了他老婆，把她拉牢不肯放。一个讲你让我去！一个讲你莫去！一个讲日子没有法过，一个讲日子会慢慢好起来的！

两人在西叉坞扯来址去，扯得西叉坞人都赶来劝。金条老婆看劝的人多，也有点难为情，只好跟金条往汪家坞转身。

人回家，心总归不在。金条天天到山上挖苦叶菜，吃得他老婆天天皱眉毛，到后来煮都懒得来帮他煮。金条讲：快点煮，苦叶菜不煮很苦，一煮就不苦了，就好进口了。他老婆不睬他，顶后头送他一句：我看到苦叶菜就想吐。金条听了不高兴，讲：你听过一句老古话没有？他老婆问：什么老古话？金条讲：一碗苦叶菜，抵得两只老母鸡。女人家生小人，要是没有老母鸡补，都到山上挖苦叶菜吃的，苦叶菜和老母鸡是一样补的。你以后生了小人，恐怕家里老母鸡补不上，还是要吃苦叶菜。

金条老婆一听生小人还要吃苦叶菜，这么可怜的人家是怎么寻来的？真是命苦，就躲灶头底哭。老早只想张家排娘家日子苦，哪晓得到了汪家坞，日子比娘家还要苦。

第二天天早，金条爬起做工夫，还以为老婆在灶头烧吃，后来寻来寻去寻不到，到中午边，王谢那边有人寄信过来，讲有人看到他老婆逃娘家去了。金条就追到张家排，要把老婆拖回家。老婆不肯，他丈人丈母也不肯，讲他家里太可怜了。金条就打赖污，讲：你们要实在不肯我也没有办法，讨亲时景我借人家的两担苞萝，你们今天还我，我挑了就走，再也不到你家来麻烦你们。

这句话还真有用。金条丈人家笼里笼总还有十来斤苞萝，还是上一回金条挑去吃余下来的。要还两担苞萝，只怕是把茅棚屋拆掉都不够。后来还是做爸爸的心狠，劝女伢早点跟女婿回家，好把夜晚一餐饭省下来。要是不走，两张嘴还不要吃掉好多苞萝？

人家有老婆是天天过年，金条是一个时节都过不上。老婆天天跟他争口，天天哭天天闹，天天讲要另外寻人。金条不睬她，只当是老婆特意讲话气他。有一天，来了一伙背树的人，到金条家里歇了两夜。有一个背树人听金条老婆讲家里怎么可怜，怎么没有法过日子，就讲自己家里怎么好，和汪家坞这个位置比起来，日子就好比在天上过的一式一样。金条没有听到这种话，金条老婆一听就听到了心里去，两人眉来眼去，就有了意思。背树人走的时候，没有胆把金条老婆带走，怕让汪家坞人打死，就叫金条老婆隔几天自己逃过来，省得汪家坞人怪他。

往年严州府里是有这种风气，女人和男人过不下去可以另外寻人。金条老婆也听说了我奶奶的事情，决心就很大。等到有一天金条到长宁去打零工，她就自己卷了包袱袋，把家里头好用的东西，多多少少放了几样进去，偷偷摸摸寻到背树人家过日子去了。

金条到家里寻不到老婆，到了丈人家里问，也没有音信。

金条天天坐家里想老婆，连到山上挖苦叶菜的力气都没有。一直到两个月以后，有个桶匠到汪家坞来箍桶，讲白沙滩有份人家讨了个老婆，是你们汪家坞过去的。金条一听，马上阴间里还魂，飞一样往外逃。逃到上佛堂汪家庙边一想，不对，一个人到白沙滩这样的大位置要把女人拖回家，只怕不成功。他就回转身，寻到铜钱、铜板和白洋，讲兄弟几个今天一定要帮衬到白沙滩去寻人。白洋老婆一听白沙滩，就把白洋拖牢，讲：你晓得白沙滩在什么位置？比洋溪还要远，来来去去不晓得要多久，你家里工夫不做啦？不做就有得吃啦？还是把自己家里事情管管好！

白洋别样本事没有，就一样，听老婆的话。老婆讲莫去，他哪里敢动身。就这样，金条带了铜钱铜板两人，从西叉坞到王谢，从张家排到下涯埠，从青龙头到洋安，一直赶到白沙滩。白沙滩位置不很大，旁边的小村坊倒是不少。问来问去，总算寻到了金条老婆。金条老婆在家里做事，一看到金条就要逃，让金条拖牢不肯放，一定要她回家过日子。金条老婆讲，白沙滩就是我的家，我回家去到哪里去？金条老婆的两只手，一只让金条往门外拖，一只抓牢腰门不放。

这个时光，后门那边男人看都不看就冲进来讲一句：老婆呃，今天到河港里捉到两条大鲤鱼哩！

这个男人就是到汪家坞背过树的男人，刚刚从新安江里捉鱼回家。他把一只鱼篓交给老婆看，想老婆高兴高兴，哪晓得一抬头，看到好几个男人在家，有一个男人就是金条，心里就有了数。金条老婆讲：我不去不去！男人就讲：也不是我要骗你老婆来，是你老婆自己不愿意跟你过日子，现在她跟了我，是我的女人，你们莫拖，要拖坏身子的！

金条走过来一脚头就把他手上的鱼篓踢翻，铜钱和铜板两人就过来把背树男人捆在柱头上，讲：你歇了我汪家坞没几天，把我姓须人家女人骗回家困，还得了！

金条叫铜钱铜板把他老婆拖回家，自己寻到了把朴刀，指着柱头上这个男人，对女人讲：你快走，不走我就把这个人劈死！

金条老婆很肉痛这个男人，马上喊：莫哩，莫劈哩！劈死人要抵命的哩！

金条讲：那你快点走，我在这里候牢，你要敢转身，我就把他劈掉炒菜吃！

金条老婆怕犯人命，只好跟了铜钱铜板回家。

金条看三个人走了，心里很高兴，就把大门小门都关好，拿出碗架橱里的两碗菜来，倒了半碗红薯酒，慢慢吃。吃了半个时辰，想想老婆走出白沙滩，快到洋溪了，就对捆了柱头上的男人讲：我回家了，你记牢，下一回再有胆到我汪家坞来，看见一回劈死你一回！

走到门口，又想到什么。转身到柱头边，寻到那只鱼篓，一条鲤鱼在篓里，还有一条在篓外跳，就捡到篓里要拿走。男人讲：你把女人拖走了，还要拿我的鱼？你是来寻女人的还是来寻鱼的？金条讲：那就是你不讲道理了。我辛辛苦苦讨了个老婆，让你白白地困了两个月。你该当付我多少钱？一个月一条鱼便宜不？

到了青龙头那边，金条就看到铜钱他们三人了。刚想开口，只听铜钱讲：你也不要逃来逃去，实在不欢喜金条，就跟我过日子好了。只要你跟了我，我总不会让你过苦日子。

铜板也跟着开口：呃，对对对，要实在过不下去，跟我也好。我们都是姓须人家的，肥水不外流，总比跟了白沙滩的男人名气好听些。

金条老婆讲：好歇歇了，你两个伯嚣鬼！你们有什么本事？还不是和金条一样，自己肚子都填不饱，哪有本事养老婆！

金条追上去用鱼篓捣两个兄弟，骂：你两个瘟鬼，还想动这个主意？真是不要脸！

铜钱铜板看到金条追上来了，就对他笑笑，讲：你不要只顾骂我们，有本事把自己女人看牢，不要让她逃来逃去。我们兄弟两个今天是出大力了，你不多谢我们，还想怎么样？

金条心里很高兴，总归算是把老婆寻家来了，就对铜钱铜板讲：快开步，早点回家，到了汪家坞，马上烧大鲤鱼把你们吃！新安江里头的大鲤鱼，鲜肥得很哩！

到了汪家坞，铜钱铜板到金条家里一连吃了两天的大鲤鱼，把顶后头一点鱼汤都喝完，还是舍不得走。有事没事，两人总是到金条家里来走走，只要金条不在家，两人就在金条老婆身上动手动脚，揩了不少的油去。不是金条老婆欢喜这两个懒病骨头，她看到两人空手来就不理睬，看到有块红薯有根苞萝拿进门，就对人家笑笑，想揩油就让他们揩点去。让人家揩油之前，她还欢喜这么说：总归来讲一句话，人生在世，吃为大事。

等到金条晓得这件事，他老婆困都让两人困过好几回了，心里就很不高兴，寻到两人煞手骂了好几回，还讲要把他们脚石髁打断。听了这种话，铜钱就讲了句老实话：金条呃，不是我们兄弟不会做人，是你饱汉不晓得饿汉饥。铜板也劝金条：你一个人又养不过来，不如我们三人一起养，一起困，打个拼伙好不好？

办法倒是个好办法，金条女人也肯，就是金条舍不得。有这两个短命的叔伯兄弟在旁边撩手撩脚，金条倒是争气多了，到处寻零工打，挣了好几块白洋回家。时候一长，老婆也听话了，还一起到山上做工夫，挖野菜。

铜钱铜板两人看金条有人烧饭洗衣，有人夜晚暖被褥，心里很不入味，一天到夜只想到哪里寻个女人来做老婆。铜钱对铜板讲：不要说和白洋金条样买件新衣裳穿穿，我就是有件旧衣裳破衣裳，心里也很快活啊！

铜钱不嫌衣裳旧衣裳破的话让金条听到，夜晚就和他老婆讲，老婆第二天到上峰塔摘猪草时和我奶奶讲，我奶奶又和翻山过来挖苦叶菜的金村人讲。金村人就讲，我们村里倒是有一份人家死了儿子，媳妇在家里待了年把，很想另外寻人嫁出，就是没寻到好人家。

金村寡妇要嫁人的话，一只耳朵一只耳朵听过去，一张嘴一张嘴传过来，后来就听进了铜钱铜板的心里。铜钱铜板连夜摸到金村，寻到那个寡妇和他的公婆。公婆问媳妇欢喜哪个，媳妇望望铜钱铜板，好像还是铜钱稍微能干些，就讲欢喜铜钱。公婆问铜钱拿得出多少聘金办事，铜钱讲什么都没有，家里只还有一担半红薯。要是摆酒，只有出去借了。公婆想摆酒，媳妇不肯，讲借来要还的，以后过苦日子的是我自己。公婆商量了一下，就对铜钱讲：一担半红薯明朝天早就挑过来好了，我们把这个媳妇当女伢送给你做老婆。你要想省摆酒的钱，办法也有，明朝夜晚边就弄人来抢亲。

铜钱当场就答应下来，带了铜板出门，还没有出村，后头就追来一个女人，一望，就是那个寡妇。寡妇轻轻巧巧对铜钱说：你家里笼里笼总一担半红薯，怎么好全都挑来？顶多挑一担来，还有半担留家里吃。以后跟你过日子的是我，又不是金村的这对公婆。

铜钱心里有数，第二天天早就挑了一担红薯到金村，讲另外半担都烂了，给猪吃了。开始两老还不肯，后来媳妇在旁边唠里叽咕，也只好算数，迟早都留不牢的货，不如早点送给人家。

到了夜晚边，寡妇拎了一菜篮的衣裳到河边洗，洗到一半，山上冲下来四个男人，前面一个拿出一只麻布袋就把寡妇套了进去，袋口一扎，把麻布袋背起来就走。路上有人问背什么，就回答说背猪草。人家说猪草怎么会动啦，就回答是捉了只小猪。里头是一只小猪，半袋猪草。

等麻布袋背过山顶，四个人都没了影子，金村两老再到村坊里去喊：有人抢亲了！把我媳妇抢去做老婆了！

到整个村坊里哭了一夜，闹了一夜，大家就都晓得他媳妇让人家抢亲抢走了，媳妇以后再也不是他们媳妇，再也不是金村人。

寡妇在麻布袋里闷了好久，气都透不过来。等翻过山头，就对袋外的人讲：等下等下，让我出来自己走，这样闭下去我要让你们闷死的。

四个人就一起轻手轻脚把麻布袋放地上，把口子解开，把铜钱抢来的老婆放出来自己走。铜钱老婆问铜钱，除了上回来过的铜板，还有两个是什么人？铜钱讲，一个是白洋，一个是金条。三个都是我的叔伯兄弟。白洋很高兴，讲：我家里婆娘不肯让我来，我想抢亲很味道，就偷偷摸摸赶来帮忙，总算是做了一回好事。

到了汪家坞铜钱的茅棚里，都半夜了。铜钱拿出老早就准备好的那半瓶红薯酒，又拿出一碗菜干、一碗红薯秆，四个人就都稀里哈啦吃几杯下去。

白洋金条站起来就走，讲：酒算摆过了，接下去，你们两人自己洞房。

铜板还舍不得走，想看他们两人怎么洞房。铜钱就把铜板推了出去，闩了大门，对抢来的老婆讲：喂呀，我也有老婆啦！我也有女人啦！

铜钱把老婆一把抱到床上，就大声唱：

不管你是新衣裳啊旧衣裳啊还是破——衣——裳！

以后我和你天天过年天天困觉天天家里闹——洋——洋！

白洋金条铜钱都有衣裳穿了，夜晚有人暖身子暖脚了，只有铜板一个人没有位置去，天天夜晚到白洋家嬉嬉到金条家嬉嬉到铜钱家嬉嬉，把白洋老婆金条老婆铜钱老婆一个个一遍遍看过去。白洋金条铜钱三个人就都骂：铜板，你怎么像个汤瓶一样，天天夜晚移过来移过去？男子汉大丈夫都是要讨老婆的，你连老婆都讨不起，算什么男人家？

开始铜板没听进去，后来听多了，就火了，回他们一句，讲：我讨不起老婆？我铜板堂堂男子汉，一般的女人我看都看不上眼。你们看牢，我迟早点要讨一个大财主人家雪白粉嫩的女伢做老婆，把你们口水诱得答答滴，眼睛望得血血红！

有钱人和没钱人日子过得很不同。有钱人酒肉饭吃得入味，出门坐轿子嬉得入味，夜晚点白洋点得入味；没钱人没猪肉吃就吃点菜干，没酒吃就吃碗开水，夜晚没白洋点就寻一根苞萝来刮刮苞萝籽。

有不同，也有相同。到了夜晚困觉，有钱人和没钱人都会想女人。有钱人想齐整点的，没钱人想好困就好，只要被褥里有个女人，天天都和过年一样入味，不管这个女人是新衣裳旧衣裳破衣裳，都好暖身子暖脚。

有稻在外头武来武去，武了许多年，想到要讨老婆，才回糠芯坞，跟大哥有饭歇一堂屋里。茅棚屋是他老子闫天师还有一口气的时景搭好的，总共四间，有饭两间，有稻两间。

有稻歇自己的两间屋里，天天空荡荡的。隔壁大哥家里两间屋，很闹热。

有稻犯事情逃出去后，有饭恨死有稻，是有稻害他女儿笑甜让枪打死，独养儿子笑用也让枪打伤，看起来不太有用了。老婆年纪大不会生，就想再讨一个进门，把闫家香火接下去。想是这样想，家底究竟不像往年老子当财主那下风光，大姑娘不肯嫁他做小，他就一心一心要寻个二婚头。刚好，汪家坞我爷爷家隔壁歇的那个叔伯侄子年糕，到江西闹共产好几年不回家，人家都说肯定死外头了。年糕老婆美仙品貌生得很齐整，是汪家坞头一张脸孔，可惜我们姓汪人家的这个年糕只想闹共产，不要美娇娘，害得女人独个人在家里日子过得很可怜。有饭就三天两头往美仙家赶，今天帮衬种苞萝种豆子，明朝帮衬铲草挑水，两人时不时偷点野食吃吃，一吃肚子就大起来了。美仙吓坏，老公几年不在家，肚子都大了，人家不要看轻？实在丢不起这个脸。顶后头，美仙把小人生下来了，就瞒牢村坊里人，偷偷摸摸抱到府里育婴院里去。为了儿子的事，有饭和美仙争口。后来有饭想想没办法，索性就把美仙带到糠芯坞一起过。美仙刚到糠芯坞时景，有饭老婆脾气也不很差。后来有饭把家里好吃好穿的统拿给美仙，有饭老婆只有烧饭洗衣裳的门份，连困觉都只有困了楼梯后去了。有饭老婆就开始骂有饭轻骨头，骂美仙是小婊子、狐狸精。有饭只晓得美仙比他老婆齐整，年纪轻，老婆骂得再难听，心里只欢喜美仙。美仙听了就很不入味，忍不牢要和有饭老婆争口，有时景还要打架。两人都打痛了，美仙就哭，哭得很厉害。有饭心痛美仙，就过来帮衬美仙，一起打他老婆。有饭老婆气不过，后来就逃出糠芯坞，到长宁寻位置歇。从小时光起，我就叫有饭老婆长宁奶奶。那时我哪里懂，到了前几年才晓得，长宁奶奶本来是糠芯坞奶奶，让有饭和美仙赶到长宁，才变成长宁奶奶。

有稻回家歇之前，美仙帮衬有饭生了两个小人。齐整的婆娘吸血的鬼，几年下来，有饭就老掉许多，走路也歪歪的。有一回到长宁买酒吃，有饭顺路去看长宁奶奶，长宁奶奶就对有饭讲：你不要只想夜晚嬉得味道，狐狸精害人得很，把你身体都嬉败掉了，你也不拿镜子照照，自己都变成了什么鬼样子。有饭厚了脸皮只笑，讲：样子难看不怕，嬉只让我嬉味道了。长宁奶奶本来想留他吃饭的，听了这种屄话①，气得要命，拿出破笤把就把他扫出大门。

让笤把扫出来又怎么样？想到美仙，心里就很高兴，歪歪唧唧往糠芯坞去，一路走还一路唱：

家里有个小娇娘，家里有个美娇娘！
呃嘿，我的小娇娘啊，我的美娇娘！

走到糠芯坞口，老远看到有人在河边洗衣裳，不是人家，就是美仙。美仙洗衣裳的样

---

①屄话，坏话。

子很好看，两只脚踩了河里，露出来的肉皮雪白粉嫩，诱得石板底下的八肢蟹都要爬上来揩油。有饭轻轻巧巧走过去，想做一只大八肢蟹，从背脊后过去撩她一下烦烦嬉。

离美仙还有几丈远，还没有等有饭出手，只见有个年轻后生冲到美仙背后，冷不丁冬就把手伸过去，看准大奶子就捏了一把。喂呀呀，那还了得，翻天了不是？有饭跑到前面一看，哼！就是比他小三十来岁的瘟鬼兄弟有稻。有稻和有饭同一个老子不同个娘，这个利市①的东西还真是小婊子生的，手脚很轻骨头相，在自己嫂嫂身上都敢摸，真是想死了。有饭气急拉乌赶上去，寻了路边一块石头就往有稻丢过去，哪晓得石头丢空，自己脚板底下一滑，整个人滚到了河里，心头孔撞到了洗衣裳的石板，头脑壳也碰了个血渍拉污。

美仙连拖带背把有饭弄到家里，那以后，有饭的身体就一天不如一天了。出门走动的时候少，困床上的时候多。有稻倒是越来越尽力，家里吃力的工夫都是他带了笑用一起做，美仙只管烧饭洗衣裳带小人。两兄弟分家是分家，这下又并并拢，变成一家人。

有稻总跟牢美仙做事。美仙去喂猪，他去帮衬拎猪食桶；美仙洗衣裳，他帮衬把衣裳拎回家；美仙背背篓去摘猪草，他在旁边一围裙兜一围裙兜倒进来。

只要有饭不在身边，有稻就狗头贼脑躲了美仙背后，时不时这里抓一把，那里摸一下。美仙不高兴，就皱了眉毛骂：你真是个贼骨头样个东西，你大哥的女人也撩下撩下，也想偷啊？不要脸的东西！

有稻听美仙骂自己，一点都不难为情，只厚了脸皮站前面笑。

到后来，美仙骂他的话都听熟了，一边听美仙骂，一边撩几下，撩得美仙骂都没有神气骂。有时景有饭在隔壁房间里，美仙不好发作，怕有饭听到不好，就皱了眉毛望望，让他摸几下就摸几下。

有稻胆子倒越来越大，光零零摸不遂意。碰到入味的事，人都会聪明起来。有稻想到一个好办法。有一回，美仙捧了一只簇新的白骨碗，碗里盛了几块猪肉，要从厨房捧到有饭歇的房间去给他吃。有稻晓得美仙顶肉痛这只碗，也顶肉痛猪肉，看美仙走半路上，就一把把她抱牢，慢慢在她身上摸来摸去。美仙还真是怕碗打破，猪肉倒地上，就扎扎实实让有稻摸了个味道。一边摸，美仙一边骂：你个做贼做强盗出身的东西，你个贼骨头，你个坏强盗！

有稻听美仙这样骂，摸得更加狠，一摸就摸到顶要紧的位置。哪里晓得，美仙也长久没有和有饭困了，让有稻一摸，就摸得骨头都痒进去，眼睛都闭上去。

有稻把那只碗夺了旁边一放，就把美仙弄地上，一边爬上去嬉嫂嫂，一边还煞手骂：

---

①利市，本来是吉利的意思。后来通常用于讽刺，意为丢脸、倒霉。

今天就做一回贼，喂呀！今天就做一回强盗，喂呀！

美仙比有饭小十来岁，比有稻又大十来岁。有饭老得快，都不大会动了；有稻还很有劲道，嬉女人正是风风火火金枪磨快的时候。美仙让有稻这样一回嬉，就嬉得个要死要活，再也不欢喜有饭了。

有饭想困觉，看不到美仙，就喊：美仙，把我烟筒拿来！叫了半天，还没有动静，叫好几遍，才见美仙有气无力走来，陪他困个囫囵觉。

有饭困到半夜，身边摸摸没有人，就喊：美仙，把我尿壶拿来！叫了半天，还没有动静，叫好几遍，再看美仙慢慢丝丝走来，陪他困个小半觉。

有饭天早醒来，边上还是没有人，就喊：美仙，把我洗脸手巾拿来！叫了半天，还没动静，叫好几遍，才见美仙磨磨蹭蹭过来，陪他困个天亮觉。

叫好几遍叫得来还好。到后来，你再叫得死去，她还不来。有饭想想也没法，只有打碗，丢东西，把家里弄得乒乒乓乓，鸡飞狗跳。

还是亲生儿子好。美仙不来服侍，笑用就顶上去，还总劝他老子消消气。笑用本来就不欢喜美仙，美仙是后娘，后娘总没亲娘好。他就劝他爸有饭，讲：还是把我姆妈接回家好。

有饭怕老婆不愿意，就派笑用到长宁去一趟，讲：你帮衬我劝劝你娘，只说你后娘怎么不好，叫她快回家，帮衬家里做事。

有饭老婆听讲美仙跟有稻好了，嘴里连边骂连边笑，讲：这个狐狸精，我就晓得不是好东西！今天跟这个男人，明朝跟那个男人。你闯家两个男人，都要让她害死才歇！

笑用劝他姆妈快回家，说爸爸要人照顾。

有饭老婆大声喊：我不去，我不去！

嘴里是喊不去，手上都在那里准备包裹了。包裹弄好，走出大门，嘴里还在那里骂，一会骂美仙狐狸精，勾男人，不是好东西！一会骂有饭轻骨头，恶有恶报，活该！

有饭老婆一到家，一家又变两家。从那个以后，有饭两公婆和笑用一家；有稻和比他大十来岁的美仙一家。有饭和美仙本来就生过小人的，后来小人还是美仙带。有时景有饭也拿点好吃的把小人吃。只有有饭老婆，怎么看都不欢喜，动不动就用手指头指过去骂：你个狐狸精生的东西！从小都没有人样！

看到有稻家的鸡跑到有饭家这边来吃东西，有饭老婆就骂：只晓得偷吃，只晓得偷吃！男人偷东西，女人偷男人！连鸡都出来偷、偷、偷！

看到家里的猪不肯吃猪食，就用棍子一边打一边骂：你个死猪头！你个笨猪头！你不想吃猪食还想吃什么？想吃白米饭么只有去偷！你又没有本事，又不会和小婊子样到处偷人到处偷吃！

看到山上两只青菜鸟飞过来，有饭老婆就骂：你们不要来偷，偷吃不好偷，偷人不好偷。你们在天上飞来飞去也该懂道理，有空帮我飞到老天爷那里报个信，这个世界上的坏人也快来料理料理！

有一回到汪家坞摘猪草，有饭老婆到我爷爷家里讨茶吃。刚好，我爷爷家里有个砍树的客人叫洋火壳，是西叉坞人，四十郎当，还没老婆。我奶奶对有饭老婆讲：喏，这个西叉坞人不差，你要哪里有人，帮衬寻一个，做做好事。

洋火壳就笑了，讲：我讨不起老婆哟，就是寻得到这样的女人，也出不起摆酒的钱。

我奶奶就讲：摆不起就不摆好了，你望望我们汪家坞看，上一回讨进门的铜钱老婆，金村过来的，不就是一麻布袋装来的？人家讲铜钱讨老婆，一个铜钱都不出。什么道理？抢亲！

洋火壳就连边笑连边讲：那倒是个好办法。你们帮衬我寻寻看，哪里有嫁不出去的女人，我夜晚边背只麻布袋去，装回家困觉。

讲话人随随便便讲，听话人句句都听进心里去。

看到洋火壳往坳上走去，有饭老婆背了背篓快步跟去，讲：那个某某人呃，你慢些走，我还有一句话讲把你听听。

洋火壳停下脚步，有饭老婆就把话讲把他听，听得洋火壳嘴巴筒都笑歪。

有天夜晚边，有稻在山上做工夫做歇，在松树底下望到好些松树菇，就解了腰上的大手巾，摘了装回家，想到夜晚烧起来吃入味，从山上一路唱回家。也是该当有事，美仙看有稻还没有回家，就又拿几件衣裳到河边洗。衣裳刚刚浸水里，不晓得哪个位置飞过来一只大麻布袋，把她装了里头，背起来就走。

抢人的不止一个，路上有人换肩，还一路谈天，讲要快点走，好回家洞房。

路上走得快，美仙的身子又生得娇嫩，骨头都快让他们震碎掉。闷在袋里头的美仙讲要出来自己走，背袋人哪里肯听，只顾背了走。等到麻布袋解开，美仙在里头气都快没了，鼻子孔里只还有几丝气息。

等到有稻晓得美仙让人家抢亲抢去，气得快神经，一天到夜疯子样逃来逃去，一个个村坊问去寻去，就是没人告诉他美仙在哪里。西叉坞离糠芯坞不远，有稻也寻过问过，那个到汪家坞来砍过树的洋火壳家里，有稻也进去过，就是看不到美仙。

过了两三个月，才有话传出来。西叉坞有人和洋火壳弄不来，说他抢了个女人，天天锁房间里不让出来，夜晚嬉得又煞手，把女人嬉得皮包骨了。女人讲他有男人的，死活都不肯跟西叉坞人，困是让人家困去了，心还是在糠芯坞，只要索一解，肯定逃回家。

有稻听讲是西叉坞洋火壳抢亲抢了美仙，连忙赶到他家里。哪里晓得，洋火壳家里兄弟好几个，都生得很长大。有稻走进去让他们赶出来，还想硬闯，兄弟几个把有稻拎毛鸡一样，拖到外头打一顿，丢了田沟里。

有稻连夜哭到府里，告诉大姐笑菊；笑菊哭着靠到老公肩膀上，告诉警察洪烂污。洪烂污没有哭，到警察局里拿了一把木壳枪，带了七八个人，骑白马赶到西叉坞。

西叉坞人看一帮警察来了，还带了长枪短枪，一个个都吓坏。

帮衬洋火壳抢亲的兄弟几个，心里吓，嘴里还硬，不肯让人把美仙带走。洋火壳讲：你们不好带人的，美仙是我老婆，你们带走犯法。国民党也要讲道理，警察也不好犯法。

洪烂污讲：国民党顶讲道理，警察不会犯法，你放心。要是美仙是你老婆，我们就不带走；要是美仙是人家的老婆，我们就要带走，还把人家。

洋火壳讲：美仙是我老婆。

美仙讲：我不是他老婆，我是有稻老婆。

洋火壳讲：你往年是有稻老婆，现在是我老婆。你是我抢亲抢来的，我们西叉坞人都晓得。

洪烂污讲：抢亲有你这种抢法？要抢也是抢没有老公的女人，人家有老公的你都敢抢，你这样做是犯法的，要吃子弹的晓得不？

洋火壳讲：有稻也不是美仙老公，他们也是打打拼伙的，我晓得。美仙往年跟有饭，后来让贼骨头有稻抢亲抢去。你们评评道理，有稻可以到人家那里抢女人，我就不可以抢？贼骨头抢得，我抢不得？你们警察就不讲道理？

洪烂污没有想到这个洋火壳一张嘴这么能讲，讲得他对付不下来。后来还是一起跟来的一个老警察有办法，他对美仙讲：这样子，由美仙自己决定，想在这里就在这里，想回家就回家。

美仙讲：我要去糠芯坞，跟有稻过日子。

洋火壳不肯。

洪烂污讲：就这样决定了。现在是中华民国朝代，是委员长坐天下，不是清朝皇帝坐天下。结婚都要讲男女双方情愿，人家不情愿，动不得硬的。硬来是犯法的。

洋火壳还是不肯，洪烂污带来的警察就要把洋火壳一起带到府里去，讲要他坐牢去。

西叉坞人一听坐牢都怕。洋火壳几兄弟嘴上还硬，心里都服下去了。就这样，洪烂污把美仙带走，送到糠芯坞有稻家里。一帮警察在有稻家里吃酒吃到天亮，去的时光，还带走有稻在山上装弓装来的一只黄麂。

洪烂污骑到马背上，对有稻讲：大舅呃，下一回有人敢欺负你，姐夫再来帮你出气！

西叉坞人抢亲的事出来后，大家都晓得有稻的姐夫在府里当警察，很有本事，哪个还敢再动有稻老婆的脑筋？就这样子，美仙跟牢有稻好好过日子，后来就生了木大、木二两个儿子。

没有多久，有饭的病越来越厉害，就过辈掉了。那些时光，家里刚刚来了一个做磨子的磨匠，名字叫年松的。有饭老婆没了老公，就和年松一起打拼伙过日子。

看到有稻两公婆日子过得越来越好，有饭老婆肚子里很胀人。她总是要山上飞来的那些青菜鸟灰毛鸟飞到天上去告诉老天爷，要它们管管天底下的闲事，让坏人有坏报。这些青菜鸟灰毛鸟肯定都不理睬有饭老婆，一个个都不肯到老天爷那里送信。为什么？大家都讲强盗出身的有稻生不出儿子，生出来也没屁股洞。哪里晓得，他要么不生，生出来个个都滚壮白搭，品貌又好，就连毛病都不生。

有饭老婆就总是骂那些青菜鸟灰毛鸟：你们这些鸟东西，真懒病呃！

有钱人和没钱人日子过得很不同。有钱人酒肉饭吃得入味，出门坐轿子嬉得入味，夜晚点白洋点得入味；没钱人没猪肉吃就吃点菜干，没酒吃就吃碗开水，夜晚没白洋点就寻一根苞萝来刮刮苞萝籽。

有不同，也有相同。到了夜晚困觉，有钱人和没钱人都会想女人。有钱人想齐整点的，没钱人想好困就好，只要被褥里有个女人，天天都和过年一样入味，不管这个女人是新衣裳旧衣裳破衣裳，都好暖身子暖脚。

没女人的日子很难过。也不是洋火壳真的讨不起老婆，真的出不起摆酒钱，他实在是心高，样子不齐整的女人他看不入眼。人家就教洋火壳，不如到哪份人家去典一个齐整的老婆用用。人活一生世，没有碰过女人总不算过过人的日子。要是没有我奶奶的一句话，洋火壳开始要典长宁痴鬼老婆的。

痴鬼老婆都四十五六岁了，肉皮还很白很嫩，要是肯把头发梳得干净相点，看上去还很齐整。可惜齐整不好当饭吃。老公痴鬼很没用，家里吃了上顿没下顿，一帮小人个个饿得柴火棍样，看到骨头看不到肉。洋火壳只要挑个两担苞萝来，就好把痴鬼老婆接到家里困。一年两担，两年也只要四担。痴鬼托人传话到西叉坞，你欢喜困多久困多久，不要客气，只要你出得起一年两担苞萝。洋火壳别样本事没有，一年种几担苞萝还种得出。

刚刚要把苞萝挑长宁去，日本佬犯到长宁园里来。那时光是国民党的天下，犯日本佬犯了好几年了。长宁园在山坞窟窿里，特别是园口子张家山边上有一个大岭，把长宁园和外头隔牢了。日本佬在府里那边打了很长久，也时不时到杨村桥这边来抢东西，就是没有进过长宁园。有一回，一批日本佬从黄盛叶家杀到徐洪，听讲徐洪过去翻过大岭，里头那个长宁园里还有好多村坊，就想进去好好抢一回。日本佬刚翻过大岭，就有人跑进去报告：日本佬来啦！日本佬来啦！路边上张家山、清溪坞的人听见都逃掉了。长宁人听讲日本佬来，也都把家里值钱东西带身上，家家都挑了粮草逃山上去。痴鬼带了一帮小人也逃走，痴鬼老婆在家里饿了两天没吃东西，一天到夜等洋火壳挑苞萝来吃，好跟洋火壳到西叉坞去过日子。哪里晓得洋火壳没到，把日本佬等来了。隔壁邻舍的女人都来拖痴鬼老婆，要她快点上山，再不走来不及了。痴鬼老婆披头散发，有气无力地讲：我一个老太婆，身上没有值钱东西，家里没一颗粮草。我就不相信，日本佬会把我怎么样！保长邵顶发也派人来劝，讲日本佬很坏的，杀人放火乱来的。痴鬼老婆还是不相信，讲：日本佬也是人，我不犯他，他为什么要犯我？我尽家当就这条不值钱的老命，日本佬想要，拿去好了。

日本佬翻过张家山大岭，一路上走得很慢，等他们到了长宁园里顶大的村坊长宁村，家家都净空，看不到一个人。日本佬把长宁村一家家搜了一遍，也没有搜到什么东西，有些兵脾气一来，就把屋烧掉了几堂。后来有一个小队八个兵到了顶破顶烂的痴鬼家里，一望，嘿嘿，总算望到人了，还是个女人。这些兵就把痴鬼老婆揿了地上，一个接一个跟她困觉。

有两个兵先动手的，困好觉就拿出抢到手的几斤米出来，进灶后煮米烧饭。痴鬼家里柴火不多，外面人家家里堆那里的很多，这些日本佬总是怕里头有炸弹，不敢去拿。痴鬼老婆看到这些日本佬把家里板壁一块块拆下来，丢进灶头底当柴火烧。

八个兵在痴鬼家里吃饭，还拿出自己带来的一些罐头和酒，一边吃一边用手指着困地上不敢动的痴鬼老婆说笑。这些兵里头七个是日本佬，一个是中国的翻译。七个日本佬都和痴鬼老婆困过了，吃酒吃到一半，又有人爬上去跟痴鬼老婆困，把个痴鬼老婆困得上气不接下气。顶后头，有个日本佬困了好两回，不能够再困了，还不过瘾，就拿出吃过的酒瓶，要把酒瓶塞到痴鬼老婆的下身里去。痴鬼老婆大叫一声，那个翻译听到，也走过来，好心劝日本佬，讲：困是好困的，塞就不要塞，要把人塞坏的，不好。那个日本佬倒是听劝，就把酒瓶放了一边，跟大家一起接下去吃酒。

这些日本佬酒吃歇、饭吃饱，就要开路。翻译拿了几个罐头给痴鬼老婆，讲：这些东西送给你，锅里还有半锅饭，也都送给你吃。痴鬼老婆头点点，多谢了翻译官。

日本佬到长宁园里烧了几堂屋，多多少少也抢了些东西去。停留是停留不下来的，他们的兵总归太少，来一回就照原回家，到府里去歇夜。

到了夜晚，长宁人都晓得日本佬走了，一个个都下山来。痴鬼和小人到了家里，痴鬼老婆就把饭热热，端给小人吃。一家人又吃饭又吃罐头，比过年还入味。痴鬼问东西是哪里来的，老婆讲是日本佬吃余下来的。她只跟家里人讲吃，就是不提日本佬困她过的事。

痴鬼老婆究竟没什么心机，这样要紧的事，肚子里放长久很难过。有一回到汪家坞摘猪草，我奶奶同她谈起日本佬来长宁的事，痴鬼老婆就说了，我一个老太婆怕日本佬什么？我不怕，一个人留了村坊里。后来轻轻巧巧跟我奶奶讲了让日本佬一个接一个困的事，亏得好翻译官帮忙，没有让他们弄坏，顶后头还留了些吃的东西下来。我奶奶就笑了，讲：喂呀，那你没有亏本喽？痴鬼老婆也欢天喜地笑了，索性讲：是啊，我困又困来，吃又吃来，一点都不亏。

我奶奶嘴上是同她讲笑，心里却不欢喜痴鬼老婆的脾气。后来碰到洋火壳，就讲痴鬼老婆让日本佬困过的事。洋火壳一听，这个女人让日本佬困过，还一点不怕倒霉，这么不要脸的话都讲得出口，只怕名气不好听，还是离她远点好。后来问我奶奶，你汪家坞有哪份人家日子过得顶可怜，肯把老婆典把人家的。我奶奶就讲，要讲日子难过的，姓须姓闫姓汪的人家都有，就是有些人家老婆生得不齐整，怕你看不入眼。还有些生得好的，老公很要面子，又不肯把老婆让给你。照我看，大疯子家里吃口重，老婆生得还好，要不你自己去问问看。

洋火壳像一只汤瓶样，天天炖在大疯子家里，有事没事就和大疯子老婆谈天。谈到后头，少不了要讲大疯子家里过日子怎么可怜，粮草怎么不够吃。洋火壳就对大疯子老婆讲：我家里粮草倒有几担，想典个女人到家里去，你帮衬我问问看哪里有。大疯子老婆一听洋火壳要典女人，就晓得是打她的主意，讲：肯我是肯的，只要你出粮草就好。把家里一帮小人养大，做什么我都愿意。这事还要和大疯子商量，看他愿意不。

大疯子听老婆讲要典给西叉坞人做两三年老婆，自己一人在家里带一帮小人，那洗衣裳烧饭寻哪个去？你洋火壳倒有人料理，我大疯子又打光棍了？后来大疯子两公婆商量出一个办法，就对洋火壳讲：典到西叉坞弄不来，不如你洋火壳自己并到我家里来一起过。外面人看看你是客人，是亲戚。就是长年歇这里，也看不出名堂。只有我们自己心里清楚，我家老婆就典把你了，在你典的两三年之里，老婆就是你的老婆，不是我的老婆。以后我碰都不去碰一下，只要天天有人洗衣裳有人烧饭，把家里料理好就好。

大疯子老婆那时还是三四十岁，身体又好，还能够生。洋火壳就想叫大疯子老婆帮衬生小人，把自己家的香火传下去。大疯子老婆对洋火壳讲：要生小人好办，帮衬你多生一个，一年要多挑一担苞萝来，你不挑粮草来，这许多张嘴吃饭，到后来弄不灵清是你养我们还是我们养你哩！

粮草挑来之后，洋火壳就歇到大疯子家里来。家里腾出一个隔成两间的大房间，洋火壳歇里头，大疯子歇外头。小人家只晓得家里三个大人歇大房间里，也不管他们怎么歇。天天夜晚夜饭吃掉，一家人就早早困觉。洋火壳和大疯子都困了，大疯子老婆把小人被褥盖好，再到大房间里去，望一望大疯子，就钻到洋火壳的被褥里去。

困在外头的大疯子，天天夜晚听到里头房间响动，心里很难过。为了两担苞萝，难过也只好难过。人为财死，鸟为食亡。大疯子为了两担苞萝，把老婆都送给人家困，人不服软还是不能够。

好在洋火壳不是在家里待得牢的人。他歇是歇大疯子家里，西叉坞还有他租来种的一块山，三天两头要过去料理。白天他在西叉坞做工夫，到了夜晚边，再摸到汪家坞岗外，歇到大疯子家里。有时景还从山上带点吃食，比如笋子啦松树菇啦，还有野菜什么的回家，夜晚天早大家一起吃。

开头一段都好端端没有事，时候一长，事情不来都不自在。大疯子年纪越来越大，本来也不大想女人。古怪的是，老婆天天困一起的时候不想女人，等老婆跟人家困，天天都想。特别是夜晚头听到里头房间里响动一厉害，他心里跳得也厉害。第二天天早就骂老婆：你个婊子养的，夜晚头声音好轻点的嘛，一定要弄这样响，是诱我不？大疯子老婆挨了一通骂，第二天夜晚就叫洋火壳声音小点。哪晓得，过了两天，声音又越来越大。女人在下头用手捶，男人在上头拼老命，声音就和锯板一样吓人。女人一点声音都不出，洋火壳还不味道，就特意用手指头扭她一把，扭得她啊哟哟乱叫，洋火壳听了很入味，上头的工夫也做得很肯出力。女人讲：大疯子要骂的，听到声音不高兴。洋火壳讲：嘿嘿，听到才入味，我就欢喜他听到。他越听到，我心里越高兴，力气越大。你想想看，我是出了两担苞萝籽的，不困白不困。人家讲一分银子一分货，我是一担苞萝一担味道，你让我不出声，阴煞煞和你做事，那不要出毛病的啊？生出儿子不要变阴尸鬼啊？

大疯子听老婆讲洋火壳嬉女人欢喜闹热，欢喜嬉得古怪，就很不高兴，心里想：究竟是嬉人家的女人，拼老命嬉啊！我往年总想是自己家里的东西，慢慢点用，以后用的日子还长。哪里想到我小心用，人家一点都不肯小心。人都这样坏，用起人家的东西来就不当东西，用得这样狠这样煞手，真是不把我家的东西当东西。

大疯子后来就一天到夜动脑筋，要到洋火壳身上揩点油，把洋火壳家里的东西偷来用。想来想去，洋火壳是个老光棍，没东西好偷。后来还是想到自己老婆，就是洋火壳现在用的女人。有天中午落雨，大疯子在家里打草鞋。洋火壳在西叉坞做工夫，躲雨也躲西叉坞自己的屋里。大疯子想今天日子不差，中午饭一吃，就把老婆拖到房间里，揿了被褥里拼命嬉。老婆讲：你今天疯啦？多少年都没有这样威风，今天别直参吃下去啦？命都不要啦？大疯子讲：不是我不要命，我以前都把你当自己家的东西，舍不得发狠用。现在你典把人家，不是我家的东西了。我也不笨，也晓得用人家的东西要煞手。今天你望望，我够发狠哇？顺反我用得再小心，都是留把人家用的。今天我索性做回坏人，大家一起发狠，一起拼命，省得我天天夜晚听到声音困不着。

茅棚外头的雨越落越大，茅棚里头的男女也是翻江倒海，一塌刮子一片烂污泥。

正嬉得入味，外头冲进来一个人，正是洋火壳。

洋火壳把房门推开，看到大疯子两公婆在做坏事，就骂：喂呀呀，我就晓得！喂呀呀，我就晓得！我一路上就晓得你大疯子要做坏事，你真的会做坏事！你个大疯子，讲话不算数啊！你把两担苞萝还把我！典把人家的女人自己还好碰？有没有这样的道理？你要不讲理，我同你到长宁去，到保长邵顶发那里去评评道理！

大疯子事情做到一半，顶后头一下还没有做到门，就很不遂意。从床上爬下来，对牢洋火壳骂：你个洋火壳，真是个洋火壳！吵什么吵？吵什么吵？这个本来就是我老婆，我自己用一下怎么啦？顺反不会少掉一块，一个人用是用，两个人用不也是用啊？真是死脑筋！你天天夜晚在房间里吵死，我熬不牢自己嬉一回嬉不得啊？

洋火壳讲：嬉不得！就是嬉不得！典把我的女人就是嬉不得！

后头洋火壳也耐了性子，对大疯子讲：我典女人是想帮衬我生儿子的，你要是乱乌十七乱用，那到时候生下来的小人，究竟是你的还是我的？来之前讲得好好的，帮衬我生一个，一年加一担苞萝的。要是生下来的小人是你大疯子的，我这担苞萝不是冤枉拿？

大疯子听听也有道理，就讲：好好好，我以后不碰，等婆娘把你生了儿子再讲。

为了把后代接下去，洋火壳夜晚头做的工夫很尽力。没有多久，大疯子老婆肚子就大起来了。洋火壳天天望那只肚子，很高兴，对大疯子老婆很是巴结。大疯子和洋火壳的态度不同。大疯子想想肚子大了，洋火壳的后代也有了，有些工夫就好偷偷摸摸做了。等洋火壳到西叉坞做工夫去，大疯子就寻个冷静的位置，把大肚子老婆慢慢丝丝嬉一回。老婆讲不要太狠哩，怕肚子里小人下来哩。大疯子讲，不怕不怕，又不是头胎，没有这样娇嫩。真的，大疯子在私下不晓得嬉了多少回，老婆肚子里的小人都没事，后来一生，就是一个滚壮儿子，高兴得洋火壳困在床上都笑。

　　洋火壳开始担心儿子不是自己的，晓得大疯子背后会做鬼事。时光一长，儿子慢慢大起来，反看看，顺看看，怎么看都像洋火壳，怎么看都不像大疯子。

　　洋火壳更加高兴，总算有了自己的后代。

　　有了头一个，后头就越来越顺。大疯子老婆一年帮衬生一个，三年下来，就帮衬洋火壳生了两个儿子一个女伢。人家看大疯子家里的小人很像，只有大疯子两公婆和洋火壳自己越看越不像，前面几个和后面三个不是同一个老子生的，前面的统像大疯子，后面的和洋火壳就是一个印板鼓①里印出来一样。

　　后代生得越多，工夫做得也越多。等到三个小人生下来，洋火壳一年要多交三担苞萝，外加大疯子老婆的两担，一年要五担，余下来自己吃的粮草都没了。洋火壳就做得可怜，几年下来，看上去就老掉很多，人家都讲他是做得两头俐一头了。

　　到后来，洋火壳索性就歇汪家坞来。山上收来的粮草也不挑西叉坞，直接挑汪家坞大疯子家里。自己要吃，就到大疯子那只大锅里兜一碗。不光光山上做，到了家里，洋火壳还要帮衬大疯子到菜园里做，做得不好，还要听大疯子两公婆的尻话。

　　到了山苞萝收的时景，大疯子哼吱哼吱把苞萝一担一担统挑到汪家坞大疯子家里，看得那些姓须人家的穷骨头眼睛都红了，只讲大疯子福气好，凭空白里捡到一个长工。有一回，姓须人家的白洋看洋火壳挑苞萝时景头上都是汗，还拼命往大疯子家里挑。大疯子老婆不讲他能干，还老远骂过来，讲：快点，挑快点！白洋皱出一个苦瓜脸来，对洋火壳讲：哪里你是头世欠大疯子的？要这样拼老命帮衬他做工夫？

　　洋火壳听了只笑，讲：嘿嘿，我是头世欠大疯子的，欠他们一家人的。头世欠的债，这世要来还。怕只怕，我这一生世都还不清哩。

　　白洋听了很不舒服，就把眼睛乌珠白过去白过去，白得远了，再吐一笃口水骂过去：呸，你个下作坯！

---

　　①印板鼓：印清明粿等饼状食物的模子、印模。

第十二章 老天爷为什么要灭姓谢人家

我小时光只晓得汪家坞有姓汪姓须姓闫人家，不晓得往年还有过姓谢人家。老天爷要让姓谢人家断种，就派上昼神到洋田山吹了一口气，灭去谢家几十口，只留了我外公小天师和他兄弟小骆驼。小天师不争气，一连串生了五个女伢；小骆驼更没天谈，一根青柴光棍竖到老，连个丫头壳都没留下。

小天师是我外公，我不能不想想他的事。去年我在外公外婆坟前拜的时景，还在那里想：姓谢人家究竟做了什么恶事，一下子就断了种？汪家坞这么多风水位置，就容不下谢家男人的一根血脉？

谢天师靠一张嘴巴筒吃饭，从江山吃到严州，算得一个好角色。到了小天师手上，有些本事没传下来，有些本事更加厉害，在严州府特别是长宁园和大洲园这一带很有名气，算是一个能够和神仙传得上话的人。这种本事，恐怕是帮衬人家的时景威风，帮衬自己就落魄了。那年我专门到汪家坞我外公小天师的屋基梨树沟去望了望。我这个专门帮人家看风水的大人，把自家房屋搭了多少差的一个位置！梨树沟后头的山很阴，日头晒不到，水倒有好几孔往屋后流来；门口一条大路，像一把剑把风水拦腰斩断；对面是一个高岭，翻过岭就是祝家坪。祝家坪位置一高，自己的屋基就矮了。又阴又湿，怎么聚得了财，聚得了人？

总归是阴气太重！我外公小天师两公婆，生了金花生银花，生了银花生桃花，生了桃花生梨花，生了梨花生樱花。后来又生了一两朵什么花，索性随他糟糟掉算数。

人家讲生儿子是名气，生女伢是福气。我外公外婆刚刚把前面两个大的带大嫁出去，后面三个还小，就接连过辈掉，真是又没有名气又没有福气。

那年六月半，我外公小天师还是四十多岁，跟人家一起帮衬傅家人挑石灰。傅家就在王谢旁边，傅家人要用石灰，就在汪家坞烧了一窑。汪家坞人往年都是从江山逃过来的，江山那边都是石灰石，廿七都、廿八都那一带有好些石灰窑，姓汪姓须姓闫的人都在窑上做过，晓得怎么做窑，怎么开石头，怎么样把柴火一驮一驮递到窑里把石灰烧熟。也是凑得好，汪家坞这位置坐在千里岗山脉，到处是石灰石。老辈从江山逃来后，就在汪家坞做了个石灰窑，有空时景就烧石灰卖。整个长宁园里，就汪家坞有石灰窑，有些人贪顺口，就索性就把汪家坞叫灰窑边。你到哪里去？我到灰窑边去。这个灰窑边，正是我们汪家坞。

那年不晓得什么缘故，傅家人要用很多的石灰，好用不用，用到了天公正热的日子。等到开窑那天，刚刚好是六月半那天。大家都想多挣几个，到夜晚头家里可以烧好吃的过节。

不光没钱的人看重，就是有钱的人，有了上峰塔的山和郭村的田这样好家底的人——我的奶奶，也不肯放过这件事。我奶奶那时的女人，都是裹小脚的，山上的工夫不能去做，总想在平地上寻点挣钱的事做。傅家人的那窑石灰一开，我奶奶就抢到了过秤的轻巧工夫，帮衬挑担的人一担担过秤。

我外公小天师老早就到了窑边，把一担石灰装好，姓须人家的铜钱铜板白洋金条才慢慢丝丝过来。我外公想多挑些，就催我奶奶快点称斤。哪晓得，我奶奶手里捏了一杆秤，眼睛乌珠溜来溜去，就是寻不到秤砣。我外公就笑了，讲：你个婆娘呃，怎么秤砣都寻不到啦？秤不离砣，公不离婆嘛。

姓须人家几个叔伯兄弟听了都笑歪过去，讲小天师就是小天师，一杆秤都讲得出公啊婆啊的事。

后来我奶奶把秤砣寻到，帮衬我外公把那担石灰过了秤。我外公往后头望望，那些姓须的人还刚刚钻到窑里去畚石灰，肯定是自己占便宜了，把担子拼命挑起来就走，心里总想着要比人家多挑一个来回。

白洋和金条两人手脚也快，担子挑起来往前头一望，小天师的影子都到了岗外坳上，一下子就看不见了。白洋讲：这个小天师走这么快，前面有窖挖啊？我们快跟上去，莫让他一个人独得。

金条笑了，讲：挑担石灰还有什么窖挖？

讲是这样讲，两人脚步追得很紧，没几下，就追到岗外。到岗外一看，小天师还是离他们很远，两人就更加狠地往前头追。

追到上佛堂汪家庙那个岭脚，走面头的白洋一声鬼叫：喂呀老天！

金条骂白洋：叫什么叫，大白天，会有鬼爬出来啦？

白洋拿眼睛朝金条指指，金条往前一看，吓得去掉半条命，一条眼镜蛇盘了路中央，好像一大堆牛屎样，上头一截老高翘上来，头脑壳里古怪，伸得长长的，只想咬人。

白洋金条两人胆子都小，很怕死，就都不敢走，一直等到不怕死的过来。铜钱把担子一歇，讲：一根小虫虫，怕什么？一边讲一边捏牢搭柱，就朝那堆牛屎上打过去。

牛屎打到一下，马上就散开，往铜钱这边爬过来。铜钱不怕，还是噼里啪啦打，打了半天，只打到两三下，把蛇打痛打火了，只想咬人。金条和白洋鬼叫连天，马上往路边上的豆子地里逃。后面的铜板也不怕，拿出搭柱帮衬铜钱，你一下，我一下，捣墙捣年糕一样往蛇身上捣。

站在豆子地里看戏的白洋想到什么，就叫：七寸七寸，打七寸！

边上的金条把头颈伸得很长，边跳边骂：笨蛋，打蛇打七寸！往七寸位置用力打！

铜钱铜板也想到打蛇打七寸这句老古话了，就往蛇头下七寸位置拼命打，打到后面，把七寸位置都打烂了，蛇才慢慢不动，死过去了。

金条笑眯眯走过去，看铜钱铜板两人满头大汗，就摇了摇头，讲：唉，就这么点力气！

铜钱气都透不过来了，讲：你力气比我大？比我大不动手？

白洋讲话斯斯文文，讲得恶恶毒毒：没有我军师白洋一句话，你们两人，不让蛇吃肚子里么，咬也把你们咬死了。

金条白洋两人老早挑了担子，一摇一摆走前面了。

铜钱铜板两人气得要死，没有办法，也只好跟后面挑担。

想了半天，铜板想到一句话，就对铜钱讲：这两人是君子。

铜钱不懂，问：怎么讲？

铜板讲：君子动口不动手啊！

两人跟在后面挑担下山，过了龙王庙，到了西叉坞，就听前面鬼叫连天，又是白洋和金条的声音。铜钱铜板望过去，只见金条白洋两人的担子歇在一份人家门口的路上，那两人冲到人家茅厕边，不晓得在那里叫什么。

铜钱要冲过去帮忙，铜板拦牢了，讲：这回我们两人省点力，让他们多出点力。

两人走过去一看，不好，一帮人围牢茅厕，金条和白洋抱牢的那个人，就是我外公小天师。小天师讲肚子痛，痛得要死了。看样子，是坐在茅厕上屙屎的时光，痛得滚下来的。

金条白洋两人急得叫天，不晓得怎么办。

铜钱讲：肯定是闭痧了，快点去拿开水给他吃！

白洋到那份人家讨了碗开水过来。

铜板骂：笨蛋，快点扭痧，再不扭要死人哩！

金条白洋把小天师抬到阴的位置，一个人灌开水，一个人在后面扭痧。

两个人一人扭一通，扭得一身的汗冒出来，小天师头颈上两根筋么也扭得漆乌。

铜钱铜板两人看小天师还没有动静，就在金条白洋身边比来划去，一个讲还要扭背脊，背脊上功效来得快；一个讲要去寻药吃，吃药比扭痧好。

前面两个姓须的比手画脚半天，后面两个姓须的做把戏做了半天，我的外公——小天师，还是昏在那里，醒不过来。

后面又来一个挑石灰的，是姓汪人家的角色，我的小爷爷小山羊。小山羊跟小天师出去武过一些时光，也学到过小天师的一点皮毛本事。看小天师也会有今天的苦，就把姓须的人都推开，讲：死马当活马医，让我来试试！

小山羊问人家家里讨了毛笔和砚瓦，叫姓须的人把墨磨好，就开始在我外公背脊上画符。浸了墨汁的毛笔尖，在背脊上画来画去，姓须几兄弟看来看去看不懂。金条讲：上头画什么字？我一个都认不到。白洋慢慢丝丝一句：看得懂还叫画符，画符就是要让你看不懂，只有鬼看得懂。鬼画符鬼画符，就是这个理。

小山羊手舞足蹈画了半天，把毛笔一丢，就开始大声请佛：佛呃，我风台上老将军哟！

叽里咕噜念了一通，好像又忘记什么了，停了停。小山羊又开始念：天灵灵，地灵灵，天上不怕天雷响，地上不怕石壁精。堂前堂后精，屋前屋后精……

念念停停，停停念念。铜钱望望一动不动的小天师，又望望铜板，讲：灵不灵？

白洋捧了碗凉茶在手上，自己吃了一口，轻轻巧巧讲：手艺究竟差点，还没有出师。佛不高兴，不一定请得来。

白洋这句话倒没讲错。肯定是小山羊把手艺学得个半生不熟，请佛没有请成功。我的外公小天师，还是没有醒转身。我外婆听到信就赶到西叉坞，也没能把我外公叫醒。

那一年，我顶大的大姨妈金花廿一岁，嫁到王谢好几年了；第二个大姨妈银花十八岁，也嫁到王谢过去的山路村；第三个大姨妈桃花十二岁，我姆妈梨花九岁，我小姨妈樱花七岁。可怜了后头三朵花，这样点点小就没有了老子。

我小爷爷小山羊从西叉坞回家，走到我外公家门口，一眼就望到我姆妈。九岁的梨花站在路口子上，只想娘老子两人从外面的路上齐齐转身，一家人夜晚好过六月半。听人家讲老子生病昏过去了，心里就有一个疙瘩，站在路上等大人来帮衬解开。

梨花看到小山羊就问：我爸爸好没有？小山羊看她年纪小，可怜，就讲：好了，好的。

梨花听讲爸爸好的，就放心很多。眼睛看牢小山羊在前面走过去，走到了我外公隔壁一份人家，里头钻出一个大喉咙女人，就是金条老婆。金条老婆问：小天师怎么样啦？好没有？小山羊轻轻巧巧讲了一句，梨花没听见，只听见金条老婆的声音：啊？死掉啦，可惜哩，年纪这么轻。

小山羊刚想说什么，就听到后面一声响，吓了一跳。转身一望，是梨花站在路上，呜呜呜哭起来，越哭越响，小山羊就拼命走开了。

第二天，我外婆带我姆妈梨花赶到西叉坞，看到困在地上的我外公。往常日子飞龙活跳帮衬人家爬到九张八仙桌顶上去"九层天"请佛、打赤脚踩在炭火和尖刀上噌噌噌飞上去的小天师，这下就这样困在那里，一点声音、一点气息都没有了；本来黄兮兮黑嘟嘟的肉皮，这下纸样白，一点血气都没有，再也不是一个活人，是个死人了。

我外婆昨日在西叉坞就哭过一回，今天带了我姆妈，眼睛红红的，走路都不大有力了，还要硬撑那里，寻衣裳帮我外公穿上去，还到龙王庙买一副老屋。龙王庙就在西叉坞到汪家坞来的口子上、小河边。往年的龙王庙，大家多年不来烧香拜佛，慢慢就把这个位置拿来放老屋。家家有老人，早早就把老屋做好，油漆漆得绯红，一副副搁在那里。有的人死得早，没有准备的，就到人家家里匀一副过来，花钱去买。我外婆就碰到了这种头世都没有想到过的事，到人家家里帮衬我外公买了一副老屋，请人帮忙把我外公殡了西叉坞一个山脚底，没运回汪家坞。

我外婆一个人要养桃花梨花樱花三个女伢，很吃力。糠芯坞姓闫人家和姓谢人家都是福建人，比人家多一份关心。顶挂意的，还是闫家的那些光棍佬。闫有饭和闫有稻都有老婆，他们隔壁歇了一个叔伯的侄子叫笑柜，那年二十多岁，还没讨老婆，就托人到我外婆家里来讲桃花。我外婆想想三个丫头壳，顺反都是给人家的赔钱货，迟拿不如早拿，也好帮家里省一口，就答应了下来。

讲是讲拿笑柜做老婆，究竟还是十二岁的人，时候还没有到。外面的人问起，都讲桃花是到糠芯坞给笑柜做妹子的。就这样，糠芯坞多了一个姓谢人家的丫头，天天在家里候家，帮衬烧饭洗衣裳。

我小时候看到我大姨父笑柜，那时他背脊佝偻，走路很慢，边走边锯板一样呼啦呼啦不歇，气管炎很厉害。我叫他一声大姨父，他轻轻巧一笑，再叫我一声舫脏。我从来没有看到他骂过人，讲话大声点都没有望到过。我哪里想到，他年纪轻、还没有得气管炎的时光，也是一个脾气差的角色。

我大姨妈桃花在笑柜家里做妹子做了两三年，事情做得不好，就要挨笑柜骂。昨日衣裳没有洗啦，今天猪草摘得少啦，明朝饭烧得不熟啦，总要让他寻到不对的位置好好骂一通。到了十五岁那年，顶厉害一回，让笑柜打得逃出去，不肯回家。

我在长宁村里有个叔伯大爷，就是糠芯坞有稻老婆美仙的头一个老公、到江西闹共产没回家的年糕的嫡亲哥哥，叫发糕。发糕家里小人多，吃口重，那年家里粮草全部吃光，到处借都借不到。有一回，发糕老婆把家里家当卖掉好几样，换了点钱到糠芯坞来买粮草，到了有饭家里，有饭老婆不肯；到了有稻家，有稻老婆美仙不肯。后来，就到了笑柜家里。笑柜不在家，只有我大姨桃花在家里洗衣裳。发糕老婆一张嘴很厉害，晓得大人家不肯卖粮草，就在小丫头身上打主意，讲桃花啊，我给你多少多少钱，你卖我多少多少的苞萝。卖了钱以后么你自己放好，过年时景到长宁撕块布，做件花衣裳穿穿。

还是十四五岁的桃花，实在是很想穿花衣裳，就答应把苞萝卖给发糕老婆。发糕老婆几句好话一讲，用一点钱就买了一袋苞萝，高兴得嘴巴筒都笑歪。也正是笑得不是时候，刚刚走到大岭脚，就碰到有饭儿子笑用。笑用问她苞萝是哪里来的，发糕老婆只好讲实话，是桃花那里买来的。笑用到山上拔草，看到笑柜就笑他了，讲：笑柜，我们家里粮草都不够吃，你家多得吃不光，还卖把人家啊？

笑柜一听，把事情问灵清，装了一肚的火追回家。那年年辰不好，家家粮草都不够。听讲家里粮草卖给人家，就好比家当卖掉一样，这样的大事当家人还不晓得，那还了得！

笑柜一到家里，就给桃花一个巴掌。桃花嘴老，一边哭一边讲自己没有做错，苞萝卖掉，钱还在的。笑柜听桃花不认错，老三老四，就把桃花吊在楼上的柱头上，用毛竹丝不停地抽，一边抽一边问她：你还老不老？你还卖不卖粮草？你还听不听当家人的话？

这一回，桃花让笑柜打得痛死，身上脚上都是一丝丝的毛竹丝印。

等到夜晚边，笑柜再把桃花解开。到第二天，笑柜又到山上做工夫，桃花想想这个什么哥哥一点都不像个哥哥，对自己很坏，顺反也不是亲哥哥，不如逃到另外地方去。就这样，桃花一人逃到长宁村里，到处走来走去，没有主意。到吃饭边，家家都在吃饭，桃花一人肚子饿得要命。一想到吃，她心里就想到顶有得吃的人家，长宁村里顶大的大财主邵顶发。走到邵顶发门口，看他们一家人闹闹热热吃酒肉饭。

开始大家都没有管桃花，只顾自己吃。后来邵顶发酒肉饭吃歇，要到门口来走走，一出门就看到躲在猪栏边咬手指头的桃花。邵顶发一看就晓得这个人没饭吃，又不像个讨饭的，就上去问：你是哪里人？到这里做什么？桃花讲我是汪家坞人，老子死掉就抱到糠芯坞来把人家做妹子。哥哥把我往死里打，我不想做他妹子，就逃出来了。

邵顶发是长宁的保长，汪家坞糠芯坞的事情统要管，就把桃花叫到家里来，叫佣人拿出饭菜来给她吃。吃歇以后，对桃花讲：你一个大姑娘，莫到处逃来逃去，外头坏人多，要让人家骗去的。你以后哪里都不要去，就在我家歇些时候，以后的事再讲。

在邵顶发家里歇了四五天，糠芯坞闫家就有人过来，讲桃花抱到闫家来先做女伢后做媳妇的，过些时候就要摆酒，不如早点让桃花回家好。邵顶发想想长久歇下去也不是事情，就劝桃花回家，桃花不肯去，讲哥哥笑柜脾气太差，打人太煞手。邵顶发讲，你放心，我叫他不打，他以后就不会打。桃花不相信。邵顶发就讲，我有个办法，保证笑柜不会打你。邵顶发讲，今天我就认你做我的女伢，有了我这样一个老子心痛你，笑柜还敢动你一个手指头？

就这样子，邵顶发就认桃花做了女伢，桃花认邵顶发做亲爸爸。那天，邵顶发坐了轿子把桃花送到糠芯坞，交代笑柜：桃花做了你妹子，你就要心痛她，不好随便打人的。往年老古话，讲没有娘老子的小人像根草，有娘老子的小人像块宝。我同你讲，以后桃花就是我女伢了，我就是她老子了。要是你不肉痛她，敢动手打她，我是要来寻你事情的。

保长邵顶发到家里这样讲，笑柜还敢多讲什么？只有老老实实点头，讲以后一定好好待桃花，再也不打她。

那年下半年，笑柜就和桃花摆酒成亲。第二年，桃花生了个儿子，没有带大，糟掉了。第三年，又生了一个，就是红火。红火满月的时景，邵顶发还托人带了鸡子红糖来，算是送给亲女伢吃的门份。

不好小看这点鸡子红糖，长宁村里的大财主和保长出手送的，送给她女伢的。有这样的名头，笑柜待桃花越来越好，后来几十年下来，桃花的日子都过得很遂意，算是嫁到了一个好老公。

到了解放那年，村坊里个个都把拳头鼓举老高，讲要打倒邵顶发，要把邵顶发拉出去枪毙。桃花一个人躲了房间，半天不出来。笑柜进去望望，她眼睛红红的，问她怎么了，她就是不应答。

我小时光只晓得汪家坞有姓汪姓须姓闫人家，不晓得往年还有过姓谢人家。老天爷要让姓谢人家断种，就派上昼神到洋田山吹了一口气，灭去谢家几十口，只留了我外公小天师和他兄弟小骆驼。小天师不争气，一连串生了五个女伢；小骆驼更没天谈，一根青柴光棍竖到老，连个丫头壳都没留下。

我外公小天师死在西叉坞后，我外婆一个人要带三个小丫头，实在养不过来，就把十二岁的桃花送给糠芯坞笑柜做了妹子，养大点再嫁他做老婆。还有两个女伢——梨花和樱花，还在身边自己带。

没了我外公的那年下半年，外婆带两个小人到山上去收粮草，这都是我外公在的时候种下去的，什么苞萝啦、红薯啦、豆子啦，一样一样都收回家吃。在山上和地里收的时候，我外婆一个人想着想着就呆在那里。我姆妈梨花和我小姨妈樱花问她怎么了，她很长久都想不过来。要是小人再问，我外婆就叫她们快做工夫。人家不注目她的时景，她就叹一口冷气。

那年冬里头，天公很冷，一家三口躲在家里烘火，自己动手做点年货。

过年也是顶不味道的一年。没有了我外公，我外婆带两个小人烧几个菜吃吃，算是把年过掉了。要讲菜也没什么菜，除掉一碗猪肉、一碗萝卜丝，就是豆腐。我外婆对两个女伢讲，猪肉要省点吃，招待客人的。萝卜和豆腐有的，你们多吃点。两个女伢吃萝卜吃怕，就总讲要吃豆腐。过年前做的两桌豆腐，到了正月底就吃光了。丫头壳吵不过，亏得好我外公种下去的豆子收上来还有一箩在家，我外婆就又动手浸豆子，浸胀了之后用磨子磨，我姆妈在边上添豆子。有时景我外婆要做另外事，就让我姆妈磨，我小姨添。豆子都磨成浆，再放锅里煮；煮好浆，再装进豆腐桶里，用包袱布在桶底下垫好。我外婆叫我姆妈和小姨妈两人拉包袱袋的四只角，自己从锅里把滚烫的豆浆一瓢瓢舀到包袱袋里。全部舀好，豆腐浆全部流到桶底下，豆腐留在包袱袋里。顶后头一道工夫是把包袱袋包紧，上面再压一块东西上去，压一些时候，就会变成豆腐。刚要包豆腐袋的时景，我外婆心头孔痛起来，不能够包，就困床上去了。我姆妈看我外婆做豆腐做过好多回，就带了她妹子一起把包袱袋包好，上头用石块压好。

哪里晓得，我外婆困床上之后，就不太爬得起来了。出来走一会，也佝倒来，慢慢摸几下，很难过。过了些时候，脸开始烂起来，不晓得得了什么古怪毛病。

我姆妈和我小姨两人照顾我外婆，要烧饭要洗衣裳要摘猪草要喂猪，还要到外面寻点吃的东西回家。顶难过的是我外婆的毛病，越来越厉害，脸上烂得越来越难看。后面我姆妈去问我小爷爷小山羊，小山羊教我姆妈一种草头药，我姆妈自己到山上去挖。我姆妈挖到家用石臼捣碎，包在我外婆脸上。包了些时候，并没有什么功效。最后，我外婆爬都爬不起来，只能困床上，随它烂。

脸上烂还不算，耳朵上还生了个蛮大的瘤。瘤上头化脓，一滴滴往枕头上滴。

从二月份烂起，一直烂到三月上。有一回，我姆妈爬起来一望，看到我外婆有只耳朵只余了半个，还有半个让老鼠咬去吃掉了，耳朵上的血一丝丝挂下来，枕头上血渍拉污的。我姆妈望望我外婆，我外婆也望望我姆妈，一句话都说不出来。

我外公死掉以后，我外婆本来也有决心把两个女伢照顾好。哪晓得自己身体不争气，反过来还要两个小人照顾。想想命真苦，去都要去了，还留了两个可怜的小人，以后的日子不晓得怎么过。想到这里，眼泪水止不住地往下挂。

那时正好是清明边。要是往日，我外公外婆肯定老早就在外头摘青回家，用捣臼捣碎，和了米粉里拌好，再把萝卜丝啦瓶菜啦放锅里炒好，另外弄点赤豆拌糖，包到青里头去。我外婆肯定带了几个女伢在堂前包清明粑了，多少闹热啊。把萝卜丝和瓶菜包进去做成长长的，留了一个个梳指角，是包了咸菜的梳子粑；包得滚滚圆，再用印板鼓咕嗒咕嗒印出花头来的，是小巧巧的圆粑。印板鼓印出齐整的凤凰来的，是包了赤豆和糖的甜粑；印了菊花样子的，就是咸粑。等大家把清明粑包好，我外婆把粑一蒸笼一蒸笼放锅里蒸，蒸好了又一笼笼拿出来，摊在扁篮上。粑上头的滚气还在扁篮上像云样雾样慢慢熏个不歇，小人就抢了粑动手吃，一个讲要吃咸的，一个讲要吃甜的。我外婆骂小人不懂事，一天到夜只想吃。我外公呢，把女伢当宝贝，个个都肉痛，从来舍不得骂，这个时光就会讲：随她们吃，欢喜吃就吃！东西做出来就是拿来吃的呀！

这样的日子再也没有了。正是家家做清明粑的时景，我外婆困在床上，想到清明上坟的日子，想到我外公飞龙活跳的年纪就顾自走掉。这个时候，再加上自己一身的病痛，魂灵就慢慢跟了我外公去了。我姆妈那时坐在床边，只看我外婆心头孔一紧，闭上眼睛，就再也没有醒过来。

十岁的梨花和八岁的樱花两个小人，只晓得在家里哭个不歇，一点主意都没有。

隔壁金条老婆头一个听到哭，就去寻小山羊，小山羊又寄信给园底的我小外公小骆驼，还有王谢的一个舅公和叔伯的大外公。

几个人坐在我外公家里商量后事。我小外公小骆驼讲：人死也死掉了，哭也没有用，怪只怪命不好，现在先把人埋到地下是顶要紧的事。依我讲，家里再没有，也要到龙王庙借副白棺材来，大不了到时候用东西抵。

我王谢舅公是我外婆的哥哥，是代表姓钱人家来讲话的。一听白棺材，他脸上很没有面子，就讲：话不好这样讲，我一个妹子嫁到你姓谢人家来，活的时候没有过到一天好日子，死掉也只有白棺材，到阴间去还要过苦日子？这样肯定不成功，再没有，也要借副红棺材。

白棺材也好，红棺材也好，顺反都是我外公外婆自己的家当抵，大家来商量也只是拿个主意。后来我小外公和舅公就到西叉坞龙湾庙借了副红棺材来，把我外婆装进去，抬到白洋家屋后山包上埋掉。叔伯大外公一起帮衬挖洞起石头，也算出了一份力。

后事办好，几个人开始商量我姆妈梨花和我小姨妈樱花的事。这样一点小的年纪，自己养自己是养不下去的，好在都是丫头壳，不值钱，迟早都是给人家做媳妇，帮衬人家烧饭洗衣裳的料，迟拿早拿一样，还是早点抱把人家算数。

刚好糠芯坞闫家和王谢朱家都有年纪大的儿子讨不到老婆，就托人过来讲。坐在我外公家里几个大人就一起决定下来，把我姆妈梨花抱到糠芯坞闫家当童养媳；把我小姨妈樱花抱到王谢朱家，也等养几年再正式结婚。

大人家把这个决定告诉两个丫头，哪晓得，两个丫头都是一样有脾气，都不肯到陌生人家去，个个哭不歇。

我的王谢大外公是一个又懒又没有用的人，讲是讲王谢人，常年都在外头讨饭过日子。他望望两个丫头可怜，想帮忙帮不上，就出了个主意，讲：实在不愿意，你们就跟我去讨饭，好不好？

讨饭是顶倒霉的事。两个丫头从小都是有老子娘带的，都讲要靠发狠做工夫挣饭吃。一听大伯讲要带她们讨饭去，个个都吓坏，拼命摇头。

大伯看两个丫头都看不起他，看不起讨饭，就很没有面子。不等另外几个大人答应，就顾自己到王谢去了。几年以后，我姆妈梨花大起来了点，在大岭脚摘猪草的时景，听过路人讲她的这个大伯、我的叔伯大外公，在那年冬里头到外头讨饭，冻死在府里旁边的千家村。听到这个消息，就透了一口冷气出来，心里想：还好没有跟去讨饭，要去了恐怕也是这样的结果。这样一想，摘猪草就更加发狠了。

我舅公第二天也到王谢去了，小外公还去他歇的园底。还没进门，麻崽老婆就对我小外公讲：事情办好啦？棺材钱有没有拿来？用什么东西抵？

我小外公一想不对，上一回到龙王庙买棺材是他出的钱，他自己没钱，是问麻崽老婆借的。出手帮衬弟媳妇买棺材的时景有面子，想到要还钱的时景面子都没了。我小外公一想，讲：我哥哥家里还有一只猪，这只猪抵来也够了。麻崽老婆讲这还差不多，就叫麻崽第二天天早跟小骆驼一起到我外公家里去抬猪。

哪晓得，天早两人还没有到我外公家，路上就碰到我姆妈梨花和我小姨妈樱花。两人一路上东张张西望望，问她们做什么，讲是寻猪，家里的猪寻不到，自己逃外头去了。

我小外公一听吓坏。这么多年都没有听讲过弟媳妇家猪逃出去，两公婆一死，猪就没了，肯定是让人家偷去吃掉的。我姆妈不管猪是逃去还是偷去，整个汪家坞到处寻，一定要把它寻到。走到我小爷爷小山羊家门口，有一条大路，路上有一板桥。也是运气好，刚走到桥上，我姆妈就听到一阵嗡嗡响。往桥下沟里头一望，嘿，就是家里那只猪。这猪不是逃来的，是让人家抓来的，两边还有门板拦在那里，想逃都逃不出去。

后来就有讲笑的人传出话来，讲这只猪是小山羊叫金条白洋两人昨日夜晚去偷的。小山羊到我外公家里来过好几回，老早就看中意那只猪了，就是寻不到办法下手。后来寻到金条和白洋两人，看这两个角色歇我外公家旁边，出手便当，就叫他们下手，过个天把三个人一起打拼伙。

要讲我小爷爷偷猪，大家都相信。他偷猪吃不是头一回了。上一回晴坑坞某某人家养了一只猪，就是小爷爷和人家一起去偷的。那份人家老太婆一个，到处在山上寻猪，后来看到大树底下一摊猪血，才晓得是让人杀在那里，猪肉都分掉了。后来也有人传出来，讲偷猪吃的头脑子，就是我小爷爷。

我小爷爷不光偷猪吃，还偷别样东西。有一回偷了七坞一份人家的东西，让人家骂了一顿，心里就很不高兴。第二天，他和金条白洋几个角色一起，连夜赶到七坞村，把那份人家的茅棚屋点着，烧了个净空。

我小外公小骆驼寻到猪就把猪运走了，算是抵了从麻崽老婆那里借来的一副棺材钱。

我姆妈晓得昨日有人偷东西，就带小姨妈一起到屋前屋后望望，不见了我外公养的一排蜂桶，肯定让这帮贼骨头偷去了。那天天早雨刚落歇，我姆妈到山上砍柴火，看到树林里丢了好几只蜂桶。蜂桶边上是一堆死蜂子和蜂胶，蜂胶里头的蜂糖老早让人家吃掉了。后来有人讲，这些蜂子也是同一帮人偷吃的。这些人是老偷蜂糖，身上带一壶开水，对着蜂子泡过去。蜂子一泡死，他们就把蜂胶里头的蜂糖偷出来吃。

我外公也真是死得早、死得快，死之前想都没有想到过，他往年这样威风的一个巫师灵媒，死掉后会这样可怜，这样落魄。家让人搬光，东西让人偷光，连几个女伢都抱光送光。做人做到这一步，也算是汪家坞里头顶失败的一个了。

家里东西吃光之后，抱人的就到家里来了。铜钱的姆妈把我小姨妈樱花往背脊上一背，就背到王谢姓朱人家去了。樱花在人家背脊上边哭边叫：姐，我不去哩！姐，我不去哩！

她的姐梨花也没有办法。一起到家里来背人的是白洋的姆妈，她背了梨花往糠芯坞走。糠芯坞在西面，王谢在东面，两姐妹一东一西就分开了。

我姆妈梨花脚上穿着我死掉的外婆穿过的一双尖角布鞋，本来就有点大。在白洋姆妈背脊上几哭几颠，还是在大岭上，就把一双鞋颠掉了。

白洋姆妈把我十岁的姆妈梨花背到糠芯坞有饭家，那时有饭死掉了，是早先做磨匠的年松和我长宁奶奶两人当家。家里头就一个后生，就是有饭和长宁奶奶生的儿子笑用。那年他都廿四岁了，还没老婆。我姆妈到长宁奶奶家里，讲是给她做女伢的。笑用前几年让国民党警察枪打坏，总是生病。那天他困在床上养病，心里不舒服，听讲他姆妈替他抱来一个丫头壳做妹子，家里要多个人吃饭，心里就更不高兴。白洋姆妈以为自己出了大力，就寻到笑用来报功，讲：我把你抱了一个妹子来！

笑用是福建人，家里都讲福建腔。在糠芯坞这个位置，看到长宁人讲长宁腔，看到安庆人讲安庆腔，看到江山人讲江山腔。白洋家里是江山人，白洋老婆都跟老公儿子讲江山腔。笑用听到白洋姆妈这么说，就在床上回报她一句江山腔：愁我弗会欠账啊！

吃饭的嘴是多一张，做工夫的手也多一双。我姆妈到长宁奶奶家做女伢后，天天在家里帮衬烧饭洗衣裳，还要到外头做些轻巧的工夫。开始时景，我姆妈顶欢喜的工夫是到外头摘猪草。明明大岭上头有猪草摘，我姆妈不去，要到隔壁笑柜家门口那些位置去摘。梨花的三姐桃花早一年到糠芯坞，做笑柜的妹子。我姆妈到了糠芯坞，就一心想寻三姐桃花嬉，一起摘摘猪草，谈谈天。

长宁奶奶和笑用都想梨花帮家里多做工，不是请她来嬉的，看她工做得少，总要骂她。骂得顶厉害的是和长宁奶奶打拼伙的年松。梨花认长宁奶奶做姆妈，死掉的有饭就算是爸爸，年松就是叔。年松叔看到梨花拎了菜篮到笑柜家门口去，就叫她快点过来，到另外位置去摘。讲好几回，梨花不听，总偷偷摸摸到那边去，明里是讲摘猪草，暗里是寻三姐做伴。年松发火时光，就捡了石头往梨花那边丢，边丢边骂：你再去！再去就一石头丢死你！

就是到另外位置摘猪草，摘得少也要挨骂。回回到家，年松叔总要把梨花的背篓揿一揿，一揿，就浅下去很多，就骂她偷懒，不发狠摘猪草，只晓得骗吃骗嬉。

到了摘茶叶时里，梨花跟他们一起到山上摘，年松也要督工，把梨花摘来的茶叶过秤，讲称称你摘了多少，有没有挣到饭吃。称得少了，又是一通骂。

要是不出去摘猪草砍柴火，梨花就一个人在家里磨苞萝，自己添自己磨。有一回磨苞萝时景，有饭和美仙生的小人过来撩梨花，怎么讲都不听。小人很皮，你越是骂他，他就越撩得起劲。梨花火起就要打他，他就逃，梨花在后头追。

追到门口把小人打了一个栗子壳回家，一望，喂呀，两只鸡在磨子旁边啄苞萝，啄得很遂意。那还了得，梨花从墙角拿了根搭柱闷过去，来得个准，一搭柱就闷在一只鸡的头上，把鸡闷死过去。梨花吓坏，要是打死，大人回家要有苦头叫她吃的，就把鸡捧在手上，边讨饶边拜：鸡呃，你莫死哩！你要死掉我要难过的哩！一连拜了好几遍，鸡再慢慢醒转身，梨花的苦头也就不用吃了。

到十五岁那年，正月初五那天，有饭家里一个亲戚来拜年。长宁奶奶叫梨花到楼上把那只火腿拿下来，切一块烧给客人吃。家里没有楼梯，梨花就到有稻家借了一把。楼梯借来布好，爬到楼上，伸过去拿火腿的时光，不好，腰上那根背脊骨上咕嗒一下，就好像断掉一样，痛得死去，动都不会动了。

在家里痛了好几天不会好。我小姨樱花到糠芯坞来看两个大姐，回家时景，叫梨花到园底去嬉，也算是给我小外公拜年。梨花走不动，十三岁的樱花就一路把她背到园底。一路上不晓得歇了多少回，梨花也不晓得哭了多少回。

年过好又开始做工夫。家里人没有一个讲你腰上的背脊骨断掉就可以天天在家里嬉，人都是要做工夫的，不做没有得吃。没办法，我姆妈梨花只好背了只背篓，到山上摘猪草。走路还好，要把腰弯过来就痛。看到前头有猪草，就只好跪在地上，一步一步移过去，把猪草摘下来。

有人讲是生瘤，就用灯草烧；有人讲生了古怪毛病，挖了草头药涂了好久。

后来腰背上慢慢不痛，顺当还是不大顺当。特别是有人讲是鬼箭射去的，我姆妈梨花就很怕。到了前几年，都七十岁光景了，才有人讲是腰椎骨脱节，时候长生了肉，慢慢接上去，背脊就躬起来，不大好看。往年时景，没人晓得这种病的缘故，都说是鬼箭射去的，说梨花前世做了恶事。害她回回到外头，看到菩萨庙就拜。几十年下来，把严州府一带的菩萨庙都拜了一遍。还总说严州府的庙太小、菩萨太小，一定要到衢州府、金华府、杭州府的庙里去多拜拜，多请请。

那时歇糠芯坞的时光，我姆妈梨花三天两头在门口烧香拜天：老天爷，我姓谢人家够可怜了！鬼还要来射我一箭。我是前世作孽，今世修行，一定好好做人啊！

我小时光只晓得汪家坞有姓汪姓须姓闫人家，不晓得往年还有过姓谢人家。老天爷要让姓谢人家断种，就派上昼神到洋田山吹了一口气，灭去谢家几十口，只留了我外公小天师和他兄弟小骆驼。小天师不争气，一连串生了五个女伢；小骆驼更没天谈，一根青柴光棍竖到老，连个丫头壳都没留下。

我外公和外婆先后过世，家里的两个小丫头都抱给人家做童养媳：梨花抱把糠芯坞笑用，樱花抱把王谢村的姓朱人家。

八岁的樱花年纪顶小，脾气不小。她到王谢朱家没有多久，看这份人家对她又打又骂，就一个人逃转身，逃回汪家坞。汪家坞我外公家里那堂屋还在，家里的桌子板凳让人家拿光，茅棚屋里稍微大点的木板、粗点的木头，都不见了。棚顶有好几块漏空，能看见云层。几根芒杆在屋檐上挂零挂当，风吹过来一摇一晃，呼呼直响。往年娘老子带了五个女伢嘻嘻哈哈很闹热的一份人家，现在就变成很吓人相的破庙，看得人汗毛直竖。

汪家坞里寻不到一个亲人，王谢又不想去，想来想去，还是想到了园底。歇那里的小骆驼，是嫡亲小叔，是老子的兄弟。脚步移去，拐进一个小山坞，老远望到独零零一份人家，屋前屋后一片菜地，屋顶上一支蓝烟悠悠升上天。这里，就是福建人麻崽的家。小骆驼歇在他家里，帮衬他们做工夫。

樱花寻到她小叔，哭哭啼啼讲王谢朱家打人骂人的事，还说要跟小叔过日子。小骆驼没法，想想死了娘老子的小人真可怜，就到麻崽老婆那里去求情。那时，正是麻崽老婆顶欢喜小骆驼的时光，听他这么说，就答应樱花在家里歇下来，讲：歇是歇这里，光吃吃嬉嬉是弄不来的，要帮衬家里一起做工夫。

樱花还没有答应，小骆驼老早帮衬点头了，讲：好的，要做的，一起帮衬做事。

麻崽家里歇了不光光麻崽两公婆和我小外公小骆驼，另外还有麻崽侄子和侄媳妇，添了樱花，家里就有六个人，园底也更加闹热了。

到麻崽家里歇头一夜，樱花就晓得园底好几样古怪事。头一样是一家人分成好几种腔口，讲话很吃力。麻崽和小骆驼都是福建人，大辈都是福建移到江山，江山又移严州来的。他们两个福建人讲出来的话并不相同，你不晓得我讲什么，我不晓得你讲什么。麻崽老婆是王谢人，侄媳妇是江山人，他们听有点听懂，就是不大会讲，也不欢喜讲。小骆驼同麻崽老婆讲"嗯啦阿拉"的王谢腔，跟麻崽侄媳妇讲"你些南昂些南"的江山腔，跟樱花讲自己"妮贴阿贴"的福建腔，就是跟麻崽和他侄子讲话，怎么讲都听不懂。听不懂也有办法，就是打官腔。到了吃夜饭时景，一家六个人坐一桌子吃饭，一下这种腔，一下那种腔，回回都是你懂我不懂，我懂你不懂。这个时候，麻崽要想讲点大家都听得懂的事，就好像府里来的大老官一样开始讲荤不荤素不素的园底官腔："你们我们，我们大家……"开头两回樱花听了很想笑，后来听惯也就不笑了。

那几年，我姆妈梨花总要到园底来拜年，带便看看妹子樱花。听到这种乱乌十七的腔口，就把眉毛皱起来，问樱花：我们福建人和福建人讲话，怎么也听不懂啦？樱花讲：喏，他们说福建地方大，腔口好多，分什么上八府下八府腔，我们是上八府腔，他们是下八府腔。这些下八府人啊，真是，讲话一点都听不懂，一天到夜叽叽咕咕咿咿呜呜，就和鸟叫一式一样，大家都讲他们的腔口是鸟讲话，是鸟腔。

樱花从八岁到园底歇到十八岁嫁人，一歇就是十年，笼里笼总学了八句下八府腔。我姆妈梨花总是笑她，讲：你和下八府人歇了十年，学了八句鸟腔，也算能干了。

让樱花古怪的第二样事，是麻崽老婆的厉害。园底这堂屋里有三个男人，一个麻崽，一个小骆驼，一个麻崽侄子。三个男人都生得又长又大，看到麻崽老婆都服服帖帖，个个都听话得很。麻崽老婆还不过瘾，只要她看不惯，开口就骂，一下骂骂这个，一下骂骂那个，没有一个不挨她骂的。

更古怪的是夜晚困觉，她一个人歇房间最里面的一张大床上，外面摆了两张小床，麻崽和小骆驼一人歇一张。有两回樱花爬得早，到房间里去看，有时景是麻崽从大房间里出来，有时景是小骆驼出来。后来慢慢晓得，这个麻崽老婆就是家里头的男人，麻崽是她的大老婆，小骆驼是她的小老婆。夜晚困觉时光，要看她高兴，她欢喜哪个进门就点哪个，今天这个，明朝那个，都是她一句话说了算。

难怪麻崽和小骆驼背后都讲麻崽老婆是母老虎，是女皇帝，是武则天。也有人说，福建那边什么地方是有这种风气，和我们严州完全不同。这个地方都是女人当家，女人讨男人的。她要是不欢喜，叫男人滚蛋，男人只好滚蛋；她另外讨个男人，愿意讨几个就几个，很威风。

人家讲男人欢喜小老婆，有些权还是抓在大老婆手上，大老婆总归是家里的第二把手。园底这份人家也一样。麻崽老婆欢喜小老公小骆驼，家里权还是大老公麻崽大些，到外头做工夫也总要小老公小骆驼多做些。

小骆驼只想夜晚多困几夜，白天工夫拼命做，麻崽老婆就更加欢喜。

麻崽是个懒病骨头，顶不欢喜做，只要白天少做点，宁可夜晚和老婆少困几夜，把这点味道让给小骆驼。他落得省力，白天省力，夜晚也省力。

就这样，麻崽老婆在家里当包工头、总指挥，天天派小骆驼和麻崽侄子侄媳妇到山上做工夫。麻崽在家里溜来溜去，帮衬烧烧锅笼，饭烧好，自己吃掉三大碗，再挑饭兜到山上给那三个人吃。除了挑饭，有时候他老婆会派他到山上来看看，有没有哪个偷懒。他老婆是派他来管三个人的，他抓牢小骆驼不放，回回总讲：小骆驼，做工夫勤力点啊，做得多吃得多，做得多嬉得多啊！

小骆驼听懂了，就边笑边做，一下不歇。麻崽回家同老婆讲小骆驼做得很勤力，麻崽老婆很高兴，夜晚头总把他叫到大房间里困。

不光光麻崽懒，麻崽的侄子也懒，一天到夜不想做只想吃。

有天夜晚困床上，樱花肚子饿，想到楼上酒笃里还藏了一些白皮糖，就越想越困不着。歇了园底那时光，吃饭总要看麻崽老婆的脸，脸上高兴就多吃点，不高兴就少吃点，吃不饱的日子很多，夜晚头要饿肚子。那天夜晚，樱花轻手轻脚摸到楼上，刚刚要进门偷白皮糖，看到里头一个白影，吓了一大跳，差点滚到地上。藏白皮糖的位置刚好在麻崽歇的床顶。大房间里麻崽老婆和小骆驼做事做得高兴，哪里听得到楼上的响动？麻崽一个人困，半醒着，让他听到了，就晓得楼上有两个人偷东西。第二天吃天早时，麻崽就打了官腔说笑：昨天晚上，贼骨头碰到了贼骨头，啊？

官腔边打边望望他侄子和樱花。他侄子装了没有听见，樱花就吓得半死，抬头望望麻崽老婆，还好麻崽老婆昨天嬉得遂意，没怎么发脾气。

麻崽侄子好吃懒做的脾气，很不讨侄媳妇欢喜。这个侄媳妇心高，只想早点另外歇，把日子过好来，就像芝麻开花样节节高。哪晓得嫁了个懒鬼，天天帮衬人家做，只挣口饭吃吃。这样子，侄媳妇只好另外想主意了。刚好，小骆驼像一只骆驼样闷声不响只晓得做，侄媳妇就慢慢欢喜上了。她的想法是跟小骆驼好，好上以后再歇另外位置去，把麻崽侄子一脚踢开。

这个侄媳妇究竟年纪轻，小骆驼哪里吃得消她几个撩拨？有天夜晚，麻崽两公婆到汪家坞金条家里谈事体，半路上想到什么就转身了。到了房间里，就听到响动，进去一看，不得了，麻崽侄媳妇和小骆驼两人在床上困觉！

偷人偷到母老虎女皇帝头上来了！把武则天的小老公都抢去用，翻天了！

麻崽老婆当场就给麻崽侄媳妇一个巴掌，打得她把裤子当衣裳穿，把衣裳当裤子穿。

那天夜晚，麻崽老婆脾气很大，命令就下给麻崽的侄子，讲：你们两公婆不能歇园底了，明朝就把我滚蛋！

后来怕麻崽侄子不高兴，麻崽老婆就好端端劝了他一句：我也是为你好，移到外头歇，你少戴绿帽子，我家里也多一个正劳力，是不是？

麻崽侄子和侄媳妇后来歇了汪家坞，园底一堂屋六个人里头少了两个，只余了四个人。麻崽老婆空了下来，没什么事管，就拼命叫小骆驼多做事，还要樱花也跟着做，又是摘猪草，又是砍柴火，又是烧饭洗衣裳。稍微有点事情做得不满意，她就老鹰捉小鸡样把樱花捉牢，拿一支毛竹丝来抽樱花的脚。毛竹丝呜啦呜啦抽过去，樱花好像陀螺一样在地上转桶箍，一边转一边哭，两只脚上让毛竹丝抽得稀烂。

娘老子死得早的小人就是可怜。让人家家里大人打的时光，总想寻个亲人求求。樱花让麻崽老婆抽毛竹丝，小叔小骆驼回回都在场。樱花一边哭一边望小叔，想他出来帮衬讲一句，哪晓得，小叔只顾自己吃黄烟，听到毛竹丝抽得这样光景了，黄烟也吃差不多了，才慢慢丝丝对樱花讲一句：啊？下一回，再听不听讲啊？

麻崽老婆不光光厉害，还很小气。有一回樱花出麻，人家说出麻的人头上要弄块布包包。麻崽老婆头上刚好有块布包那里，就把布解下来，让樱花包。刚包了两天，她就悔了，舍不得，对樱花讲：你把布解下来，到河里洗洗干净，我自己要包。

麻崽老婆再厉害，麻崽和小骆驼再不帮忙，总归是樱花在人家歇了十年。前头两个大姐桃花和梨花都是从小就抱给人家做童养媳的，身边一个亲人都没有。樱花不同，总算是有小叔小骆驼在身边，看着她一天天大起来，从八岁到十八岁，到解放后第六年再嫁到赵家坞。

早先时光人家也不管园底的事，后来大家晓得了，讲毛主席坐天下都这么多年，还有地方两个男人拼一个老婆，弄不来，要分开歇。就这样，樱花把小叔小骆驼接到自己村坊里歇，一直到毛主席老掉那年，他才跟着老掉。姓谢人家顶后头一个男人，就这样没掉了。

第十三章 女人家投胎要比男人家多一回

女人家不值钱，和男人家没法比。我翻了半天家谱，没有翻到一个女人的名字，我太奶奶、我奶奶，都只有号了一个姓在上面的门份。男人家命好命苦，投一回胎就注定；女人家不同，投胎都要投两回：头一回投胎看生了哪份人家，第二回投胎看嫁了哪份人家。女人家都晓得，第二回投胎比头一回还要紧，嫁得好才是真正的命好。我姆妈梨花讲起糠芯坞的笑菊，总欢喜提这句。

闫天师死掉之前，想到府里洪掌柜帮衬他发家，还没好好谢他，就答应把孙女笑菊嫁给他孙子洪烂污。洪烂污烂污是烂污了点，他老子帮衬他寻的行当不差，做了许多年的国民党警察，在府里大街上和南门头码头上也算是威风过的人。笑菊就是有两样事情不顺心，总要和洪烂污争口：一样是洪烂污家里人不大好服侍，笑菊和他们弄不来。开始和洪烂污的爸爸姆妈弄不来，后来和他哥哥嫂嫂弄不来。为了姓洪人家那些人，洪烂污骂过笑菊，也打过笑菊。还有一样是洪烂污欢喜吃酒欢喜得过头，把家里的钱吃光，把子孙后代也吃没掉了。洪烂污在警察局里拿到的工资，还没半个月就让他吃酒吃光，笑菊跟着他天天扎紧裤带过日子，没有吃过一回饱饭。一年以后，笑菊好不容易肚子里有了，两人争口打架，把肚子里的小人也打下来。那回以后，笑菊再也不会生，两人就更加弄不来了。

洪烂污做警察的时光也不是一个好警察。私下里，他总帮衬那些做生意的人做鬼事，哪个肯出钱就帮衬哪个，想多挣几个酒钱。国民党蒋介石坐天下的那些时光，茭白船的生意不准做了。往年府里南门码头边一东一西两只顶大的茭白船，再也看不到了。那帮人做茭白船的生意做了这么多年，蒋介石讲歇手就歇手是不会的。明里不肯做，就暗里头做，只要买通警察，叫他们不要来管就好。洪烂污就是让茭白船老板买通的警察，他不光光放茭白船一马，有时景自己还总在船上嬉，像一只乌鸦样帮衬茭白船的老板候家。那些想来寻事、嬉了茭白船上的女人不付钱的地痞，看到警察候那里，也都不敢乱来。老板欢喜洪烂污这只乌鸦，总是寻他吃酒，有时景还请他白嬉回把女人。

后来不晓得是哪个和洪烂污弄不来，到警察局里告了他一状，讲洪烂污黑道白道通吃。新来的警察局长想改一改风气，就先拿洪烂污开刀，把洪烂污的饭碗敲掉，让老百姓看了就吓的那身黑皮也剥掉了。

没有工资拿，就想弄点生意做做。洪烂污在茭白船上嬉得长久，看到船上的钱好挣，就和人家合伙办了一只茭白船，三天两头在府里码头和杭州南星桥码头之间荡过来荡过去。严州人和杭州人都到洪烂污开的茭白船上嬉过，河港中央的桐庐、富阳那带的人也欢喜到他船上来嬉女人。

生意一好，人手就不够。有时候，洪烂污把笑菊也弄到船上去帮忙，帮衬客人烧开水泡泡茶。后来酒吃醉的客人，看到她样子不差，就总想在她身上打主意。洪烂污天天吃酒死醉，管不了这么多，有一回还答应人家来嬉笑菊。笑菊是很本分的女人，这种场面看到几回，就再也不想在船上待。后来，洪烂污的茭白船停在杭州南星桥码头，笑菊看到码头上有好几爿茶店，索性自己也开了一爿。洪烂污想想也好，以后从严州府里到南星桥来，也多了个落脚的位置。她托人给茶店取名，人家讲是严州府建德县里人开的，就写了块匾叫建德茶园。中华民国时景，严州府撤销了，建德县还在的。大家讲顺口了，还总欢喜讲严州府，要讲建德，就更灵清些。

名字取得好听，里头做工夫的人笼里笼总就一个笑菊。茶店分前后两间，前头一大间摆了几张桌子，后头一小间自己困觉。笑菊不识字，每烧五壶茶，就在墙上画一个正字。时候一长，南星桥码头边的人都晓得了这个本分的女老板，都欢喜到店里来吃茶。

我姆妈刚刚到糠芯坞时景，笑菊还没有到南星桥开茶店，一年总要到娘家来嬉好几回。笑菊来的时候，洪烂污也跟了一起来。这个国民党警察，一天不吃酒就很难过。回回到了糠芯坞，头一件事就是拿出一块钞票给我姆妈，叫她到长宁去买瓶烧酒。那时候开始用纸做的钞票了，钞票上也有一个菩萨头。洪烂污在丈人家里吃酒要扣牢点，有时吃得也不多。笑菊管得牢的时景，一瓶酒要吃两三天，管不牢的时景，一天就吃光，吃光又拿出钱来叫我姆妈到长宁去买。

我姆妈从十岁到姓闫人家开始，一年总有几回要帮衬姐夫到长宁买酒。糠芯坞到长宁有三里路，我姆妈要么拎只小菜篮，要么背只警报袋①，除了买酒，有两回还多买些好吃的菜来，让姐夫顾酒。姐夫洪烂污酒吃高兴就讲：梨花哎，好的！梨花哎，乖的！下一回

---

①警报袋：一种口子上缝有松紧带的布袋，战争时期警报一响，里面装了东西一拉松紧带就走，故有此称。

哎，叫你大姐买件花衣裳把你穿，噢!

后来些时光，洪烂污不来了。再后来就听说笑菊去杭州南星桥开了茶店。

笑用到南星桥去过一回，回家就讲了一大堆洪烂污的烂污事。这个洪烂污开茭白船挣了这么多钱，从来不给老婆笑菊用。反过来，回回到南星桥来都要问笑菊讨酒钱。笑菊不肯，讲：你不拿出钱养老婆，还要老婆养你？洪烂污拿出他的烂污道理，讲：你茶店里生意天天都这么好，钱挣来不给老公用给哪个用？还要养小白脸啊？让洪烂污这么一讲，笑菊还真没有话了。洪烂污到处翻钱，一翻到就拿走，就到酒馆子里去吃酒。笑菊想想心痛，后来挣到钱就把钱藏好，省得洪烂污来抢。洪烂污到后面房间里床上和被褥里寻了几回没有寻到，就动脑筋想办法。后来寻到一根棍子，往地下到处笃，笃到哪里空的，就撬开来取钱。再后来还是寻不到，他就把尿桶移开，棍子往地上一笃，一撬就拿出几块白洋来。笑菊又哭又骂，讲：你个短命鬼，我怎么藏哪里你都能寻到的？洪烂污就很烂污地把嘴巴简笑得歪唧唧，讲：你晓得我是做什么出身的？警察! 警察是做什么的？要么捉人，要么寻白洋! 我要是连我老婆藏的几块洋钿都寻不到，我这个警察不是白当了？不是太对不起蒋委员长了?

洪烂污回回到南星桥，回回到馆子里吃个大醉。他吃醉和人家不一样。人家吃醉要么唱戏，要么骂人，要么打架，要么吐出来。他不。

南星桥码头边的人，在日本佬快要打败逃回家的那几年，总是看到一个三十来岁的男人，脸上吃得好彤彤，走路歪下歪下，满脸酒气，在码头边走啊走，肩膀上还背了一块门板。有人问：你背门板做什么？这个酒鬼男人嗯了啊了讲不灵清。要再问一遍，他就讲：醒酒，我去醒醒酒! 讲歇，他就一摇一摆走过身。

到了河港边，洪烂污把门板的一头推到水里，一大半还在岸上，没进水。门板摊好，他就一个翻身爬到门板上，两只脚伸到水里，大半个身子露外头，呼啦呼啦困着了。

等一觉困醒，他又把门板背起来，歪下歪下背回家。路上有人看到这个人前面把门板背过去，现在又背过来了，很古怪，就问他做什么。洪烂污又是嗯了啊了一通，讲：醒了，醒了，比早先要好过得多了!

我姆妈再看到姐夫洪烂污的时景，是她十三岁那年的茶叶时里。洪烂污回回都跟笑菊一起来，这回只有他一个人。三十五岁的人，看上去比五十三岁还要老，精瘦精瘦，一身的皮包骨。

要是有饭还在，看到这个现世宝女婿，肯定要把他赶走。好在有饭老早过辈了，笑菊妈么肉痛这个女婿，打拼伙的年松也不好多开口，就让他在糠芯坞歇些时候，养养病。

洪烂污歇了糠芯坞的那些天，都是我姆妈梨花服侍的。天天天早爬起，他坐在门口那张小桌子边，歇歇看看外头。有饭家的大门是朝东的，他讲对牢东面好，天早看得见日头慢慢上来，好对牢日头透透气。他总说喉咙头的气闭得很。

洪烂污力气没有，派头还在。天早一坐小桌子边，就叫我姆妈梨花把洗脸水端来，放在桌子上。脸一洗好，他就摸出一张霉头纸，两只手搓啊搓，搓成一根索样。这个时候，我姆妈梨花就把他黄烟筒递过去。他先用打火石把霉头纸点着，再去点黄烟。霉头纸慢慢红了那里，等到下一筒黄烟塞进烟筒的铜嘴里了，再吹一口霉头纸，吹出火苗来，去点黄烟，点着了再把火苗吹灭。天早三四筒烟吃歇，我姆妈梨花又在锅台边泡了个鸡子花，递给他吃。鸡子花吃歇，等一会时光，再和大家一起吃天早，要么红薯粥，要么苞萝粥。他要养病，给他吃好点，有时景也让他吃白米粥。

天早吃好，他想到外头走走，就叫我姆妈梨花牵牢他，在糠芯坞小路上慢慢移去移去，就和七八十岁的老头子一样，移得很吃力。走路的时景，还咳个不歇，痰满路吐去。吐了半天还吐不光，嘴里一口痰出不来，就把肩膀上披那里的洗脸手巾拿来抹。几回下来，就把一块洗脸手巾抹得雪白老厚一堆，再交给我姆妈梨花，叫她到河里去洗干净。

开始还讲在糠芯坞只歇些时候，哪晓得一歇就歇了三四个月，从茶叶时里歇到七月上。

他自己也晓得自己病重，服侍他不容易。回回接了我姆妈拿过来的饭碗，回回叫我姆妈到河里洗洗脸手巾，回回叫我姆妈牵牢手到外头走的时景，总是这样一句老话：梨花哎，好的，乖的，啊。等你大姐回家，我叫她帮你撕块布，做件花衣裳你穿。

有那件花衣裳天天诱着，我姆妈做事越加勤力，把姐夫洪烂污服侍得很好。

到了七月上一天，天公很热。那天脸洗好，他就讲要出去走。我姆妈梨花牵牢他的手出门。走了五六步，一阵风吹过来，他就站那里不动了，讲要转身回家。

进门坐在小桌子边，我姆妈梨花把烟筒递给他。他用洋火点霉头纸，点了半天，火着不起来，霉头纸点不着，就把烟筒推转身，还给我姆妈梨花。

他讲还是到房间里去好，梨花牵牢他进房间，扶他坐在床沿上。过一下，梨花泡了碗鸡子花进来，捧到他手上。要是往日，他几口就喝掉了。这回，只见他手捏牢碗抖个不歇，喝了好一会才喝掉，还漏在地上不少。再拿洋火点烟，还是抖得点不着，就不点了。

这一觉困下去，就困到了中午边。梨花把饭烧好叫他爬起吃饭，就叫不应了。

糠芯坞闫家派人到府里洪家报信，还打电报到杭州，叫笑菊回家。闫家人帮洪烂污穿好棉袄，藏进棺材里。

六月里天公很热，洪烂污的尸首放了家里越来越臭，棺材里放了好些石灰粉进去，还是臭。家里头老老小小都逃到外头去，歇都歇到隔壁笑柜那堂屋里。只有梨花一个人在锅台边烧饭，做豆腐，等客人来吃饭。

洪烂污在府里的兄弟也来了，亲戚朋友都赶来了，就是笑菊路远还没有到，不好出葬。大家站在门口一个个掰了手指头算杭州的船到府里要几天，有的讲两三天，有的讲三四天，还讲府里到糠芯坞的路怎么难走，张家山门口的大岭怎么难爬。

好不容易，长宁那边有人报信，讲笑菊赶来了，就要到了。棺材里头的洪烂污脸上贴了张白纸，他兄弟怕嫂嫂看到不高兴，就把白纸拿掉。

笑菊一路哭到糠芯坞，看到棺材里头洪烂污的脸都烂了，看不清。把手伸进去想摸一下，只摸到一堆水。手从棺材里拿出来，一看，手上都是一根根的白蛆在爬，还有雪白的石灰水和油水，滴得满地都是。

笑菊哭也哭过，看也看过。闫家请来的四个人赶紧把棺材抬出去，前面两个人一出门，棺材就往前面移。只听棺材里头的水咣当一声，就往前面倒过去。后面两个人也出门，听到棺材里头的水又是咣当一声，往后面涌了过来。

棺材抬到一半，笑菊和洪烂污的兄弟又争了起来。一个讲要葬糠芯坞，一个讲要运到府里去葬，府里人一定要葬府里。抬棺材的人听他们争不出个名堂，后来闫家人一商量，就决定把棺材先放在路边上的柏树林里，上头盖了些芒杆压那里。

我小时光跟着我姆妈摘猪草，好几回到过糠芯坞。从大岭脚那条小路走到糠芯坞去，路边上就是一片柏树林。那时我姆妈三四十岁了，总熬不牢对我说：老早你南星桥姑妈的老公死掉，就把棺材放这里。我前几年来看，棺材烂掉，还剩一副骨头，这下什么都看不着了。

我听了吓坏，不敢往前面走。我姆妈一点都不怕，她一想到往年服侍我南星桥姑父的事，眼睛都起亮光，说：他答应过我哩，讲要帮我撕一件花衣裳穿穿哩！

我姆妈边讲边待那里，好像真的望到了一件齐整的花衣裳一样。

洪烂污死在糠芯坞，大家都讲不是好事。年纪没过三十六，就是短命鬼。短命鬼出在糠芯坞不吉利。还有洪烂污生的毛病也不好，讲是痨病，名气很难听。

大家想来想去，没办法，闫家就请了帮道士来做道场。道场做好，工钱分派下去，闫家人推来推去，都不肯出。后来工钱出少了，道士讲了句不好听的话：糠芯坞风水败了，这个位置，还是要出短命鬼！

女人家不值钞，和男人家没法比。我翻了半天家谱，没有翻到一个女人的名字，我太奶奶、我奶奶，都只有号了一个姓在上面的门份。男人家命好命苦，投一回胎就注定；女人家不同，投胎都要投两回：头一回投胎看生了哪份人家，第二回投胎看嫁了哪份人家。女人家都晓得，第二回投胎比头一回还要紧，嫁得好才是真正的命好。我姆妈梨花讲起自己在糠芯坞的日子，总欢喜提这句。

我姆妈梨花十岁到糠芯坞，天天摘猪草、烧饭、洗衣裳、磨苞萝、磨豆腐，出了不少力。十三岁那年，服侍姐夫洪烂污三四个月，到七月上把他送走。家里晦气重，有好一段时光，客人都不敢进糠芯坞。

十四岁那年茶叶时里，山上的茶叶和茅草样旺，东家发的钞票和树叶样多。茶叶时一到，包茶叶的东家到糠芯坞和汪家坞每份人家里一走，第二天家家女人腰上都捆了围裙，背脊上么背了背篓，到大湾里摘茶叶。那年的年辰好，一根根茶叶苗又嫩又长，就好像从地下飘上来一样。我姆妈梨花年纪小，心不小。天天天没有亮就上山，摘了一围裙又一围裙，揿了一背篓又一背篓。东家站在大湾平地上，拿了把二十两的秤，把大家背来的茶叶一篓一篓过秤。回回望到我姆妈梨花背了茶叶来，就讲：本事的，比大人家摘得还多，发狠点，钞票挣来到长宁撕布买花衣裳穿。听到这一句，我姆妈就笑了。在糠芯坞的那十来年里头，我姆妈顶欢喜听的，也就是这句。山上的茶叶多，摘去摘去，脸上的汗冒出来一下都不歇，我姆妈梨花摘得实在吃力，实在想歇了，就茶叶蓬边站一下，望望拿秤的东家。一想到东家那本簿子上都记了每个人摘的茶叶斤数，一想到过几天要按账上记的斤数发钞票，一想到发了钞票就好到长宁买花布做花衣裳穿，她就浑身一抖，两只手在茶叶蓬上就好像飞的一样，飞几下，往围裙兜里一塞；飞几下，又往围裙兜里一塞。没多久，一围裙兜满了，就用力揿到背篓里去。整背篓都揿满了，就到包茶叶的东家那里去过秤去。摘到中午边，拿出天早带来的苞萝粑，吃两三个下去，又接下去摘。天天都摘到天黑了，看不见了，再歇夜。

大湾里摘光摘火竹湾，火竹湾摘光摘五坟山。汪家坞边上这几块山上的茶叶都摘光了，包茶叶的东家再照牢簿子上记的斤数，给每个摘茶叶的人发钞票。那时发的钞票都很大张，上面有一个人头，叫什么关金券。

茶叶好摘，钞票也好挣。帮衬摘茶叶的人，个个都到东家手上拿一大叠的钞票。我姆妈梨花年纪比人家小，茶叶比人家摘得多。到东家那里拿到的钞票，也比人家厚。又大张又大刀，老厚老厚一叠，用牛皮筋扎牢的。坐在茶叶蓬边上点，点了一遍又一遍，点了一遍又一遍，越点越高兴，越点心里越甜。

多少年了，摘茶叶都只挣一点点钞票。有个老太婆讲，就是前面几十年全部加起来，都没有今年这一年挣到的多。大家的嘴巴简一个个都笑歪。风水轮流转，今年到我家。摘茶叶都摘发财，也就是这一年。有人讲要把老公和子女，一个人做一件衣裳；有人讲要把家里添两双被褥，做几双棉鞋；有人讲要到长宁去称五斤肥猪肉、五斤猪脚爪，让一家人吃个遂意；还有顶厉害的，讲要把钞票分给两个儿子，一个造一堂新屋。

我姆妈梨花高兴啊，她是抱给人家家里做女儿，做小媳妇的，想法有点两样。她想，交也交点出来，藏也藏些起来。今年先到长宁撕块布，明年啦，后年啦，年年都去撕花布，做花衣裳穿。布上的花，就好比她们五姐妹的名字，什么金花银花桃花梨花樱花，还有红的绿的黄的茄子色，什么花头什么颜色，都把它想了一遍。顶后头，想准了两样花头，两样颜色，今年多买些，一样买一件，穿个齐整再讲。

跟了一帮女人到长宁，大家有唱有笑，比过年还开心。

到了长宁村头，这帮女人个个都像疯子一样，嘻嘻哈哈冲到布店里。到店里一问，讲这个什么关金券，眼目前不值钞了，买布买不来。

大家不相信，又到猪肉店、咸盐店、酱油店，一个个问去，都讲用不来。

不是讲关金券没有用，用还好用的，就是不值钞了。这帮女人个个手上的一大叠钞票，老早好买一堂屋，后头好买一只牛；前两天还好买一只猪，昨天只好买一盒洋火。到了今天，连一盒洋火都买不来了。

我姆妈梨花在糠芯坞做死做活，天天想穿花衣裳，总总都没有穿过一件。

花衣裳没有挣到，名气挣到了。大家都讲梨花会做，茶叶摘得比人家多，这种女伢哪个讨去做老婆不得了地好，糠芯坞闫家就有点急起来。到了十四岁这年下半年，我长宁奶奶和年松爷爷就做了主，把我姆妈和笑用的亲事办掉。

那年，笑用廿八岁，比我姆妈梨花大十四岁，是我姆妈到糠芯坞来的四年以后。就这样，笑用的妹子——四年前还是"愁我弗会欠账"的梨花，现在就做了他老婆。

十五岁那年正月上，我姆妈梨花腰骨脱节。痛了段时光，工夫还照做。摘猪草的时景腰弯不下来，就跪了地上，一步一跪，一菜篮一菜篮摘回家。到年底，腰骨上的肉生好，自己接上去，也就不大痛了。

就在那年年底，毛主席来了，解放了。后来我姆妈总对我讲，毛主席迟来了一年，要早来一年，我都不会嫁笑用。毛主席讲婚姻自由，不好强迫。笑用有病，我不肯的。我那时只有十四岁，不好嫁人，毛主席讲女伢要到十八岁才好嫁人，我妹子樱花本来也要老早出嫁，到十三岁那年就解放了，后来照毛主席的话，在园底待到十八岁，再嫁到赵家坞的。

后来樱花的日子过得比梨花好，这也是命。樱花等得到毛主席来再嫁人，梨花没有这样的命等。

刚解放那时光，梨花也没想许多。大家天天到长宁开会，把地主人家的山啦田地啦都拿来分给大家。糠芯坞人和汪家坞人一样，家家夜晚都做了苞萝粑，背到长宁去当中午饭，开会商量怎么分田地。

长宁村里的大地主、保长邵顶发，让贫下中农捆在前头，在长宁街上游行。就是连邵顶发家里养的几只牛，也牵出来一起游街。我姆妈梨花是童养媳，选上贫下中农代表里头的妇女代表，也参加游行。游行之前，每个人发到一张纸，红红绿绿的，裁了三角形，糊到一根毛竹棍上做旗子。在街上游行的七八十个人，个个手里都举着旗，一边走一边喊：打倒地主反革命！

批斗和游街后不久，邵顶发就枪毙掉了，另外一些地主也送到府里那边劳改去。

地主家里的田地，全部分给大家。我姆妈那时家里一共有四口人：长宁奶奶、年松爷爷、笑用、梨花。每个人先划成分，长宁奶奶、笑用、梨花都是贫下中农，一人分到一股；年松爷爷往年是开磨匠的，是闫家雇来做工夫的，算是雇农，比贫下中农还要可怜，就分到两股。一家人一起分到五股，每股二分四，总共分到一亩两分，就是长宁村往外走的口子上，收购站外、清溪桥边，名字叫下坞的位置。这个位置本来都种了蛮大的树，一共有十来亩。分到这块地的人都把树砍掉卖，挖火地种苞萝。往年在下坞做工夫的人里头，就有我姆妈梨花，他们一家人在这块地上也收了不少苞萝，一直到吃食堂为止。

十六岁那年，我姆妈梨花生了头一个小人，是个滚壮的儿子，一家人都很欢喜。

十七岁那年的六月初一，我姆妈梨花看茅棚外面的雨落个不歇，大水在门口哗哗响，很吓人。那天夜晚，屋后的水满上来，满到家里。有稻穿了件蓑衣进进出出，后面拖了美仙和小人，在外面大声喊：快点逃，屋要倒下来了！长宁奶奶叫我姆妈快点走，把她往外一把推。我姆妈抱了小人，慌里慌张，手一松，小人就掉进水缸里。年松爷爷寻到一把雨伞，拖了长宁奶奶就逃。笑用和梨花也跟了出门。

一家人就躲在一把雨伞下面，站在一块大水冲不到的位置，看牢自己家里那间屋慢慢倒下来，让大水冲走。大家又是哭，又是喊。摸摸脸上，也弄不灵清是雨水，还是眼泪水。

你要是不相信风水也没有办法。同一个老子闫天师留下来的三间屋，分给有稻的一间半好好的，没有倒；分给有饭又传把笑用的一间半，刚刚好让大水冲个精光。为什么这一间半要冲走？风水不好，这堂屋只有一半的风水，一半好的要克掉一半坏的。让大水冲掉的这一间半里头，主人家笑用就是个毛病鬼，事情还一样接一样。有稻那一间半的风水硬，硬得把这边一间半克牢，克坏。

我从小就总听我姆妈梨花讲糠芯坞的屋让大水冲掉的事。回回讲到这里，她就要怪汪家坞的地主人家。屋后汪家人在上峰塔判山，把山上的树都砍掉了，落过大雨的日子塌方塌下来，才把那一间半屋冲掉。我爷爷一家人，硬是死不承认。"都怪你汪家判山判得好！"我姆妈望了我爸爸一眼，同我讲往年的事。我爸爸坐旁边吃烟，装作没有听到，睬都懒得睬她。

大水把屋冲掉，长宁奶奶一家人就在边上临时搭了个棚歇。

到十八岁那年，我姆妈梨花帮衬笑用一起，在有稻家下面点，还不到笑柜家的位置，起个新棚。起棚的那天，笑用出了不少力。大家都想讲他本事，话还没有讲出，他就滚到水沟里去了，怎么爬都爬不起。我姆妈看了吓坏，就逃去寻有稻。有稻力气大，过来把笑用拖出来，背到家里养了好两天。笑用的病就厉害起来了，往年有稻害他让国民党警察打伤的位置，又开始犯了。我姆妈梨花和两个老人家一起，又要砍木头搭架子，又要砍芒杆盖屋，忙了半来年，才把新棚搭好。

笑用在山上做工夫回家，腰上捆的柴刀不解开就吃饭，吃掉又上山。歇了隔壁的桃花过来嬉，看到妹夫笑用吃饭一歪一摇，就笑了，讲：笑用，你吃饭怎么样歪了这里吃啦？笑用不承认自己有病，每一回总是这样一句：我屁股后头刀柄长！

笑用选的这个新棚位置，离有稻家还是太近。有稻的命硬，风水硬，把人家的风水克牢，克得你倒灶。笑用一家人逃来逃去，逃不出有稻这一克。

十九岁那年，我姆妈梨花在家里烧饭，笑用在门口破柴火。破柴火的时景，斧子要举得高，脚要趴得开，斧子要对准柴火中央破下去。人家破柴火都蛮蛮好，一斧子一斧子往柴火中央破。笑用让有稻害掉了，手腕上隐隐痛，力气用不正。斧子举得高是高，破下来的时候，手一歪，斧子就往反手那只脚背上剖下去，脚背上的血就往脸上飙来。

我姆妈梨花听到外头鬼叫连天，出来一望，就望到笑用像个杀猪佬样，脸上手上都是血，嘴里一声声喊：天哩，老天！天哩，老天！

一家人把笑用围牢，帮衬他止血，就是止不牢。后来把脚放在脚盆里，血满了大半脚盆，看上去很吓人。后来到山上摘一种冬里头叶子红的药，叫红叶柴，敷了很长久，才把血止牢。血止是止牢，就是一天到夜口水答答滴，很难看。上一回让警察打伤，留了半条命；这回让自己斧子破去，就只余了小半条命。

笑用身上血太少，看上去命不长了。长宁奶奶到处寻人医，就是医不好。

二十岁那年，我姆妈梨花到外头摘猪草、洗衣裳，都带了儿子在身边。儿子五岁，很听话，也很懂事。那年，南星桥姑妈寄信过来，叫笑用到杭州去看病。笑用到了杭州大姐那里，一待就好几个月。到九月上，笑用还没回家。长宁奶奶要过河摘猪草，我姆妈在后面一起去。儿子走前面，过河的时候牵牢奶奶的手说：奶奶呃，你小心点噢，不要滑去哩！奶奶讲这个孙子真能干，我姆妈听了很高兴。老公没嫁好，儿子总生得不差，以后自己年纪大了还有依靠。哪晓得就在那天夜晚，儿子生了病，再也爬不起来。等笑用从杭州回家，儿子早没了，长宁奶奶到人家家里抱了个小人来，叫我姆妈带。笑用回家是回家，病没医好，连眼睛都花了。看到抱来的小人，一直以为是自己的。

二十一岁那年，我姆妈在糠芯坞又送走一个男人，就是她老公笑用。笑用死的那年，也是三十五岁。没过三十六，就算短命，死了都不体面，家里不能摆酒。

一连出了几个短命鬼，客人都不敢来糠芯坞了。两年以后，毛主席讲开始吃食堂。糠芯坞人就全部移到汪家坞来，并到一个队里吃。糠芯坞的田地，就成了汪家坞生产队的田地。

女人家不值钱，和男人家没法比。我翻了半天家谱，没有翻到一个女人的名字，我太奶奶、我奶奶，都只有号了一个姓在上面的门份。男人家命好命苦，投一回胎就注定；女人家不同，投胎都要投两回：头一回投胎看生了哪份人家，第二回投胎看嫁了哪份人家。女人家都晓得，第二回投胎比头一回还要紧，嫁得好才是真正的命好。我姆妈梨花讲起自己在汪家坞的日子，总欢喜提这句。

别的女人投两回胎，我姆妈梨花命苦，投几回胎都不合意。笑用死掉以后，她就嫁给汪家坞姓汪人家，和我爸爸做了夫妻。我爸爸的成分是地主，就是我姆妈梨花十五岁那年在长宁举着旗子在街上游行时光喊着口号要"打倒地主反革命"的"地主"人家。

刚解放那时，我姆妈天天夜晚到长宁去读夜校，认识好些字，还学唱"北京有个金太阳"，就是顶后头总要来一句"巴扎嘿"的歌。地主剥削贫下中农的事，她很灵清；地主有多少坏，她也灵清。哪晓得顶后头，她还是嫁给一个地主人家。

我从小就听我姆妈讲地主坏，讲我爸爸坏。我爸爸一欺负我姆妈，我姆妈就哭，还边哭边骂：你个坏地主，专门欺负贫下中农！人家贫下中农受地主欺负，是毛主席来以前；我是毛主席来以后，自己寻到地主人家里来的，自己寻苦头来吃的。我眼睛瞎啊，我命苦啊！

第十四章 银子罪孽重田地害子孙

老古话讲：银子罪孽重，田地害子孙。讲是这样讲，相信的人不多，不管是有钱的还是没钱的人家，都欢喜银子，不嫌田地多。一直到解放那年，老古话灵验了。没钱的亏得好家里没钱，有钱的只愁家里太有钱，白洋有多少重罪就有多少重，田地越多害了子孙也越多。

我爸爸锄柄从小穿草鞋背锄头在山上做工夫做大，从小挑担子砍柴火卖力气卖大，从小吃苞萝吃红薯吃菜干吃大。没有念过一天书，没有吃过一餐好，没有雇过一个工，就糊里糊涂做了地主。

我爷爷六十八岁那年，老大火筒和老二砚瓦都老早成家，小人也蛮大了，只余了我爸爸锄柄还是个十九岁的后生家。那年上半年，我爷爷挡不牢两个大儿子闹分家，就把三兄弟叫到上峰塔抽签。老二砚瓦念过书，顶鬼，老早把我爷爷手上的钩看灵清楚，一抽就抽到顶下面那截山，顶肥；老大火筒的脑筋也不差，让他抽到中央一截；老三头锄柄慢慢丝丝走过去，想拿出挖火地的力气去抽个好钩，我爷爷骂了，讲：你抽也不要抽了，顶上头顶瘦的那截山就是你的！锄柄望望那块山，挖火地挖得顶吃力，都是些石垅窟，心里头就凉了半截。

也莫挑精拣肥，总归自己做了东家，做多做少都归自己。脑筋不如老大老二，做山上的力气工夫不比他们差。从上半年分家起，锄柄就天天起早摸黑在上峰塔顶高的那块地上做，把那块顶瘦顶没有肉的山，料理得像花园一样齐整。那天天早，我爸爸锄柄老早爬起，带了苞萝种、葵花子种、黄粟米种上山，先把苞萝种和葵花子种打了孔种好，再找块地把黄粟米一把把撒下去。

上半年的山苞萝种下去，到下半年满山都是青柴火样又高又大的苞萝秆，一阵阵的风吹过来，瑟瑟瑟响。我爸爸锄柄一个人站在山高头，用凉帽当扇子边扇边笑，就好像听到了一担担的山苞萝籽倒在地上的声音，听得他心里头甜进去甜进去。

三兄弟带人到山上掰苞萝，一担担的苞萝挑回家。各人都把苞萝堆在堂前，堆在楼上，就把家里几间屋都填了个满。

哪晓得，三兄弟刚把山苞萝收到家，毛主席就来了，地主就打倒了。

汪家坞的铜钱、白洋和金条，不晓得什么时光入的党，都成了党员。还有糠芯坞那个往年做贼的有稻，也讲是党员。这四个人很威风，汪家坞糠芯坞的事，都由他们四个人来管。这些人把我奶奶双手反捆到背后，吊在柱头上用鞭子抽，逼她把金银财宝拿出来。我奶奶一边哭一边讲没有。哭到后头，人家也没法，就拿火筒老婆开刀。火筒老婆刚刚大肚子，人家讲女人家心软，怕小人死在肚子里，总会把金子银子交出来的。后来看她也不肯讲，就把她拿来打老鹰飞：用绳索吊在屋梁上，一头往下拉，一头往上扯，人就和老鹰一样飞上去。

这个场面不是头一回碰到。前头十三回，老鹰飞打歇，人就离开了。这回没有。老鹰飞打好，就来分你的粮草和家当。

前两天，火筒老婆晓得人家要来分粮草，就动脑筋把粮草寻位置藏好。等那些人来寻，只寻到一点点粮草。长宁有个干部叫不老鬼的，寻粮草很有本事。他到我们家锅台边把锅盖一移，望到里头都是苞萝，就讲：嘿嗬，你家里日子好过啊？苞萝拿来喂猪吃？

不老鬼手里捏了根棍子，到处戳来戳去。到酒笃里一戳，酒笃里是苞萝；到床铺底下稻草堆里一戳，也是苞萝；到鸡笼里一戳，戳到鸡笼底下也有苞萝；到尿桶底下一戳，又戳到苞萝。寻到苞萝不少了，还不过瘾。不老鬼就到屋后毛竹林里走来走去，戳来戳去，又在毛竹地里戳到不少粮草。寻到的这些粮草，全部都叫人堆到大门口来。

楼上还有些粮草，叫我爷爷自己运下来。人家讲我们家里是奶奶坏，爷爷老实，手上也没权。就把奶奶捉起来打，没有难为我爷爷。我爷爷不光光把粮草搬下来分，还拿了把扫帚在楼上扫，把苞萝籽一颗颗扫到一起，用畚斗畚下来，让大家快点分。

粮草全部称好，按汪家坞的人口，除掉我们家里头的人之外，一人五十斤，全部分光，一个子都没有留给我们家里。

不老鬼和四个党员又商量，讲要把我们家里头的桌子、板凳、锄头全部堆拢来，点点数。我爷爷和我爸爸锄柄两人顶勤力，煞手把家里头东西一样样搬到堂前，还帮衬四个党员一起点，点来点去点了好几遍。我奶奶讲，看他们点东西的模样，好像不是在点自己家里的东西，是点人家家里的东西，自己想弄点分分。

锄柄点数不大会点，点了几遍还不大放心。四个党员也不管，交代村里头的贫下中农，一家多少多少，全部分光，连小板凳都没留下来一只。

往年汪家坞顶穷的是姓须人家，解放以后就慢慢好起来了。我爷爷辛辛苦苦办起来的东西，都一样样转到了贫下中农家里。

顶有福气的是铜板。铜板那年四十岁了，还是光棍一个。到我爷爷家里分到不少粮草和家当，心里很高兴。夜晚头吃了几杯酒，做梦讨了个齐整老婆，雪白粉嫩的，很欢喜。第二天天早爬起开门，喂呀，是梦醒了还是没有醒？门口石阶上坐了个女人，雪白粉嫩，和昨天夜晚做梦做到的一式一样。铜板上去问，讲是逃荒逃来的，想进门吃口茶。铜板很客气，把她扶到家里头吃茶。女人看他家堂前摆了不少的苞萝和红薯，就讲肚子饿了，想吃点东西。铜板就拌了几碗苞萝粥，你一碗我一碗，吃了个饱。女人吃了两三碗苞萝粥下去，脸孔就开始红起来了，白里透红，更加齐整。铜板问她粥吃饱想到哪里去。女人讲：我是逃荒的，哪里有得吃，我就到哪里去。铜板讲：我家里有得吃，你就歇我家里好了。女人听讲他是光棍一个，就有了意思，嫁给他做了老婆。后头隔壁人家总是问女人是哪里人，做什么的，为什么逃荒逃出来，女人总不肯讲。

我爷爷家里白洋多、田地多，就做了汪家坞里罪孽顶重的人，天天和长宁村里头的邵顶发一起，在街上让贫下中农批斗。我姆妈梨妈那时也跟在人家屁股后面，一遍接一遍拼命喊：打倒地主反革命！

斗地主斗到一半，讲土匪来了。土匪名字叫王志辉，是国民党保安部队的司令，还没来得及跟蒋介石逃去台湾。风声传过来，讲王志辉逃到汪家坞这边来了。长宁那边派人过来一家一家通知，讲看到土匪要马上报告，通土匪的要杀头。

大疯子愁往年灭汪家人灭得少，这回时候到了，他寻到村里的共产党员有稻报告，讲地主火筒帮王志辉送过饭，是通土匪的。有稻跑到长宁，长宁又报告到县里。哇喷，大洲园里、长宁园里的民兵，不晓得几百几千人，一个桶箍一个桶箍围起来，一块山头一块山头搜过去。大家讲这个土匪王志辉也真有点本事，满山的民兵搜了好几天，就是没有搜到，顶后头还是让他逃掉了。

王志辉难捉，通土匪的火筒容易捉。火筒先捉到邵顶发家里关起来。邵顶发家是长宁顶有钱的人家，屋也造得顶大顶齐整，解放以后没收掉，拿来做办公的位置。我火筒大爷天天关在邵顶发家里，要他交代怎么帮王志辉送饭。火筒没送过，连王志辉的影子都没有看到过，实在讲不出。

我爷爷奶奶和砚瓦、锄柄这帮人，家里没有一颗粮草吃，就到处去借。我爸爸锄柄只晓得做工夫，来得个勒力，天天到山上砍柴火烧炭。也是老天爷要灭我们姓汪人家，那天夜晚一担炭歇在厨房边的披间外，炭火慢慢红起来，着起来，就把整堂屋都着起来，烧得只剩一片灰。后来也有人讲是姓须人家点着的。刚刚好有担炭倒边上，就是把屋烧掉了，也只好怪自己炭火没有灭干净。

长宁那边审火筒审不出名堂，就把我奶奶和砚瓦、锄柄都捉到长宁去，都关在邵顶发家里，叫他们一起坦白。

还是汪家坞的党员有办法，他们把火筒的两个儿子，一个十一岁的小泥，一个九岁的草根，关在铜钱家里，要两人交代王志辉的事。两人还是小人家，不懂事，不晓得该怎么讲。大疯子过来了，讲：你们早点交代，就讲是看到老子到千龙湾送饭的，只要讲出来就没事，就好回家吃饭。两个小人肚子老早就饿得咕咕叫，一听讲只要讲出来就没事，就照大疯子讲的话讲了一遍，还在纸上揿了手指头印。长宁那边人拿了汪家坞的这张纸，寻到关在邵顶发家里头的火筒，讲：老实交代算了，你两个儿子都交代了，你讲也是罪，不讲也是个罪，还是早点讲，少吃点苦头。火筒想想出是，就照他们的话讲，也揿了手指头印。

指头印揿下去，火筒就对两个兄弟讲，通匪要杀头，这回命是保不牢了。

到了后半夜，候的人到隔壁困觉去了。锄柄歇歇叹一口冷气，讲：肚子饿呃，实在是饿得难过。讲歇，就用两只手磨柱头上的索，想磨断逃出去。火筒看到，就劝锄柄：莫磨哩，你逃不出去的，逃出去还是要捉进来的，到时候罪加一等，不死也要死！

我爸爸锄柄不听，讲：死也要死外面去，先吃个饱，在这里饿死划不来。

磨到天亮边，总算把绳磨开了，就朝屋后逃出去。一想还是想到汪家坞。到了大岭上那块大石头边，怕路上有人过来，就钻到杉树林里，翻山走。

躲在杉树林里，天公慢慢亮了起来。锄柄看到大路上好些人走来走去，有人谈天讲锄柄逃掉了，捉到要怎么料理他。锄柄听了吓坏，只怪自己命苦，不该投胎来汪家。

锄柄胆子小，胃口大。平常日子在上峰塔做工夫，人家一餐吃两三个苞萝粑，他要吃五六个，到点心边，还要吃两个。一天下来，有十来个好吃。人家带到山上去的饭兜顶重的也只有七八斤，他那只有十六七斤，顶重一回有二十斤。在山上挑柴火回家之前，他还要把饭兜拿出来，用筷子把顶后头两块饭扒干净吃光再肯开步。到山上做工夫，大饭兜、茶壶桶一定要背牢，看到茶壶桶空了，他要发脾气；看到饭兜空了，他要叫天。

在汪家坞山后的杉树林里，从天早躲到中午，从中午躲到夜晚，肚子里一天一夜没有进过饭，没有进过水。汪家坞里的头一号大肚子，头一回饿得净空。杉树林里头除了鸟叫虫叫，就是肚子里头的咕咕叫，叫得锄柄很难过。

迟早都是个死，躲在杉树林里活活饿死，不如上吊死。锄柄从长宁逃出来的时景，手上还捆了索，连在柱头上那截磨断，手上那截还在。这时，他就把索解开，做了个套，套在头颈上，另外一头捆在杉树桠上。

在杉树桠上挂了好长久，越挂越难过，就是死不掉。看到脚边还有根杉树桩，人家把树砍掉留下的桩很高，锄柄把脚一伸过去，就踩着它，把头上套牢的索解开，懒得上吊。

翻过山头，再往下头爬，就是我小爷爷小山羊家的屋后。小山羊命好，他在王谢有十几亩田，家里发了十几口人，按人口算田地也不多，解放以后的成分划了个中农，一生世什么苦头都没有吃到。那时歇我小爷爷家隔壁的，就是铜钱家。解放以后，铜钱这些人一个个都威风起来。到处寻锄柄，想把他当野兽样捉牢。

到夜晚边，天黑了下来，我爸爸锄柄饿得发抖。要再在山上饿一晚，还真要饿死。锄柄想逃下来，到哪份人家弄点东西吃吃，还是没有这个胆。后来身上一摸，摸到一盒洋火。就寻了些燥柴火，点堆火烘烘。锄柄想，让贫下中农看到也不怕，捉去后总会拿点东西吃。

头一个看到山上那堆火的是铜钱。铜钱去寻铜板，铜板刚刚讨了个雪白粉嫩的女人，夜晚不肯出门。铜钱就去寻金条白洋，两人手里都拿了把鸟铳上山。到火堆边一望，还真是从长宁逃出来的锄柄。铜钱把鸟铳往火堆边一竖，吓得锄柄心里一纵跳。金条白洋两人就围过来，把锄柄用索捆好，去寻县里派下来的工作同志。

我爷爷家的屋让锄柄烧掉后，临时搭了个棚困觉。锄柄看到工作同志，就喊：我肚子饿，我两天没吃东西了。工作同志到我爷爷家里一问，讲粮草都分光了，一颗苞萝籽都没有留下。工作同志讲，分过头了。地主也是人，也该留点下来吃吃。后来叫我爷爷到人家家里借了几斤米，闷饭给锄柄吃。火筒老婆藏起来的粮草都让人家寻到没收，还好，还有一只火腿藏在山上，总算寻了回家吃。看工作同志讲道理，就割了块火腿，和米饭一起闷。

饭还没有熟，锄柄就开始吃。吃了一碗又一碗，到饭熟时，一锅饭也吃差不多了。顶后头还有一碗，刚想去兜，火筒的两个儿子——小泥和草根哭起来，也讲肚子饿。锄柄就没有敢吃，把那碗饭分了两小碗，留给小人吃。

工作同志对铜钱他们讲，锄柄饭吃饱了，你们把他送到长宁，到时候和另外那些地主反革命一起，送到府里去。

我爷爷和我两个大娘——火筒老婆、砚瓦老婆，还有火筒的两个小人一起把锄柄送到大岭口上。

没脑筋的锄柄，只想到长宁和府里有没饭吃，哪想到我爷爷那时光有多伤心。只见他眼泪水一路挂来，还叫锄柄路上小心，自己照顾自己。跟在屁股后头的那帮汪家人，也只晓得流眼泪水。两个小人小泥和草根，还嫌锄柄太会吃，留下来的那点饭，只把肚子垫了个底。

大肚子锄柄不晓得，等他再回家的时景，小泥和草根都成了后生家。他的两个嫂嫂早做了另外两份人家的女人；他的爸爸——我的老实头爷爷，再也无处可寻。

老古话讲：银子罪孽重，田地害子孙。讲是这样讲，相信的人不多，不管是有钱的还是没钱的人家，都欢喜银子，不嫌田地多。一直到解放那年，老古话灵验了。没钱的亏得好家里没钱，有钱的只愁家里太有钱，白洋有多少重罪就有多少重，田地越多害了子孙也越多。

我奶奶、我火筒大爷、砚瓦大爷和我爸爸锄柄关到府里去之后，家里就余了我爷爷和他两个媳妇，还有几个孙子孙女。粮草都让贫下中农没收，眼看一家人要饿死，我爷爷就到处去讨饭；我的两个叔伯哥哥小泥和草根，就拿把刀到山上割些好吃的嫩草回家，焐猪食一样焐给一家人吃。

按理说坐牢的事，头一个就该派到我爷爷这个老地主头上。村坊里人都说我爷爷老实，我奶奶脾气差，做人坏，就把两个人反转身来，让我奶奶去坐牢，把我爷爷留家里。村坊里人见到我爷爷来讨饭，都拿出东西给我爷爷吃。吃歇，还拿出两米筒的苞萝籽给我爷爷。我爷爷尽家当就穿了一件长布衫，还有腰上一条大手巾。讨来的苞萝籽，就往心头孔里倒进，把腰上的大手巾扎紧。苞萝籽讨回家，放锅里炒熟，一小酒杯一小酒杯分给家人吃。我爷爷还在的时光，一家人天天都有一小酒杯炒熟的苞萝籽吃，垫垫肚子，再加些野菜野草，总算都没有饿死一个。

过了几个月，我爷爷托人到府里去问信，长宁大地主邵顶发家里的人把信寄到汪家坞，讲邵顶发枪毙了，长宁园里好些地主人家都有人枪毙。汪家坞的火筒通土匪，也枪毙了；汪家老二砚瓦念过书，脑筋里毒水多，充军到新疆去了；汪家老三锄柄是个老实人，只晓得做工夫，就让他到劳改队里专门去做工夫。

我爷爷听到这个消息，天天夜晚困不着，苞萝籽和野菜野草都吃不下肚。后来想想家里这帮人还要活下去，只好笃了根毛竹棍，天天外出讨饭。

不晓得什么缘故，长宁园里紧起来了，不让地主出远门。我爷爷到外头讨饭，本来可以到整个长宁园去讨的，长宁园位置大，大小村坊有十来个，一天讨一个村，也能讨些苞萝红薯回家。有天天早我爷爷出了糠芯坞，还是到大岭脚，放哨的民兵就把我爷爷赶了上来，讲地主反革命，不能随便出门。从岗外到西叉坞、从大湾翻山到七坞，都让人拦牢，都是一套骂：你们这些地主反革命到处走来走去，是不是想串通一起，再搞反革命？

家里苞萝籽吃得不余一颗，野菜野草没地方再挖，没地方去割。

我爷爷夜晚头越想越不通，后来脑筋就开始糊涂了。我们汪家人有一样东西个个都生得大，就是身上的肚子，不光光锄柄一餐有十来斤好吃，我爷爷饭量也很大。这么多年下来，什么苦都吃过，哪想到会有这么一天，连苞萝红薯都没得吃，连野菜野草都没得吃，把肚子饿得翻过面，一天到夜咕咕叫呢？

老古话讲风水倒败，要倒败就是风水变的缘故。我爷爷跑到门口那条河里一望，风水真的变掉了。五十年前的那几个冷水孔，都往另外位置出来。小天师别的事算不准，汪家的风水是让他算准了。要晓得小天师有这样的本事，汪家人老早逃另外位置去歇了。今天风水倒败，想逃都寻不到位置逃。

那天下午，我爷爷在五坟山上挖不到一株野菜，肚子里饿得难受，心里更难受。他下了决定，不再想活下去。也是命里该死，那天野菜没挖到，倒是望到一株毒草，名叫菜虫药。他狠狠心，就把这株草挖回家。死前他还想吃点别的，就想到鸡子。他跑到五坟山对面的铜钱家里，问铜钱讨了个鸡子。铜钱本来很小毛相，那段时光日子慢慢好起来，解放后到我们姓汪人家分到不少粮草，看我爷爷饿得可怜，脸孔又青又黑，就答应到鸡笼上那只菜篮里望望，一望，还真有老母鸡生下一个子，摸摸还滚烫人，就递把我爷爷。

我爷爷到自己家棚里，一家人都出门挖野菜，就一个人起火煎鸡子，把菜虫药和了一起炒。炒熟以后吃下，就再也没有醒来。那是解放以后的第二年，我爷爷六十九岁。

我爸爸讲，死以前我爷爷身体一直还很好，一口牙齿崭齐，咬苞萝籽轰啊轰响，一把苞萝籽一下工夫就咬稀碎吞下，吃得很香。

我爸爸跟我讲的菜虫药，我总弄不清是什么。后来找到一本叫《洗冤集录》的书，上面讲道："鼠莽草毒，江南有之。亦类中虫，加之唇裂，齿龈青黑色。此毒经一宿一日，方见九窍有血出。"这种鼠莽草，又叫雷公藤，另外的名字还有红药、黄藤根、断肠草、菜虫药。还有一本书叫《梦溪笔谈》，书上把菜虫药叫钩吻，又叫野葛。讲这种草好当药用，有大毒，又好用来杀人。福建那边山头上的人，都用这种药寻死，"半叶许入口即死"。有人开出方子，讲只要吃这种草的根九克(三钱)，或者嫩芽头七片，下肚就死。

还有人写了一首菜虫药（鼠莽草）的诗，里头有这样几句：

闻有一草名鼠莽，食之随死不可医。
非唯自己爱毒烈，辄使妻儿常号悲。

去年清明时里，我到汪家坞上坟，在爷爷坟前想到他吃菜虫药寻死，还有书上写的那两句诗，我的眼泪水就嗤啦嗤啦往下流，好像我们汪家积了几十年的眼泪水，都从我一个人的眼睛里涌出来一样。

我爷爷吃菜虫药寻死以后没多久，我奶奶就从府里放回家。回家的时光，她两个媳妇老早请人帮衬把我爷爷葬在了五坟山。我奶奶在坟前哭了好久，让两个媳妇劝回家。到了夜晚边，我奶奶又到屋弄后头那半棺坟前，跪下来拜，比拜老祖宗还诚心。一边拜一边嘴里念个不歇，要坟头里的魂灵原谅我们姓汪人家，让我们姓汪人家的后代把日子过下去。

我奶奶一直就是我们汪家的当家人。当家人回到家，两个媳妇就开始叫苦。火筒枪毙掉以后，火筒老婆就做了寡妇。按理她和火筒生了两个儿子小泥草根，应该一心一意把小人带大。火筒老婆不管，对我奶奶讲家里日子实在难过，一颗粮草都没有得吃，这样下去要饿死的。另外，王谢那边有好几个贫下中农到汪家坞来讲亲，要她嫁到王谢去。他们说，现在是贫下中农的天下，你一个婆娘家，在地主人家过日子，下半世苦头有得吃，不如早点出来，嫁给贫下中农，你就是贫下中农，你的日子就好过了。火筒老婆想想也对，嫁给地主人家，甜头没得吃，苦头吃死，要嫁人趁年纪轻还会生小人。再迟点，只怕想嫁都没有人要。一听做嫂嫂的要嫁人，老二砚瓦老婆也不自在。那时她也生了个儿子，还刚刚两三岁，日子也确实难过。我奶奶对砚瓦老婆讲：老大死掉了，女人要出嫁讲得过去。你老公还在，想嫁人讲得过去不？老二老婆讲：我男人充军到新疆，活和死有什么两样？我不是寡妇也是守活寡，你还是让我跟嫂嫂一起出嫁。一家人候了一起饿死，不如我们两个媳妇嫁出去，到人家家里寻到吃的，好带点来把你们吃吃，也好把小人带大。

我奶奶让两个媳妇吵得没主意。让她们出嫁，汪家倒败加倒败，人都留不牢，当家人怎么对得起汪家老祖宗？不让她们出嫁，手上又没有粮草把她们吃，总归留不牢两人的心。我奶奶是个很会藏东西的人，往年把白洋藏门口菜园里，后来藏在上峰塔自己买来的山上。整家人只有她和我爷爷晓得，家里还有白洋藏山上，没让贫下中农全没收去。她对两个媳妇讲：你们莫吵，饿不死的，再熬一熬，我还有钱的。两个媳妇讲：你哪还有钱？有钱还不快拿出来买东西吃？我奶奶讲：我不骗你们，我真的是还有钱，眼目下拿不出来，时候没到，时候一到，你们想吃什么都有得吃。两个媳妇讲：也不晓得你讲的是真是假，只怕时候一到，我们饿都饿死了。你也不要讲以后，我们现在就饿得难过，有钱的话快点拿些出来，实在拿不出来，我们也只好对不住婆婆，另外寻人家嫁出去。

我们汪家顶有主意的当家女人，今天也搪不牢两个媳妇你一言我一语，慢慢就没了主意，就做出糊涂的事体。她把两个孙子，十一岁的小泥和九岁的草根叫到跟前，讲：汪家的男人都不在家了，你们两个小后生，要帮家里挑挑担子。家里粮草都让人家分掉，没得吃要饿死人，你们的娘都要另外寻人家出嫁。怎么样办？只好把山上的白洋拿回家用。上峰塔那块山上有一棵大樟树，底下的某某位置挖下去，有我藏在那里的五百块白洋。你们两人明朝到山上去一趟，把白洋拿回家救命。

第二天，小泥和草根两人一人背了一只背篓，看样子是到山上去摘猪草。哥哥小泥在山上挖白洋，兄弟草根在边上放哨。挖出来以后，小泥就把五百块白洋藏在背篓底，上面摘些猪草盖着。两人在山上躲了好久，一直到日头下山，才慢慢回家。

哪晓得，早上小泥和草根背了背篓上山，铜钱、白洋、金条几个党员就商量过了，一定要把到外头去过的地主家里人仔仔细细查一遍。小泥和草根两人还走到坳上，候在那里的铜钱和金条两个党员，老远就看小泥背脊背得佝偻起来，看看背篓里头的猪草，只有一点点，心里就有了数，当场就把背篓拿下，往里一摸，就摸到了硬货。

上面本来就有通知，搜到地主家里的东西，要马上交到长宁去。铜钱一生世都没看到过这许多白洋，就想和金条一人一半分掉。金条讲：就怕上头不肯，我们人头不保。还是把另外两个党员寻来商量商量，看这个事情怎么办。两人就把五百块白洋弄到我爷爷屋后的石灰窑里藏好，叫金条在那里候，铜钱去叫白洋和有稻来商量。

四个党员躲在灰窑里开会，商量怎么分这五百白洋。有稻的脑筋比另外三个人好，他想出一个主意，讲：要把五百块全部分掉，上头要是晓得了，查下来，我们四个人的党票就都泡汤。顶好的办法，还是分一半，交一半。到时候查下来，我们也有一句话，只讲到手的白洋，笼里笼总就是两百五。

铜钱白洋和金条三个人都讲有稻的办法好，赶紧把两百五的白洋分掉去。铜钱讲：四个人分两百五，四六廿四，一人分六十块，还余了十块怎么样办？金条讲：还有十块就要讲功劳了，我和铜钱两人功劳顶大，这十块就奖励把我和白洋，一人五块。铜钱讲：好的，你们两人一人六十，我和金条一人六十五。

白洋讲话慢慢吞吞，"娘个十比"四个字还没骂出来，有稻老早把两只眼睛乌珠滚上滚下朝铜钱和金条两人滚来，讲：你们是不是共产党员？先人后己还是先己后人？工作做了这么一点，就抢功劳。你们一定要多分，我就一句话，索性全部上交，大家一个都没有得分！

白洋一听要全部交上去，肉痛得要死，就劝有稻：全部交上去也不好，我们大家辛辛苦苦一生世，也都没看到过这么多白洋。好不容易有这样的发财日子，还是慢慢商量，把白洋分掉去。我家里女人总嫌我没有本事，我今天分了这五六十块白洋回家，还不叫女人在我裤裆底下服服帖帖？

铜钱和金条都笑了，就是想不出四个人怎么平分，两人功劳这么多，不多分个几块回家，心里总不甘。两人你一句，我一句，都讲要多分。

就在这时光，歇了灰窑西边手的有稻的叔伯侄子、桃花的老公、我的大姨父笑柜在屋后铲豆子回家，背了把锄头下山，就听到窑里头有人偷偷摸摸讲话，听上去有鬼名堂。笑柜就躲了窑边，仔细听几个人吵嘴，听到后头，就听出了眉目，这几个共产党员，想把汪家地主手上没收来的五百块白洋分一半掉，四个人怎么分都分不匀。笑柜就在肚子里笑了，一把锄头背到窑里头，往地上一戳，骂：喂呀，你们几个党员当得好啊，躲了窑里分白洋，我要到长宁去报告，看你们党员还当得成当不成！

四人吓坏，脸孔都青掉。有稻脑筋转得快，对笑柜招招手，说：轻点轻点，喊这么响做啥？还不快点进来，了不起也分点把你！

另外三人还过魂来，一起说：分点把你分点把你，莫响！

笑柜就和那四个人围在一起，说：一起五百块，分一半交一半是不是？

白洋说：两百五分四个人，一个六十，还有十块分不好。

铜钱说：我说多分我五块你们就是不肯，这下好了，多一个人进来分分。

笑柜就骂铜钱，说：你这个党员就想自己多分，不想我老百姓也分点？

金条对笑柜说：也不是不分你，大家都想分给你，就是不晓得怎么分，这里又寻不到一个当会计的。你想想看，两百五分给四个人都分不好，分给五个人怎么分法？

笑柜就笑了，用手指头指着金条，说：你啊，讲你们姓须的人笨就是笨。两百五分给四人，一人六十还余十块；分给五人，五五廿五，一人五十，不是刚刚好？

金条听了很高兴，说：喂呀，你们姓闫的人是比我姓须的人脑筋好。一人五十，五个人刚好分掉两百五。好，这下分灵清了。

铜钱骂金条：好什么好？本来一人六十还多十块，这下一人只有五十，你高兴什么？

笑柜听了不高兴，骂铜钱：你就这么心黑？不高兴让我分你一个都别想分！

金条就对铜钱说：莫争莫争，一人五十就五十，总比一个都没有得分好。我先把我的门份五十块拿走，余下来的事情你们怎么办我不管。

金条拿了五十块，另外四人也都拿走五十。后来大家一商量，怕余下来两百五让人家分掉，就当场决定：明朝五人一起，把两百五十块白洋送去长宁。

分到五十块白洋的四个党员和普通群众笑柜，日子就慢慢好了起来，一个个都变成小财主。特别是有稻，天天吃酒吃肉，在汪家坞和糠芯坞的名气越来越大。有人不服，不晓得怎么听说了有稻早年做的恶事，就到县里告了他一状。上头派人下来查，有稻得到消息，就送了几块白洋去买通，把事情平息掉。后来上头来查的人拿出一个结论，讲有稻往年做强盗不假，抢的都是有钱人家，都是地主人家，这不叫抢，叫革命。至于分掉汪家地主白洋的事，几个党员都出来证明，说没有这件事，笼里笼总就搜出两百五白洋，大家一个都没分到。就这样，有稻没有受到上头的处理，还在那年年底评到一个优秀党员的名头。有稻把奖状贴在堂前的板壁上，来一个客人就显摆一个，大家都讲有稻是顶有本事的党员。

倒霉就倒霉了我们汪家的几个人。我奶奶本来想把白洋拿回家，留住两个想另外嫁人的媳妇。这下倒好，白洋没拿到家就让人没收了，到现在，整个家当就一点都没有留下来，净空净空。两个媳妇晓得姓汪人家彻底倒败，就铁了心要出嫁。到这年年底，大媳妇火筒老婆嫁到王谢，二媳妇砚瓦老婆嫁到七坞。

火筒老婆到王谢以后又和人家生了两个小人，逢年过节时光也和汪家有来往，特别是小泥和草根，有空就往王谢跑，把贫下中农家里的粮草吃进肚里不少。

砚瓦老婆嫁到七坞后，把小人一起带走，算拖油瓶嫁人。小人不能再跟地主人家姓，就跟后爸姓了张，也算是贫下中农。砚瓦到新疆去许多年后，再写信回家，讲在尼勒克吉林台一个煤矿里工作。家里写信去讲他老婆另外寻人出嫁了，他就在新疆成了家。

我在汪家坞念小学识了字，我爸爸锄柄总把新疆大爷砚瓦的信交给我念。我顶欢喜念的就是信壳上头的一行字，这一行字很长，很难记，我偏偏背得很熟，把信壳往背后一藏，一口气背把我爸爸听：新疆肥（维）——吾尔自治区尼勒克吉林台七十X团煤矿。特别是念到维吾尔的时景，欢喜照我们严州人的念法，把维念成肥，还拖了长音，听上去很有味道。我爸爸听我念得好，就讲：好的好的，我们汪家又有人识字了。

我从小就没有看到过我爷爷，也没有看到过我两个大爷。家里收到信，大家才提起我有个新疆大爷。就是这个新疆大爷，我也只念过他的几十封信，一直到他生病死在新疆，我也没有见到他，不晓得他到底长什么样。

老古话讲：银子罪孽重，田地害子孙。讲是这样讲，相信的人不多，不管是有钱的还是没钱的人家，都欢喜银子，不嫌田地多。一直到解放那年，老古话灵验了。没钱的亏得好家里没钱，有钱的只愁家里太有钱，白洋有多少重罪就有多少重，田地越多害了子孙也越多。

我爸爸十九岁那年解放，二十岁那年到府里坐牢。白天跟了劳改队里人出去做工，夜晚又歇牢里来。进进出出，都看得见我奶奶和火筒砚瓦两个大爷。过了些时候，砚瓦看不见了，听说充军去新疆。我爸爸回回看到我奶奶，总见她在抹眼泪水。到端午节那天，我爸爸出去做工夫没看到火筒，回家还没看到他。后来听说枪毙了。到那时，我奶奶眼泪水都哭燥了，人像一根木头棍一样靠在墙上。

我爸顶关心的事不是坐不坐牢，是有没有得吃。他的肚子和蚂蟥一样，瘪下去瘪得像一根线，胀起来时胀得像个大皮球。坐牢后，他的肚子总像没有血吸进去的蚂蟥一样，肚子皮贴到后背脊，一天到夜瘪瘪塌塌。那时夜晚睡牢监，白天要去乌龙山砍柴火，力气出去很多，粮草吃进只有一点点。柴火帮衬梅城林场砍，林场是集体的，集体不肯拿粮草给劳改犯吃，白捡人家便宜。我爸爸顶恨梅城林场，天天帮衬他们到乌龙山砍柴火，没吃到一颗饭。

有一回大家在乌龙山砍柴火，砍得都没力气。我爸爸肚子里咕咕咕叫个不歇，人老实，不敢开口要吃食。旁边那些劳改犯里头，也有不老实的，总问队长讨东西吃，讲肚子饿得不像样。那时的劳改队队长，刚好就是长宁村里头的天寿老头。天寿年纪不很大，看上去背脊有点佝，大家把他取了个绰号叫老头。天寿老头那天自己也没有吃饱，肚子也开始唱戏，心一狠，就往衣裳袋里拿出公家的钱来，说一人买半斤豆子吃。大家把柴火挑到乌龙山脚，就到山脚底一份人家买了一麻布袋的豆子，放锅里炒，一人半斤分掉。劳改队里的人，个个都分到半斤豆子，装在自己衣裳袋里，边走边吃，茶也没有一口喝。这帮挑了柴火的正劳力，个个往嘴巴筒里塞豆子，一口的磨子齐齐磨动，轰隆轰隆直响，比打天雷还要吓人。

歇夜进了牢里，我爸爸锄柄有了半斤豆子打底，肚子还没有很饿。顺反餐餐都是那点饭菜，吃也没什么吃头，迟早都是那点门份数。我爸爸坐在自己那间屋里，没有马上起身。后来想到我奶奶，就出去望望，问她有没有吃过。我奶奶关的位置离大门口近，看到的东西多，她骂我爸爸，说：锄柄呃，你这下才来啊，今天是看牢房的日子。外面有钱人家，都到牢里来送饭菜了。刚刚前面，好些人把饭菜一桶一桶抬进，你还不快去望望，好讨点来吃。

我爸爸眼睛马上起亮光，到里面大房间去寻看牢的人。进去一望，还真是一桶一桶的饭菜，猪肉鸡肉都是，气熏过来都香喷喷的。锄柄好像有一百年没有闻到这种气息，肚子里头的候吃虫一根根爬了出来。

府里那有钱人家，不像我们家一样个个关在牢里。那些人家只抓个把人坐牢，还有些在外面，日子过得很好。你望望，这么多好吃的东西抬进来，还不是大财主、大资本家的家底么？有个雪白滚壮的男人，面前摆了许多伙食，来不及吃，一听我爸喊肚子饿，坐牢后没吃过一餐饱饭，气量么老老大，对锄柄说：你多盛些饭菜去，煞手盛去吃！锄柄就拿了两只不老罐，把饭菜往罐子里揿了又揿，实在揿不动了，才盖上盖子拿到自己那间牢里去吃。

牢里饭菜不够你吃，茶水尽你吃。我爸爸锄柄在牢里慢慢吃茶，慢慢吃饭，吃到天公黑下来，两大不老罐的饭菜全部吃完，肚子吃得滚圆。

开始还不大觉得，过了些时光，慢慢不对了。两大罐的饭菜吃得太饱，加上白天吃下去的半斤豆子，伴了茶水到肚里，越来越胀，肚子就好像拨浪鼓，胀得就要裂开。

翻过来困困不着，翻过去困又困不着。消化不掉，活动一下。锄柄下了床，捧牢一只肚子在房间里走来走去，哭么哭不出，叫么不敢叫。心里头叫天叫歇又叫娘。本来也不会吃这么多，是娘心痛他，怕他吃不饱，叫他到财主人家送饭人那里讨点吃吃。哪想到，娘还真是害得他半死。

候牢监的人听到里头有响动，进来看锄柄，锄柄捧牢一只肚子，说：老天，我肚子快胀死了！

候牢监的人听锄柄说吃饭吃多，就骂他：你个地主反革命，吃白食吃多，呆板要胀死的！毛主席叫你来坐牢，来劳改，就是不想让你吃白食，要你参加劳动，靠劳动吃饭。你倒好，坐到牢里还吃白食，吃白食还黑心吃，你望望，难过了吧？下一回记牢，不要再吃白食，白食吃不得！

让候牢监的人一顿骂，锄柄只好又困到床上，捧牢肚子，像块大石头搁那里不敢动。古怪也古怪，没有人骂时肚子很难过，让人家一骂，肚子也不大难过了，慢慢就困着。

到第二天天早，肚子里又是咕咕咕一通响，把锄柄吵醒。锄柄摸摸屁股，晓得要上茅厕，就向牢头报告，坐到茅厕里去屙屎。不屙还好，一屙出来，就和涨大水一样，毕毕剥剥往外飙，把个屁股洞屙得痛死，害得锄柄又是一通哇哇叫。

吃过天早，又去乌龙山砍柴火。砍到一半，锄柄向天寿老头报告，说要上茅厕。队长一应，他钻树林里，又是毕毕剥剥一通。后来过了没多久，锄柄又打报告，说要上茅厕。天寿老头古怪了，问：你个锄柄，人家讲懒人屎尿多，我看你锄柄也不懒，怎么今天屎尿这么多？是不是昨天吃白食吃多啦？

锄柄就对天寿老头讲：你真是当队长的料作，什么事都看得出。我这一生世，还就昨天夜晚吃过一回白食，黑心吃了两大罐，加上你昨天下午分给我的半斤豆子，伴了茶水，夜晚头胀得我痛死！

天寿老头笑了，讲：你个地主反革命，还真是个反革命！有得吃就拼老命吃，怎么样？吃下去有没有养身子？

锄柄苦瓜脸一张，讲：哪里养身子哟！吃多少，屙多少，还把屁股洞都屙痛，亏老本哩。我这个地主反革命，只有做的命，没有吃的命！

听锄柄想吃不想做，天寿老头又把他骂了一顿。屙肚子屙了好几回，那天砍柴火就砍得比人家少，挑下山的路上，让天寿老头骂了好多句的地主反革命。

我爸爸锄柄在府里（梅城）劳改了一年，人家讲牢监要拆，劳改犯要换位置劳改，就把一帮判得轻的人放了回家了，我奶奶就是那时光放回家的。我爸爸锄柄，就和那些判了好多年的劳改犯一起，改去茅草埠西铜关劳改。

往年我们严州府建德县的茅草埠很有名。现在的人只晓得新安江的白沙滩，只晓得新安江这个齐整的小城市。哪晓得，这个位置往年不叫新安江，大家都叫茅草埠。在茅草埠旁边，有个地方叫铜官，是往年皇帝派人来开铜矿，做铜板铜钱的要紧位置。铜官中央隔了新安江这条河，分出东铜官和西铜官两个村坊。在西铜官村里，有很多的石灰石。石灰石放窑里一烧，就变成石灰。我们安庆人把石灰石叫灰坯石，就是讲这种石头是石灰烧出来之前的粗坯。解放以后，县里在西铜官办了一个石灰厂，要召一批人来炸石头、挑石头、烧石灰。我爸爸锄柄就跟了一大批劳改犯，一起从梅城转到茅草埠西铜官去对付那些灰坯石。

从府里一大早走路出来，过千家村、杨村桥，到绪塘的时景，都好两个钟头走掉了。过绪塘村的大路上，我爸爸听到后面有人叫一声锄柄，是一个女人的声音。转过头一望，这个女人很熟悉，是我们汪家坞人，还是一个远房大伯的女儿，名字叫姣。姣从汪家坞嫁到绪塘好多年，都是婆娘家了。那天跟了一帮婆娘到路上看闹热，看到一大帮人挑被褥、卷草席，穿了破衣裳，挂零挂档，像一个讨饭子的部队一样往绪塘村里开过。村坊里人都往这些人身上这里指指，那里划划。姣也一样，在人家身上比手画脚，刚刚比到一个和黄杨木棍一样精瘦的后生，仔细一望，是自己娘家汪家坞的叔伯兄弟锄柄，就忍不牢叫了一声。

锄柄转过身来笑笑，也叫了声姣。姣问：你们做什么？这么多人走过？锄柄难为情，抓了抓头皮，轻巧开口：我们都是地主反革命，从府里到茅草埠去做工夫，是去劳改。

姣也听说汪家坞地主人家倒败下去的事。不管怎么说，也是一个祠堂里姓汪人的人，家家堂前都贴了"一本堂"字号。心里头一可怜，就叫锄柄在路上等，要回家拿东西给他。锄柄在路上等了一下，就望见姣从家里跑过来，拿出几张小钞票，对他讲：大家都有东西拿身上，就你空手郎当，这点钞票你拿去买领草席，夜晚困觉也入味点。

前面人总在催，锄柄就朝姣点了点头，跟上了这支劳改犯部队，一路往茅草埠赶去。

过了上市下市唐村，过了青龙头朱池洋溪，就快到茅草埠了。从小洋坞到焦山岗，再到白沙埠头过河到朱家埠，又爬山过岭。这块大山的名字就叫铜官山，山路弯里几勾，好比汪家坞大岭一样，弯了十七八个下，月亮婆婆都出了山，才赶到西铜官。

西铜官的名字有点古怪。这个位置的山头底下，听说有很多的铜矿，挖出来炼铜很值钞。两千年以前皇帝就派官到这里炼铜，大佬官的头衔就叫铜官。后来人家就把这块山叫铜官山，把这个位置也叫铜官。总归是往年这个位置没有名气，铜官来了之后名气大了，大家都把铜官的名字拿来叫，越叫越出名。

我爸爸锄柄到西铜官来之前，这个位置归建德县西洋乡管，村坊就叫铜官村。等到我爸爸来的那年，铜官这个位置添了个铜官乡，铜官村也分出东铜官和西铜官两个村。铜官山这边叫西铜官村，新安江这条河对面那片位置，就叫东铜官村。往年有皇帝的时景，人家到铜官山底下挖出铜矿，都拿到东铜官这个位置来炼铜，村坊里一直都留了铜井，还有炼铜摊。往年炼铜不容易，铜矿挖得不多，挖到一点算一点，炼些时候又歇些时候，到解放前那时光，铜官老早就不炼铜，只余了铜官山和铜官村的名字，大家还在叫个不歇。

我爸爸锄柄跟了一大帮劳改犯赶到铜官山下，不到西铜官来挖铜矿石，也不到东铜官去炼铜。他们是因为新添的铜官乡办了个石灰厂，缺劳力，打了报告上去，上面才批下来派劳改犯来帮忙。西铜官这个位置，不光光有一个名气很大的铜官山，铜官山旁边，还有很多的石灰石，就是我爸爸讲的灰坏石。到了解放那时光，西铜官灰坏石的名气，比铜官山还要大。铜官山里有铜矿，没人看得见。一眼望去，铜官山和另外地方的山一式一样，山上都是树和草，要不是往年的故事传下来，鬼都不会相信这块山底下的东西能炼出来做铜钱铜板，能拿来买东西吃。铜官山边上的那些石头就不一样，一眼望去，都是高高低低、铁不石硬的石塔皮，都是烧石灰的好料作。烧过石灰的人一望就晓得，西铜官是办石灰窑的好位置，解放以后好些位置都要用石灰，铜官乡想办点事业，就把烧石灰当作头等大事来办。

西铜官村里本来就有灰窑，石灰厂办起来之后，乡里又派人做了新窑。劳改犯要做的事，主要是把山上的灰坏石一块块打下来，挑到窑里去。要把整块石塔皮上的灰坏石一块块打碎，只好用炸药拿来炸。在炸药炸以前，要用炮钎打洞。打洞时，一个人手里捏牢炮钎，下面尖的一头对准石孔，上面一头是平的。边上两个人，一人手里举了一把铁榔头，一人一下往炮钎上打。打一下，捏炮钎的人要把炮钎转一下。手里还要当心，只怕人家榔头打到手上来。打榔头的人也不容易，手里捏的榔头柄不是木头的，是几根毛竹片拼的，毛软毛软，捏在手上一弯一弯。这种毛竹柄的榔头打炮钎，手上不震，打下去的时景就要很当心，要对得很准。打一下，要唱一声。两人你一声我一声，唱得啊呀啊呀很好听。

不管是捏炮钎的还是举榔头的，都要点技术。我爸爸锄柄从没有做过这种工夫，一听就怕。还有点炸药的活，更吃不消。天寿老头问他会做什么，他说我从小只会背锄头铲草种地，只会挑挑背背。老头就派他用畚箕挑灰坏石，有多少力气就挑多少重，不好偷懒。

我爸爸在西铜官挑了一年多的灰坏石，挑破了十几担畚箕。修了又补，补了又挑，一直挑到粉破，再另外挑一担。回回都挑两三百斤，挑得扁担断掉好几根。尽力气是尽力气，就是不大吃得饱，肚子里力气聚不多、藏不满。三百斤的力气，只拿得出两百斤来用。

要讲聚力气，是从洋田山的杨大奶家里开始的。有段时光，劳改队的队长天寿老头很欢喜到洋田山去。我爸爸锄柄想想古怪，从长宁到汪家坞，要爬一个很高的大岭；从朱家埠到西铜官，也要爬这样高一个大岭；汪家坞有块山叫洋田山，是姓谢人家顶早歇的位置。西铜官村坊边上，有一块位置，也叫洋田山。更古怪的是，洋田山这个小村坊的人，也有人会讲汪家坞的腔口。有讲福建腔的，也有讲安庆腔的。到了洋田山，听那些人讲话谈天，锄柄摸摸头脑壳，很糊涂，总以为还没有解放，以为劳改是做梦，以为还在汪家坞和汪家坞人在一起过日子。一直到天寿老头来扭耳朵，才醒转身，拼命做工夫。

有天上午，天寿老头过来对锄柄讲：你今天不要去挑灰坯石，跟我到洋田山去，帮衬人家家里做工夫。锄柄问哪份人家，天寿老头瞪了他一眼，讲：到那里你就晓得。

到了洋田山，还真马上就晓得。要锄柄去做工夫的，是个三十来岁的婆娘，两只奶子很大，人家都叫杨大奶。杨大奶是西铜官村坊顶本事的杨家人，嫁给洋田山一个顶齐整顶会做的男人。一年前，这个男人病死了，杨大奶成了寡妇。杨大奶的老子在铜官乡里当点小干部，和天寿老头熟悉。有一天，这个老杨同志就对天寿老头讲，他女儿家里田地多，工夫来不及做，能不能够派人去帮衬一下。天寿老头开始嗯了啊了答应不下来，一直到某天下午，他在乡政府门口看到一个大奶子的女人，人家讲她就是老杨的女儿，是洋田山的寡妇杨大奶。对牢那两只奶子一望，心里就答应了下来。第二天，天寿老头就带了劳改队里顶老实顶肯做的锄柄，到洋田山来寻杨大奶。杨大奶听讲是帮衬做工夫的，很高兴，就赶紧泡茶给两人吃。锄柄还没喝两口茶，天寿老头就叫他到地里做工去。

头一回，天寿老头只在杨大奶家里谈天，吃饭，等到锄柄把工夫做歇才一起走。

第二回，天寿老头等锄柄下地做事，就把杨大奶弄到房间里，动手动脚，后来两人就困一起去了。

从那时光以后，杨大奶扮得越来越齐整，脸上笑得像花开出来一样。特别是中午烧饭，不光饭烧得多，菜也烧得好吃。锄柄吃了一碗又一碗，天寿老头看看他，想叫他少吃点。哪晓得杨大奶很客气，拼命叫锄柄多吃。也不晓得什么道理，天寿老头饭量越来越小，总吃不下去。也是锄柄运气，你不吃便宜我，让我多吃。不光中午吃得好，下午做工做到一半，还有点心吃。点心只能够吃一碗，锄柄想吃第二碗不好意思。到了厨房里放碗，就带便捏了个饭块，塞进衣裳袋里。等天寿老头和杨大奶两人在家里嘻嘻哈哈谈天，锄柄在地里拼老命做工夫时，就把袋里那个饭块一截截塞到嘴巴里，吃他奶奶个遂意。

几个月下来，锄柄慢慢壮起来，脸孔也红起来。天寿老头呢，越来越瘦，看上去真像一个老头的样子。洋田山的那个杨大奶，看上去劲道一点都不像天寿老头，很像锄柄，脸上红扑扑，日子很好过。杨大奶到乡政府办事，看到锄柄，老远就打招呼，一口的安庆腔，讲叫锄柄有空到洋田山来嬉，讲得很客气，很亲热，还一口一个锄柄兄弟，听上去真是把锄柄当兄弟一样。

后来劳改队里的人就传开，讲锄柄和洋田山的杨大奶好上了。两人在一起讲话很亲热，两人看上去的面相都一样红扑扑。好几个人把报告打到天寿老头那里，天寿老头抿了嘴笑，讲你们莫乱念，没这样的事。那些劳改犯讲天寿老头拿了好处，包庇锄柄，就把话告诉铜官乡的书记。书记一听地主反革命和寡妇困觉，那还了得，马上派人去查。乡里的武装部和民兵一起出动，把锄柄和杨大奶抓到乡政府里来审。不审还好，一审就审出了事。和杨大奶困觉的人是有，不是锄柄，是天寿老头。

好在县里有人帮天寿老头讲话，没让他吃苦头。后来县里商量了一下，讲铜官乡的石灰厂也办了年把，石灰也烧了好几窑。眼目下最要紧的，不是烧石灰，是帮衬人家种粮草。刚好，大畈那边打报告上来，讲在蒋家畈办了个农场，田地一大片，缺劳力。县里就决定把在铜官烧石灰的那帮人，转到蒋家畈农场去做工。

我爸爸锄柄要起身的那几天，西铜官里来了批陌生人。这些人衣裳穿得像干部，一口官腔，到新安江河港边东望望，西看看，还比手画脚，嘴里念个不歇。劳改犯也都想弄灵清这些人是做啥名堂。后来还是天寿老头去问，说是北京派来搞测量的，准备在新安江西铜官这个位置办一个水电站。等水电站办起来，家家都不用点煤油灯，楼上楼下电灯电话的共产主义日子就在眼目前了。

劳改犯听讲这里要造电站，都想留下来帮衬做工夫。天寿老头讲，造电站要派懂技术、思想好的人来做，你们是劳改犯，是地主反革命，没得让你们插手。天寿老头怕人家讲他在洋田山搞妇女，就骗大家讲电站造好这里要进水，大家都要迁移，只好到大畈那边去做工夫。大家一听也有道理，就都高高兴兴往大畈方向起身。

大家转过身来望西铜官，心想以后这个位置会怎么样子。实际上，电站要四年以后才动手，八年以后才造好。西铜官村让水满了一半，村坊人都往山上移了好远。新安江对面的东铜官村位置矮，全部都让水满掉了。哪个都没想到，这个山坞窟窿里头的铜官、河水怎么大的新安江，会变成老老大的一个新安江水库——千岛湖。千岛湖的名气一天比一天大，来嬉的人一天比一天多，那是多少年以后的事了。

到了蒋家畈，才晓得劳改犯多。县里好几个位置的劳改犯都到农场里来，全加起来有两百六十多人。不光有男的，还有女的。那些女的劳改犯里头，有几个是谋杀老公的人，比地主反革命还要吓人。劳改犯到了蒋家畈，头一件事就是搭棚歇。在一大片田的角落头，蛮长拖出一排屋，有几十间。男的歇反手边，女的歇顺手边。在中央，是一间厨房屋。

我爸爸锄柄顶关心的不是歇顺手边的女人，那些女的杀人都敢，心太煞，还是不去想好些。他顶关心的是那间厨房屋，厨房里烧出来的东西，好不好吃，够不够吃。两天吃下来，心里头就有数了，伙食和西铜官差不多，吃不饱也饿不死。比西铜官差的是，西铜官洋田山杨大奶家有野食吃，很补人；到了蒋家畈，寻不到这种位置了。锄柄一天到夜就想野食，有好几回摸到田里头的黄泥块，都想抓一把上来望望看好不好吃。

蒋家畈的田是多，再多也不够两百六十个劳改犯做。做了些时光，大家都空下来。那时天寿老头到了蒋家畈，变成小队长了，劳改犯里头的总头子是大队长。大队长一天到夜动脑筋，想工夫做。除了种田时忙了几天，余下来的日子就是派人割草、烧灰，等日子收粮草。

后来大队长和大畈那边的乡政府联系上了。乡长和大队长一商量，讲工夫实在没得做，就去做做好事，帮衬务农人家做工夫。特别是整个乡里头的烈属、军属、五保户，还有家里缺劳力的人，都去帮忙。

到了人家家里头，小队长天寿老头开始威风起来。两百多个人天天分到村坊里去，帮衬人家做工夫还是要分开，一个小队帮衬一份人家做。有些人家田地少，只分到半个小队的人。天寿老头脑筋活，专门寻家里田地多的、条件好的人家做。一大帮人轰到田里地里去做，他这个队长就在边上督工。督工督了一下，就逃到人家家里去嬉，和人家的婆娘商量中午吃什么，伙食怎么料理。那些人家看做工夫的人这么多，个个都肯出力，家家都拿出顶好吃的东西来给做工夫的人吃。到了中午边，大桌子小桌子不够用，就把门板一块块拆下来当桌子吃饭，吃好之后又装上去。

讲起往年劳改的日子，我爸爸锄柄就想到在蒋家畈帮衬人家家里做工的事。那个日子味道啊，工夫煞手做，吃饭也煞手吃，不光光有菜，还有猪肉，一人都分到两块。有些人家客气的，还拿出烧酒来吃，一人都分到几酒杯吃。锄柄不会吃酒，也学了人家吃酒的样子，咪一口进去，就好像吃毒药一样，喉咙头咝咝咝挤出几声来，又难过，又舒服。

在蒋家畈一做就做了四年。年年都是先把农场里工夫做好，有空再帮衬旁边那些务农人家打零工。到了人家家里，回回都是拆了门板当桌子吃饭，想吃几碗吃几碗，想吃多饱吃多饱。吃到后来，锄柄把汪家坞的老子娘忘掉了，把自己地主反革命的帽子忘掉了，把自己是劳改犯的事忘掉了。

一天下午，他一门心思想着点心吃什么，夜晚吃什么。想到口水都拖蛮长的时光，一起劳改的人个个都开始哭了。后来一问，天寿老头讲劳改犯表现不错，上面批准先放一批回去。那些报到名字的人，都嘿嘿嘿哭，眼泪流了又流。锄柄听了之后，心里空落落的。

后来天寿老头推了推锄柄的肩膀，问：你的名字也在里头，怎么不哭？

锄柄问问天寿老头，又问问自己：哭？我要哭，我为什么要哭？

锄柄还在那里想厨房里头的东西，就问队长：我、我、我，好不好吃饱了再走？

那些哭的人声音越来越大，有人喊起娘老子。锄柄摸了摸肚子，也想到了娘老子——

娘是不是还关在府里？老子在汪家坞还好不？老天，我离开汪家坞，都六年了。娘呃，老子！

第十五章 我眼睛瞎么才嫁到你地主人家来

我小爷爷小山羊歇到王谢去后，我爸爸姆妈就在他们的旧屋基上搭了新棚。门口一片大菜园、一个鸡笼间、一块天井坪，都归我家用。往年我小奶奶只往天井坪里晒晒东西，我姆妈嫌天井坪太大，不做点别的事情可惜。回回我爸爸打她一顿，她就一屁股赖到天井坪里哭，一边哭一边用拳头擂心头孔，用巴掌捶脚筒管，又是哭么又唱：我么娘老子啊死得早啊，我（气急，往上涌）么可怜啊！我眼睛啊黑么才(很伤心，歇口气)嫁到啊，你个地主人家里来啊，（倒抽一口气）啊呀啊（气急，往上涌）我个姆妈哎！

我爸爸锄柄二十岁出去劳改，廿六岁到家。到家才晓得，我爷爷老早就吃菜虫药死了，两个嫂嫂也改嫁。我奶奶从府里回家，带了小泥草根几个小孩，天天到山上寻野菜，也算活了下来。特别是小泥草根两个人，都是十八九岁的后生家了，很会做工夫，我奶奶也不愁家里人会饿死了。我爸爸锄柄到家之后没有位置歇，就寻到我小爷爷小山羊。小山羊本来和我爷爷弄不来，今天想想都是姓汪的一家人，哥弟俩一个做地主倒败掉，一个做了中农还过好日子。心里一可怜，就答应让锄柄在茅棚边搭一个披间歇，等以后寻到好位置，再另外搭棚。

歇的位置有了，吃饭的位置落实不下去。我小爷爷答应让锄柄搭披间是拿出天大面子，哪里还肯一只锅里吃饭？我奶奶让锄柄吃一餐也只一餐，两餐也只两餐，没有多的白食吃。后来到汪家坞糠芯坞到处问，哪份人家要雇人打零工，就去帮衬打零工。打零工不光有一天三餐的饭菜吃，还赚一些零散钞票。打一天的零工，挣来的钱好打一把柴刀。一段时候下来，锄柄那个披间里东西就多了起来。什么锄头啊、斧子啊、蓑衣啊，还有吃饭用的锅啊瓢啊饭碗啊，样样家伙都余了些卜来。

到了第二年，就是我爸爸锄柄廿七岁、我姆妈梨花廿一岁这年，笑用生病死掉了。那段时光，锄柄正好在笑用的叔伯哥哥笑柜家里打零工。笑柜老婆、我的大姨妈桃花就对锄柄讲，我妹夫笑用死掉了，我妹子梨花不差，很舍得做，你要好么就把她讨讨去，成个家。锄柄一听很高兴。那时地主人家倒霉得要死，贫下中农的女儿没有一个肯嫁把地主人家，更不要讲是劳改回家的坏地主。梨花刚刚死了老公，算是二婚，只要她不挑精拣肥，这事恐怕倒能成功。

笑用的姆妈、我的长宁奶奶那时还歇糠芯坞，就劝梨花说，锄柄不差，人老实，又很会做。梨花讲，不晓得脾气怎么光景。我长宁奶奶讲，人老实，脾气也好。我长这么大，还没看到过比锄柄脾气好的人。嫁了这样的男人家，一生世都会肉痛你。

不光糠芯坞人，整个汪家坞、长宁园里人，都讲锄柄脾气好，从来没看到过他发脾气骂人。除了地主成分，样样都很好。

锄柄在糠芯坞打零工，有空就寻梨花谈天，讲得顶多的一句话是：我别样本事没有，只晓得做工夫。你和我成家以后，什么事都不用做，只在家里吃吃嬉嬉就是。听梨花讲从小想穿花衣裳没得穿，锄柄就讲：你嫁我以后，我就到山上开荒种苞萝，等苞萝卖掉就帮你买衣裳，保证年年让你穿花衣裳！

梨花娘老子死得早，从小做得可怜，没有亲人肉痛。听了锄柄讲嫁把他就不用做工夫，还年年穿新衣裳，那不是天上日子过过？这么好的男人不答应还想等什么男人？加上长宁奶奶啊、笑柜啊、桃花啊，一个个来劝，梨花就把这门亲事答应了下来。

朝代不同，毛主席来了之后，结婚以前要登记，不和往年那样酒一摆就洞房。那时光登记的地方在大畈，也叫乾潭。梨花跟牢锄柄，两人把顶体面的衣裳穿上，齐齐走路到大畈去。登记以前，锄柄就问过好多人，讲登记的时景干部要问女的为什么要嫁男的，问灵清才晓得是自己情愿，毛主席不作兴包办婚姻，不好强迫的。梨花听讲干部要问这问那，只怕回答不好。锄柄就教梨花，你别样不用讲，只讲我会做。梨花想想有道理，就想早点登记，早点摆酒，早点嫁把锄柄，好开始过天上日子。

天早开始走，过长宁，翻张家山大岭，到徐洪、朱家、黄盛叶家，在杨桥头转弯往反手边走，过岭脚、路边，就到一年以前锄柄劳改过的位置蒋家畈了。梨花问劳改可怜不，锄柄讲不可怜，工夫尽力做，饭尽力吃，大家把门板拆下来一桌桌吃，酒肉饭吃饱为止。

过了蒋家畈就是大畈，到登记的地方，快中午边了。

管登记的两个干部，年轻的女干部坐那写字，年纪大的男干部坐在那里问。男干部问了两人的成分，听说男的是地主，女的是贫下中农，就问梨花：你怎么想到要嫁锄柄的？

路上想了好多遍，人家一问，还是难为情，回答不出来。

男干部还以为自己打官腔，害人家听不懂，就换一句话问：梨花，你究竟贪他什么？

梨花急得脸都红了，讲：我贪，我贪……

锄柄在边上咳了咳，把头笃了笃。梨花就想到那句话了，回答：我贪他会做。

男干部就笑了，讲：你贪这个地主会做，那些贫下中农都不会做？

这一问就把梨花问呆掉了，她望望锄柄，锄柄也把嘴巴筒张老大，想不出什么办法。两人你望望我，我望望你，脸皮红了又青，青了又红。

还是坐那里写字的女干部先开口，对男干部讲：啊哟哟，你么也不要难为他们了。毛主席没有讲过地主不好讨老婆，也没有讲过贫下中农不好嫁地主。只要你们是自觉自愿，政府都同意你们结婚。看你们样子，也不像是有哪个强迫的，是不是？

锄柄笃笃头，讲：是是是，没有人强迫。

锄柄拉拉梨花的衣裳角，梨花就马上讲：呃，我们自觉自愿。

男干部就哈哈哈笑，站了起来，两只手往腰上一撑，讲：好好好，马上把你们办登记！

登记了以后，两人在大畈面店里买了碗光面，一生世算头一回进了馆子。

回家以后就摆酒，糠芯坞长宁奶奶把梨花当女儿一样嫁出去，想到自己不在世的儿子孙子，熬不牢又哭又唱，哭了个半死才让人家劝歇。

成家以后，披间就见小。也是运气来了，我小爷爷小山羊家里的田地都在王谢，歇了汪家坞很不便当。两个位置隔了十来里的山路，王谢和汪家坞都要时常开会，两头管管不好，只好去一头留一头。后来一家人商量，把汪家坞的棚拆掉，全部移到王谢去歇。他们本来就在王谢田边搭过一个小棚，现在索性打报告上去，把棚搭大来。汪家坞的棚拆掉了，好运的东西统运走，不好运的芒杆碎末一把火烧个干净。烧掉的灰做什么？你锄柄也不要想捡便宜，开春在屋基上最后种一熟小麦，再肥也肥不过。

等小山羊把这熟小麦割掉，锄柄也托人打了报告，上头一批下来，就在小山羊老屋基上搭了新棚，大小和往年的棚一式一样大。门口的天井坪啊，菜园地啊，还有中央一个鸡笼屋啊，统都归了锄柄。

坐在门口石凳上，看外面这么好的位置都归自己，锄柄很高兴，也算是有了一副好家底。梨花望了更高兴，从小在人家家里做小媳妇，今天做了主人家，要多谢的话，那都要多谢毛主席。她一站了门口，一晒到日头，就想到解放那年在长宁念夜校的时光学来的歌，熬不牢就唱个几句：北京的金山上光芒照四方，毛主席就是那金色的太阳。多么温暖多么慈祥，把我们农奴的心儿照亮。我们迈步走在，社会主义幸福的大道上，哎巴扎嘿！

在新棚歇了没多久，有天夜晚边出了样事体。梨花刚刚动身烧夜饭，外面就有人进来了。一望，是铜板老婆，手里抱了儿子，慌里慌张讲：帮帮忙，让我躲一躲！梨花听了也慌，问她出了什么事。铜板老婆总不开口，儿子哭个不歇。后来梨花叫锄柄到铜板家去望望，是不是两公婆打架。锄柄过去一望，啊嚯，是一个白堂堂的男人家，在铜板家里问他要老婆。铜板在那里骂：你老婆寻不到到别的位置去寻，不要到我家来寻！

那个男人往锄柄身上望了又望，张了又张，眼睛滚得老大，讲：喂呀，你不是锄柄啊？锄柄望望这个男人，想不出是哪个。那男人又开口了，讲：那年在牢监里，我家里送来很多的饭菜，你来讨吃，我让你盛了满满两不老罐去，你夜晚吃了不消化，第二天屙肚子，忘记啦？

一提起两不老罐的饭菜，锄柄马上就想起来了。怪只怪那回锄柄眼睛里只记牢饭菜，没去记是哪个送他吃的，把人的样子忘掉了。后来锄柄都在外头劳改做工夫，也没再看到这个人，哪里还记得住？

锄柄拖牢这个男人，问：对不住你，那回我只顾吃饭，也没有问问你，你家里人还好不？我家里就倒霉了，枪毙一个充军一个，家里寻死一个，我劳改了六年，去年刚刚回家，讨了老婆，算是成了家。

那个男人就对锄柄讲：还是你好啊，你有老婆，成了家。我本来有老婆的，后来老婆没了，跑到你汪家坞来了，还不肯出来认我，你说我可怜不？

锄柄问究竟怎么回事，他就讲：我家在府里是做生意的，解放以后毛主席说我们资本家，是剥削人家的，就把我关到牢里去。关了几年我出来，才晓得我老婆在我关进去的那天夜晚逃出去，不晓得逃哪里去了。这些年，我是满严州府、满建德县里头，一个乡一个乡，一个村一个村寻过去，寻了这么多年，总算问到一个人，讲我老婆就在你汪家坞，嫁了铜板做老婆。我今天就寻到铜板家里来了。

男人这边在讲，铜板那边在骂，站了门口边骂边跳，一口一个"的么决鬼"，就像鸡啄虫一样，很吓人。

锄柄想到那两不老罐饭菜的功劳，就把男人拖了来，讲：你莫急，先到我家吃口茶再说。男人不肯走，讲：不见到我老婆我不走，死也要死在他家里。你晓得不，锄柄？我这个老婆是严州师范毕业的，我们都是知识分子。我们往年谈恋爱的时光，她和我是海誓山盟，你懂不？她讲活是我的人，死是我的鬼，要想拆开我们两个，只有地裂开，天塌下，你懂不？锄柄。我今天一定要寻到她，一定要问问灵清，往年说的话，还算不算数？

锄柄听不懂那些话，只晓得他不寻到老婆不会歇，就轻轻巧对他讲：还是先到我家吃口茶，我对你讲，铜板老婆，就躲了我家里。

男人进了锄柄家门，一眼就望到了自己老婆，还是那样白白堂堂，还是那样齐齐整整。梨花把铜板儿子抱到一边，看他们两个呆了一下，就抱在一起，嘿嘿嘿大哭了一通。
两人哭歇，男人就讲：你马上跟我回家，还是做我老婆，我不嫌你。我关到牢里去之后，
家里东西都让政府没收了，办的厂也没了。我出来之后，政府还是分配了我工作，月月有
工资拿，日子过得蛮好。家里三个小人也都大了，过几年以后也有工作分配。大家都在家
里等你回家团圆，和我们一起过好日子。

铜板老婆只哭，只摇头。男人又讲：人是要讲感情的，我往年对你的情没有变。我不
嫌你逃难逃出来，我不嫌你嫁了人家，不嫌你和人家又生了小人，我什么都不嫌你，还是
把你当顶亲的亲人。怪只怪我自己，家里遭了难，害你受了苦。我往年没有能力保护你，
今天有能力了，一定要把你接回家，让你过好日子。

铜板老婆还摇头，还哭。后来她对男人讲：你还是先回家好。不是你对不住我，是我
对不住你，讲到底是我没这样的福气，没有这样的命。府里三个小人大起来了，汪家坞两
个小人还小，还要我带，我也舍不得。你还是把我忘记掉好，我心里一生世记牢你的好。

两个人又嘿嘿嘿哭了一通。铜板老婆走了以后，男人在锄柄家里歇了一夜。夜晚头，
只听男人在床上翻来翻去，哭声一阵接一阵。锄柄和梨花听了心里都很难过。第二天天
早，梨花还在烧天早，那个男人就开门走了，锄柄出来拖都拖不转身。

刚刚吃过天早，铜板就来了。听讲府里那个男人回家了，心里很高兴，就好像傻起来一
样，在锄柄家里放大喉咙讲：老天，多谢毛主席啊！要是没有毛主席，我这个四十岁的光棍
佬，哪里讨得到府里这样雪白粉嫩的女人做老婆！天意啊，毛主席！多谢了啊，毛主席！

走到门口天井坪里，看到日头晒到身上，不晓得什么缘故，也想到梨花唱的那支歌，
自己加工一下，又唱又跳，跳得很难看：毛主席就是那金色的太阳，昂昂昂！多么温暖多
么慈祥，把我们农奴的心儿照亮，昂昂昂！哎呀老天，巴扎嘿！

跳到顶后头一句还在地上滚了一跤。一屁股的鸡屎，还在那里嘿嘿嘿傻笑。

结婚以后，锄柄脾气都很好，一直好到梨花生了小人，把小人糟掉以后。小人糟是糟
掉了，梨花在家里还是要过月子，还是要补身子。有一回锄柄在山上做工夫，半中央落大
雨逃回家，肚子么饿得咕咕叫，只想早点到家里吃东西，换燥衣裳。哪晓得，到了家里把
锅盖开起来一看，什么也没有。叫梨花寻衣裳，梨花困在床上没动静，还讲叫锄柄自己到
箱子里寻来穿。锄柄很火躁，走到箱子边一望，箱子上还上了锁。不晓得哪里爬出来的
火，举了拳头鼓就往箱子上打下去，把锁边上的腰皮打断，寻了衣裳就穿。

换好衣裳，到火炉边想把湿衣裳烘燥。一望，火炉里炖了只汤瓶，里头焐了几只鸡
子。喂呀！锄柄马上冲到房间里，骂梨花：我一天到夜做死做活吃都吃不饱，你坐家里嬉

嬉，还要吃鸡子！

梨花一听，就和锄柄对骂，讲：我过月子，我不补进去，身体要败掉的！

锄柄哪里听得进，只讲梨花是骗人的，是她自己想吃独食，想把家里好吃的东西一个人吃掉，马上就顶过去一句：就是你娇贵！

锄柄只顾在家里骂，越骂越恶毒，把家里的东西乒乒乓乓打个不歇，打坏好几样家伙。

梨花开始还对骂，后头骂得没有力气了，就在床上哭：我可怜啊，眼睛瞎啊，嫁了你这种坏地主啊！你这种男人，我头世都没有望到过啊！

骂过这一回，起了这个茬头之后，两人就天天争口，争到后头还打架。

有一天出去做工夫之前，交代梨花夜晚烧点猪肉吃吃。哪里晓得，等夜晚回家，把锅盖翻开看，还是半锅的苞萝糊，小桌子上还是那只盘子，里头还是焦燥的菜干。锄柄把桌子角一拎，就连桌带盘翻了堂前，吓得梨花脸孔都碧青。还没有等梨花哭出来，就见锄柄眼睛乌珠滚出来，骂：你把我滚蛋！

梨花不滚蛋，锄柄就把她拖到大门口，还往她背脊上飞过来一脚，踢到大门外。

梨花滚到门口，对锄柄骂：你个没有良心的东西！你个短命鬼取债鬼！你个坏地主恶地主！你个劳改犯！我眼睛瞎啊，寻到你个坏地主，寻到你个劳改犯！大家都讲你老实，哪晓得你这么坏这么恶啊！老天呃，毛主席怎么把你放回家哩，怎么样不把你枪毙掉哩！

锄柄一脚踢过去，很遂意。从小到大，都是老老实实的，自己都没有想到自己有这么坏，有这么恶，一脚踢过去这么威风。后来听梨花骂自己是劳改犯，就想到了，自己打人骂人的手脚，都是从劳改队里学来的。劳改队里有几个人不老实，总是打架，总往死里打。在大畈时景，还有几个女劳改犯，骂人骂得恶毒，打架也打得煞手。大队长是学过功夫的，看到那些人争口打架，不管是男的女的，走过去就是一巴掌，一巴掌还没有打翻，就补上一脚头，踢得人家滚到地上爬不起来为止。

锄柄在劳改队里顶老实，从来没有做过错事，也从来没有挨过大队长的巴掌和脚头。尝没有尝过，看都看在眼里。想想做大队长真威风，可惜这一世人做地主要做到死，要到下一世才轮得到做大队长，做那样威风的人。

哪晓得，把梨花讨到家里来之后，骂她几句，还敢顶嘴；打她几下，还敢还手。那还了得！顶嘴就一个大巴掌，还手就补她一脚头！那都是大队长那里学来的好功夫，老天，锄柄想到这里就偷偷摸摸笑了，想不到啊想不到，在外头让你们当牛当马骑，到了家里头，嘿嘿，我不就是大队长了？我不就是世界上顶威风的人了？

梨花还在门口哭，又哭又骂，越骂越恶毒。不管她，这种女人要待她好，下一回就不听话了，我就威风不起来了。锄柄的脾气一上来，就把大门闩上，对牢门外骂：你再也别想进我家门！你把我赶紧滚蛋！你个没有用的女人！

梨花在外头哭了一夜，想想也没有地方去，糠芯坞讲是讲娘家，哪里还好再去？总归自己要另外寻人家过日子，只怪自己没有福气嫁到好老公，实在没有脸皮去麻烦长宁奶奶。

后来到鸡笼里熬了些时候，也就天亮了。天亮之后，锄柄要人烧天早，开门以后看梨花进来，也不理她。心里头只偷偷高兴，这个女人，总算收到我手上了。下一回再不听话，还是这样料理你！你梨花再能干，我锄柄就是你一帖药！我锄柄再鼻涕，也要你梨花垫底，做比我还要鼻涕的人！

月子过了没有几天，锄柄就把梨花赶到山上去，一起砍柴火卖。那段时候，长宁村里有几个户头要买硬柴火，汪家坞山上很多，只要有力气砍，有力气挑。锄柄砍得快，就让梨花负责挑。一头六根青柴火棍，中央一根当竹铳，一起十三根柴火。挑到长宁村，一角洋钱一根，一担一块三。那时光的价钱是一角一斤的米，一担柴火刚刚好买十三斤米。

锄柄砍的柴多，梨花挑都挑不及。顶后头一天，两人一起挑柴火到长宁。出门的头一天，我奶奶人不舒服，拿出三块钱，叫我爸爸到长宁买点光橘吃，再买包糖回家。

把柴火卖完，就一起到店里去帮衬我奶奶买东西。走到路上，梨花对锄柄讲：我也想买两包糖，过月子还没有过好，吃吃补人的。锄柄讲：买就买，你吃的时候也要分给我吃的。梨花不开口，锄柄又讲：你欢喜吃么我也欢喜吃的。煮煮的鸡子拌糖吃，我也很贪的。梨花听了忍不牢想笑，讲：噢，你想吃就分给你吃，省得你挂口水。

等锄柄到袋里摸钞票，一摸，袋里空空的，不晓得什么时候丢了。老天，三块钱，好几担柴火白砍白挑了！没办法，梨花就买了两包糖，两角一包，用了四角钞票就回家。一路走，梨花一路骂，骂得锄柄答不出一句。到了家里，锄柄头一件事就是到我奶奶家里，对她讲三洋钱寻不到了，肯定是掉路上让人家捡去了。话讲出，又让我奶奶一通骂。

没办法，锄柄只好把那几天卖柴火余下来的钞票全部拿出来，除掉买米吃掉的，笼里笼总还有两块六角，还差四角，怎么办？家里头寻来寻去，后头眼光还是落了梨花身边那两包糖上。不等梨花答应，锄柄拿了就走。

就这样，两公婆砍柴火挑柴火，辛苦好几天，顶后头连一粒糖都没吃到。

梨花越想越伤心，把锄柄骂了个恶恶毒毒。锄柄哪里肯，就和梨花对骂，两人你一句我一句，顶后头就动起手。梨花哪里吃得消锄柄？打到后头，吃亏的还是梨花。

快要过年时景，梨花想到新衣裳了。家里寻来寻去，寻不到一角钱。她就一天到夜对锄柄唠里叽咕：我还没到你家里来的时景，你怎么讲的？你讲要开山种苞萝，卖了苞萝把我买衣裳，年年过年让我穿花衣裳。怎么光景？有没有一句话做到的？

锄柄想想，那都是哄女人开心的时候讲讲的，听听过身也就算了，好作数么？

梨花望望锄柄鼻子气都不透一声，心里很火就抽空到长宁一趟，到大队里预支两块钞票，撕块布做衣裳。到了供销社布店里，花花绿绿的布都有，就是怎么计算，两块钞票都不够。望来望去，看准柜台里有一双洋袜，上头的花也齐整，就拿出钞票买一双回家。

到了家里，梨花就把预支钞票买洋袜的事情讲了，还拿出洋袜来给锄柄看。哪晓得，锄柄一听就火了，骂：你个败家子，人家是没有得吃再去预支，你还预支钞票买衣裳买洋袜，你真会过日子呢？

骂到后头，还问梨花有没有帮衬他买点吃的回家，梨花说没有。锄柄又是一通骂，讲你晓得帮自己买洋袜，就不晓得把我买斤猪脚来吃吃？

让锄柄一骂，梨花也回答不出来。后来看骂厉害了，就和他对骂。梨花越想越气，这个锄柄在糠芯坞打零工时景讲得很好听，到头来一样都做不到。整个糠芯坞汪家坞长宁园里人都讲锄柄老实，哪晓得这个人在家里一点都不老实，脾气坏得古怪，只晓得骂老婆打老婆。想到这里，就一股脑子把锄柄的不好都骂了出来。两人你一句我一句，越骂越凶。锄柄的声音没有梨花的尖，想想没有法，就把她头发一把抓，拖出大门口，顶后头，又是飞过去一脚，把梨花踢出大门外。

梨花冲冲跌跌，滚到天井坪，赖到天井坪里，对牢老天爷又哭又唱：

啊呀姆妈呃啊呀爸爸呃，你们怎么死得这么早啊。我么从小，没人肉痛，我么怎么这么可怜啊！老天你开眼望一望啊，这个世上还有我介可怜的人啊！哎姆妈呃！

啊呀姆妈呃啊呀爸爸呃，我眼瞎才嫁你汪家来啊。地主福么，没得享啊，地主的罪么要我受啊！我的眼睛么没生亮啊，才会寻到你这么坏的男人家啊！哎姆妈呃！

啊呀姆妈呃啊呀爸爸呃，过月子不让我吃鸡子啊。砍柴火卖，钞票丢掉，害我糖都没吃一块啊！我借两块钱买洋袜啊，让这个杀千刀的男人一通骂啊！哎姆妈呃！

我小时景总站在天井坪边听我妈哭唱，听得眼泪水流不歇。后来时光听长，就慢慢听到了心里去，骨子里去，我恨我没良心的爸爸，替我娘心疼，心里喊一声"哎姆妈呃"。

我小爷爷小山羊歇到王谢去后，我爸爸姆妈就在他们的旧屋基上搭了新棚。门口一片大菜园、一个鸡笼间、一块天井坪，都归我家用。往年我小奶奶只往天井坪里晒晒东西，我姆妈嫌天井坪太大，不做点别的事情可惜。回回我爸爸打她一顿，她就一屁股赖到天井坪里哭，一边哭一边用拳头搥心头孔，用巴掌搥脚筒管，又是哭么又唱：我么娘老子啊死得早啊，我（气急，往上涌）么可怜啊！我眼睛啊黑么才(很伤心，歇口气)嫁到啊，你个地主人家里来啊，（倒抽一口气）啊呀啊（气急，往上涌）我个姆妈哎！

两人争口打架次数一多，梨花就灰了心。有一回一个讲兰溪腔的算命瞎子到汪家坞来，大家都围着他算命，好些人都讲他算得准。梨花就把自己的八字报给他，让他帮衬算算。算命瞎子一算，讲你命苦啊！你头一个老公不好，这个老公也没得好。两人年纪差六岁，犯冲的，不是小冲，是大冲。讲出来你不要不高兴，你两夫妻要争口争到老，打架打到老，你们就是争口打架的命。

这算命瞎子不光会算命，还会唱道情。汪家坞人一家出一角，没一角就出五分，等钞票收齐，他就开唱。有往年公子小姐的戏，也有现在男人女人轧姘头的戏，你们想听什么他就唱什么。汪家坞人都很欢喜听道情，一下听得眼泪滴答，一下听得笑哈哈。梨花也坐角落听道情，也很欢喜，就是一想到她和锄柄的事，怎么都听不进去，听不出味道。

后来两人还是天天争天天打，梨花不肯，一定要和锄柄离婚。锄柄火头上本来就要梨花滚蛋，离婚就离婚，开口答应。那天天早，两人齐齐下山到长宁，往西面走到徐坑头。那段时光，乡政府不在长宁，在徐坑头，离婚要到乡政府去打报告。

到了乡政府，听说是闹离婚的，就把这事交给一个妇女干部来解决。妇女干部听梨花哭滋拉污讲半天，也对锄柄很不满意，决心把锄柄好好批评一通。等把锄柄叫进来慢慢谈，慢慢看，怎么都看不出锄柄有多少坏，看不出他是骂人打人的料作。

顶后头，妇女干部就把梨花叫进去，好好劝了一通，说：你讲的事情我晓得了，我也批评过锄柄，他决心把脾气改改，以后不会对你不好，你还是回家，好端端跟锄柄过日子。你自己脾气也要改改，不要动不动离婚，这样好的男人，你离掉以后到哪里去寻？

梨花听"这样好的男人"哭都哭不出来，只讲锄柄会骂人打人是坏地主。那妇女干部就笑了，说：地主是地主，成分是不好，坏倒不见得坏，你还是要在自己身上多找原因。

讲到这里，妇女干部把边上几个干部都叫过来问：你们看看锄柄，是坏人还是好人？

那些干部都讲：好人坏人哪里看得出？不过这个人不一样，一脸的老实相，整个长宁园里没有比这副样子更老实的，这种人是坏人世界上还有好人啊？

妇女干部又把联系长宁村包括汪家坞的干部叫过来，了解了一下。那个干部也讲锄柄脾气好，从来没有看到他骂过人，更没有打过人。

妇女干部就对梨花说：你听听，就是我相信，人家都不相信，是不是？

大家都帮衬锄柄讲好话，锄柄自己还不晓得。到家里之后，熬了好多天没有骂人。

　　过了些时光，梨花又有得生了。小人生下来以后，也没有养大，还是糟掉了。和头一胎一样，人家讲也是野鬼投的胎，让锄柄丢在了五坟山上。

　　过好月子就是茶叶时里。十八都那边有人来叫人摘茶叶，讲那边茶叶多，挣钱容易。好些人都不愿意去摘。梨花听了后，马上就要动身。从小学到的本事里头，头一样就是摘茶叶。往年在大湾里火竹湾里摘茶叶，挣了一大叠的关金券。要不是这种钞票后来不值钞，梨花老早就发大财了。这回一听讲又有茶叶摘，这个钞票不挣还让人家去挣？

　　十八都那边有个位置，现在叫下包，那里有块山头，叫狮峰浪源，满山头都是茶叶，到了茶叶时里，收茶叶的人就愁寻不到人摘。

　　梨花到了山脚底的那个村坊里，跟一帮女人进山摘茶叶。进山的路很远，要过三十六道的水，来去一共要过七十二道水。到了山上摘茶叶，两只手就在茶叶蓬上头飞，哪个女人都摘不过梨花。梨花看到一片片的茶叶，就看到了一张张的钞票，拼老命摘，拼老命抢。身上的汗把衣裳弄湿，湿掉又熬燥，燥了又湿，一阵风吹过来，心里头凉过去凉过去。看到满山头的茶叶，满山头的钞票，一点都感觉不到吃力。

　　严州的地面上不晓得怎么钻出这许多的福建人。那些一起摘茶叶的，好多都是一口的福建腔，和梨花从小讲的一式一样，大家就都用福建腔谈天。茶叶摘到夜晚边，大家一个个都背了背篓和布袋，浪过三十六道水，到村坊里来歇夜。困觉以前，还要把茶叶炒好。摘茶叶的工钱是按斤数称的，炒茶叶是大家拼了一道炒，不算钞票的，大家要一起炒好，记上账，到时候一起拿钞票。那些福建人不会摘的，一天只摘三四十斤，会摘的也只摘五六十斤。梨花摘得少的日子六七十斤，多的日子有八十来斤。害得那帮福建女人看到梨花就摇头，一边说笑一边骂：你个婆娘呃，怎么这么死摘茶叶啦？你把我少摘点好不好？我陪你炒很吃力呃！

　　那时光摘茶叶的工钱，是三分钱一斤，梨花在狮峰浪源摘了九天的茶叶，一家伙就挣了二十来块钞票。回家的路上就是在天上过日子一样，梨花一路唱回家。到了长宁村里就往供销社里钻，平常日子看好几回的齐整花布，这回总算大大方方撕一块来，还叫村里的裁缝师傅量过尺寸，才往汪家坞走。刚刚开步，又想到锄柄，那个一天到夜肚子精瘪，总是吃不饱的饿鬼。给他买点什么呢，上回讲要吃猪脚，好，就买猪脚。收购站门口就是杀猪的摊子，梨花上去一问，猪脚三角一斤，就称了两斤回家。转身又到供销社里称了斤乌枣，到时光好一起炖着吃。

　　梨花到了家里，锄柄老早饿得嗷嗷叫了，讲这十天里头自烧自吃，越烧越难吃，顶后头两天是苞萝糊顾咸盐吃过来的。一听说有猪脚买回家，就叫梨花赶紧放锅里焐起来吃。

猪脚焐了锅里，梨花就讲茶叶怎么怎么好摘，钞票怎么怎么好挣，还到长宁撕了布做衣裳。锄柄一听，嘴翘得老高，梨花就拿出两块钞票给他，叫他自己买点黄烟吃。锄柄心里好过得多了，就围着锅台边转来转去，不时问猪脚焐熟没有。

过了个把钟头，梨花把猪脚盛了满满一大号不老罐，放在桌子上叫锄柄慢慢吃。自己捡了锄柄丢房间里的肮脏衣裳，就到河里去洗。洗到后来，肚子也越来越饿，想到那一大罐的猪脚，口水也慢慢流来。心里想，锄柄吃到后面，多少总会留点下来，让给她吃。

梨花洗好衣裳回家想咬两块猪脚时，只见锄柄手里捏了一大块骨头，和狗样咬了又咬很难看。咬到后面又把罐子倒过来，放在嘴巴上咣咣咣拍两下，把顶头一口汤都吃精光。

梨花问：你吃光啦？锄柄讲：吃光喽。

梨花问：一块都没有给我留？

锄柄听这样一问，呆了半天，讲：我只顾吃了，哪里想到你也要吃？

梨花一听，喉都燥掉，气得讲不出话来。到了夜晚边饭吃歇，再想好好骂锄柄一顿，讲：你个没有良心的东西！有良心的话还不留点我吃啊？是我买来你吃的，你都不想到留一口我吃，你个男人有良心啊？良心都让狗背去吃了！

锄柄想想今天的猪脚和乌枣也真是吃得入味，只装作没听见，让梨花骂个遂意。

梨花骂是骂，想到自己有新衣裳穿，比汪家坞那些女人穿得齐整，也越想越高兴，到后来就骂歇，困了个喷喷香一大觉。

过了些时光，毛主席下命令，讲要吃食堂了。汪家坞生产队的食堂是从那年冬里头开始办的。往年是家家户户自己烧自己吃，以后是家家都拼拢来，一个锅里烧吃，实现共产主义。听讲大家拼笼吃饭，锄柄的肚子又咕咕叫了，满嘴口水流。一个村坊里粮草并到一起烧，我多盛几碗吃吃怎么样？以后还不让我吃个饱，吃个遂意？

整个汪家坞的茅棚屋，就算我奶奶家里头的顶大，歇的人又少。村坊里决定把食堂放在我奶奶家，大家轮流派工烧饭，从仓库里称出粮草计账，再拿到我奶奶家锅里烧。一年以后村里造了堂大屋，捣墙盖瓦，还做了厨房，才把食堂移过去。食堂在村坊中央，大家来吃饭就便当多了。

糠芯坞笼里笼总没有几份人家。笑柜老早移上来了，下面只余了有稻一家人和长宁奶奶一家人。大队里商量讨，讲糠芯坞人要移掉去，自己决定，要么移汪家坞，要么移长宁。长宁奶奶不欢喜爬高山，就和年松叔一起移到长宁去了。后来年松叔死掉，她就一个人歇了往年长宁大地主邵顶发家的一间屋里，我小时候到长宁总要去嬉，总叫她长宁奶奶。这就是为什么我从来不叫她糠芯坞奶奶，叫她长宁奶奶的缘故。

有稻不欢喜长宁，他老婆美仙往年跟她老公年糕就歇我奶奶家边上，老屋基还在。吃食堂之后，他们决定又歇上来，在老屋基上新搭个棚。两家就这样做了隔壁邻舍。

刚刚吃食堂那天，大家都很高兴，想吃多少就吃多少。整个村坊里顶高兴的就是锄柄，他吃了一碗又一碗，一直到顶后头一块锅粑吃完再歇。

村里头几个党员商量了，讲这样吃弄不来，整个村里的粮草没有多久好吃。后来就决定称好斤两，扣牢每个人的饭量烧。

这样的烧法就有点难为人。锄柄和前两天吃饭一样，第一碗就盛了个满满，等吃完后去盛第二碗，锅里头空了，哪里还有得盛？就这样，一餐只有一碗吃，一天到夜肚子瘪塌塌，锄头背在肩膀上都有气无力。

还是夜晚边梨花教他一个办法好，讲：你个呆子，只晓得把碗盛得满满，这样吃哪里抢得到吃？第一碗么要盛少些、浅些，赶紧吃完，第二碗再盛满，这样不是又多吃了些？

第二天，锄柄就照梨花教的办法去盛饭。前面半碗，三口两口就吞下肚，第二碗再拼老命盛，尽力气掀满。吃是吃不饱，比昨天还是多吃到半碗。中午吃饭的时光还好，天早夜晚吃苞萝糊，沸滚烫人的。前面半碗要三口两口吞，哪里下得去？不吞也要吞，不吞就要饿肚子，只好硬生生拿来烫，把喉咙头烫起泡了，还要往下头吞。只有快点吞下去，才抢得到后面满满一碗。

这样过一会，汪家坞人都聪明起来，都晓得前面快点吃半碗，后面慢点吃一大碗。个个喉咙管都练出来，比钢铁还要硬实，还不怕烫。大家吃得一个比一个快，一个比一个煞手，整个食堂里，是一片稀啦稀啦的声音，还有把碗罩在嘴巴筒上往喉咙管里灌的场面。

除掉拼老命抢吃，听不见一句谈天的声音。哪个在吃前面半碗饭的时景谈天，哪个就是呆子！就是到了后面那一大碗，也是煞手吃，只怕让人家看见你抢得太多，一个个都闷声不响，用筷子呜啦呜拉往嘴里扒进去扒进去。

一个村坊里人抢吃抢了好多天，个个都吃得像强盗，个个都讲吃不饱。

提意见的人很多。有人怀疑派去烧饭的几个党员老婆在食堂里烧饭时偷吃，不偷吃不会少得这么快，大家都吃不饱。后来党员又开会商量，说家家派婆娘来烧饭，轮起来烧，一家烧三天，省得大家闹意见。有稻提出来，贫下中农轮起来烧，地主也轮得到烧？我们共产党是不是对地主太放心？

就这样，除了我奶奶一家人，还有我爸爸锄柄两公婆，大家都轮到烧三天饭，饿了段时候也能吃三天饱饭。

梨花看到锄柄就骂：跟牢你个地主我苦头吃尽，甜头一点都挣不到！要是不嫁你这个地主，我平常日子再饿，让我烧饭的那三天里头，也让我做个饱死鬼啦，老天！

吃食堂的第二年，梨花又有得生了，是个丫头，生了尿桶边，取名叫尿妹。尿妹没有糟掉，后来带大，就是我的大姐。

这一年，食堂的吃法又起新花头。大家提意见说食堂里总归是抢吃，吃得没样子，还吃不饱。有些饭量不大的人也拼命抢，一点都不晓得可惜，很浪费。后来党员开会决定，讲家家按人头分饭票，个个吃饭都用饭票买，省得拼老命抢吃。

一个人头分一角饭票，尿妹还在吃奶，也分到两分。一家三口人一天两角二饭票，天早和夜晚都买六分饭票的苞萝糊，中午买一角的苞萝饭。分饭票以后，大家吃得斯文了，就是照样不够吃，都嫌一天一角的饭票太少。

到吃饭边，家家派人来买饭菜，捧了钵头啦不老啦，丁丁当当满路走，比做戏还好看。捧到家里，还愁小人抢吃，大家争口打架。走到路上还要小心，只怕浪到外面。

有一回大疯子吃到过苦头。那天夜晚边，他弄了只大钵头到我奶奶家食堂里买吃。往年他自己就有三个小人，后来洋火壳到他家里打拼火，又生三个小人。解放以后，不作兴打拼火困老婆，洋火壳再也不来，三个小人没带走，都让大疯子带。前前后后一加，大疯子就有六个小人，吃口很重。

那天夜晚边他买了满满一钵头的苞萝糊回家。走到半路上，听到路对面的白洋讲了句什么，想听没有听到，一个不当心，手一滑，钵头打在地上，破成两块。

钵头里的苞萝糊流了满地。大疯子用打破的两块破钵头片，舀一些进来，还有很多舀不进来，只好看它在地上流，心里肉痛，就对牢白洋家屋后山上的老天大声喊：老天呃，我一家八口人吃什么哩！毛主席呃，你救救我哩，我一家人日子怎么过哩！

眼泪水不晓得哪里涌上来，止都止不牢！一边哭，还要一边熬着，像一只野狗样趴在地上拼命吃，拼命舔。舔到后面，连路上的黄泥沙都舔去不少。还有些实在是渗到黄泥底下去了，扒也扒不出来，只好随它去。

大疯子一屁股坐在白洋家对面路上，嘿嘿嘿哭半天，嘴里一口一个毛主席，一口一个救命。顶后头，也只好捧了两片破钵头片，候牢上头那一点点苞萝糊，慢慢移到家里。

到了家里，一家人坐在一起哭半天。后来还是他老婆出门，到后山上挖些野菜回家，焐了一锅，分给六个小人吃。

饭吃不饱，争口的事情就越来越多。锄柄和梨花本来就是相冲的命，做工夫的力气没有，争口打架力气还有。

有一回梨花到食堂里买三口人的饭回家，把一只钵头藏在桌子上，叫锄柄先吃，梨花要把小人衣裳洗掉，再和尿妹一起吃。哪晓得，等梨花把衣裳洗好，锄柄把一钵头的苞萝糊都吃干净了。梨花讲：你都吃干净，我们吃什么？我们不是人，就该当饿死啊？

锄柄也是吃得起劲，没想得太多，一吃就索性吃完了。吃完后听梨花一骂，才觉得自己不是东西，把老婆和女儿的饭都吃掉了。怪只怪买来的伙食太少，怪只怪自己肚皮大。

梨花看锄柄不开口，就索性骂个不歇，越骂越难听，声音越来越大，想叫村坊里人都来评评道理，望望这个男人是不是人。

听梨花骂得难听，锄柄站起来就走，边走边哭，讲：我不活了，我死掉算了，我不是人，我不是人！天天这样吃不饱，还要挨骂，我死死掉算数！

梨花一听更火，讲：像你这种男人，老早好死掉去了！

锄柄真的寻死去。人家在大岭口山上看到锄柄，问他做什么，他讲寻菜虫药，要和他老子一样，吃菜虫药死掉。

我奶奶听说后，寻到梨花就骂：你头一个男人死掉还不够啊！还想逼死第二个男人啊！还不去把你男人拖回家，他在大岭上寻菜虫药吃哩！

梨花吓坏了。要真吃菜虫药死掉，名气很难听。个个都要讲她嫁了两个短命鬼，还讲第二个男人是她逼死的。锄柄一死，尿妹哪个来养？以后日子怎么过？

梨花赶到大岭上，把锄柄拖回家。到顶后头，还是梨花和尿妹挨饿。

食堂吃到后面，村坊里个个都饿得半死，山上的野菜也越来越难寻。好不容易熬到挖红薯的时景，梨花动了点小脑筋。大家挖到前面去时，她一个人特意拖后面，在边上挖一个洞，把两块红薯殡得很深，用黄泥盖好。边上还移了块石头过来，算是做个记印。

到半夜里，月亮婆婆上来，梨花一人摸到那块地里，寻到那块石头，用手指头挖出两块红薯来，藏衣裳袋里回家。困在床上很高兴，对锄柄讲：明朝天早你去买天早，我在家里把两块红薯烧熟，吃个一餐饱。

等梨花天早爬起洗脸，看到锄柄躲灶末底不出来，里头的声音唧里咕噜，好像老鼠偷食。梨花过去一看，锄柄把顶头头一口东西塞到嘴里，索性走了出来。梨花问他吃什么，锄柄讲我肚子饿得难受，把两块红薯吃掉了。

梨花冲上去就给他一拳，打得锄柄脸上乌青。锄柄的肚子刚刚垫了层粮草，有了点力气，就黑了脸对梨花讲：你敢打男人？你难过？骨头胀？

话还没有讲歇就抓梨花的头发往地上拖。拖到门口又飞来一脚，把梨花踢出大门外。

梨花冲冲跌跌，滚到天井坪，赖到天井坪里，对牢老天爷又哭又唱：

啊呀姆妈呃啊呀爸爸呃，你们怎么死得这么早啊。我么从小，没人肉痛，我么怎么这么可怜啊！老天你开眼望一望啊，这个世上还有我介可怜的人啊！哎姆妈呃！

啊呀姆妈呃啊呀爸爸呃，我眼瞎才嫁你汪家来。地主福么，没得享啊，地主的罪么要我受啊！我的眼睛么没生亮啊，才会寻到你这么坏的男人家啊！哎姆妈呃！

啊呀姆妈呃啊呀爸爸呃，我买的猪脚他吃精光啊。食堂买饭，三人门份，取债鬼一人吃个光啊！我捡到红薯烧粥吃啊，他天早老早爬起又吃个干净啊！哎姆妈呃！

我小时景总站在天井坪边听我妈哭唱，听得眼泪水流不歇。后来时光听长，就慢慢听到了心里去，骨子里去，在杭州受人欺负，也会倒抽一口气，心里喊一声"哎姆妈呃"。

我小爷爷小山羊歇到王谢去后，我爸爸姆妈就在他们的旧屋基上搭了新棚。门口一片大菜园、一个鸡笼间、一块天井坪，都归我家用。往年我小奶奶只往天井坪里晒晒东西，我姆妈嫌天井坪太大，不做点别的事情可惜。回回我爸爸打她一顿，她就一屁股赖到天井坪里哭，一边哭一边用拳头擂心头孔，用巴掌捶脚筒管，又是哭么又唱：我么娘老子啊死得早啊，我（气急，往上涌）么可怜啊！我眼睛啊黑么才（很伤心，歇口气）嫁到啊，你个地主人家里来啊，（倒抽一口气）啊呀啊（气急，往上涌）我个姆妈哎！

汪家坞的食堂从第一年的冬里头办到第四年的茶叶时里，山上的野菜都挖断种。人家说别的地方有人剥树皮吃了，汪家坞人吃不惯树皮，个个都饿得肚子抽筋。特别是汪家坞头一号大肚子锄柄，天天把一只毛竹茶壶背身上，吃了又去灌。山上的野菜草根寻不到，山沟里的野水倒灌进去不少。

大家都日子难过，严州府一些大村坊里，还有隔壁兰溪金华那边，饿死了不少人。有稻到府里开会，看到一个兰溪人手里捏了根扁担，佝码头边嘿嘿哭。他家里六口人好多天没有吃饭，都饿肿起来了。好不容易借了几块钞票到严州来买两袋米，还没上船就让人家抢了去。兰溪人哭了好久，后来就跳到河港里寻死了，管都没人来管。平原地方有人饿死，山坞里的汪家坞人也搪不牢，讲要去寻菜虫药吃。

也算命大，熬得牢，还没人寻到菜虫药，大队里就开会通知下来，讲食堂拆掉不吃了，以后还是把粮草分到户头上，自己烧自己吃。顶好的消息讲是刘少奇想出的救命办法，以后家家都自己开山种粮草，种多少收多少，这种粮草名字也取得好听，叫北京粮。

有北京粮种，大家的力气不晓得哪里爬出来，家家都一帮人到山角落头开山挖地种苞萝。要讲锄柄也不是一点用都没有的人。他的肚子在汪家坞头一号大，开山种苞萝的本事除掉我过辈掉的爷爷和火筒大爷，也算得上头一号大。

锄柄私下对我姆妈梨花讲，整块上峰塔这样蛮大，山苞萝种了多少年，种得多齐整，多吓人？一手的本事也是汪家老祖宗一代代传下来的，传到我锄柄手上，还忘得掉？

集体工夫照做，天早夜晚帮自己做。就这样牙缝里挤出工夫做做，也种了大片苞萝。

秋里头山上的苞萝收到家里，堆了满满一堂前，高兴得锄柄夜晚困床上还笑：喂呀梨花，你再不会怪我肚子大会吃啦？这一大堆的苞萝，够一家人吃半年哇？

梨花摸了摸大肚子，头一回这样高兴地对锄柄讲：小人就快出世，有了这些粮草，我也不愁养不大小人！只要你有本事种粮草，我就帮你生一堆小人出来！

哪晓得，饱饭吃了没几天，白洋金条铜钱有稻几个党员到长宁开会去，上头通知下来，讲别的位置饿死人很多，很吓人，有些地方整个村坊差不多死断种了。这些平原位置没有粮草吃，饿死人，山坞里人就只顾自己吃饱？一点共产主义思想都没有？赶紧通知下去，北京粮种得多的人家，让他们发扬共产主义精神，把余粮卖给国家，支援那些没粮草吃的地方。再不支援，别的地方人要死干净了！

大队里叫几个党员报告一下自己生产队户头上种的北京粮产量，扣掉自己吃的，能卖多少余粮。有稻和另外几个党员商量，把几个党员报少些，余粮只有一两百斤；别的贫下中农，也有三四百斤；余粮顶多的是锄柄，有一千斤。排第二号的是我奶奶家，讲她两个孙子小泥和草根的北京粮种得很多，也派到八百斤。

大队干部把余粮数字记在簿子上，就通知汪家坞生产队的户主都到长宁开会。锄柄一听，高兴啊！解放以后第八年了，从来没资格去开过一次会。开会都是党员的门份，是干部的门份，地富反哪有资格轮到？今天把我锄柄也一起通知去，那是看得起我，风头有点转过来了！佝了八年的腰身要慢慢直起来了！

到了长宁，大队干部就把锄柄和小泥两人关一个房间里，开了个小会。干部把卖余粮的数目字一报，把锄柄和小泥两人吓一跳，都讲没有这么多的北京粮。大队干部就讲：你两个地主，真不老实！你们把我老实交代，究竟种了多少？小泥脸红了红，讲只种了一百来斤，锄柄跟了下巴应，也讲只有百把斤。大队干部火了，就煞手骂：地主就是地主，就是不老实！贫下中农的眼睛是雪亮的，老早就来报告灵清了，你们还想骗我？快回家挑粮草来卖，一颗都不能少！八块洋钱一百斤，有钱挣的，又不是白白要你？不要到时候发财发得让人家眼睛红。还舍不得？宁可藏了家里发霉，也不支援人家？

没办法，锄柄只好回家挑粮草。从大岭上来，想到家里的粮草又没了，还要亏空下去，两只脚都发软，爬都爬不上来。到了家里，哭个不歇：梨花呃梨花，怎么办好哩！那些短命鬼报告上去说我家里苞萝种得多，要我卖余粮一千斤，我到哪里去寻这一千斤！

两人商量不出名堂。粮草不挑去，只怕又要捉到长宁关起来，吃二遍苦。挑去，又寻不到这多的粮草。有多少，就挑多少。两公婆把家里的苞萝全部拿出来过秤，笼里笼总就是四百来斤。顶好是凑个五百斤。家里还有些红薯，大队里不收，讲红薯容易坏，一定要收苞萝。锄柄就拿到贫下中农家里换苞萝，加一起凑到五百斤。梨花大肚子不能挑重担，锄柄就一个人分三担挑到长宁。一路挑一路哭：怎么办好哩！以后再吃什么哩，肚里空的日子实在难过呃！

到了长宁街上，有个陌生的干部把锄柄叫牢，问他为什么边哭边挑。锄柄就把怎么种北京粮、怎么卖余粮，前前后后都讲了。这人就带了另外一个干部一起来汪家坞。天刚刚有点黑下来，走到大岭口的三岔路上，就听到有人哭得很伤心，还又哭又唱：啊呀姆妈呃，我可怜啊！我和锄柄辛辛苦苦呃，种了几担苞萝啊，今天卖余粮么就全部卖干净啦！净家当都卖干净啊！（气急，上涌）啊哟喂！卖干净么还差五百斤啊，我到哪里去寻这么多的粮草啊，啊哟喂老天！这个日子，怎么样过过好啊！

有稻到大岭口来接，就对两个干部讲：这个女人是锄柄老婆梨花，碰到一点点小事就赖到门口天井坪里哭，三天两头这样子，你们莫睬她！

两个干部倒是没有听有稻，也没有不睬梨花。到有稻家里坐了一下，就直接到锄柄家里来。有稻对梨花老远就喊：莫哭莫哭，梨花，好歇歇了！这两个大客人，是县里派下来的工作同志，还不快点回家泡茶招待！

梨花抹了抹眼泪水，就把工作同志带到家里。茶叶寻不到一片，只泡了两碗白开水。

工作同志到家里头望来望去，到厨房里也进去望，后来把锅盖揭开，望到锅里煮了半锅的红薯秆，就对梨花讲：你家只养了一头猪？就煮这么点东西给猪吃？

梨花回答：猪哪里有红薯秆吃？这是我一家三口人的夜晚饭。实在对不住你，工作同志，我拿不出东西来招待你。你要不嫌差，两人坐下来吃一碗红薯秆？

工作同志眼睛睁得老大，问：是人吃的啊？人吃的红薯秆先要剥皮，留点嫩的芯，炒炒当菜吃。皮都不剥，这样一锅煮，好当饭吃的？家里的红薯和苞萝呢？

梨花就把家里红薯换苞萝一起卖余粮的事又念了一遍，念到这里，就扑隆咚跪了下来，边拜边哭，讲：工作同志呃，我一家人吃红薯秆不要紧，还有五百斤的余粮没有位置寻哩，实在卖不出哩！实在要我们卖一千斤苞萝，一家三口人只好到山上挖菜中药吃呷，这种日子实在是过不下去哩！

工作同志马上把梨花扶起来，讲：莫莫莫，你莫拜，也莫哭，赶紧起来，有话慢慢讲。卖余粮卖余粮，什么叫卖余粮？就是卖多余的粮草，支援国家。你自己吃的粮草都没有，怎么好叫你卖粮草，怎么好讲卖余粮？你家里的事，我再调查调查，和队里的党员干部一起商量商量，再答复你。

那天夜晚，汪家坞生产队的党员干部开会开到半夜。工作同志了解到队里别的人都没有卖余粮，摊到每户的一两百斤都没有舍得卖，只怕饿死。到眼目下，卖了余粮的只有两份地主人家，一个是锄柄，一个是小泥。工作同志讲：卖余粮是支援国家，你们生产队只让地主去支援国家，党员干部和贫下中农就不支援啦？大家都要支援的嘛！大家一样种的北京粮，为什么两份地主人家要卖一千斤和八百斤，你们只要卖一两百斤？一两百斤还舍不得卖？你们的共产主义思想到哪里去了？毛主席的话都听不进去啦？

会开到后面，工作同志要大家都卖余粮，还要把锄柄和小泥的余粮减下来。卖掉的算数，另外欠的就不要卖了，想卖也寻不到粮草卖。有稻他们硬是不同意，讲减得太多，还要再加点。工作同志也不好太帮衬地主讲话，后来就再加了点。小泥八百斤的任务，打七折，算五百六。锄柄也一样的数目，只要再卖六十斤就够了。

就是这六十斤，也实在寻不出粮草来卖。急了好几天，哭了好几天。到后来，梨花就把儿子生下来了，身边有一堆狗绪（屎），名字取了狗绪，就是我的大哥。

狗绪出世以后，锄柄是又急又高兴。高兴的是有儿子接后，急的是家里没有一颗粮草。只怕大人饿坏，小人也带不大。另外还有六十斤的余粮要卖，队里的党员天天催得紧。

两公婆商量到后面，想到办法。五百斤余粮卖掉不是有四十块钱拿回家的？赶紧到人家家里去买粮草，先买个一两百斤来，再买些鸡子红糖来给梨花过月子。锄柄到汪家坞一家家问去，没有一家肯卖粮草，一家家都饿怕，怕粮草接不上。后来还是寻嫁到王谢村里的火筒老婆和七坞村里的砚瓦老婆。两人跟家里商量了半天，才答应一家卖给锄柄五十斤苞萝。锄柄想把六十斤苞萝先挑到长宁，摸来摸去舍不得。到处寻粮草都买不到，只怕这点苞萝挑出去，家里人要饿死。

亏得好有稻到大队里打报告，讲锄柄买到粮草，就是不肯卖余粮。报告顶后头打到工作同志那里，工作同志听讲梨花生了儿子，家里确实是少不了粮草，就对有稻讲：你去通知锄柄，就讲这六十斤余粮不要他卖了，算他儿子的口粮，留了自己吃。

梨花听说不要再卖余粮了，高兴啊，跪在那里只拜：多谢了啊，毛主席！多谢了啊，工作同志！汪家坞的党员是假党员，工作同志是真党员，是毛主席派来救命的啊！

等我生下来以后，工作同志不来汪家坞了，听说是从小就听说过，都是从我姆妈梨花嘴里传出来的。我不晓得长大以后做什么好，我姆妈就对我讲：你大起来啊，顶好就做个工作同志，天天做好事，天天救人命。工作同志就是观音菩萨哩！

后来一想我汪家是地主成分，家里子孙后代都没这种福气，只好摇摇头，叹口冷气。

我问姆妈，做工作同志是不是很威风啦？我姆妈就讲：工作同志威风的，家家都要巴结，轮起来烧饭给他吃，轮到的时候，要把家里顶好吃的烧起来招待！

我姆妈梨花讲，那段时光工作同志总到汪家坞来，一歇就好多天，吃饭是吃派饭的，轮到哪份人家就在哪份人家吃，家家都要好好招待。就是有一回，轮到铜板家里的时候，工作同志没吃到饭，头上还挨了一毛竹叉。那个毛竹叉不是弯叉子的叉，是用刀把毛竹管的前头一截劈了一丝一丝，往地上敲的时候啪啪响，是藏在门角落头用来赶鸡赶鸭的。那天工作同志到了铜板家里，铜板两公婆都出去做工，只有铜板的姆妈在家里烧饭。工作同志一进门，老远就喊：大娘！大娘！铜板姆妈很不高兴，望了望猪栏里，又望了望工作同志。工作同志对牢铜板姆妈，还是亲热地喊：大娘！大娘你好！铜板姆妈为什么不高兴？她是江山人，年纪大了，除了江山腔不会讲别的腔口。在江山腔里，大娘就是猪娘。一听工作同志骂她猪娘，铜板姆妈脾气就上来了，拿出门后头赶鸡的毛竹叉就往工作同志的脑壳上敲下去，一边打一边骂：叫我大（猪）娘？叫我大娘？我打死你个大（猪）公！

工作同志天天到人家里吃派饭，倒也了解到不少情况。亏得好派饭就是派粮草，这样的事就不光光贫下中农有份，地主也有份。要是一回都派不到，工作组就不晓得我家里的可怜，弄不好还真要饿死几个。

卖余粮卖到后面，汪家坞家家都把粮草卖差不多了，留下来的几斤红薯苞萝没几天就吃精光，家家都饿肚子，饿得走路的力气都没有。好些人都和牛羊一样，两只手当脚爬，慢慢爬到山上，看到有嫩草就咬几口。有些人弄不灵清草有毒没有毒，吃得肚子痛半死，在地上打滚。

伟大领袖毛主席，就好像站在汪家坞最高的山头上望着大家一样，眼睛雪雪亮，次次等汪家坞人差不多要饿死的时光，毛主席的话就传下来了，讲前段时候汪家坞人卖余粮卖多了，自己吃的粮草都没有。大队里就通知下来，派人到长宁去挑粮草，先救命要紧。

九百斤粮草挑到仓库，汪家坞人家家都派代表来分。锄柄抱了狗绪，和小泥两人伺了门口候。没多久，家家都背了粮草走，只余了有稻白洋几个党员在里头，把箩底翻个面，用手拍拍。锄柄走进去，轻巧问：有稻，我家的粮草呢？有稻眼睛朝锄柄一白，讲：你？你没有的。锄柄问：我为什么没有？我一家四口人要吃饭的。有稻讲：人都要吃饭的，我不晓得？哪个叫你做地主？地主没有得分的，贫下中农分分都还不够。

锄柄和小泥听了气半死，只好拿一只空袋子回家。

刚好第二天中午，工作同志又到汪家坞来，派饭派到锄柄家。工作同志晓得昨天大家分了粮草，摸摸肚子想吃顿好的。哪晓得到锄柄家一望，又是猪草样的东西拿出来吃，就问：你家分来的粮草呢？这么快就吃完啦？锄柄眼泪水滴滴答，讲：队里粮草是分过，讲我家是地主没得分。工作同志讲：哪有这种道理？地主就不是人？就不吃饭啦？

工作同志寻到村里头的党员，叫大家把粮草匀点出来，分给锄柄家和我奶奶家。那些党员老早通好气，硬是顶牢工作组，一颗粮草都不肯拿出来。工作同志也火了，饭都不吃，就下山到长宁，歇到公社里去。

听工作同志帮衬自己讲话，锄柄想想不分到粮草不心甘，就赶到长宁寻大队干部，反映家里头的困难。大队书记和大队长的心一样铁硬，从来就不把地主当人看，一听说地主家里没分到粮草，鼻子气都不透一声，转个屁股就走。

大队干部不管，就寻公社干部。那时公社不在徐坑头，移到长宁来了，就在往年邵顶发家里弄了几间屋办公。公社书记听锄柄讲汪家坞人挑去的粮草一颗都不肯分给地主人家，也不相信。锄柄说工作同志也晓得的，不相信你去问问。书记去一问，还真有这样的事情。粮草分都分掉了，再收转身来贫下中农不接受，索性就算数。书记就对锄柄讲：地主也是人，也不能够饿死的。要不，我开张条子把你，到粮站里买点粮草吃。锄柄讲好的，平价米是一角一，我买个一百斤。书记刚刚要开条子，公社社长过来了，讲让地主买平价米，太便宜他们了。书记听了也有道理，不能让贫下中农有意见，就按一角八的高价米帮锄柄开了一百斤。一角八贵是贵了点，有得买也算天大面子。锄柄拿到条子，轻巧问：书记，条子拿去，粮站里人认不认账？书记笑了，讲：锄柄呃，粮站里人都认识我的字，人家想冒充都冒充不去。你大胆放心去买，啊？

那时光大家都没钞票，就是有钞票也买不到东西，什么都要供应票。锄柄拿到公社书记的条子，就像山上的野兽一样飞快跑回汪家坞，到梨花手上拿了上回卖余粮剩下来的钞票，去长宁粮站里买来一百斤米。往汪家坞大岭挑上来，肩上那个轻巧啊，心里那个味道啊，一家四口人，夜晚开始就有米吃了啊，老天！

吃了几天的米，梨花肉痛了。往年地主人家都舍不得吃米饭，我们笼里笼总这样几斤米，吃光以后吃什么？后来就拿出米来和人家换苞萝，多换些苞萝，日子吃得长些。

锄柄天天做工夫回家都想吃米饭，一望又是苞萝饭，就开始唠里叽咕，梨花想出办法，在苞萝饭中央放一碗米饭，让锄柄一个人吃。米饭吃掉，再吃两碗苞萝饭。尿妹贪吃，天天在吃饭以前偷吃点米饭，后来胆子越来越大，越偷越多。有一回，偷吃了大半碗。等锄柄回家一望，就晓得是尿妹吃掉了，拿出棍子来就打。梨花赶到家里，看尿妹让锄柄打得不像样，就过来拦，骂锄柄：你想把女儿打死啊？你个傻的？打死你就有得多吃啊！

锄柄刚刚在火头上，听梨花一骂，索性两人一起打，打得梨花脸都一块块乌青。

梨花冲过去拼命。锄柄倒是轻巧，一把就抓了梨花的头发，往地上拖。拖到门口，又是飞起来一脚，把梨花踢出大门外。

梨花冲冲跌跌，滚到天井坪，赖到天井坪里，对牢老天爷又哭又唱：

啊呀姆妈呃啊呀爸爸呃，你们怎么死得这么早啊。我么从小，没人肉痛，我么怎么这么可怜啊！老天你开眼望一望啊，这个世上还有我介可怜的人啊！哎姆妈呃！

啊呀姆妈呃啊呀爸爸呃，我眼瞎才嫁你汪家来啊。地主福么，没得享啊，地主的罪么要我受啊！我的眼睛么没生亮啊，才会寻到你这么坏的男人家啊！哎姆妈呃！

啊呀姆妈呃啊呀爸爸呃，我的北京粮么卖干净啊。九百斤粮，挑到村里，一颗都没有分把我啊！我么拿米去换芭萝啊，哪里晓得瘟鬼嘴娇还要打人啊！哎姆妈呃！

我小时景总站在天井坪边听我妈哭唱，听得眼泪水流不歇。后来时光听长，就听进心里骨子里。前几天我在杭州龙游路散步，听一个绍兴大妈胡乱地哼唱着《北京的金山上》。我突然想起小时光常听的姆妈哭唱，和这种调子很像。只把调子唱得慢些拖些，半说半唱，成了哭腔。每段的最后一句，把"哎巴扎嘿"改成了"哎姆妈呃"。

第十六章 外头贫下中农家里恶霸地主

不管是长宁人还是汪家坞人，总在我爸爸锄柄背后骂地主，说地主很会剥削，是反革命坏东西。有时光我也想不通：我爸爸在外面总让人骂让人欺，看上去很老实，比贫下中农还要贫下中农。进家门就换了一个人，他对家里人又骂又打，牙齿骨咬得咯咯响，很吓人，怎么看都是个坏地主，恶地主。我从小就恨他，很同意贫下中农的意见：坚决打倒地主反革命！

早我出世的一年前头，我姆妈梨花到屋后摘猪，在鸡屎堆里生下我二姐绪（屎）香。到第二年，我姆妈又在茅厕里把我屙下来，茅厕里很肮脏，就取名肮脏，后来上学才改写岸绽。过了没多久，毛主席在北京开口，讲要闹文化大革命。文化大革命开始那几年，我要么在我姆妈身上吃奶，要么爬地上摸鸡屎，不晓得什么革命不革命，更不晓得地主好坏，贫下中农可怜不可怜。

过了六年，我虚岁七岁那年，我在家门口天井坪里打死一只苍蝇，用小石头压在它身上，等侦察兵蚂蚁带了大部队过来运回家去当饭吃。汪家坞大岭口就有人背了好些板凳桌子上来，说汪家坞要办小学了，你们这些小人别想再一天到夜武来武去嬉，都要关到学堂里念书去。就这样，我和村坊里另外十来个小人一起进了学堂。不管是念一二年级还是四五年级，不管是上语文课还是算术课，笼里笼总就是一个老师。大家一起上，一起听。我上的语文课，头一篇课文只有九个字："伟大领袖毛主席万岁！"后面两课上的是共产党和解放军，课文的意思和长短也差不多。三篇课文念歇，我就听老师帮四五年级上的课文里头讲到地主的事，顶吓人的就是大地主刘文彩，怎么怎么剥削人，怎么怎么害死人，喂呀，地主呃，真是坏啊！后来又上到地主婆，怎么把一个少年英雄害死，怎么在雷锋手背上砍三刀，喂呀老天，地主婆也不是人啊！从那以后，整个学堂十来个学生都很看不起我，不肯跟我嬉。我心里也很难过，晓得我爷爷奶奶做了很多对不起贫下中农的坏事恶事，本来姓须姓闫人家日子过得很人味，硬让我爷爷奶奶剥削得没得吃没得穿，很罪过很可怜，就一个个都做了贫下中农。

想想往年我们地主人家做的坏事恶事，望望锄柄今天做死做活吃的苦头，就一点都不古怪。前世作了恶，今世拜菩萨；前世害了人，这世来修行。锄柄这一世做的工夫，不光是帮衬这世做的，还帮衬前一世做；不光帮衬自己做，还帮衬我们汪家老祖宗做。就好比我汪产昨天借了你姓须姓闫的一升米，今天还你一升。要还一升半，人家也不嫌多，顶多把你这半升当利息。

工夫做得多做得苦不算，大队里开会时景，还要站在台上挨批，戴高帽游街。开始那几年，是我们汪家坞的地主婆——我奶奶上台站、上街游，后来我奶奶年纪大毛病多，不大会行动，就像做戏少了龙套，开批斗大会不能没有地富反。一个生产队派到一个，汪家坞生产队就派到我爸爸锄柄。

汪家坞有两份人家是军属，一个是有稻家，一个是大疯子家，他们都有儿子在外面当兵。家里有人当兵就是军属，国家规定每个生产队要派人帮衬军属做事，顶要紧的一样，就是每年冬里头帮衬烧两担炭。汪家坞两份军属人家四担的任务，就落实到我爸爸锄柄头上。一人当兵，全家光荣。当兵人家是顶光荣的，地主人家是顶倒霉的。顶光荣人家里的事，要顶倒霉人家来做。这也算还老债，拜菩萨，是修行。

那天也真触霉头。到大湾里劈了一大堆柴火，烧得差不多了，哪晓得水桶漏水，不够灭火。好不容易拎了一桶水来，三股炭烊掉一股，害得锄柄心痛到肉里去。赶快把一桶水倒下，轰的一声，灰都扬上来，吹得一脸漆黑。刚挑到半路，那边有人来叫，说大队广播通知，叫你快点到长宁开会。汪家坞的党员干部都去了，就剩了你这个地主代表没去，到处寻都没寻到。

锄柄把炭挑到有稻家门口，就到长宁开会去。到了长宁大会堂门口，人山人海挤满，大队干部的声音在喇叭里响起来：同志们，这个这个，那个那个，因为这个，所以那个，我们一定要，坚决彻底，啊。

这两句官腔听上去很耳熟，肯定又是那个脾气顶坏的大队干部开了口。

锄柄走到台下一个角落头，望望台上摆了一排学生念书用的桌子，桌子边坐了一些大队干部。桌子斜对面站着一排男男女女，低着头，戴了帽，清一色的地富反。

在那些地富反的边上，还空了一个位置，就是锄柄的。锄柄胆子小，不敢在这么多人的眼光下走上台，就缩在底下不敢动。

坐在台上讲话的大队干部，这个那个到一半，眼睛一扫就扫到了锄柄，大声喊：那个黑人是哪个？是不是汪家坞生产队的锄柄？是的话就快点上来，开批斗会还要迟到啊？你还讲是当先进，领奖状啊？是不是怕贫下中农批你啊？越是怕批越是心里有鬼！越是怕批，越是迟到，你越是把我站到前面来，接受长宁人民的批判！

台下有稻把手举起来，喊了一声：打倒地主反革命！旁边来开会的贫下中农全部一起举手，跟着拼命喊：打倒地主反革命！

锄柄站在台上，吓得半死，腰越来越弯，越来越弯，都快佝到地上去了。两只手在脸上摸了又摸，越摸脸越黑，黑得人家都认不出。

大队干部就骂锄柄：你摸什么东西？把脸抹干净来，让贫下中农仔细望望，把你个地主分子的脸孔让大家看看灵清！

锄柄就用衣裳袖子抹了抹脸，哪晓得袖子也肮脏，把脸抹得更黑。

大队干部正在吃茶，望到这副样子更加火了，就拿出茶杯，把杯里的水朝锄柄脸上泼过去。

锄柄熬不牢用手去摸脸上的水，一摸，还真干净多了，大家都认出他是汪家坞的锄柄。

台下的人轰一声，都笑了。锄柄望望大队干部，不晓得该笑还是该哭，只好把头低下来，接受贫下中农的批评教育。

看到锄柄那副落汤鸡的样子，台上台下的人都很高兴。加上锄柄人老实，站在台上就像一根弯里几勾的老黄杨木一样佝那里，大队干部很满意，坐在台上直了直腰，好比大将军一样，很威风。

该当有人要吃苦头。这个人就是长宁园里头一号大地主邵顶发的儿子邵金贵。邵顶发老早就枪毙掉了，他儿子邵金贵还在，一张嘴还不太服干部管。他站在锄柄边上，看到大队干部那副样子，不太顺眼，就不时用眼睛白过去。

开始那个大队干部还没有注目。后来看到了，就很不高兴，长宁话讲到一半，又开始这个这个，那个那个。官腔打了几句，用力一声吼：大地主邵顶发儿子邵金贵！给我站出来！

邵金贵慢慢丝丝，往前面站了一小步。

大队干部一心要叫邵金贵难看，想了一下，就骂：你个地主反革命！邵金贵，你当地主还没有当够啊？还想复辟啊？你昨天夜晚做什么？啊，有没有偷过集体东西啊？

邵金贵一听，吓坏，昨夜实在是肚子饿，走到集体红薯窖边，拿了块出来咬咬。后来一想，不对啊，我本来没这么大的胆，是这个大队干部走我前面，他先开门进去，偷了好几块，我是学样的。

想到这里，邵金贵就笑了，用手指了指台上的大队干部，讲：你比我还偷得多……

大队干部不等他把后面两个字讲出来，眼珠一滚，两手一推，就把一张桌子翻倒台上，乒乒乓乓，几只茶杯打稀碎。

桌子翻倒，大队干部又骂：你个坏地主！自己偷东西，还敢污蔑大队干部，还得了！想翻天了？邵金贵，你去年骂过公社书记，讲公社书记作风不好；你前年骂工作组，讲工作组到你家里吃饭不付钞票；你大前年还骂过哪个？骂过好些人！你不光光骂人，你还偷东西，偷过集体的红薯，偷过集体的萝卜，偷过集体的苞萝！你个改造不好的地主分子，思想永远这么落后啊？同志们，把邵金贵等等地富反坏右拉到街上去游行！贫下中农同志们，大家要擦亮眼睛，坚决批斗！

话讲歇，台下就有人把一堆鸡屎丢到邵金贵脸上。

邵金贵让大队民兵拉下台，旁边锄柄那些人也跟在后面，一个个都戴了高帽，就像一帮鸡啦鸭啦一样，让人家满路赶满路骂，不时还要往头上丢肮脏碎，样子可怜得比鸡鸭都不如。街两边好些人围边来看，边看边笑，讲这是哪个哪个，那是哪个哪个。还讲顶没有用的就是汪家坞的锄柄，顶不老实的就是长宁村的邵金贵。

台上讲话的那个大队干部，走在锄柄他们的后面，边走边举拳头呼口号，他一句，后面人跟一句。整个长宁村里，响得顶多的一句是：打倒地主反革命！还有一句是：千万不要忘记阶级斗争！

佝了头走路的锄柄，看街路上好些婆娘对牢那个大队干部笑，都讲他有本事，真威风。锄柄听说长宁村里有好些婆娘让这个人困过，心里想婆娘们恐怕也是欢喜他本事和威风的缘故。

批斗会开歇，到家里天都快要黑。锄柄叫梨花帮衬舀水来洗脸，边洗边告诉他在长宁让大家批斗的场面，讲那个大队干部怎么怎么坏，怎么怎么恶，还往他脸上倒了一茶杯水。锄柄讲：这种短命鬼不会有好结果的，我看长宁人多，让让他！要是到我汪家坞来，我操死他，我鸡巴叩他头！

梨花听了都熬不牢要笑，晓得锄柄是没有用的老实头，也只有背后骂骂的本事。

锄柄老实是老实，到了家里就是不老实，就是地主。他看尿妹拎了一桶水往家里进，就恨七恨八地喊：尿妹，快把尿桶挑出来，把菜园里菜浇了再吃夜饭！

尿妹一听老子交代，吓得马上把水桶放好，到房间里把几只尿桶并成两桶，挑到菜园里。

锄柄拿一把尿瓢过来，刚想浇菜，又开口骂：都是尿啊，没有拌过水？不要把菜浇死掉啊？你又不是头一回做工夫，这个道理都不懂？

尿妹讲：我刚刚挑来，还来不及拌水。

锄柄又骂：你还敢顶嘴，自己笨就笨，不要辩来辩去！

尿妹把嘴翘老高，就去拎水来拌。究竟还是十四岁的人，拎的时光手脚慢了，锄柄又骂：还不快点，天黑得看不见了，明朝还要早点爬起做工夫，快点把我滚过来！

尿妹工夫也做吃力，就顶了一句：看不见浇不好明朝浇啊。

锄柄想想真火，外面外面有人骂，家里家里有人顶，堂堂一个男子汉，没一个人听他讲服他管。他一下就想到了那个大队干部，街上的婆娘都讲他本事威风，都讲他一茶杯的水浇地主脸上浇得好。

想到这茶杯水，不晓得哪里来的气，手里捏了一瓢的尿，顶好一瓢浇那个大队干部头上去。可惜大队干部不在身边，浇不到。一望就望到尿妹慢慢丝丝过来，就骂：你再不快点，我就一瓢尿往你头顶上浇下来！

尿妹一听这个话，更加不敢往前头走，只怕肮脏死的尿真的浇下来。

锄柄看尿妹不动身，火就大了，拎起一瓢浇过去。松黄的尿就像大雨样落到尿妹头上，还有尿里头雪白的蛆，在头发上一爬一动。

尿妹哭滋拉污往家里跑。梨花一望，也吓坏，赶快把尿妹拖到水缸边，用清水把她冲干净。可怜冬里头水冷，把尿妹冻得半死。后来梨花又烧了些滚水，帮衬尿妹洗身子。

锄柄把菜园里菜浇好，刚要吃饭，十二岁的狗绪背了驮柴火回家。丢了柴火，捧了饭碗就坐桌子边吃饭。八岁的绪香和七岁的我也坐边上吃。我姆妈梨花也过来了，就是大姐尿妹不肯过来，躲在旁边哭个不歇。

锄柄刚吃了几口饭，一看到狗绪黑湫湫的脸，就开口骂：狗绪啊狗绪，我一看你这张脸，就晓得你今天又跟人家在外头嬉了一天，到处钻来钻去，把脸孔都弄肮脏了。临时抱佛脚砍了几根柴火背回家，来骗饭吃，是不是？

狗绪脾气也硬，讲：我没有嬉，我都在山上砍柴火。

锄柄讲：那里脸上怎么这样肮脏？

狗绪讲：树林里肮脏，我有什么办法？

锄柄骂：你骗鬼！我砍了这么多年的柴火，我都没有一回有你这样肮脏！

后来一想今天自己脸黑让大队干部骂了，就对狗绪讲：你又不是烧炭，烧炭还说脸黑。你怎么这样懒病，一天到夜只想嬉，你不好勤力点，多砍点柴火回家啊？

梨花劝锄柄好歇歇了，吃饭要紧。锄柄就把眼光移到绪香脸上，绪香吓得把头歪一边，顾自己吃饭。锄柄讲：绪香啊绪香，你今天摘猪草摘了多少？一菜篮都没有装满啊，你是不是又在外头踢毽子跳格子？你都八岁的人，大姑娘了，也好懂事点，帮衬家里多做点事了。一天到夜只想嬉，踢踢毽子就好当饭吃？明朝再去踢，我把你脚打断！

绪香一听，屁股就连板凳往后移，慢慢吃饭，菜都不敢上去夹。

绪香退到后头，桌子边就余了我姆妈和我。我只想到今天夜晚我姆妈炒的青菜叶子好吃，嚼啦嚼啦吃得很响。我爸爸锄柄就把眼光移到我脸上，摇了摇头，讲：肮脏啊肮脏，你吃菜声音好不好轻点哩？要是有客人到家里来，听了难听不？你是七岁的人，是大后生了，还这样不懂事？一天到夜只想吃。我问你，昨天晒外头的红薯片，晒都没晒燥，就少了一大片，是不是你偷吃的？前两天母鸡生的子，好两天都没有看到一个，是不是你煮吃掉了？

我心里一想，吃是吃过的，主意倒不是我的。我一个小跟屁虫，也只有跟在后面分点吃吃。我爸爸锄柄一骂，我也和绪香一样往后头退，眼光就对牢我大哥狗绪。狗绪是我们家里的偷吃大王。

锄柄笨倒不笨，一看我样子，就晓得是狗绪带的头，不好好料理料理不来事。

梨花眼睛一白，把锄柄止牢，还骂他：你不要只顾骂人家，也不骂骂自己。当老子的人，不把自己女伢当人啊？把尿都泼到女伢头上去啊？全世界，寻不到一个像你样的老子！

锄柄眼睛也一白，对梨花讲：我还没有骂到你！你衣裳洗干净没有？缝好没有？我今天上山烧炭，都还没有开始砍柴火，大腿上那个破洞就越来越大。你洗衣裳只顾洗衣裳，洗好晒好也不仔细望望，把衣裳缝好来啊？

梨花针锋相对，骂：你做工夫，我不也跟你做工夫啊？我哪里是在家里嬉的？我白天要做工夫拿工分，夜晚要洗衣裳烧饭，你嫌我缝不好你自己不好缝啊？

锄柄讲：你衣裳没有缝好，还很有道理？你没有错，倒是我错了？

梨花讲：那是你不对。你对自己家里的人什么态度？不要讲全世界没有一个像你样的老子，全世界也寻不到你这样的男人！

锄柄听到这句话，浑身的火都着了。一想到白天在长宁让人家泼水，一想到那个短命鬼大队干部翻桌子的威风样子，心一横，就把自己家里头的桌子翻掉了。

桌子上的饭啊菜啊，碗啊盘啊，乒乒乓乓全部敲个稀碎。

狗绪看了肉痛死，对锄柄喊：我还是吃了一碗，还要吃两三碗，你翻掉叫我吃什么？

锄柄话也不讲，朝狗绪的头上就是一个栗子壳。

狗绪把头上摸摸，躲了柱头后，骂老子：我肚子饿！我要吃饭！

　　锄柄还要追去打，狗绪就围牢柱头逃。追到后面，总算捉牢了。锄柄寻了根绳索，把狗绪捆在柱头上，讲：你再逃？我问你，你再往哪里逃！

　　锄柄到灶头底寻了一根竹丝桠，捏了手上，往狗绪脚上哔啦哔啦抽，抽得狗绪鬼叫连天，背脊靠牢柱头跳过来跳过去，边跳边叫。

　　锄柄每抽一竹丝桠，问一句：你再老不老？听讲不听讲？

　　又一竹丝桠，一句：你只想吃，哪里晓得大人家的苦？我在外面天天让人骂，让人家欺，日子过得比贫下中农还要贫下中农。你晓得不？你晓得我可怜不？

　　又一竹丝桠，一句：我锄柄头上戴了顶地主的帽子，帽子底下连骨头带肉，都是贫下中农啊！我吃了这么多苦头，你们不肉痛我，还敢骂我，和外面那些人一样欺负我，啊？

　　锄柄骂一句又一句，抽一竹丝又一竹丝。

　　梨花实在看不过去，过来帮忙，讲：你打够没有？你再打下去，想把他打死啊？

　　锄柄讲：我自己儿子，打两下怎么样？你把我滚一边去！

　　梨花讲：你打你打，打死了你烧掉吃！

　　锄柄听了一呆，还是不听，又动手打。休息一下，到后面房间里寻出一顶高帽，是生产队开会用的，要地主人家自己准备自己带身边。锄柄拿出来戴在狗绪的头上，咬了咬牙齿，又抽了一竹丝过去，骂：你不做工夫，只想吃饭，就是剥削，就是地主！你就是我们家里头的地主分子！你想剥削大家，我就要和你斗争，进行阶级斗争！

　　一边讲，毛竹丝一边抽。狗绪两只脚乱跳，头上的帽子乱摇。

　　梨花实在肉痛，走到柱头后就把绳解掉了，叫狗绪快点逃。

　　哪晓得，锄柄一看梨花放了狗绪，就拿梨花出气，把梨花揪了地上，一拳一拳打她身上。梨花在地上打滚，想寻个空当打锄柄，就是寻不到。

　　锄柄还是四十出头，力气很大，打贫下中农不敢，打老婆很舍得，很熟套，打得梨花嗷嗷叫，在地上喊：救命呃，来帮忙呃！

　　狗绪刚逃到门口，一望自己姆妈让锄柄这个坏地主打得地上爬，也肉痛不过，转身来就到锄柄后面来拖，让锄柄一甩就把他甩远了。躲了边上哭好久的尿妹怕姆妈和狗绪吃亏，也冲过来帮忙，抓牢锄柄的反手，不让他动。狗绪滚在地上爬起，又冲过去，抓牢锄柄的顺手不放。

　　锄柄就用脚来踢人。好家伙！我二姐绪香也灵光，冲过去就抱牢锄柄的顺脚，不让他踢人。锄柄就用反脚来踢，刚刚要踢到人，我——肮脏也勇敢地参加了革命队伍，冲过去抱牢锄柄的反脚。还想动？哼，别想！

我姆妈梨花两只手箍牢锄柄的头，总算从地上爬起来了，把锄柄从上往下揿。

等锄柄整个人让大家揿地上不会动了，梨花才稀里呼噜透口气。一边透气，一边骂：啊？你个地主！敢欺负我贫下中农？啊？你个恶鬼！你再骂不骂人？你再打不打人？啊？

尿妹骂：我跟姆妈做贫下中农，我要打倒地主！

狗绪骂：我也是贫下中农，打倒这个坏地主！

绪香骂：贫下中农斗恶霸地主！

我也骂：贫下中农和你斗争到底！

我姆妈梨花一听，总算透气一回，就代表全体贫下中农，在锄柄这个坏地主的头脑壳上打了好几拳下去。

锄柄头上一痛，啊哟哟一声叫，不晓得哪里来的力气，往上一颠，把我们五个人全部颠开，骨碌一下就爬起来。

老虎爬起要吃人！快点逃！

狗绪和尿妹往大门逃，绪香和我往小门逃。

逃到门口，就听到锄柄拖牢我姆妈梨花头发狠心打的声音，再是拖到门口，一脚头把她踢出门外的声音，还加一句：你把我滚蛋！不要进我的家门！

梨花冲冲跌跌滚到天井坪，就赖了那里又哭又唱。

狗绪逃到半里外的桥板上，对牢茅棚里骂锄柄：你个恶霸地主！我要向毛主席报告去，把你拉去枪毙！你个坏地主，你个反革命！

尿妹也在半里路外的大栗树底下，边哭边骂：你个地主真坏呃！哪有这样坏的老子啦，把尿浇到我头上来！一根根蛆都在我头上爬啊！你不是人！你要死了，你个坏地主！

我跟了绪香一起，躲在菜园外的篱笆根底，吓得咯咯抖。听大家都在控诉地主的坏，后来就一起举起拳头呼口号：反对地主剥削！狠抓阶级斗争！

不管是长宁人还是汪家坞人，总在我爸爸锄柄背后骂地主，说地主很会剥削，是反革命坏东西。有时光我也想不通：我爸爸在外面总让人骂让人欺，看上去很老实，比贫下中农还要贫下中农。进家门就换了一个人，他对家里人又骂又打，牙齿骨咬得咯咯响，很吓人，怎么看都是个坏地主，恶地主。我从小就恨他，很同意贫下中农的意见：坚决打倒地主反革命！

锄柄年年冬里头帮衬军属烧炭，烧得吃力不说，还不讨好。有天夜晚把炭挑到大疯子家，倒在门口倒炭基里。大疯子茶都不叫锄柄吃一口，还说：锄柄，你等一下。讲歇，就寻根棍子来戳，戳到一些碎炭，就对锄柄讲：你望望，都是稀碎的碎末，你叫我这个冬里头烘火怎么烘？一担炭烘几回就没了，你就不晓得烧点硬柴火炭给我烘烘？

锄柄讲：我哪里有这么多工夫，专门砍硬柴火给你烧炭噢。白天队里要做工夫，夜晚自己菜园里要做工夫，起早摸黑，帮衬你烧两担炭。

大疯子就讲：你很忙啊？我儿子当兵，帮国家作贡献，我都没讲忙。叫你地主人家烧两担炭，你还讲工夫忙？

不光大疯子嫌炭差，有稻也一样。那回锄柄把炭挑过去，有稻一望，就把脸放下来讲：锄柄呃，你挑给我的炭都是松树炭哩！松树椏烧出来的炭是顶快烊的，你挑回家自己烘！

锄柄讲：碎柴火烧的炭太碎，松树椏烧的碳快烊，我也没办法啦，山上柴火都寻不到砍，哪里去寻硬柴火烧炭哟！你到我家里望望，也都是碎柴火和松树椏烧的炭！

有稻还是一句话：松树炭我不要，你自己挑回家烘！

有稻老婆美仙听到了，究竟是往年姓汪人家的老婆，会做人，就过来劝有稻：算了算了，炭挑来就好了，人家也辛苦。

古怪也古怪，有稻平常日子很威风，队里人的话都不大听得进。碰到老婆美仙，就是一帖药，讲什么就听什么。听美仙一劝，有稻就顾自己做事去了。美仙就叫锄柄把炭倒了门口，还讲句"吃力你了"，听得锄柄眼睛都红了。

工夫比人家做得多莫管，做多了工分还少记，东西还少分，更伤心。

队里工分都是铜板儿子鼓三记的，鼓三总欢喜把自己家人工分多记，把人家特别是地主人家的工分少记。我爸爸锄柄认不到字，不晓得吃过多少亏。我姆妈解放那年念过些时候的夜校，认识的字有好两百，阿拉伯数字从1到10记得很熟。她自己年年买本小历本，在历本上天天记账，今天天公晴还是落雨，出工没有，几个人出工。写不来的字，就画个圆圈，要么打个叉叉。

过了两三个月，她要到铜板家里查一回账。两人一对，喂呀，把我少记了十来个工。梨花讲我哪天哪天出工，鼓三讲没有出工，梨花讲我自己历本上记牢的，鼓三讲你记为准还是我记为准？队里是我记工分还是你记工分？硬不肯改。

梨花想想伤心，做得辛辛苦苦，账都不记，不是白做了？索性不走，懒在铜板家门口哭，又哭又唱：啊呀老天啊，我可怜啊，我做死做活，工分都不把我记上去啊……

铜板听了出来骂一通。铜板老婆忘掉自己是逃到汪家坞来的资本家老婆，也在边上添油加醋：你个地主婆不讲理，你个地主婆耍无赖！

鼓三听听吵不过，就对梨花讲：你再哭，你再唱，再哭再唱我就一板凳丢过来敲死你！

264

梨花懒得睬他，还顾自己哭唱。鼓三没面子，真的拿出一根板凳，往梨花头上丢过去。还好鼓三的技术差，丢歪了，往梨花头发上飞过，把鼓三自己种下去的一株梨花苗打断。

哭哭唱唱没用，后来梨花就到队长那里反映。队长老早就怀疑鼓三以权谋私，乱记工分，就是拿不到证据。他对梨花讲：你寻人出来证明，我才好帮衬你讲话。梨花的记性真好，把某天在哪里做工夫，做什么工夫，天公落雨还是晴，落大雨还是小雨，和哪两个婆娘站一起，一起谈什么天，全部讲灵清。再去寻那几个婆娘，婆娘讲不错的，那天我是站她旁边，是谈过这几句天。

队长就把鼓三叫来，批评了几句，还要他把梨花一家人漏掉的工夫全部补上。

队长家里人工分没有多记，舍得批评鼓三。后来分东西和贫下中农一样多分，就不舍得批评了。有一回大湾里苞萝掰掉，斤两称好，本来当天夜晚就要分的。有稻和队长商量了一下，对大家讲明朝再分。

当天夜晚算算，锄柄一家人顶少有三百斤好分。哪晓得第二天一分，只有两百斤苞萝分到家。小泥和草根也古怪，讲分得少了。后来我奶奶讲，头天夜晚她就看到好些人家分到粮草了，估计总是贫下中农先分一回，再全部打拢来又分一回。这样一来，地主人家粮草就少分很多，贫下中农人家多分了不少。

梨花听了气半死，讲：这就是造两道方案。先造一道贫下中农的，再造一道整个队里头，包括地主的。我争死争活争工分，顶后头还是让他们骗去了。嫁到地主人家，做死都白做，到头来总是吃亏。

本来一家人就不够吃，粮草还要特意少分你，这样下去没有法，要饿死人。锄柄不会算账，只晓得肚子饿难受。等死弄不来，不分给我，我就自己弄点来吃吃。夜晚歇工，大家都把中午砍下来的柴火一担担挑回家。锄柄特意走了后面，说再摘点猪草回家。钻到苞萝蓬里，东一只西一只，专门寻生得多的苞萝秆上动手，尽量不让人家看出来。没多久，就掰了好多下来。腰上解下大手巾，把苞萝装好扎紧，再塞到柴火芯里，多捆两道藤，省得挑到路上掉出来。

偷苞萝不容易，一回不好偷太多，一片苞萝里也不好偷太多。让人家晓得不好。锄柄歇工后，总是把大手巾扎一个袋，往苞萝地里摘猪草。有一回，刚刚钻进，就听到里头有声音，好像是野猪偷吃。蹲地上看半天，喂呀，是草根，也在那里偷苞萝。

过了些时候，到苞萝地里看到的就不光草根了，还有白洋金条大疯子鼓三，黑撞撞都撞到过好两回。大家就好像没看到对方一样，只讲一声"不大有猪草摘啊"，就走边上去了。寻到一个没人的位置，又嗯嗞嗯嗞偷它一家伙。

后来，整个生产队里人都是白天做君子，夜晚做贼骨头。大家偷来偷去，都是小锅往大锅里偷，大家都没有多起来，粮草总归不够吃。加上汪家坞山多地少，多少年以来粮草都不够，县里批准汪家坞这种山区可以买高价粮，价钱比居民户贵一些。有得买还要有钱买，大家都没有钱，就是人家肯卖，汪家坞人也买不起。

有一回杨村桥那边来了一个男人，名叫大耳朵。大耳朵到汪家坞一份人家一份人家嬉过去，后来也到锄柄家里来了。锄柄一望是杨村桥来的客人，招待得很客气，讲：等下到我家吃夜饭，我家里可怜，没有好东西吃，你不要嫌差。大耳朵问粮草够不够吃，锄柄讲：哪里够啊，年年都不够，公社里批把我们汪家坞人高价粮买，就是拿不出钞票，要买也只有买个担把吃吃。

大耳朵就笑了，讲：锄柄呃，你是坐了金窟里装穷啊。

锄柄也笑了，讲：哪里哟，我还坐了金窟里，满山头都是树啦草啦，就是看不到多少粮草。

大耳朵讲：这个满山头的树，不就是钞票啊？

锄柄讲：我晓得树值钞票，那钞票跟我也不相干。不要讲我不敢碰那些树，就是生产队里都不敢乱碰。砍一棵树都要大队里批过的，哪个敢动？

大耳朵讲：锄柄，不是我讲你啊，你也真是太老实。老古话讲得好，饿死胆小的，撑死胆大的。你肚子饿，吃不饱，就是胆子小。

锄柄笃笃头，讲：是的，我就是胆子小。解放以后把我成分划了地主，胆子更小了，天天心里别别跳，只怕把我拉去批斗。

大耳朵讲：你胆子小，不也时常要到长宁去挨批斗？就是胆子大点，犯点错误，大不了也是挨一回批斗。斗了这么多回了，多斗一回两回怕什么？

后来大耳朵就对锄柄讲，只要你把树砍倒来，藏了某个位置，我夜晚会来背的，价钱是十块钞票一棵，不嫌你多。只要你有本事砍树卖，你以后就是天天困了金窟里一样入味。

从大耳朵到我家里来过后，锄柄、梨花、尿妹、狗绪四个人就都成了半夜鬼。绪香和我两人老早就上床困觉。困到半夜，就听到家里有人谈天，一个个话都藏在喉咙底讲——"朝这边走"、"朝那边走"、"慢慢丝"……好像是人和鬼谈天。有两回实在是吵得我困不着，就开眼望，只见锄柄带了大耳朵一起抬树，梨花在旁边照电筒。尿妹和狗绪不时从门外跑进来，通知大家，声音还是藏在喉咙底——"平安无事"。

还有两回，不光尿妹和狗绪要帮忙，连我二姐绪香夜晚也不要想困。

大耳朵到我家里进出几回，我家里吃的伙食就好点起来了，吃得顶多的就是锄柄和狗绪。狗绪就是小锄柄，饭量也很大，吃相还很难看。不晓得是不是吃食堂的时候传下来的毛病，狗绪吃饭总是侧过身吃，你只看得到他半个脸，背脊还佝了那里。你两眼没看到，他一碗饭就下肚，半碗菜就没了。你要是仔细望他一下，他又侧了侧身，佝了背讲：没有，我没有吃过。你再一个不小心，他三碗饭下去了，还偷看你一眼，讲：我还是头一碗啊！

全部是粗菜也莫管，要是烧了碗猪肉，饭桌上的筷子就要打架。特别是锄柄和狗绪两人，你一块我一块，一下就叫菜碗见底。到了顶后头一块，两人筷子钳筷子，锄柄的眼珠往狗绪一滚，狗绪头一佝，筷子还不肯放。梨花怕狗绪头上要挨打，就过来帮忙，把猪肉从中央夹开，大的把锄柄，小的把狗绪。

有猪肉进肚，还有得多吃饭，狗绪砍树背树的积极性很高。到后来，他不高兴帮衬锄柄放哨，开始搞单干。他一单干，我就吃他苦头。他一定要把我抓去当壮丁，给他当哨兵。到山上去背树的时景，叫我站在路底下候人，看到有人来了，就装猫头鹰叫，"嘟嘟——呜！""嘟嘟——呜！"

十几年以后我在杭州打工讨老婆，摆酒那天夜晚闹新房，大家逼牢我表演节目。不出手怕过不了关，只好表演了个猫头鹰叫，还学了好多种叫法。连我老婆都一起表扬我，夸我学猫头鹰叫学得真像，真好听。老天呃！他们哪里晓得我是小时候帮衬我大哥狗绪偷树时景练出来的。不是我练得刻苦，也实在没有办法哎！

不能说学了猫头鹰叫就没事，弄不好出门要撞车。有两回我跟狗绪上山，还没动手背，山角落头就有"汪汪汪"的狗叫声，这个狗叫声也太难听了，狗绪佝地上听半天，摇了摇头，讲：不是狗叫，是人叫。还有两回撞车，我们听到是鸟叫，清明边的那种鸟"清明～～鬼叫"，一听就是口哨声。还有，就是人咳的声音，"啊——哼嗯！"老天，哪里是咳，明明是装出来的，装得也太不像了！狗绪对我讲，你不要学他们的声音，还是学猫头鹰好，你别样本事没有，猫头鹰叫学得还像。

后来狗绪聪明起来了，夜晚出门都轻手轻脚的，我也跟牢他的样子，像蛇一样在山上慢慢丝丝滑去，一点声音都没有。这样子一来，狗不叫、鸟不叫、人不咳，背树的人一个个都看到了。小泥草根出现了，白洋金条出现了，铜钱铜板出现了，还有有稻啊、大疯子啊、笑柜啊，都在黑咕隆咚的路上背树。

事情是江山人先弄出来的。金条前段时光砍了山上的一棵树，藏在芒杆丛里好久才去寻，结果寻不到。查来查去，讲是铜板和儿子鼓三背去卖掉了。金条对铜板意见很大，就想害他。有一回，看到铜板两父子背了好几棵树到家里，趁他还没有出手，金条就跑到长宁，向大队里反映，讲汪家坞铜板家偷集体的树，破坏山林。

大队干部心煞，带了一大帮人到汪家坞来。不查不晓得，一查，好些人家猪栏里茅厕里屋弄里都藏了树，都是用稻草芒杆盖着的。有些人家手脚快，背到屋后山上丢掉了。地主家里人不敢动，查得早，一棵都逃不掉。锄柄昨夜刚刚出手一棵，还有两棵漏了马脚。

大队的政策是，家家要自己派人把树背到大队里去，算是没收。另外，查到一棵罚一棵，价钱也是十块。锄柄和梨花一人一棵背到长宁，一路背一路争口。锄柄讲：去过头，晓得这样昨夜全部出手，便宜点也出手了！梨花讲：都是你，叫你出手你不出手！叫你藏黄泥地里你不藏，这下好，树没收，还倒贴二十！

还好是走在大路上，要是在家里，两人又要好好打斗一回，打得家里鸡飞狗跳。

苦头还在后面。过了两天，大队里通知家家派代表到长宁开会，还点名讲哪些地主一定要来。开会是有工分拿的，不管是在台下听的，还是在台上挨批斗的，工分都拿十分。锄柄天早吃饱饱，准备在台上站一上午。

大会堂门口乌海海都是人，台上讲话的还是那个大队干部，站在大队干部斜对面的一排人，还是那些地富反。

这回大会上讲的，除掉"把文化大革命进行到底"之外，就是"打击偷盗"和"保护山林"。

大队干部一开口，又是一串的这个这个、那个那个，讲到后面讲不灵清，又用长宁腔开始骂人：这段时候社员里头偷盗行为很多，破坏山林行为很严重，某某人偷什么，某某人偷什么，有的已经让公安局抓去坐牢。还有些没有坐牢，问题也很严重！

讲到这里，他指了指锄柄，讲：锄柄，你最近砍了不少树，卖了不少钞票啊？

锄柄侚在那里，讲：我没有，就砍了两棵。

大队干部讲：你为什么要去砍树啊？卖把哪个啊？

锄柄讲：我没有卖，也没有砍，是山上捡来的，想请木匠来做几只水桶。

大队干部讲：做水桶就好砍木头啊？山上有这么多木头好捡啊？你胆子很大呃！

锄柄讲：我是跟人家样，大家都到山上捡，我就……

大队干部讲：胡说八道！你跟样？你肯定是带头的！你们汪家坞偷木头的人不少，肯定是你们地富反带的头，把贫下中农都带坏了。你们台下的贫下中农听好了，今天把地主分子拉到台上来批斗，不光光要批斗地主分子，还要批地主分子的坏思想！你们一定要看灵清，想灵清，要勇于跟坏思想斗争，千万不要学坏样！

问过了锄柄，又把邵金贵叫过来问：邵金贵，你最近也偷了不少木头？

邵金贵有气无力地讲：我不是跟牢你去偷的啊？你走前头，我走后头，回回都看到你！你大队干部都好偷，我地主分子就偷不得？

大队干部手里刚刚捏了本毛主席语录，一听邵金贵揭露他偷木头，马上就把毛主席语录往邵金贵脸上丢过去。可惜这本语录本太小，丢在邵金贵头上，一点都不痛。

大队干部不过瘾，冲到邵金贵面前，举手就赏他两个大巴掌，骂：你污蔑大队干部，污蔑共产党！再污蔑，我就打得你地上爬，叫你站到夜晚站天亮！你个地主分子，真是坏分子，往年你和你爸爸一起剥削村坊里的长宁人民，今天你还破坏山林，还无法无天，再不服从改造，我就把你送到县里去枪毙！

今天大队干部的火气很大，主要对牢邵金贵。锄柄站了旁边吓得咯咯抖，想想这个大队干部真是威风，骂人骂得台上台下鸦雀无声。服不服？锄柄想想，嗯，我服！

批斗会开歇，到汪家坞还是做工夫，站了一上午，下午就做得很吃力。吃夜饭时光，想多吃点下去，哪晓得梨花心痛罚掉的二十块钱，饭和菜都烧得少了。狗绪不管，想吃还是吃，烧得越少，越要抢吃，不抢就没得吃，饿了难受。

锄柄和狗绪两人你一碗我一碗，你一筷我一筷，饭甑里头的饭和桌子上的菜就差不多了。狗绪一筷子飞过来，刚刚好和锄柄的筷子在菜盘里打在一起，锄柄火了，拿起筷子就往狗绪头上闷过去。啊哟！狗绪把头一摸，打出一个包来了！不管，还是拼命吃。

尿妹过来夹菜，心里吓抖抖，把一根扁豆夹到半路上掉了。锄柄又是一筷子飞过去，也打得她头上起包。

绪香躲在厨房间里盛饭，饭没了，就刮底。刮了半天刮不出，刚刚好锄柄过来，又是一个栗子壳，打得她往边上逃。

等锄柄把饭甑底的饭刮来上桌吃饭，桌上的菜都让狗绪扒干净了。我手脚慢，只好拿了盘子，把顶后头几滴汤往饭上浇。

锄柄一望，又火了，往我头上也飞了一个栗子壳落来，打得我头脑里直冒金星。我娘梨花看了心痛，骂他：你打肮脏寻死啊！吃饭么吃饭，专门打人做什么！

锄柄盯牢我眼睛骂：菜都吃光了，我吃什么？

我不服，对锄柄讲：不是我吃光的，是狗绪把菜扒到碗里，躲边上去吃了，我只吃了点汤。

狗绪老早三口两口吃歇，抹了抹嘴，讲：我没吃，姆妈，我肚子饿，还想吃！

锄柄火了，就把筷子丢过去，刚刚丢了狗绪的头脑壳上，痛得他哇哇叫。狗绪就骂：你个地主反革命！只会一天到夜骂人打人！

锄柄一听更火，把手上那只碗也飞过去了，吭当一声，还好，碗打在交椅上，破掉了。狗绪边逃边骂：锄柄！你个地主反革命！你偷苞萝偷红薯，你破坏山林，我要到大队里去报告，拉你去批斗！

锄柄追出去，追不到。狗绪在后山上骂：斗你，斗你！斗死你个坏地主！

狗绪越骂越味道，越骂越恶毒。哪晓得，锄柄也不是好对付的。不晓得什么时候，他把家里那把狗头铳寻出来了，躲在狗绪旁边，朝天放了一枪。

砰！一声响过，狗绪倒在地上。

爬起来以后，狗绪望见锄柄用铳指牢他的头：你再逃不逃？你再骂不骂？

狗绪讲：我有没有死？我还活的啊？

锄柄冷笑一声，讲：你狗命还在，把我老老实实回家，我要料理你！你要不老实，我就朝你头脑壳上再放一枪，叫你一命归天！

狗绪魂丢了一样走到家里，锄柄就用绳索把他捆在柱头上，一顶高帽又戴他头上。

毛竹丝桠寻来，往脚上抽一下，问一句：你再骂不骂？又抽一下，问：你再逃不逃？

毛竹丝一下又一下，抽得狗绪靠牢柱头乱跳乱叫，一声声只叫姆妈。

姆妈梨花听了心痛，骂锄柄：好歇歇了噢，再打下去要打死人的，打死又不好吃，不好当饭吃的噢！

锄柄刚刚去吃口茶，转身一望，梨花把绳索解开，把狗绪放掉了。锄柄就拿梨花出气，对牢梨花拳打脚踢，梨花抓牢锄柄的头颈，大声喊：救命呃！快点来帮忙！把这个坏地主打倒来！

梨花一声命令，尿妹啊狗绪啊都冲上去了，绪香和我也参加革命。

四个人在后面把锄柄的手脚都揿牢，梨花爬起以后把他头揿牢，往他头上打了好几拳，边打边骂：打死你个坏地主！打死你个恶地主！打倒你个反革命！

锄柄让梨花打痛了，不晓得哪里来的力气，往上一颠，把我们五个人全部颠开，骨碌一下就爬起来了。

老虎爬起要吃人！快点逃！

逃到门口，就听到锄柄拖牢我姆妈梨花头发狠心打的声音。一脚头把他踢出门外，还加一句：你把我滚蛋！不要进我家的门！

梨花冲冲跌跌滚到天井坪，就赖了那里又哭又唱了。

狗绪逃到两丈路外的鸡笼边，对牢家里的锄柄骂：你个恶霸地主！我要向毛主席报告，把你拉去枪毙！

尿妹也在两丈路外的茅厕边骂：你不是人！你个坏地主！

我跟了绪香躲了毛竹林里，也举起拳头呼口号：千万不要忘记阶级斗争！

不管是长宁人还是汪家坞人，总在我爸爸锄柄背后骂地主，说地主很会剥削，是反革命坏东西。有时光我也想不通：我爸爸在外面总让人骂让人欺，看上去很老实，比贫下中农还要贫下中农。进家门就换了一个人，他对家里人又骂又打，牙齿骨咬得咯咯响，很吓人，怎么看都是个坏地主，恶地主。我从小就恨他，很同意贫下中农的意见：坚决打倒地主反革命！

那几年没粮草吃，大家肚子一个个精瘦。偷粮草有人捉，偷树有人管，本来想自己多种点粮草，结果刘少奇打倒了，北京粮也不让种。不要讲山上自己挖出来的自留地，就是屋前屋后都不让你多种。上头通知下来，家家户户只能在菜园地里种菜，屋前屋后的自留地规定了一个标准，就是离墙两丈远以内好种，两丈外不准种，种出来就是资本主义尾巴，要派人来割。

讲是讲不准种，种的人还是很多。汪家坞离长宁好多路，山头又高，天高皇帝远，想想总不会管那么严。

大队干部很革命，带了一帮人到每个生产队里转来转去，连汪家坞生产队也没放过。那帮人在有稻家里吃过酒肉饭，寻了根晾衣裳的毛竹棍，量了尺寸，开始动手做工夫。他们的工夫就是到家家户户去量，超出范围种的东西，全部拔掉。

先到两份地主人家，把两丈外种的南瓜啦、豆子啦、红薯啦，一根根拔掉。

我爸爸锄柄不出声，只好让他们拔；小泥草根也不出声，把意见藏心里。

到了贫下中农家里，那些人就熬不牢了。家家都讲大队干部管得多，不让人种东西，想把贫下中农饿死。顶不老实的就是铜板儿子鼓三。鼓三是贫下中农代表，在生产队里也算有地位的。看到大队干部到家里来割资本主义尾巴，心里又气又怕。他逃到屋后山上，看到大队干部拔菜苗，边跳边骂，脸孔绯红，咬齿骨咬得咯呼响。一下用长宁腔骂：你个短命鬼，把我辛辛苦苦种出来的菜拔掉，你们都是狗操的，没得好死！

大队干部朝他望望，有点想上来捉他的意思，他就往山后逃出一丈远，还是又跳又骂，这回改成了江山腔：你个的么决鬼！的么决鬼！吭的好死个！

金条白洋那些江山人，家家看到大队干部来拔菜，心里都出火。有的躲了边上看，边看边唠里叽咕。胆大些的，也用江山腔骂，都把"的么决鬼"的帽子一顶顶送给大队干部戴。

等大队干部走掉，鼓三肉痛得紧，坐在屋后山上哭了好久，流了不少眼泪水。

过了两天，他又寻了些苗来，照原在屋前屋后两丈以外的位置种上。边上那些姓须姓闾姓汪人家，有的也学样，一点点种起来了。哪晓得，有稻专门到大队里报告，讲哪份人家种了多少，哪份人家背后骂人。大队干部又到汪家坞来了几回，讲不能让资本主义复辟，就到家家屋前屋后量了又量，把资本主义尾巴割了又割，割得大家心伤透，不敢再种为止。

自留地不好多种，山上树不好乱砍，队里粮草不好乱动，分来的粮草笼里笼总就这么多，不动点脑筋，大家要活活饿死。不要说吃饭，油盐酱醋糖这些东西，多少总要买点在家里。人不好过，要到医院看病；过年过节送人情，请客吃饭；一家人过年的新衣裳，都要用钞票。总归钞票是好东西，有了钞票什么好吃好用的都好买，大家都晓得这个道理，就是想不出法子弄钞票。

有一回我姆妈梨花到杨村桥，在供销社里碰到一个老太婆，说是居民户，钱是个个月都有得发的，想买点鸡子补补身，到处都买不到。我姆妈梨花就问老太婆歇哪个位置，老太婆讲就在百旗山脚底某位置。梨花讲：我家里母鸡天天生子，过两天我拿来卖把你。

梨花在家里余了不少鸡子，那两天母鸡也听话，天天很争气。等余了二三十个，梨花就把鸡子藏了背篓底，有天半下午背到岗外，越背越远，就背到杨村桥去了。到了夜晚边，再到杨村桥，卖把百旗山脚的老太婆。拿出鸡子一望，有两个子有点震破了，梨花心里很肉痛。老太婆倒讲道理，讲吃也好吃的。后来梨花就算了一半的价钱卖了这两个子。

等梨花把背篓背到家，天公都漆黑了。路上碰到白洋，问做什么去了。梨花笑笑，讲我摘猪草。白洋阴阳怪气，讲：你这样勤力？半夜里还摘猪草？也没有摘多少啊？

梨花不响，顾自己走。白洋又补一句：你们地主人家要当心，不要搞资本主义活动啊！

听白洋这么一说，加上心里也有鬼，梨花就很难为情。过了些时候，家里鸡子又余了几十个，这回不背背篓了，省得又碰到白洋这个坏东西。她寻了只小菜篮，把鸡子藏好，边上又塞了些软稻草，上面盖了一块布，布上面又藏了几块豆腐干。

样子是走亲戚的样子，大路上还是不敢走。那时国家是不准户头上私下卖东西的，哪个卖东西就是搞资本主义。当面个个都搞共产主义和社会主义，资本主义只能背后偷偷摸摸搞一点。卖几个鸡子是小事，让人家捉牢，拿去批斗就是大事。

梨花想了想，还是爬到后山，翻过芒杆蓬和树林，逃荒一样到了西叉坞，再往大路上走。衣裳是走亲戚的干净衣裳，脸上头发上都在山上沾了不少肮脏碎，自己还不晓得。越走越高兴，到了百旗山脚看到老太婆，老太婆拿出镜子让她一照，梨花才晓得自己的花猫相。她就笑着对老太婆讲：我也是没办法，把这几个鸡子卖把你也不容易，一路上只怕有人问，有人查，要查到我搞资本主义，就讨厌了，我本来就是地主人家，苦头吃尽哩！

除掉卖鸡子，还有一条活路是挖草头药卖。汪家坞山上到处都是草头药，就是不晓得什么值钞，什么容易挖。有稻到长宁收购站去问，还拿了样品回家，一个人偷偷摸摸在山上挖，挖了晒燥，就挑到长宁卖。汪家坞人眼睛尖，看到有稻家门口晒了好些草根，就晓得是拿来卖的，也学了样到山上去挖。后来有人出来讲，挖草头药卖也是资本主义，相当于种自留地。要是大家都去挖草头药，荒了集体的地，社会主义不是失败了？就是你天早夜晚到山上挖，也不对。力气都用在挖草头药上头了，白天做工夫就不肯出力。

这些怪话传出来后，大家就不敢大模大样挖。一个个都躲山角落头，看到边上没有人才挖点，到了家里也偷偷摸摸洗，偷偷摸摸晒，偷偷摸摸弄到长宁收购站去卖。

锄柄挖草头药不在行，还是梨花在行些。后来两人分工，锄柄有空就在自留地里做，梨花带一帮小人到山上摘草头药挖草头药。有两回，我也跟我姆妈梨花上山挖草头药。山上有好些草啦花啦我都很熟悉，什么金银花、野菊花、百合花，什么蛤蟆草、金钱草、鱼腥草，还有好些树啊草啊的根，都好当草头药卖。有了这些草头药卖卖，汪家坞人多挣了口饭吃，不晓得救下多少条命。

可惜，越是救命的事，大队里越不让你做，越是要开会批斗。

等到汪家坞人都学起弄草头药卖，有稻又去打报告了，讲汪家坞风气不好，资本主义复辟回潮，要好好抓一抓。另外几个生产队也打报告，大队里就决定开个会，一方面宣传一下中央关于文化大革命的通知精神，念一念毛主席语录，顺便讲一讲眼目前大家白天搞社会主义、夜晚搞资本主义的错误行为。

场面还是那样的场面，台上台下还是那样些人。

大队干部批评了各个生产队当前的风气，后来一个个点名，点到汪家坞生产队的锄柄，讲：锄柄，这个这个，你最近有没有搞过这个资本主义活动啊？

锄柄讲：我天天在山上做工夫，挖地种粮草，挑挑背背，没有搞资本主义活动。

大队干部问：听讲你家里卖了不少草头药，挣了不少钞票啊？

锄柄讲：我们也是跟样的，我家女人跟人家上山，挖了一点草头药。

大队干部讲：跟样？你肯定是带头的。贫下中农同志们，是地主跟贫下中农学样，还是贫下中农跟地主学样？啊？学好的样，肯定是地主跟贫下中农学的；学坏样，肯定是贫下中农跟地主学的，你们讲是不是？

大队干部又讲：同志们，资本主义行为在贫下中农身上，也或多或少出现过。但是，同志们，行为出在贫下中农身上，思想根源，啊，思想根源还是出在地主分子的头脑里，根本的，彻底的，啊，还是地主分子带了坏头，所以同志们，我们今天开会，主要是批判地主分子的剥削思想，批判资产阶级思想，大家都要对照对照，千万不要忘记阶级斗争！

锄柄听了心里直叫苦：事情出在贫下中农身上，批斗要挨到我地主头上，唉！

大队干部把锄柄批好，就把邵金贵老婆叫出来。听讲邵金贵不老实，总是和大队干部争口，后来大队干部叫民兵打了他一通，伤在家里养身子，不会行动了。这段时候开批斗会，都是他老婆出来顶，代老公吃苦头。

大队干部讲：金贵老婆，那个那个，你最近有没有搞过那个资本主义活动啊？

金贵老婆讲：我家金贵困床上困了好几个月了，我白天做工夫，天早夜晚要服侍他。一个人都老老实实在生产队里做工夫，都听党的话，没有搞过资本主义活动。

大队干部讲：你真的没有搞过别的活动？都听党的话？

金贵老婆不像金贵样牛头，她很会讲话，就对大队干部讲：呃，我家金贵现在老实起来了，在家里都讲你好，讲你本事，讲以后要听你的话。我一家人，第一要听毛主席的话，第二就听你的话。

大队干部听了哈哈哈笑，对金贵老婆的话很满意。

旁边一个什么干部推了推他的手腕，讲了句什么，大队干部就又把脸孔放下来了，很严肃地讲：金贵老婆，你这种话不就是资本主义么？你专门讲好话，拍马屁，就是资本主义的糖衣炮弹！同志们啊，我们要当心啊！千万不要上当，阶级敌人亡我之心不死啊！

骂是这样骂，心里头对金贵老婆的话还是很满意，就舍不得骂得太煞手。过一会，就去骂边上那些地富反了。

到汪家坞去的大岭上，锄柄越想越不服气，那个大队干部什么鸟东西，天天开会讲那两句，不是阶级斗争就是资本主义，炒冷饭炒得人家恶心。这种干部天天坐台上念经，一天到夜不做工夫，不就是资本主义么？整个长宁大队里顶严重的资本主义，就出在这个大队干部身上。他除了搞资本主义，就是搞妇女，把长宁村里妇女搞了不少，还要人模鬼样在台上问我有没有搞过资本主义活动，真是天晓得！这种干部的思想，比我锄柄还不如，比我差得很，要是轮到我当干部，我头一个就要把他拉到台上来批判，我不光要用开水浇他的头，还要用脚踢他屁股，用巴掌打他的脸，用鸡巴叩他的头！

越想越火，吃夜饭的时候，又把尿妹狗绪绪香肮脏一个个拿出来批判。到了家里头，他不是地主了，变大队干部了，梨花和四个小人变地富反了，随他骂随他打，锄柄就成了一个很威风的人。你想走开不听还不来事，他边吃边骂，边吃边批判。只要你想吃家里的饭，你就只好把耳朵竖那里听，听他讲你某年某月做了某件错事，讲了某句错话，他别的记性不好，四个小人做错的事记得很牢，比生产队记账员鼓三还本事，还能干。

梨花讲：不要翻老皇历了，小人都大起来了，老皇历上的事也越来越多，你一样一样都背出来，烦不烦？

锄柄一点点都不嫌烦，一翻起四个小人做错事的老皇历，就好像一个七八十岁的老太婆一样，削薄的嘴唇皮翻过来翻过去，念一遍又一遍，念得你头痛还不肯歇。

过了几个月，广播里不唱歌了，一天到夜放很伤心的哀乐。贫下中农一个个都眼睛红红的，讲：毛主席过辈掉了。

又过了些时候，有稻的孙子天早到汪家坞小学上课，一进门就举了拳头呼口号：打倒"四人帮"！打倒王张江姚！

后来一问，讲有稻昨天夜晚到长宁开会，上面说"四人帮"倒了。王张江姚四个人里头顶有名的就是江，是毛主席的老婆。

长宁大队的干部也换过了，批斗会好长久没有开。后来有人传话来，讲文化大革命不闹了，结束了。

那年汪家坞人过辈的不少。金条白洋铜钱铜板过辈，我奶奶也过辈。大疯子过辈之前要儿子孙子到江山去上坟，讲他是佟家人带大的。他的娘——佟家女人死得早。究竟怎么死的，他还是没有提起。

锄柄对文化大革命不关心，顶关心的是饭有没有得吃，会不会饿死人。还好，大队干部不太管汪家坞的事了，家家自留地越挖越多，越种越多，就好比刘少奇又活过来一样。

到山上挖草头药也不偷偷摸摸了，家家门口天井坪里都晒了一大堆，一担担往长宁挑。除了挖草头药，还砍芒杆卖，说运出去造纸用的。汪家坞山上到处是芒杆，砍芒杆比挖草头药还挣钱。那段时候，家家都上山砍芒杆，家家都把芒杆一担担挑到长宁收购站去卖。

尿妹和狗绪越来越会做，特别是狗绪，力气很大，饭量也很大。老早要吃三四碗，这时五六碗都吃不饱了。一到夜晚边，狗绪就和锄柄又争饭争菜吃。两人你讲要吃这碗菜，我也欢喜吃这碗菜。这个筷子钳来，那个筷子就飞来。好几回两人的筷子在菜盘子上头比力气。

有一回，锄柄抢不过狗绪，一块猪肉让狗绪抢去吃了。心里一火，就往狗绪头上赏过去一个栗子壳，打得他哇哇叫。锄柄讲：你是强盗出世啊？你跟老子抢吃？你年纪还小啦，以后吃的日子还长啦！我把你们一帮小人带大容易不？我一天到夜做死做活，该不该多吃点？

狗绪讲：你该吃，我就该饿啊？我天天肚子饿，吃不饱！

尿妹也讲：有得吃么大家分点吃吃，你们只晓得争！

绪香讲：我也要分点吃吃，天天只看你们两人抢吃！

我自作聪明，出了个好主意，讲：你们不是总讲往年吃食堂买饭菜票不好，依我讲，还不如吃食堂，家里也分饭菜票吃，省得你们多吃多占！

锄柄一下望望这个，一下望望那个，气得讲不出话来。听我讲还要分饭菜票，更气了，讲：你个活鬼，讲什么鬼话！你们一个个都讲我争吃，到头来我一点功劳都没有？把你们辛辛苦苦带大，多吃两口饭菜都不能够？你们一个个小人都活鬼相，还讲我不对？

梨花总结批斗会，讲：那是你不对！人家当老子的都晓得肉痛小人，叫小人多吃点。你倒好，只晓得和小人争吃，还像不像个做老子的样子？

多少年没有这样气过了。老虎不发威，你们当我病猫了！

想到这里，锄柄心里一横，就把桌子推个翻面，一堆的饭碗和盘子都打到地上，饭菜都和地上的鸡屎和了一堆。

轮到狗绪火了，他心里很肉痛，对牢锄柄喊：你个地主分子！又搞破坏了！我饭还没吃你晓得不？我本来就吃不饱，你还要把饭菜倒地上，你是不是人啦？

锄柄追过来就打，狗绪往边上一躲，锄柄打了个空。锄柄还以为狗绪要逃，就骂：你逃你逃，有本事你逃！

狗绪突然牙齿一咬，讲：要逃？我为什么要逃？

锄柄呆掉了，讲：嚯嘀，你本事起来了，翅膀硬啦？你有本事站这里，我去寻铳来，今天夜晚一定要灭掉你！

狗绪讲：你去寻，寻到我先把你打倒来再讲。

锄柄到房间里寻了半天，寻不到铳，就寻了根绳索，又要把狗绪捆柱头上，讲：今天我要好好料理你，不用铳打你，用棍子也要把你打打死！

锄柄过来抓狗绪，照往年的力气，一把就把狗绪翻在地上，捆在柱头上。哪晓得今天不比往年，自己都靠五十的人了，狗绪一天天大起来，成了后生家。他抓牢狗绪，翻过来翻过去，就是翻不动。顶后头，不隆咚一声，栽下去了，不是狗绪，是锄柄。

狗绪凑手就用那根绳索把锄柄捆了手脚，再扎在柱头上，扎个铁紧。

狗绪学了往年锄柄打人的样子，到厨房里寻了根毛竹桠来，往柱头上抽了一下，只听呜啦一声，吓得锄柄咯咯抖。狗绪讲：我要是不看你是我老子的面，我今天就用毛竹丝抽死你！

锄柄讲：你本事了，你抽来好了！

狗绪往柱头上抽一下，骂一句：你个坏地主！你个恶鬼出世的东西！

抽一下，又一句：你想想看，你打我打了多少回了！你欺负我欺负多少回了！你做大不像个做大的样子，你只想自己吃，也不让大家吃！你是不是人？

梨花也过来了，用手指头指着他眼睛乌珠骂：你个地主分子！我嫁你这种地主是头世作了恶，今世黑了眼，啊？我一嫁把你，你就天天骂我打我；有了尿妹你骂尿妹，有了狗绪你骂狗绪，有了绪香肮脏你也骂，你也打。把子女当畜生样骂，当畜生样打，你晓得不，他们都是你生的，是你的后代，你就是把自己当畜生！

和另外一个山坞里人认了亲、还没有嫁过去的尿妹，也过来骂：这种老子天底下少有！不光光打人，边上寻到什么就用什么打，尿啦屎啦都会浇我头上来，你还是人啊？比畜生还不如！

绪香讲：难怪村坊里人都讲地主坏，我家这个地主就坏！

我也补一句：你是恶霸地主！我们大家要一起打倒你！

狗绪从房间里把那顶高帽寻来，给锄柄戴上。毛竹丝又往柱头上抽一下，煞手骂：你个地主反革命！你个恶鬼出世！你下一回再打人，我剥你皮抽你筋！

毛竹丝呜啦呜啦，一下一下抽了柱头上，锄柄听去，就好比抽到自己心头孔上一样，吓得脸都青掉，腿都软掉。

梨花带了几个小人，一起举拳喊口号：打倒地主反革命！把无产阶级斗争进行到底！革命到底！斗争到底！

锄柄眼光暗下来，软下来，又像笑又像哭地对我姆妈讲：梨花呃梨花，"四人帮"都倒台了啦，文化大革命结束了啦，你还要开批斗会啊？

梨花讲："四人帮"倒台，你地主就好上台啦？就想搞复辟啦？我代表贫下中农盼咐你一句，"四人帮"倒台了，你还是地主，你还是反革命。村坊里人我不管，我们五个人还是要和你斗争到底，坚决打倒你个地主反革命！

大家都跟着梨花呼口号，都讲要和锄柄斗到底。

锄柄听了很伤心，头一歪，眼泪水像面丝样挂下来挂下来，嘿嘿嘿哭了，讲：我锄柄，可怜啊！我一世人辛辛苦苦，里里外外做地主，我是个可怜的地主啊！

梢尾几句话

"尿妹狗绪绪香肮脏。"我姆妈梨花坐在杨村桥家里，一看到我就高兴地喊。

我东张张西望望，对姆妈说：尿妹狗绪绪香都没来。梨花拉牢我的手，摸了摸我的脸，肉痛地讲：我晓得哩，我就叫你肮脏一个。

我一想，我姆妈梨花还真的是老了，一脸的老皮，又黑又打皱。力气没有了，本事没有了，脑筋里总还记着四个小人，叫我名字的时景，还要把前头三个齐齐叫出来排个队。

我爸爸锄柄人不好之后，就把家谱交给我，我到处查来查去，算是把我们姓汪人家的来龙去脉弄灵清了，也把我家做地主的前后弄灵清了。我打电话给我老婆，讲家里往年做地主时光是有些白洋余下来，解放以后被没收了，老祖宗除了留了个地主的罪名给子孙后代，什么都没给我们留下来。我老婆一听没财好发，就叫我赶快回杭州，帮衬她候店，做生意挣钱要紧。我也没良心，就把半死不活的锄柄丢在杨村桥，顾自己到杭州来了。

"尿妹狗绪绪香肮脏。"等我姆妈梨花又这样叫我一遍的时景，把乌黑的老手伸过来摸我脸孔的时景，她看到我丈人老头站在后头。

我对我姆妈讲：这是我丈人，是到汪家坞来做生意的。我丈人佬一口的杭州腔，看到梨花就对我讲：啊哟，岸绽，你个姆妈毛歪①哩！梨花耳朵很灵，一听人家讲她歪，也不晓得讲她人坏，还是站得歪，总归是骂人的话，就不大高兴。我拼命讲：我丈人讲的是杭州腔，讲你歪，就是讲你身体好！我姆妈冷笑三声，讲：你还想骗我？讲我歪么，还是里头那个更歪。他是又坏又歪。我姆妈讲的那个人，就是困了床上的锄柄。

我丈人佬也不管我姆妈高兴不，心里只想着生意。我一个在建德的朋友，听讲汪家坞上峰塔有铜矿，就打电话给我，想和我一起挣钱。我从小就听讲过上峰塔里有铜矿，心里就活动起来。后来和丈人佬商量，叫他一起想办法。上峰塔本来就是我爷爷手上买来的

---

①杭州话。毛，很；歪，老年人健康。

山，解放以后充了公。现在归汪家坞生产队，属于集体财产。毛主席过辈、邓小平上台以后，队里人都出去打工挣钱，日子慢慢好起来，后来都移到杨村桥歇，汪家坞就变成一个冷清的位置，上峰塔也老早荒掉了。我和队里人商量，大家都同意我出点钞票，经县里批准，承包了上峰塔的矿山。听讲有挣钞票的生意，我丈人佬也大方，就借给我一笔资金，我就做起了老板。

"尿妹狗绪绪香肮脏。"我姆妈梨花第三回这样叫我，把一双手往我脸上摸来摸去的时景，我看她眼泪水布了一脸。

我姆妈老了，很老了，就容易挂眼泪水。她一遍遍对我讲：你是大人人家了啊！做了杭州人了啊！现在发财了啊！汪家祖宗保佑你啊！汪家有了你这个好后代啊！我姆妈讲这个话有道理。包了上峰塔的矿山后，我在建德的朋友寻到了开矿的老板，带人到山上来勘探了一回，讲山上的铜矿不少。后来这个老板就提出来跟我合作，我把十股里头的九股卖给他，拿到了一笔吓人多的钞票。

拿到这笔吓人多的钞票，我天天夜晚困不着，饭也吃不下。后来我就想到我爷爷，想到我爸爸，想到"银子罪孽重田地害子孙"这句话。我今天拿了这笔钞票高兴是高兴，弄不好我的子子孙孙要吃苦头，不是吃地主的苦头，就是吃懒汉和败子的苦头。这几天，我又翻了翻汪家的家谱，看到汪家人和姓须姓闫人家都是你家女儿嫁我家，我家女儿嫁你家的，顶后头也是一起从江山逃到汪家坞来的。有的穷有的富，有的好有的坏，几十年斗来斗去，我们姓汪人家是吃了不少苦头。那也是自己人斗自己人，就好比自己家里人不团结一样，好比我们往年在家里斗锄柄一样。我仔细查家谱，我姓汪老祖宗讨的老婆里头，有好几个都姓须。到了汪家坞以后，姓闫和姓须的都与姓汪的结过亲。我身上流的血，也不光是姓汪人家的、姓谢人家的，姓须姓闫的都有份。我是汪家人，也是谢家人须家人闫家人。想到这里，我决定把上峰塔挣来的钱全部分给汪家坞人，不管姓汪姓须还是姓闫的，一人一股，一个不少。

把钱分掉以后，我再把这事告诉我爸爸锄柄。我爸爸不晓得我事情做歇，就劝我莫分。他咬了咬牙齿骨，哩哩噜噜骂不灵清：那些江山人多少坏哟！他们想用我姓汪人家的钱？我、我、我，我鸡巴叩——他的头！

2007年9月15日至2008年6月15日一稿
2009年7月28日二稿
2010年4月18日三稿于杭州孩儿巷254幢

图书在版编目（ＣＩＰ）数据

种/汪宛夫著. —珠海：珠海出版社, 2010.9
ISBN 978-7-5453-0439-8

Ⅰ.①种... Ⅱ.①汪... Ⅲ.①长篇小说–中国–当代
Ⅳ.①I247.5

中国版本图书馆CIP数据核字（2010）第175591号

种

汪宛夫　著

责任编辑：王　薇　刘晓英

特约编辑：何　娜

封面设计：天行云翼·宋晓亮

出版发行：珠海出版社

地　　址：珠海市香洲银桦路566号报业大厦3楼

电　　话：2639350 2639330　　邮政编码：519000

网　　址：www.zhcbs.net

E-mail：zhcbs@zhcbs.net

经　销：全国各地新华书店

印　刷：北京中科印刷有限公司

开　本：787×1092毫米　1/16

印　张：18　字数：317千字

版　次：2010年9月第1版
　　　　2010年9月第1次印刷

书　号：ISBN　978-7-5453-0439-8

定　价：35.00元